山东省社会科学规划研究重点项目“间性视域下美国新历史主义诠释观批判与反思研究”（批准号：15CWXJ41）的最终成果。

斯蒂芬·格林布莱特文化诗学思想研究

An Ideological Study of Stephen Greenblatt's Cultural Poetics

陶永生 著

中国社会科学出版社

图书在版编目（CIP）数据

斯蒂芬·格林布莱特文化诗学思想研究/陶永生著.—北京：中国社会科学出版社，2018.4

ISBN 978－7－5203－2220－1

Ⅰ.①斯…　Ⅱ.①陶…　Ⅲ.①格林布莱特—诗学观—研究
Ⅳ.①I712.072

中国版本图书馆CIP数据核字(2018)第052782号

出 版 人　赵剑英
责任编辑　宋燕鹏
特约编辑　席建海
责任校对　石春梅
责任印制　李寡寡

出　　版　中国社会科学出版社
社　　址　北京鼓楼西大街甲158号
邮　　编　100720
网　　址　http://www.csspw.cn
发 行 部　010－84083685
门 市 部　010－84029450
经　　销　新华书店及其他书店

印刷装订　北京明恒达印务有限公司
版　　次　2018年4月第1版
印　　次　2018年4月第1次印刷

开　　本　710×1000　1/16
印　　张　27.5
字　　数　332千字
定　　价　98.00元

凡购买中国社会科学出版社图书，如有质量问题请与本社营销中心联系调换
电话：010－84083683

执　着

（序）

倓虚法师称“放下”为佛教本旨。然而，综观古今中外，凡有成就者，莫不“放不下”。不仅“放不下”，还“矢志不渝”“执迷不悟”。如果说“放下”是一种解脱烦恼、超尘拔俗的人生态度，那么，“执着”则是成就事业的通则。我不知永生兄是否能够在生活中放得下，却知他求学问道，执着非凡。常言道“有志者，事竟成”，我以为，永生兄可谓一范例。

因缘际会，我与永生兄数年前相识。先是读过他的一些文学作品，继而也读了他的个别哲学、美学文章，其间，对他的人生经历也有了些许了解。

永生兄原本喜爱文学，对于更为抽象的哲学研究，则始于对事物深处之“所以然”的求知欲。据他自己说，初学哲学时，只是一人独自摸索，求索良苦，用功极多，但因驳杂无序，“术无专攻”而难以登堂入室。他也曾一度为此而苦恼与失落。但他凭着一种“精卫填海”般的执着劲头，咬紧牙关，一步一顿，奋力前行，终于转型成功，找到了自己的位置，也回归了自己原初的身份。单从求学、求知的轨迹来看，他完结了“由博转约、由约入博”的首轮递进，由学士时的汉语言文学科目，转徙硕士时的外国哲学，终复归了博士时的文艺学和博士后时的中国现当代文学。

追索永生兄的求知历程，可圈可点之处甚多，但有两点特别值得称道。一是执着不辍、持之以恒，这虽是事业成功的通则，但在永生兄身上体现得尤为突出。二是由博而约，既专又博的治学路径，即始于驳杂，逐步收缩视野，凝聚研究方向，聚拢在某个理论原点，掘进剔抉，继而又发散辐射开去，纵横开阖，建构出一个博大的系统。

案几上摆着的文稿清样是永生兄的第四部书稿。每部书稿都至少是“五年磨一剑”。该书是永生兄主持的山东省社会科学规划研究重点项目“斯蒂芬·格林布莱特文化诗学思想研究”的结项成果。论著以新历史主义视域中格林布莱特的文化诗学批评观为研究个案，结合格林布莱特的具象化批评实践活动，通过重点分析他的经典性论断和代表性论著，逐步演绎出其批评思想的来龙去脉和精髓要旨，目的在于从理论的源头上厘清与把握文化诗学批评观的学理思路和实践走向，揭示其“文化的主体性”与“主体性的文化”，“历史文本化”与“文本历史化”，“权力话语化”与“话语权力化”等多重互文批评范畴的文化品格、历史语境和政治内涵。与此同时，重估和重构新历史主义与文化诗学批评流派的发展脉络与理论框架，并开诚布公、实事求是地阐明其理论价值与历史局限，对中国文化诗学批评理论的当代阐释和主体重建无疑具有重要的认识论启示价值和历史观映鉴意义。

该书力图比较系统地清点和研读以历史语境、文化塑造与政治解读为主轴的多种新历史主义与文化诗学著作和相关文本阐释典籍，从格林布莱特创立的新历史主义“新史学”观介入，在充分展示格林布莱特文化诗学的“文化转向”复调景观的背景下，探究作为文化诗学批评核心理论的“文本阐释和意义生成”问题的诗性缘起、审美特质和本体论意义，阐发格氏文化诗学的诗性本真蕴含及文本阐释新进向，意在凸显格氏文化诗学批评思想与人类生活世界的密切关系，达成对人文精神科学的全新理解和把握，并给我们观照与评判当下人类的人文事象、人文事件及生存境遇提供另外一个“异在”视角与“他者”立场。

具体地说，作为20世纪下半叶出现的新历史主义或文化诗学的代表人物，斯蒂芬·格林布莱特的诗学思想与研究方法对西方和中国当代文学理论与批评有着重要的影响。该书以其为研究对象，选题具有较为重要的理论价值，对中国文学理论批评的建设也具有借鉴和启示意义。论著在认真搜集和研究国内外相关文献的基础上写成，对相关研究现状把握得比较全面。论著联系当今西方一些有代表性的理论观点，对格林布莱特的文化诗学做了多方位的研究，比较清晰地揭示出了其内在的学术渊源与学术特色。论著对格林布莱特文化诗学的主要内容做了梳理、分析与逻辑建构，并在诸多问题上做出了自己的评判，提出了自己的观点，具有较强的问题意识和一定的开拓性。在研究方法上，论著将历史意识与总体观念乃至政治文化结合起来，显示出研究方法的多元性。总体来说，论著视野开阔，结构清楚，内容充实，述评结合，体现出作者比较扎实的理论功底和较强的科研潜力，语言表达也有自己的特色。论著对于格林布莱特的文化诗学思想的内在理论逻辑还可以进一步加以提炼，对于以格林布莱特为代表的文化诗学或新历史主义的局限还需要有一定的批评性理论反思。

时下的中国，市场经济大潮滚滚，物质主义盛行。在种种诱惑面前，学界也变得浮躁不安。永生兄能够静心读书，专注于学术，且屡有新成果问世，实属难能可贵。欣闻该成果斩获山东省优秀博士学位论文奖、山东高等学校优秀科研成果奖一等奖等多项殊荣。值新书出版之际，他恳切嘱我为之作序，却之不恭，只好勉为其难。回顾永生兄的求学历程，阅读他的书稿，不时为他的执着精神所感动，也为他取得优异成果而高兴。于是，写下了上面的话，权且为序吧。

傅有德

2016 年 7 月 16 日

于山东大学犹太教与跨宗教研究中心

目　录

绪　论

粗线条勾勒一下中外文学批评理论形态的发展脉络，因为批评话语主体和批评客体对象的对应关系殊异，所以可以规划出两条文学批评路线：其一是批评主体先行、主导，而批评客体仅仅作为被动的批评对象而存在的“主先客后”型或称“我注六经”式；其二是批评客体先行、主导，而批评主体要秉承忠诚于作品真实、历史真实的批评原则而言说的“客先主后”型或称“六经注我”式。这是两种立足点和出发点相向而行的文学批评观，分别为“情结主义”批评观和“情境主义”批评观。由此经由的两条运行轨迹及采信的两类批评范式，也就描述为“情结”文学批评范式和“情境”文学批评范式，它们各自所产生的批评效应也是截然相反的。诚如北京大学王岳川教授在《新历史主义的理论盲区》一文中所指出的，历史阐释的真正困境还是在于左右为难的导向问题：“究竟应该是‘我注六经’还是‘六经注我’？是忠于阐释对象的历史还是忠于阐释主体的‘我’的阐释？”①

本论著秉持“我注六经”和“六经注我”，各美其美而又美美与

① 王岳川：《新历史主义的理论盲区》，《广东社会科学》1999 年第 4 期。

共的阐释理念，首先采信“情境”式文学批评方法，即批评主体主动“沉降”到文化事象和文学文本典籍中，从文本“原始痕迹”和作家的“客我”批评视角来还原和注解那些“共鸣性”的文化文本，进而用“厚描”式粗笔勾勒出格林布莱特文化诗学理论形态的来龙去脉和精髓要旨，外化表征为批评主体对作家和文本的本源认同和原创别抉。接下来，改用“情结”式文学批评方法，“运用脑髓，放出眼光”，揭示其大胆跨越文学文本与非文学文本的疆界，将“文化解读与历史叙述”“政治话语与权力结构”和“文化世界与生活世界”等多重架构内在勾连起来，弥合无间地构塑成“想象的造型共同体”和“主客融合的文本联合体”的理论质素与实践特色。

新历史主义（New Historicism）批评观是一种有别于传统历史主义批评观和形式主义批评观的“新”的文学批评（literary criticism）话语和文化批评（cultural criticism）范式，突出表现为一种对历史语境下的“文学文本与非文学文本交互叠加的”文本联合体加以文化释义和政治解读的文化诗学（Cultural Poetics）批评形态。针对文学批评形态的“批评主体”与“文本结构”二元批评格局和话语体系，不同形式的批评观作出了截然不同的选择，打出了各具特色而又主题鲜明的个性旗帜。形式主义批评观选择了“文本结构和形式语言”这样一组阐释关键词，传统历史主义批评观选择了“历史的客观决定”论。

而新历史主义批评观则选择了“批评主体与历史叙事”这样一组杂糅了主客视域的阐释策略。新历史主义批评观在对文本中心论和历史决定论的“扬弃”和“重塑”中，使“文本的历史性”与“历史的文本性”这一组叙事策略重获关注并宠爱有加，也使“历史叙述与文化结构”“政治解读与文化诗学”这一对批评范畴成为当代文艺理论研究的“新科”话题。

新历史主义批评学派大致诞生于20世纪后半叶的欧美文化界和文学艺术界。这一批评思潮首先在方法论领域取得突破，早在20世纪70年代末已初露端倪，即在文艺复兴期的“英国伊丽莎白一世王朝断代史”研究领域中逐渐形成了一种新的批评视角（critical perspective）和批评方法（critical method）。时移世易，这种刻意置身于历史语境中来阐释文学文本的“文化内涵与权力结构”的独特理论研究方法（theoretical research method）日益得到西方文论界的认可，一大批新历史主义批评家也日益受到学界关注，其中，如雷贯耳者有斯蒂芬·格林布莱特（Stephen Greenblatt）、海登·怀特（Hyden White）、乔纳森·多利莫尔（Jonathan Dollimore）、路易·蒙特洛斯（Louis A. Montrose）等。初始是一种新构想（a different framework of Literary Theory），进而创生一种新理论形态，这一历史事件往往萌芽在社会急剧变革转型和学科重组变迁史上需要自我反思、自我修复、自我净化的历史时刻。新历史主义之“新”是相对于传统历史主义之“旧”和形式主义之“冷”而言说的。

加拿大文艺评论家诺斯罗普·弗莱（Northrop Frye）在《批评的剖析》（*Anatomy of Criticism*：*Four Essays*）一书中，说过这么一段意味深长的话：“文学位于人文学科的当中，它的一侧是历史，另一侧是哲学。由于文学本身不是一个系统的知识结构，于是批评家必须从历史学家的观念框架中去找事件，从哲学家的观念框架中去找思想。”① 诚哉斯言！首先从“知识论”角度来看，文学向来不追求文学自身知识的系统化、体系化，如果用那种整齐划一的科学方法论来

① 盛宁：《历史·文本·意识形态——新历史主义的文化批评和文学批评刍议》，《北京大学学报》（哲学社会科学版）1993年第10期。

裁量文学的知识架构，可真称得上暴殄天物了。再次从历史文化维度来看，文学史的脉搏同时跃动着历史事件的“自我塑造”和哲学思辨的“历史记忆”。弗莱的这一论断可以说是新历史主义批评话语的首次发声，仿佛来自历史深处的遥远回响，虽然它还很稚嫩，又单薄微弱。

近代以来，历史主义批评学派的代表人物大都强调一种总体性的“本质主义”历史观，强调人类历史的发展进程是遵循一定的规律的，受到社会发展规律支配，所以他们作出如下承诺：历史主义将历史形态首要看作一种自我整体力量自主迸发和自由释放的思维形式，它想方设法为被看作一个整体的人类历史总方向提供一种阐释的理想模式和一整套“历史叙述”（historiography）。其中，这里暗含了整体论和决定论两个要点。这种“总体发展”的机械“本质主义”历史观，在20世纪初即遭遇了政治思想家和形式主义批评家的迎头痛击。

譬如说，英国政治思想家卡尔·波普尔（Karl Popper）在《历史主义的贫困》（*The Poverty of Historicism*）中认为：历史整体论（或称决定论）存在着思想的盲点，“历史命运之说纯属迷信，科学的或任何别的合理方法都不可能预测人类历史的进程。不可能有一部‘真正如实表现过去’的历史，只能有各种历史的解释，而且没有一种解释是最后的解释，因此每一代人有权利去作出自己的解释。历史虽然没有目的，但我们能把这些目的加在历史上面；历史虽然没有意义，但我们能给它一种意义”。[①] 波普尔对历史主义当头棒喝，并痛陈其累累罪行，诸如历史主义鼓吹的“集中的权力”极易做大而会消弭“个人的权力”，这种“封闭社会”的乌托邦工程极易导致集权主义。拨乱

① ［英］卡尔·波普尔：《历史主义的贫困》，何林、赵平译，社会科学文献出版社1987年版，第64页。

而反正之，他倡扬的“开放社会”的“非中心”论、“非权威”论已被西方学术界普遍接受。

对传统历史主义批评学派发起攻城略地的另一组生力军是俄国形式主义等批评形态。20 世纪初，俄国形式主义使文艺理论越出“历史”的雷池而跌入“形式”的渊薮。历经走马观花式的新批评、结构主义、解构主义、后现代主义等思潮潮起潮落，文艺批评实践在支离破碎的文字栈片中进行着一种“互文性”阐释实验。互文性（intertextuality）是后结构主义批评学派的主轴概念，意指不同文学作品内蕴的文学文本与非文学文本之间交互贯通、彼此渗透、相互交叉的联动关系。很快，这一概念便广为散播，成了跨界多栖明星。后来人们也用这个概念来界说不同文类的“子本”文本之间，甚至“母本”文本与政治境域、社会结构以及历史语境、批评主体之间的互渗、互参、互构关系。

当下流行的“跨学科的互文性视野”则主要是指跨越了常规意义上的学科疆界和认知规范，在本毫无交集的不同文类的各种文化文本之间搜寻求索内在的关联性与相通性。映射着“作家—作品—读者”三位一体式批评架构的中心位移和整体倾斜，盛极一时的“作家权威”“文本崇拜”等批评理念已成明日黄花，位列边缘、谪居边陲的批评家跃迁为文本阐释和意义理解的精神教父，“误读（misprision）和逆反（antithetic）成为现代阐释的独特锁钥”（布鲁姆语）。至此，历史意义、文化灵魂等传统理念和经典释义都在语言的解析和形式的分析中变成了意义的碎片。历史主义烟消云散，终于禅让于整个形式主义思潮。

在“新”历史主义披挂上阵之前，威廉斯文化唯物主义、德国法兰克福学派等批评形态，已经将历史意识、历史批判、历史叙事等话语模式作为自身文化阐释和审美分析的主要符码（governing agenda）。正如撰写过大作《文艺复兴时期文学的研究与历史主题》（1986）和《戏剧的目的》（1996）的新历史主义批评家蒙特洛斯所说，“我们的分析和我们的理解，必然是以我们自己特定的历史、社会和学术现状为出发点的；我们所重构的历史（histories），都是我们这些作为历史的人的批评家所作的文本结构”①。这种迥异于“旧”历史主义的历史文化研究思潮，直接冲击着解构主义和后现代主义的语言操作和意义拼接，使那蜗居冷宫的“何谓文学批评形态?”“文学批评与历史叙事的本质意义何在?”“文学批评史的功能何在?”等本源性和根基性问题又获新宠，迫使和协理人们在文化世界和生活世界的交汇点上，找回了久违了的“精神伊甸园”，进而面向新的历史意识和文化精神迈进了一大步。这无疑为新历史主义文化诗学的“粉墨登场以至登峰造极”创设了逻辑前提和精神储备。

第一节　问题的缘起

1980年，格林布莱特在《文类》（Genre）学刊上发表《文艺复兴时期的自我塑型：从莫尔到莎士比亚》（*Renaissance Self - fashioning*：*From More to Shakespeare*，1980）等系列论文，首次将自己的新历史主义批评理论改称作“文化诗学”（poetics of culture），“文化诗学的中心考虑的是防止自己永远在封闭的话语之间往来，或者防止自

① ［美］哈罗德·阿兰维瑟尔：《新历史主义》，陈华生译，罗特里奇公司1989年版，第15—36页。

己断然阻绝艺术作品、作家与读者生活之间的联系。毫无疑问，我仍然关心着作为人类特殊活动的艺术再现问题的复杂性”①。同时，他认为文学批评家阐释（explanation）的任务是：“对文学文本世界中的社会存在以及文学的影响实行双向调查”②。这意味着刚由新历史主义批评思潮派生出来的文化诗学批评观更加注重从文化意识和历史叙事角度来理解（understanding）文学形态，把文学形态置于更为宏阔的文化系统和文本结构中进行研究，从而打破了文学文本与非文学文本的界限，甚至于用非文学学科领域的经济学等学科术语对文学现象加以评判界说，以期达到文学形态与文化系统之间的流通融合与阐释互动。

如果说新批评的文学分析方法关注文学文本本身甚于关注文化、历史、作者与读者，那么，新兴起的文化诗学文学分析方法则强调文化意识、历史形态和其他相关的因素决定了文学文本的意义。这样，“文化意识”和“历史形态”就在全新意义上的“文化解读”（cultural reading，也可译为文化阅读）过程中，进入了当代文学艺术的政治批评视野。文化诗学关注历史，并关注形成历史的各种文本之间错综复杂的关系，“历史是一个延伸的文本，文本是一段压缩的历史”。历史延展了文本的阐释维度和意义空间，使文本的创作和阅读成为蠡测生命诗性密度的标尺。在尺度的历史测量和领悟的历史意识中，创作主体和批评主体透过文本而寻绎到生命的美感元素和诗性意义。历史和文本构成了人的“生活世界”——此概念系胡塞尔首倡，后经哈贝马斯对之进行了社会学改造，成为其“交往行为”论的轴心概念，

① 中国社会科学院外国文学研究所编：《文艺学和新历史主义》，社会科学文献出版社 1993 年版，第 79—80 页。

② 同上。

“生活世界是日常交往实践的核心，它是扎根在日常交往实践中的文化再生产，社会整合以及社会化相互作用的产物”① ——的一个隐喻。文本是历史语境下的文本，也是历时性和共时性两矢量同轴坐标的文本。历史不同于矢量的数量化时间，历史是一个意味深长的“沟通、商谈”过程，在其中不可逆转的单向度性一再重复出现，过去与未来在文本意义生成中瞬间接通。

与新历史主义批评思想仍保持着千丝万缕的联系的文化诗学批评流派的“登台在场”，肇始于20世纪80年代文艺复兴期人文研究领域的重大突破。文化诗学批评方法重新粘连并命名不同种类的写作实践，以政治解读和意识形态化表征的方式开展文化批评，关注和倚重文化所赖以生存的经济和历史“语境”，将文艺复兴期发生的逸闻轶事纳入“权力话语”和“权威造型”的历史关系和阐释语境中。从本源意义上来看，落户于“语义学”学科范畴的“语境”一语，顾名思义就是语言环境的简称缩写，指的是在篇章段落中，任何一个语词或句子身处的“上溯与下倾”两个维度的上下文间性关系。具象化语境的重要性，集中体现在它是一切阐释行为的逻辑前提与理解开端。一般而言，任何单个的独立词语或句子，只有置身于具体上下文的间性互文关系中，才具有确切的含义和认知的价值。

与前面提及的“互文性”语词有着相近的传播经历，“语境”一语早已突破了原初的语义学和纯粹的“语用学”领域，以至于被众多人文社会科学学科门类广泛采用。在广为流播的过程中，语境的内涵与外延也大大拓展了，相对定型化的惯用法主要用来指一种微观的文本或宏观的理论，甚或宇观的思想的生成过程与各种外在力量及周边

---

① 刘志丹：《交往如何可能：哈贝马斯普遍语用学新探》，《中南大学学报》（社会科学版）2012 年第 1 期。

环境的复杂关联，故而又每每被称作历史语境或文化语境。新历史主义和文化诗学批评形态就是以倡扬“语境化”（contextualization）批评策略著称于世，正是借助于以历史文化语境为主导的综合性的“语境化”批评手法，新历史主义才毅然冲出了传统历史主义和形式主义的羁绊与藩篱，而最终走向了文化诗学的广阔天地。顺利接棒的文化诗学批评观继续固守“草根”姿态，以边缘之身“反行”颠覆之事来拆解正统学术，以怀疑否定的眼光对现存政治社会秩序加以质疑，在“语境化”进程中将文学和文本重构为历史客体，最终从文本历史化过渡到历史文本化，从政治批评过渡到批评的政治。

一 文学文本“周围的和内置的”社会存在

文化诗学批评学派兴起于20世纪80年代的美国“本土”，已然成为当代西方文学批评思潮的翘楚与显学。文化诗学以其对文学文本及其联合体（作品）加以文化释义和政治解读的批评旨趣，践行着对“文本的历史性”与“历史的文本性”的交互诠释和双向调查，达成了对盛极一时的形式主义批评和旧历史主义批评的双重超越，凸显出弥足珍贵的学术原创性（academic originality）。是否具有学术原创性曾是美国的消解派（deconstructivism）文艺批评家哈罗德·布鲁姆（Harold Bloom）评判“西方文学的正典”的审美效果和艺术价值的主要尺码。一种已经成为“历史流传物”的文学作品或文化产品总要对当下社会生活和人们的精神生活有某种情感触发和美感意义才值得去探究、去追寻，这理应是整个人文学科得以存续的底线要求。于是，孜孜以求地追索文学意义的发掘、培育、构塑和评判成了文学创作与文学批评的职责与使命所在。就文学意义本身而言，所谓意义也并不是恒定固化的顽石一块，恰恰与之相反，它永远处于持续不断的无限生成之中，而文学阅读理解活动就是文学形象赓续塑造和文学意义持续生成的阐释历程。

当代美国文化诗学批评观的勃兴其来有自，首先是出于对一度红极一时的“新批评”学说等形式主义批评观的某种厌倦和反拨。“新批评”学说一贯主张“文学就是文学，只能是它自己，而不能是任何其他，所以‘为文学而文学’也好，‘为艺术而艺术’也罢，就理应是天经地义的”，[①] 真正纯粹意义上的文学批评就是要逃离作者与远离读者，为规避作者的“意图谬误”和读者的“感受谬误”的双重侵扰，要坚定地回到文本及作品的“自足体”本身。它执拗地将文学作品的审美语言、内在形式及其有机构成视为文学的本体，注重对单个经典作品的艺术语言和审美意象本身的细读和剔抉，拒斥从文学以外的或传记学或心理学或社会学以及历史学等任何其他角度来品鉴文学，从而构筑了一席自为的、超越的、非他在的“文学审美”之地。

这里的“意图谬误”和“感受谬误”两个新颖概念是“新批评”派代表人物威姆萨特（W. K. Wimsatt）和比尔兹利提出来的批评术语。其主旨是反对传统的作者“意图主义”，而主张一种绝对的作品客观主义，认为作品的意义只存在于作品的自我文本之中，存在于作者对文本的有意味的自我阅读之中，不容置喙地一再宣称和服膺“文本之外别无他物”。“新批评”派的集大成者韦勒克（R. Wellek）和沃伦（A. Warren）在合著的《文学理论》（*Theory of Literature*）中也提出：“任何传记上的材料都不可能改变和影响文学批评中对作品的评价”[②]。

---

① ［美］韦勒克、沃伦：《文学理论》，刘象愚、邢培明、陈圣生、李哲明译，生活·读书·新知三联书店 1984 年版，第 32 页。

② 同上。

美国康奈尔大学教授、浪漫主义批评家 M. H. 艾布拉姆斯（Meyer Howard Abrams，1912—）在描绘“艺术批评的诸种坐标”时，将艺术家、作品、世界、欣赏者视为各种文学批评理论体系不可或缺的要素。他指出，“尽管任何像样的理论多少都考虑到了所有这四个要素，然而我们将看到，几乎所有的理论都只明显地倾向于一个要素”。[①] 套用该理论，“新批评”学派的批评倾向是“把作品视为一个自足体孤立起来加以研究，认为其意义和价值的确不与外界任何事物相关。只根据作品存在方式的内在标准来评判”。但是只从文学内在标准来批评文学自身，这又如何能确保文学自身定位的可靠性，如何能确保文学批评在批评自身时不“灯下黑”而迷失方向呢？

卢梭曾十分肯定地断言：“人是生而自由的，却又无往而不在枷锁中。”这是否就成了人类所必须面对的永恒命运呢？20 世纪中叶以来，“新批评”学说以及结构主义批评观等形式主义批评观构筑的“审美意义与文本结构”貌似固若金汤，不曾想怦然遭遇了来势汹汹“要重估一切价值与标准”的解构主义批评观的釜底抽薪。熟识的“人与事”变形、异化，耳熟能详的概念术语面目全非，常规的思维定式改换门庭，文艺批评家们纷纷以各自的方式逃离形式主义的语言囹圄，一切仿佛转瞬间换了人间。然而，面对如此光怪陆离、波谲云诡的批评乱象，牢不可破的桎梏与壁垒被击碎之后，虽重获解放但“善于破坏一个旧世界，但不善于建设一个新世界”的解构批评并未自由多久、风光多远，又深陷文本意义延宕、价值虚无、所指取消的“跌跌撞撞、无家可归”的批评困境。斯时历史语境赋予了批评话语以新情势、新任务、新气象，“沧海争流，方

---

① ［美］M. H. 艾布拉姆斯：《镜与灯——浪漫主义文论及批评传统》，郦稚牛、张照进、童庆生译，王宁校，北京大学出版社 1989 年版，第 5 页。

显英雄本色”，当代美国文化诗学批评观就在这种历史参照系下横空出世。新历史主义批评学派极力服膺解构主义批评观对文本敞开性空间和批判性特质的不懈追求，但却又毫不迟疑地抵制和贬抑其无限消解和粉碎一切的偏激主张，转而提出解构与建构并行不悖、和衷共济的文化诗学观念。

格林布莱特认为人类的文化筋脉是一个流动的、不断构建着的意义生成的过程，置身在这一历史进程中的人的本质涵韵也是一个不断塑型的“向美而生”的历程。意义被看作是文学存在的方式，又是文学实现的方式。见证并表征这一“人类的独特的人文景观”的文化架构是一种意义生成和显现的象征，即一种系统的“隐喻性”结构。概括地讲，新历史主义的操作方法可以用格林布莱特的一种努力来说明，即试图探讨“文学文本周围的社会存在和文学文本中内置的社会存在”。这种被美国学者伊丽莎白·福克斯-杰诺韦塞（Genoverse）称为“文化解读”的批评方式，代表了新历史主义批评的一种文化分析倾向：分析文本赖以产生的文化和体现在文本中的文化。这样，文化与语言，或历史与结构，经由文本的“一桥飞架南北”，成了文化诗学批评方法的两翼。两翼齐飞，这是文化诗学批评观的学术追求。

俄罗斯文论专家程正民深刻指出：“文艺学研究可以从历史出发，也可以从结构出发，但如果是科学的研究，它所追求的必然是历史与结构的统一。文艺学如果从历史出发，那么历史研究的客体就是审美结构；如果从结构出发，那么也只有靠历史的阐释才能理解结构的整体意义，对结构的认识和理解只有通过历史的阐释才能得到深化。”①

① 童庆炳：《文化诗学：宏观视野与微观视野的结合》，《甘肃社会科学》2008年第11期。

这种把历史的与结构的研究结合起来的认识很有见地。从某种意义上说，格林布莱特的文化诗学（或称新历史主义）以具体的批评实践做出了极好的诠释。这一理论学派具有广泛的影响，尤其是它的诗学理论主要以跨学科的文本阐释为特质，格林布莱特也因此被称为“跨学科人文教授”（professor of interdisciplinary culture）和“文化诗学之父”。

二 对“生活世界”的审美观照和人文把捉

缕析格林布莱特文化诗学批评思想产生的现实语境，20 世纪文学批评史是各种文艺思潮交汇激荡、腾挪跌宕的历史，也是文学艺术、文化政治及意识形态的固有身份、内涵、功能和意义，不断被质疑、重新阐释的历史。各色批评学派之间划定的学科疆界不断消融，“包容他者”蔚成风气，即便针对备受争议的形式主义流派，托洛斯基（Trotsky）在《形式主义诗学流派与马克思主义》中也给予了客观分析和公允评价，“形式主义批评反过来又可以开辟另一条大路，一条通向艺术家感知世界的道路，也有助于发现艺术家个人，或发现整个艺术流派与社会环境的关系。以社会研究的方式对它进行探究具有重要的现实意义，因为不仅读者，而且这个流派本身也能给自己明确方向，即了解、净化和指导自身。”① 形式主义（formalism）也同样昭示理论批评家可以寻找到新的航标。

延至 20 世纪后半叶，伴随着文化经济社会全球化、一体化进程的加速，传统上名目繁多、学科林立的人文精神科学世界业已进入重

---

① 傅洁琳：《试析格林布莱特文化诗学理论的语境和方法》，《齐鲁学刊》2010 年第 4 期。

新组合、互联整合的振荡期和多发期。文学批评理论也已不能够再拘囿于纯粹的文学理论领域，而必须是跨学科多层面的理论研究与现实实践。格林布莱特倡导要把文学作品和文化产品首先放回到历史语境和文化视域中去，尤其要着力将文学文本以及非文学文本一并放在产生它的历史语境中加以政治解读和文化阐发，同时又要能够“入乎其内，出乎其外”，反思“历史记忆”、评判“历史事件”，最终还是要复归当下，激扬文字、指点当代，使其同时秉有阐释者的当代身份。这里，一直游离在正宗文学意指系统之外的非文学文本首次共享了“国民待遇”，也就被纳入了联网统一的社会文化符号系统之中，这种对非文学文本文化性与审美性的关注和阐释极大程度地激活和深化了人们的情志通感和内在认知。在这种理论情势下，文化诗学的开蒙启智和理论反响，意味着互文性（intertextuality）、跨学科（interdisciplinary）、多领域（Multi－domain）的批评观和话语体系的构塑发展业已成为一种理论需求和鲜活现实。

伴随着“从历史学家的观念框架中去找事件，从哲学家的观念框架中去找思想”的伟大实践的不断推进，哲学观念的有效整合，思想观念的点滴渗透，汇聚成了思想理论耦合贯通的浩渺激流，新历史主义文化诗学批评形态跨越了文学、人类学、哲学、宗教学等人文学科和精神科学，凝聚成一种思想的洞见和精神的高蹈。走向批评的多元化（Multi－element of Criticism），重划学科疆界，实现跨学科研究的目的不是在于消弭疆界本身，而是在这种疆界的跨越和重构中焕发文学理论研究新的生命活力，凸现出文本的文化蕴涵。可以说，在寻求关注当代人的生存境遇的语境（the survival of contemporary human beings）和文化转向的大背景（the background of culture turning）下，文化诗学批评观促使生动鲜活的个体生命活动能量汇聚成波澜壮阔的社会“正能量”，从而使文学批评实践和人们的实际生活更加接近和璧合。

在人的社会性存在和实践活动中，逐渐达成的体现在横向坐标意义上的杂多性联系，是一种社会存在和社会力量本身，具有整体性和统一性。这种内置的、居于统摄地位的社会存在和社会力量是一种特殊的“意识形态形式”和“权力形式”，在格林布莱特看来就是主流政治意识形态（political ideology）和主导权力形式对人类“自我力量和自我造型”的社会催压和文化塑造，也是无所不在、无孔不入的权力运作。在文学文本的内置“权力场”中，它常常外化表现为自我力量与种种“异在”力量的持续不断的冲突、斗争和重构。特别是到了当代社会形态，人类的文化权力结构和历史叙事形式规约了自身发展的运行轨迹和趋赴归宿，某种程度上代表了人类的存在方式和生活世界本身。文化就是人类精神的凌厉状态和对世界幻象的深邃理解，也是一种无处不在的思想底色和认知方式。

在这种情况下，文学作品的存在方式（existing form of literary works）是开放的，它通过对生活世界的审美观照和人文把捉，热情拥抱和坦承告白生活的真实和冷峻，重新续接和架构不同个体与人群之间的间性密切关系和有效链接。这种对文学形象与文化现象的整体把握和诗意阐释，直接促成了文学创作和文学批评“放下包袱，开动机器”，坦然进入更为广阔的文化综合研究的领域，这样就为文学研究注入了新鲜的血液和鲜活的元素，从而在某种程度上改写了文学研究的版图和格局。兼具审美性和诗性复合基因的“文学性（literariness）”成为现代文化的魅力形式和精神动力。这种将文学批评实践和人们的文化生活、人们对世界的理解勾连起来的理论态度和学术追求，直接导致和护佑着格林布莱特文化诗学批评研究的发生和掘进。

第二节　格林布莱特的学术经历

斯蒂芬·格林布莱特是当代美国学界享有国际声誉的文学批评家与文化理论家，现为哈佛大学英文系约翰·柯冈人文科学大学教授。他曾任文化批评刊物《表征》（Representations）主编、颇具盛名的《诺顿文选》（Norton Anthology of English Literature）的第二任总编辑、1997 年诺顿莎士比亚全集主编、2000 年诺顿英国文学全集主编等。格氏涉猎广泛，治学严谨，著作颇丰，研究兴趣遍及文艺复兴文学、新历史主义及西方文化史等领域，但情有独钟的还是他开创并发扬光大的新历史主义文化诗学批评学派。其代表性论著包括《瓦尔特·拉勒斐爵士：文艺复兴的人物及其角色》（*Sir Walter Raleigh*：*The Renaissance Man and his Roles*，1972）、《文艺复兴时期的自我塑造：从莫尔到莎士比亚》（*Renaissance Self－fashioning*：*From More to Shakespeare*，1980）、《莎士比亚的商讨》（*Shakespearean Negotiations*：*the Circulation of Social Energy in Renaissance England*，1988）、《不可思议的领地》（*Marvelous Possessions*：*the Wonder of the New World*，1991）、《重划疆界》（*Redrawing the Boundaries*，1992）、《遭遇新大陆》（*New World Encounters*，1993）、《早期英国戏剧的新历史主义序言》（*A New History of Early English Drama*，1997）、《新历史主义实践》（*Practicing New Historicism*，2000）、《炼狱中的哈姆雷特》（*Hamlet in Purgatory*，2001）、《俗世威尔：莎士比亚新传》（*Will in the World*：*How Shakespeare Became Shakespeare*，2004）、《权力的即兴创造》（“*The Improvi-*

sation of Power” *in The Greenblatt reader*, 2005)、《学会诅咒》(*Learning to Curse*: *Essays in Modern Culture*, 2007) 和《莎士比亚的自由》(*Shakespeare's Freedom*, 2010) 等。已有《通向一种文化诗学》, 盛宁译, 载张京媛主编《新历史主义与文学批评》, 北京大学出版社 1993 年版;《什么是文学史》, 孟登迎译, 原载《批评探索》1997 年第 23 期; 《重划疆界: 英美文学研究的变革》, 外语教学与研究出版社 2007 年版;《俗世威尔: 莎士比亚新传》, 辜正坤、邵雪萍、刘昊译, 北京大学出版社 2007 年版等四部中译本。

从批评理论学派纷呈的“共时性”视角来看, 自 20 世纪 70 年代以来, 西方后现代文化批评界总能听到格林布莱特揭橥新历史主义批评、挑战形式主义, 为倡扬“文化转向”鼓而呼的“旷野呼告”(舍斯托夫语)。哈佛大学霍米·巴巴 (Homi Bhabha) 教授曾高度评价说:“他不仅创建新历史主义批评学派, 而且刷新了文学批评的思维习惯。”[①] 尤其是在文艺复兴文学研究领域, 格林布莱特对历史景观和社会图景的文化综合分析, 以及对摄控历史事件与历史记忆的意识形态化话语和权力形式的主体性阐发, 使他成为当代欧美学界举足轻重的知名批评家与文化理论家之一。诚如王岳川教授在《新历史主义的文化诗学》一文中指出的,“在‘主体’与‘结构’二元上, 形式主义选择了结构和语言, 历史主义批评选择了历史的客观决定论, 而新历史主义选择了主体与历史”。[②]

从批评理论学术史的“历时性”视角来看, 格林布莱特的批评思想最初萌芽于 60 年代前后, 在经历与新批评学派的学术论争之后,

---

① 王进:《新历史主义文化诗学: 格林布拉特批评理论研究》, 暨南大学出版社 2012 年版, 第 31 页。

② 王岳川:《新历史主义的文化诗学》,《北京大学学报》(哲学社会科学版) 1997 年第 3 期。

80年代初在新历史主义的猎猎战旗下获得理论“学派”地位，90年代末期“取而代之”日渐式微的后现代主义思潮，成为当今最具学术生命力的批评理论之一。在新历史主义批评思想从文本性“文字图像”到历史性“文化产品”批评理论的主体性建构进程中，雷蒙德·威廉斯（Raymond Williams）的“文化唯物主义”开创性学说留下了“踏石留印，抓铁有痕”的方法论印记。躬逢其盛，时为文学专业研究生的格林布莱特却不再执着于苦心孤诣地解读经典本身，反而视野陡转，转向了文学文本的外部社会环境的语境圈，更倾向于文本间际“断裂处”的天籁之音。60年代中期赴剑桥大学深造，有幸师从威廉斯，亲沐其治学的风采和思想的光辉，这给身处学业和学术双重困境的格林布莱特提供了重要的发展契机，由此奠定了他的主导性批评方向，“在威廉斯的课堂上，我以前接受的文学批评训练所精心排斥的内容——谁控制了印刷出版，谁拥有土地和工厂，文学文本里压制了谁的声音，表现了谁的声音，我们所建的美学价值观替什么样的社会策略服务——重新成为文学阐释的对象”①。

当研读到威廉斯对于文化物质性和文学生产性的开创性和缜密性论述时，格林布莱特如沐甘霖，似乎“真实的触摸”到了历史批评的学术兴奋点。这一突变征候明显地体现在他早期的两篇学位论文中：一篇是1965年在剑桥大学完成的硕士学位论文《三个现代的讽喻家：沃尔夫、奥威尔及郝克雷》（*Three modern allegorist*：*Wolf*，*Orwell and Hao Kekei*）；另一篇是1969年在耶鲁大学完成的博士学位论文《瓦尔特·拉勒斐爵士：文艺复兴的人物及其角色》（*Sir Walter Raleigh*：*The Renaissance Man and his Roles*）。在这两篇长篇专论中，他将批评

① 王进：《新历史主义文化诗学：格林布拉特批评理论研究》，暨南大学出版社2012年版，第32页。

的触角“向上溯”，延伸到了中世纪和文艺复兴期的纪传体历史文学，聚焦于文艺复兴时期多位作家的文学创作中所蕴含的强大的文化生产与社会批判功能。两文的鲜明特色充分体现了他的批评方法论的“首次转向”，从中可以明显看到威廉斯“文化唯物主义”论的深厚印迹。

正如伊格尔顿（Eagleton）所言，“历史是文学的最终能指（signifier），正如它是最终的所指（signified）”①。以文学话语与历史形态的互涉意指关系为切入点和突破点，格林布莱特提倡“历史转向”的理论呼声，号召美国文学批评重新转向社会与历史的“互构形态”，并身体力行，直接切入到文艺复兴期的传记小说和戏剧创作，在具象化文本的阐释行为与塑造活动中运用“批判中继承”的手法来改造传统历史主义批评方法，致力于搜救和恢复被主流意识形态话语所遮蔽的文学性话语和主体性历史。但是，从格林布莱特批评思想的发展史走向来看，主体性的历史再现和历史性的主体建构才真正是重构历史主义的理论关怀和学术旨趣。不妨参考一下格林布莱特的求学履历，在他主导思想逐步孕育成熟的关键期，他先后进入以希伯来宗教信仰文化起家的剑桥大学（University of Cambridge）和崇尚科学理性精神的耶鲁大学（Yale University）深造。剑桥大学和耶鲁大学这两所举世闻名的学府的迥异其趣的学术氛围与人文环境，让他深受多重批评思想的激荡和洗礼，最终培育出兼容并蓄的跨学科批评品质。

尚未进入而立之年的他开启了执教生涯，初出茅庐，本想大展身手，但孰料开局不顺，初绽锋芒的他屡遭误解和排斥。虽受此近乎“胯下之辱”，但他仍然坚持自己跨学科的文化诗学原则：“对于这样

① Terry Eagleton, *Criticism and Ideology*, London: Verso, 1978, p. 24.

一种政治和与马克思主义思想毫不相干的文学视角，我更加不安，但是这也没有使我不得已而求其次，就赞同、支持各种见解或接受某一种政治套话"[①]。他的执着一念终于换来"柳暗花明又一村"，所幸时过境迁，他的批评观念所遭受的冷遇并没有持续太久。70年代初以法国思想家米歇尔·福柯（Michel Foucault）为代表的后现代文化思潮在美国学界盛极一时，为新历史主义理论"邻家有女初长成"的蓓蕾初绽和瓜熟蒂落的成熟提供了时代契机。堪称天作之合的是，福柯本人竟也在伯克利分校兼职持教鞭六年，这段机缘巧合恰为新历史主义批评的崛起和格林布莱特文化诗学话语形态的生成提供了不可或缺的思想深度和文化背景。

格林布莱特以福柯历史谱系学方法论的批评观念为"批判的武器"进行"武器的批判"，他直言不讳地批评传统历史主义的"单声道"倾向："传统历史批评认为历史存在于文本之外，是文本符号的外部指涉物。这种观念以内部连贯性和协调性为预设前提，尽管时常被视为两三个要素的融合，仍旧被给予历史事实的地位。回避了文学阐释和利益矛盾的问题，这种想象通常作为超越了偶然性的恒定参照基点，文学批评可以心安理得地引经据典。"[②] 对福柯历史谱系学的推崇有加，只是徐徐拉开了格氏对传统历史主义的理论改造的大幕，而幕剧的高潮则是对莎学专家蒂尔亚德（E. M. W. Tillyard）及其代表作《伊丽莎白时代的世界图景》（*The Elizabethan World Picture*）所极力倡导的"理性规则"论的批判。

蒂尔亚德认为："既然伊丽莎白时代被理性和规则的总体概念所

① Stephen Greenblatt, *Renaissance Self-fashioning: From More to Shakespeare*, Chicago: The University of Chicago Press, 1980, pp. 4-49.

② ［美］斯蒂芬·格林布莱特：《什么是文学史》，孟登迎译，《批评探索》1997年第23期。

统治，而且‘戏剧就是规则’。那么文学批评的意义就应该是在‘理性和规则’的思想观照下回到历史语境解读作者的意图、文本的意义以及读者的反应。”[①] 针对蒂尔亚德的传统历史主义批评观，格林布莱特分别从意识形态性权力话语与主体性历史叙事两个维度上接招应战，进而提出了新历史主义的批评理念。在历史的意识形态性方面，他指出新历史主义“涉及权力的诸形式”，其批评实践“向那种在文学前景和政治背景之间作出截然划分的假设挑战，说得宽泛一点，是向在艺术生产和其他社会生产之间作出截然划分的那种假设挑战”；另外，从主体性和历史性的视角，他又强调新历史主义的“批评旨趣并不在于抽象的普遍之中，而是在于某些个别的偶然性事件、被塑造的自我、特定文化的生成性的规律和矛盾的作用，而那个被阶级、性别、宗教、种族和民族身份等各种文化期待所塑造的自我，在历史的进程中恒定地产生变化”。[②]

在对传统历史主义批评观的“当头棒喝”批判当中，格林布莱特首先从机械的“二分法”中挣脱出来，彻底打破“文学前景”与“历史背景”的二元分立，在历史的话语圈中，不再去刨根问底追查“前景与背景”的前缘出身，历史从幕后背景中走出来，走上前台为文学“站台背书”。历史摆脱了婢女的附属地位，终于可以与文学并驾齐驱而“双兔傍地走，不辨雌雄”了。格林布莱特就此总结道，从文学创作与批评的整体格局来看，文学文本及作品只是其中的一环，一个相对独立的内置了某种社会存在的网络节点，它并不是单纯的作家创造物或历史语境的反映物，它和文学意指系统的其他综合因素环

---

① 王进：《新历史主义文化诗学：格林布拉特批评理论研究》，暨南大学出版社 2012 年版，第 31 页。

② Stephen Greenblatt, *Renaissance Self-fashioning: From More to Shakespeare*, Chicago: The University of Chicago Press, 1980, pp. 4-49.

环相扣、陈陈相因。而在与周边阐释环境的“沟通、商谈”中，更是不遗余力，广为布点，成了文学形态、社会存在与历史语境相互交织与双向构塑的权力产品。

格林布莱特在高举的新历史主义旗帜上，明确打出的是历史性与意识形态性的两块金字招牌，但在探寻凭依权力话语形式来表述纵横交错的历史踪迹的文本阐释实践中，张扬的却是以主体性来重构历史主义的学术旨趣。这也显露出格林布莱特整体思想形态的复杂性、多层性、歧义性，甚至还有交互性。在整个美国文论界热衷于耶鲁学派的解构批评之时，他却一头扎进文艺复兴时期的英国文学研究，撰写了一系列影响巨大的文艺复兴文学专论，并在这种具体文学作品的批评活动中，提出了“走向文化诗学”的理论主张。这一主张得到周围一些同仁的积极响应，由此创立了一个超越耶鲁学派解构批评并与之并驾齐驱的、以加州大学教授为主体的文化诗学学派。希利斯·米勒（J. Hillis Miller）称之为“现在作为解释方法的历史转向”。但是，从新历史主义的学术谱系来看，格林布莱特在后现代文化语境中提出的“文化诗学”话语形态，至少包括三个方面的理论内涵：文本的历史性和历史的文本性、历史的主体性和主体的历史性、阐释的文化性和文化的阐释性。[①] 他的文化批评实践集中体现出文化人类学对文化诗学的方法论转向，以及对文化批评范式的整合作用。

① 王进：《美国文化诗学的历史轨迹：格林布莱特批评理论评述》，《淮南师范学院学报》2009 年第 1 期。

第三节　研究文献综述

在西方文论语境中，新历史主义与文化诗学两种批评形态互为表里、如影相随。“新历史主义”的命名始自格林布莱特的《文艺复兴中的权力形式与形式的权力》一书。多利莫尔与辛菲尔德（Alan Sinfield）的《政治的莎士比亚》（1985 年）也是这一批评学派的力作。新历史主义为什么把焦距对准了英国文艺复兴这一特定的历史语境，特别是莎士比亚这一特定人物？推本溯源，无论是作为一段历史分期，还是作为一种社会思潮的“文艺复兴”称谓本身就是一个历史形成的，是后来者用来进行历史描述的概念。人们在使用这个概念的时候，总不可避免要把历史的原来面貌作某种剪裁和改装，赋予了新的历史内涵与文化意义。而新历史主义话语批评不仅直面了这一“文化现实”，更对类似于“文艺复兴”这样的诸多概念进行了再理解和再解读。吉恩·霍华德在《文艺复兴研究中的新历史主义》一文中曾就此问题做了专门的分析。

依循惯例，欧美文论界对文艺复兴期文学文本的研究大多沿袭了“新批评”等形式主义批评解读方法，而新历史主义的“自我塑造”论无疑给沉闷的形式主义批评的“自我指涉”论带来了一股强劲的新风。正如同说解构主义意味着对国家机器的颠覆，转为对语言的颠覆，所以在新历史主义的操作中充满着权力、巩固、颠覆之类的意识形态化概念。整个操作规程中，活蹦乱跳的政治术语，比如说表征、霸权文化、再到马克思化（Re – Marxi fication）、历史性元叙事（historical Meta－narrative)、权力、自我间距（Self－distantiates）等，信手拈来，“词不离手，曲不离口”，政治语言表达形式成了基本的言说方式和思维形式。在具体操作上，新历史主义批评思想主要的兴奋点与最终的目标不在历史本身，也不在美学的东西本身，而是仍在意识形态或政治方面，即福柯的“权力—知识—主体”的批评话语策略。新历史主义批评流派独为擅扬政治学与社会学范畴的工具性概念，它批判性地扬弃了福柯话语权力论的合理内核，以“社会学的意识形态批判理论”之矛还治“语言学的话语工具”之身，虽反戈一击，即便并没有因此带来专注社会意识形态批判的经典马克思主义的真正复位，但至少声音洪亮地喊出了久已“万马齐喑”的异调杂音。粗线条描摹一下从“新批评”学说到后结构主义思潮以来文学批评观念走过的“文学自律与文学他律交替上位”之路，可以清晰地描绘出新历史主义文化诗学自身的成长历程和周围环境的反响状况。

新历史主义文化诗学犹如一把高悬于文学艺术神殿上空的达摩克利斯之剑，还是一把双刃剑，一面是极度地扩充了文学的文本间性交际空间，文学文本不再是与社会历史完全隔绝的、自我封闭的孤立性存在。相反，摆脱了自闭症的“文学文本”广交善缘，拥有了历史文本、政治文本、人类学文本等众多追慕者。仅以我国的新时期文学为例即凸显了这一新征象，它紧扣时代主题，反映社会变革，引领了当时的时代潮流，同时也为构筑自己的文化诗学贮备了丰厚的土壤和充沛的种源。另一面正是因为极大地扩容了文学的内存空间，文学拥有了多副面孔、多维特征和多重身份，于是在“泛文化”文本的多种话语解读与阐释实践中，文化诗学批评理论与相应的文化研究“强强联手”又使文学面临着“面目全非、自我消失以至自我毁灭”的灭种危险。正因如此，它一面遭到本是同道的解构主义的偏激攻讦，同时也受到来自西方马克思主义等外围观念“与之划清界限、唯恐避之不及”的迂回包抄。

一　国外研究现状

格林布莱特在《〈文艺复兴时期的自我塑型〉导论》一书中，首次提出“文化诗学”这一概念：“这种批评的正规目标，无论有多么难于实现，应当称之为一种文化诗学”。但是，这一术语并未马上流行开来。直到1982 年，格林布莱特应《文类》（Genre）杂志之约，编选一本研究文艺复兴时期的文学和文化论集，并将之称为“新历史主义”，文中他再次使用了“文化诗学”这一词汇，“对文类的研究正是文化诗学的任务所在”。美国文论界如获至宝，很快赋予了“文化诗学”一种包打天下的口号寓意，某种意义上反而阻碍了其在理论框架层面上的进一步发展。正如路易斯·蒙特洛斯所言：“各种各样的被视为新历史主义的实践活动，并没有集结成一个系统的、具有权威的解释文艺复兴文本的范型，并且这种范型似乎还不是可能出现和被希望出现的。”①

1986 年，格林布莱特在西澳大利亚大学（The University of West Australia）作了一次“走向文化诗学”的著名演讲，他对自己一直从事的“新历史主义”研究做出了两项澄清与重申：首先，“师出有名”才是第一位的，起名和正名事宜被理所当然地推到了最前台。他首次正式将“新历史主义”的笼统提法更名为“文化诗学”这一标准称谓，由此才算正式拉开了这幕文学批评戏剧的帷幔，一场有声有

① ［美］阿兰穆·威瑟主编：《新历史主义》论文集，英译本见 H. Aram Veeser (ed.), *The New Historicism*, New York and London: Routledge, 1989。

色、生动活泼、波澜壮阔、别开生面的文化历史剧开演了；其次，“如何来理论定位”是需要紧接着就跟进的，他明确将文化诗学“界定为一种实践”，斩钉截铁地断言，“就我而言，它根本不是教义”。文化诗学名义上是一种哲学意义上熔铸了“认识论与历史观”双重维度的文学批评观，是需要在批评活动中必须遵循的“科学的世界观与方法论”，理应隶属于思想观念、理论思辨范畴，但在格林布莱特这里，文化诗学被下放到了接地气、读作品的境域中，似乎应验了多么朴素的“只有自己动手，才能丰衣足食”的硬道理。一切来源于实践，一切又复归于实践，如此循环往复，才能抵达对批评客体的对象化主体把握和意象化审美理解。文化诗学终于开辟了一条独立自主发展的文学批评道路。

自兹以后，“文化诗学”才真正挣脱了“新历史主义”的阴影笼罩，这一领域的东方研究者们竞相争用这一术语来描述自己所“专攻的术业”。这其中还有一个很奇特的文学现象，尽管格林布莱特本人更倾心于“文化诗学”这一极富诗情画意的诗意提法，但对这一流派的其他批评家来说，却大多仍有意无意地沿袭使用“新历史主义”这一标签来概括和注解他们所展开的学术建构与批评实践。经常刊载文化诗学批评文章的学术刊物主要有《再现》（*Representations*）、《新文学史》（*New Literary History*）、《英国文学史》（*English Literary History*）和《英国文学的文艺复兴》（*English Literary Renaissance*）等。虽然文化诗学的批评并不能实现历史真实的现实回归和历史真相的大白天下，它只能提供对历史语境和历史文本的又一种阐释，但毕竟又一种新的批评话语形态横空出世、略具雏形。文化诗学作为一种新的文学批评视角，一种阐释文学文本的历史内涵的特定的方法论，业已得到西方文论界的认可。格林布莱特首创的文化诗学批评流派在西方文化境域中具有广泛的影响，这一诗学思想主要以跨学科的文本阐释为特质，他因此被称为“跨学科人文教授”和“文化诗学之父”。

实际上，新历史主义本身也遭遇了同样的不尴不尬和不明不白。1989 年，《新历史主义》刊物主编阿兰穆·威瑟（H. Aram Veeser）在编撰这一流派的重要理论文章时，就将这一流派定名为“The New Historicism”（新历史主义）。时隔五年，威瑟又编了一本名为《新历史主义读本》（*The New Historicism Reader*）的论文集，但收入其中的论文却没有一篇是以“新历史主义”为题的。这其中部分缘由似乎可以归结为“都是文本惹的祸”，毕竟新历史主义所关注的庞大的“文化文本与非文化文本共存共荣的”关系网络呈现出庞杂凌乱而又复杂多元的异常混沌态势，“自我力量、本我结构”的理论颗粒溶解在了与异己力量争锋交织的“合力共同体”之中，这样也使其自身陷入了一种自我冲突或理论矛盾之中难以自拔。倘套用一般的理论构建套路来“丈量”的话，这简直是自毁长城，但这或许缘于新历史主义者们压根就不曾想过要建构什么庞大吓人的所谓理论体系。

威瑟在细读了新历史主义批评家的批评文本之后，认为新历史主义批评思想的一个理论假设是“文学和非文学的‘文本’不可分离地流通”。正因为新历史主义者采用了各种文本之间川流不息地、“不可分离的流通”方式，才使得批评形态各分支间盘踞已久的“天堑”变为通途。这种跨越学科边界、倡导整体性思维方式的研究方法，将审视解读的视角和焦点置于社会文化综合体的关系网中，从而为彻底实现对“新批评”学说、结构主义等形式主义流派只重文本“自足体”结构的超越与扬弃，提供了逻辑前提条件和方法论依据。新历史主义批评思想的诞生以及最终流向文化诗学批评形态的发展态势绝不是格林布莱特个人心血来潮的应景之作，而是有着自身复杂的历史文化渊源及其历史登场的必然性。

20世纪90年代，伴随着格林布莱特的多部重要专著相继出版，也对新历史主义文化诗学的理论研究起到了重要的助推作用。与此同时，深度探究新历史主义的各种专论成果如雨后春笋般层出不穷。它们或从学术谱系的新颖视角切入，较为详尽地梳理了美国新历史主义与英国文化唯物主义的思想渊源；或从文学文本和历史语境的关系出发，从文本、意识形态与历史阐释三个层面对三种情境主义文论进行了深度探讨；抑或从当代文艺理论发展史的“历时性”视角出发，对新历史主义的理论背景做了详尽研究。其中，威尔逊（Wilson）的《文化唯物主义：理论与实践》一文认为新历史主义尽得文化唯物主义之精髓与真传，实际上早已成为了文化唯物主义的重要分支。倘硬要分析二者的差异的话，在共拥同一套基因谱系的前提下，前者只是后者的一个变种和异化。威尔逊主张从学术价值、历史谱系与社会影响三个方面将新历史主义打包接收，全盘纳入文化唯物主义的总体框架之中。克勒布鲁克（Colebrook）的《新文学史》一文则认为福柯、威廉斯、布尔迪厄（Bourdieu）、德赛图（De Certeau）等理论家是格林布莱特及新历史主义学派的直接理论来源，民族志、人种学与西方马克思主义为新历史主义提供了整体批评思路和诗学观念体系。

从历史角度来看，美国学界对新历史主义批评观的评判始终充斥着不同学派理论的批评声音。勒翰（Lehan）教授在《新历史主义的理论局限》一文中认为，新历史主义批评话语受到解构主义与后现代主义理论的过多影响，过分热衷于对历史的肆意消解和对文化的过度剪裁，存在“过分意识形态化”等理论盲区。这也是大多数理论形态的通病，只择一端而罔顾其余。他的同事波特（Porter）教授在《历史与文学：新历史主义之后》一书中也极力反对新历史主义在文学研究中过多渗透意识形态和权力意识，认为这种理论杂糅性将导致新历史主义四分五裂、自行消散而走向理论消亡。2000 年，凯斯坦（Kastan）在《理论之后的莎士比亚》（*Shakespeare after Theory*）一书中明确宣称，“‘新历史主义的时代已经过去了’，这一批评所惯用的‘轶事嫁接法’（anecdotalism）已是臭名昭著，他希望看到一种‘事实更加充分的历史’，但又不要回到先前那已经被废止的传统历史主义的老路上”。[①] 布鲁克·托马斯（Brook Thomas）在《新历史主义与其他过时的话题》（*The New Historicism and Other Old - fashioned Topics*）中直接断言：格林布莱特的历史批评实践在对后现代文化的挑战中已经再次落入旧历史主义的传统套路，新历史主义学派行将就木。一时众声喧哗、危机四伏，学者们争相“站台发声”为抢得敲响新历史主义的第一声丧钟而奔走相告。

延至 20 世纪 90 年代中后期终于“柳暗花明又一村”，格林布莱特在其后续重要著作中不断注入格尔兹文化人类学的理论元素和新鲜血液，逐渐明确了新历史主义的文化诗学批评指向与理想。与此同时，西方学界在后现代文化历史终结论的喧嚣中，对新历史主义和文化诗学的研究兴趣与认识水平也达到了一个新高度。布莱尼甘（Brannigan）的《新历史主义与文化唯物主义》（*The New Historicism and Cultural Materialism*）和杰诺韦塞（Genoverse）的《文学批评和新历史主义的政治》（*Literary criticism and the politics of New Historicism*）等则指出其仍然属于一种广泛意义上的“历史转向”。对于新历史主义批评中出现的“历史转向”与“文化政治”的复杂学理关系，百瑟丽（Belsey）的《通向一种文化诗学：理论与实践》（*Towards a*

① 盛宁：《新历史主义还有冲劲吗?》，《外国文学评论》2001 年第 4 期。

Cultural Poetics：*Theory and Practice*）和伽勒尔（Gallagher）的《实践新历史主义》（*Practicing New Historicism*）等均强调这样一种观点，“基于当前对新历史主义批评过程中出现的‘历史转向’这一批评现象的混乱理解，这里有必要澄清如下一点，那就是斯时的转向绝非历史传统的回潮与复辟，它并没企图推动这么去做，谋求强制性催逼文学批评重新转向传统的社会事件史或作家生活史，但对此也不会袖手旁观”。这么做的初衷是要倡导文学批评开辟一条通向一种基于历史语境和当代反思并驾齐驱、交相辉映的文化批评话语策略，力图在共时性的文本阐释与整体反思中重拾某种历时性的历史叙事与意识形态化线索。

有那么一段相当长的时期，新历史主义的文化诗学批评观大力推动批评活动中的主体性话语重建，许多人因此而给它打上了“情结主义”批评范式的标签。尤其是伴随着海登·怀特携“新史学”的“元历史”研究加盟到文学批评的理论探讨中来，关涉新历史主义和文化诗学理论属性的各种争鸣也就愈辩愈烈。其实，怀特在《评新历史主义》《作为文学虚构的历史文本》和《历史解释中的形式主义与情境主义策略》等多篇论文中明确指出，对历史文本中的零散插曲、逸闻趣事、偶然事件等历史内容的“创造性与话语性”阐释，可以被认为具有“情境主义”而非“情结主义”的诗学品质和批评范式，而对历史的各种阐释实践则体现出某种形式主义的“元历史”结构。跟怀特的理论主旨如出一辙，乔纳森·多利莫尔和阿兰·辛菲尔德则认为，新历史主义批评家必须以文艺复兴期的戏剧评论为“情境”平台，提倡展开文学与文化结构、文学与历史语境、文学与政治权力话语、文学与审美意识形态等基元范畴的总体性研究。

在当下的欧美语境中，新历史主义文化诗学思潮仍处于涨势阶段，虽不至于热闹到人声鼎沸、众声喧哗的地步，但还是吸引了大批仰慕者、追随者趋之若鹜，竞相效尤，整体批评格局呈现出多重话语杂乱交织的纷呈态势。新历史主义倡导批评的主体性理想和实践性品格，从不刻意追求要去架构多么庞大的理论体系和思想大厦，这一理论品质也直接导致了它的代表人物们大多不愿意赋予他们的批评实践以清晰的理论定位。由于新历史主义者只是追求“具体情况具体分析具体文本”的文化阐释和政治解读实践活动，或许是不屑，也可能是无意，他们自身拱手放弃了架构一种明晰的、系统化的理论体系的努力，这一做法明显有悖于积习已久的学术规范和学术追求。面对仿佛突然冒出来的这个“黑马”，美国学术界咋口结舌，有些不知所措了，对它的评说毁誉参半，对它的界说更是莫衷一是。直至 2005 年，佩尼（Payne）教授编辑出版了《格林布莱特读本》（*The Greenblatt Reader*, *Edited by Michael Payne*, *Blackwell Publishing Ltd*, 2005），其中收录了格林布莱特各个时期的重要论文，囊括了其基本理论内涵，颇多新见，产生了很大理论影响，以至于本身研究文化诗学的学科门类业已成为显学。

躬逢后现代思潮的语言转向、结构转向和历史转向，新历史主义批评流派在欧美学界的全面崛起、如日中天是在经历当代“语言学转向”之后的后现代文化语境中才得以实现的。正是在对各种形式主义和结构主义倾向的拨乱反正之中，才逐渐促进当代文学批评整体重新转向了历史文化语境下具有“反本质主义”意味的主体性思想构塑与倡扬。在以反本质主义、反普适主义为主体框架的“解构主义”思想潮流席卷之下，西方文化将欣羡的目光投向了对“元历史”叙事的总体性把握和“共鸣性文本”阐释的审美性观照。以往被深度压抑而

"下沉"到潜意识的各种文化成分如沐春风，纷纷冲破理性主义和科学主义的普适牢笼，重获了拥有独立话语权资格的权力象征与身份角色，不屈不挠地最终导向了一种边缘化和权力化的政治美学话语形态。在这样的思想背景之下，格林布莱特的新历史主义文化诗学采用历史阐释和主体建构的批评视角，来寻找经典意识形态问题"断裂"之处的权力踪迹，恢复被权力遮蔽的"他者"声音，也就不足为怪了。

格林布莱特倾慕于以历史文化和主体阐释为批评基点，以揭橥文本的历史性维度和构塑主体的文化性视角重新介入文艺复兴期戏剧与前现代文化的批评领域，提倡以主体建构的历史性和文化性双重视角重新探求与认知西方历史碎片中的社会境况和文化影像。因此，他的文化诗学批评打破了传统意义上的文学与历史之间的学科界限和语言隔阂，以文本阐释和文化塑造为总抓手，深刻揭示出历史话语形式与文学话语形式蕴含的共同"诗性"品质。在对文学文本的这种"泛文化"批评中，他极力提倡对文学文本展开"文史哲社一体化"联动的整体性研究，而正是这种在历史语境和文化结构之间穿行不辍与交叉阐释的批评方法，已经使得"文学的历史叙事"与"历史的文化批评"的双向建构问题再度成为当代文论研究的"黄金档期"焦点栏目，逐渐促进了当代西方文学批评思想的研究旨归向新历史主义文化诗学方法论的历史性转换。

与此同时，欧洲学者们的实践性批评为新历史主义文化诗学批评流派注入了更多的思想资源，也提供了新的探索方向。比利时根特大学的皮埃特斯（Pieters）教授近年来专治新历史主义批评理论，先后推出了《批评的自我塑造：格林布莱特和新历史主义》、《与逝者对话：文学与历史的探讨》等专著。他认为与其徒劳地为新历史主义建构庞大和统一的、机械的“本质主义与普适主义”的理论体系，还不如专门就某位新历史主义批评家或某个历史文本展开个体与局部的“小历史”（petti histoire）式个案研究，从而避免重蹈理论研究中好大喜功地构建宏大历史（grand histoire）式叙事体系的覆辙。皮埃特斯对后现代历史主义与文学历史关系、文艺复兴的自我塑型等论域展开了全方位的理论研究，再度掀起了针对新历史主义文化诗学批评流派的研究热潮，无疑是代表着新历史主义批评形态研究的最新成果和标志性文论事件。

二 国内研究现状

新历史主义文化诗学关心与思索的问题，同样也是中国学者关注与思考的问题，文化诗学批评流派在欧美崛起不久，中国学者就把它译介到了国内文论界。但格林布莱特的论文论著译介过来的并不多，仅零星散见于部分专题研究审美文化等范畴的专业论文或专著中，且多语焉不详。时至2014年年初，经过长达二十余年的理论研究，国内学者发表的相关论文仅为120余篇，论著也只有寥寥两三部。可以说，新历史主义批评流派与文化诗学批评思想一直沉寂于文学批评研究的边缘，其中，针对新历史主义批评思想的阐发与探究又占去了多半壁江山。相对而言，即使是在对新历史主义理论范畴的研究中，关于海登·怀特和后现代历史叙事学的研究又占到了相当大的比重，更遑论专门针对文化诗学批评思想的系统化、科学化、精细化学科式研究了。

虽然早在1993年，格林布莱特的《文艺复兴的自我塑型》导言就被赵一凡翻译并收录于其论文集《文艺学和新历史主义》中，《通向一种文化诗学》被张京媛翻译并收录于其论文集《新历史主义与文学批评》中，但是，作为新历史主义领军人物的格林布莱特在中国学界却还是一个既熟悉又陌生的西方学者。虽然每逢新历史主义的场合就必然会引用到他的相关论点，但是国内学界针对格林布莱特本人的整体批评思想进行体系化、学科化专门研究的案例却并不多见。直到2012年年底才填补了这项学科建设空白，暨南大学出版社推出了王进所著的《新历史主义文化诗学：格林布拉特批评理论研究》，国内大陆终于有了自己独立研究格林布莱特新历史主义与文化诗学批评理论的专著。但即便如此，在这部篇幅不长的著作中还是把新历史主义与文化诗学两种批评学说不加辨别地合并处理，直接导致了专属格氏批评思想的理论特色与实践个性隐而不彰。

当下国内针对中西文化诗学批评形态的专项研究仍在如火如荼地开展着，粗线条勾勒一下进展情况，研究现状与批评流派大致可划分为两类：一类是由蒋述卓、童庆炳开创并主导的“本土化”的中国文化诗学批评学派；另一类是以张京媛、王岳川、盛宁、刘庆璋、张进以及新锐批评家王进、傅洁琳等为代表人物，对格林布莱特新历史主义与文化诗学批评理论的承继性与开创性研究。这两种批评学派都与格林布莱特的新历史主义与文化诗学批评理论有着千丝万缕的联系，为当代中国文学批评形态带来了新的方法和思考，开启了新的探索与发展。

“花开两朵，各表一枝”，我们首先梳理一下“本土化”的文化诗学批评观的发展脉络。单从时序上来说，著名文艺理论家王元化的弟子、暨南大学蒋述卓教授在国内较早提出了“文化诗学”概念，还以“文化诗学批评观研究”作为选题，一举拿下了国家社会科学基金项目《文化诗学：文学批评的跨文化视野与现代性进程》，从跨文化视域与现代性语境的双重视角架构文化诗学批评形态的理论体系。难能可贵的是，他在宗教艺术研究中大胆尝试运用文化和美学相结合的综合性研究方法，开了“跨学科、跨文本、多领域”综合研究的风气之先。惜乎他仅为疲于应付、应对各种“后”思潮在中国的狂轰滥炸开出了一剂改良主义的温和调理药方，虽然在中西文化“交流、沟通”关系中也强调要重视和实践文化诗学的批评观，但他对当下中国文化的复杂语境尚没有充分而清醒的认知，更没有充分重视文化诗学批评观内孕的批判性、实践性和对话性。由是观之，蒋述卓当时只是点了一下题，没能进一步展开和深化下去，停留在了破题阶段。

基本与之同期，童庆炳另辟蹊径，通过对新时期以降中国诗学发展历程的“实证主义”梳理，创造性地宣示和论述了中国诗学在依次完成了审美论、主体论和语言论三个层面的“批评转向”之后，业已开启了文化诗学批评观层面的又一次转向。正是在他的奔走相告和鼓与呼下，众多的文学批评家也随喜转向了译介、运用、重构这一理论形态，引无数才俊折腰、效尤，学人们纷纷投身到文化诗学的理论建构、批评实践、谱系架构、学术争鸣等中去，竭忠尽智，力图将文化诗学批评思想构塑成中国诗学的重要运思和实践方式。

至于对于格林布莱特新历史主义与文化诗学批评理论本身的研究，国内学界从20世纪90年代初起步，此阶段翻译和介绍的学术著作有：中国社会科学院外文所编《文艺学和新历史主义》和张京媛主编《新历史主义与文学批评》，这两本书中收录了一些有关新历史主义经典论述的译文。后渐入了“新历史主义与文化诗学各美其美、美之人美、美美与共”的研究阶段，专著有张进的《新历史主义与历史诗学》（中国社会科学出版社2004年版）、蒋述卓的《文化诗学：理论与实践》（人民文学出版社2005年版）等；论文成果有王岳川《新历史主义的文化诗学》（《北京大学学报》1997年第3期）、林继中

《文化诗学刍议》(《文史哲》2001 年第 3 期）等。它们或是对格氏批评理论中某些论断进行阐述，或是通过再理解、再阐释格氏批评思想的核心批评观为建构“本土化”文化诗学批评理论找到可资借鉴之处。

清华大学的生安锋教授曾以《透视文化、重构历史：新历史主义的缔造者——斯蒂芬·格林布莱特教授访谈录》(*Penetrating Cultures and Reconstructing History: An Interview with StephenGreenblatt*）的形式专访过格林布莱特教授，这也是国内较早的与美国当代文论大家的“点对点、面碰面”式跨文化交流与跨文明碰撞。在访谈中，格林布莱特首先简要回顾了自己学术生涯中所受的形式主义（Formalism)、传统马克思主义（Western - Marxism）和后结构主义（Post - structuralism）等社会文化思潮的影响情况，以及自己是如何逐渐关注与介入文艺复兴期历史文学和莎士比亚研究，从而在莎学研究中异军突起、独树一帜的。作为颇具盛名《诺顿文选》的第二任总编辑，他清晰地指出了《诺顿文选》和英语文学经典的建构和重构（canon formation and reformation）之间的关系，以及文选使用者在经典建构中的作用、经典的筛选机制（selecting system of canon）和其中的商业因素（commercial elements）等。他还谈到自己对缔造文化诗学批评理论体系的新构想，以及阅读阐释莎士比亚本人及其作品的新认识、文学批评与政治活动主义（political activism）之间关系的新理解，还有对“历史的文本性”等核心观点的重新阐释与澄清等。最后，格林布莱特还对中国学界对新历史主义与文化诗学批评理论的评判与质疑做出了认真的回应。

三　本论著的学术创新点

本论著的学术创新点（academic innovation）择要枚举如下：本论著能够直面格林布莱特批评思想的庞杂性和摇摆性，尤其是其文学文本的批评实践远胜于文学批评观念的批评现实，主要采用从文学文本内部构造、各类文本间性与各批评形态之间等多层面和多维度进行整体比较、总体把握的综合研究方法，从“比较视域”本体切入，立足于当代文学批评理论的文学性和历史性两大“元范畴”问题，兼顾泛文化解读和意识形态化语境两个维度，深刻剖析了格氏倡导一种“新史学转向”视域下走向文化诗学的历史必然性，以及聚焦于检视展开文本阐释和自我塑造的现实可行性。同时还着重指出了其切合斯时的文化现实需要，旗帜鲜明地提出“文本阐释”论、“自我塑型”论、“意识形态”论以及“文本无边界”说等主要批评范畴的必要性和迫切性，以上这些方面均围绕着凸显格氏批评理论中的核心元素，即新历史主义的文化诗学批评观来展开。

梳理格林布莱特新历史主义的文化诗学批评形态架构，立足于其理论的复杂性，细察与明辨其多部类“主体间性”（Inter - subjectivity）的杂多关系和“交往”网络，并尽可能加以描述。在厘清格氏的学术思想和理论架构时，一般要涉及两个概念：新历史主义和文化诗学。在当下文艺学界，这两个概念都是颇具争议性的。谈到新历史主义，批评家往往联想到对文本价值确定性的消解，而文化诗学则常常被理解为对文学意义的泛文化解读。可以说，新历史主义和文化诗学分别对应着描述格林布莱特整体学术思想时并驾齐驱的两个维度——史学的维度和诗学的维度。无论是把这两个概念合成一个时，还是单挑出一个来因时制宜各有所侧重，实际上都是试图把格氏的批评思想在文学批评理论的框架内整合起来。作为这种整合中心的诗学，其实也就是文学文本阐释研究。因为无论给格氏批评理论贴上怎样光怪陆离的标签，他真正的学术成就并非提出了一种惊世骇俗的庞大理论大厦，而是他所锻造的文学文本和文化文本“合模”分析方法与阐释视角对当代文学批评理论的贡献。

以往每每论及格氏文化诗学的理论架构时，颇多偏重于从新历史主义批评视域来阐发，落脚点定位在断裂的历史观和整体文化观两个层面上。而本论著则着重从破茧而出的文化诗学批评视角来理解与阐释，着力点落实在认识论层面的文化整体观，本体论指向的历史本源观，主体论维度的诗学意义观，实践论向度的“文本无边界”说四个理论原点上。更为重要的是，这四者又并非截然分立、孤立存在；相反这四者一以贯之在文本阐释的全过程（或言之：贯穿在自我力量的形塑和自我造型的重塑过程中），同时又架构起了贯通四者的桥梁，那就是本文一再凸显的思维范式与批评空间：自我造型的形塑流程。这样上述“多极”便构成了格氏文化诗学批评理论的多元体系和多维世界。

新历史主义的文化诗学批评思想恰是从格林布莱特开始，才具有了世界性的学术影响，这与其独特的理论风格息息相关。自我造型，文本的“惊叹”与“共鸣性”的诗性阐释，以及对文本意识形态权力运作的多层面解读，都是格氏作为新历史主义者的个性化阐释和理论构建，体现了富于创见的理论深度。又鉴于新历史主义这一“新史学”批评观，为格氏的文化诗学批评观准备了充沛的思想渊源和方法论依据，如何在准确、客观和明晰地界说两者的内在关联的逻辑前提下，重点突出文化诗学批评观的特异性和独到之处，便变成了现实之需和理论之基。本论著不仅清晰地关注了这一重要事项，而且倾其所有打造文化诗学批评形态特有的主轴方面，体现了一定的逻辑思辨性和学术原创性。

本论著秉持“我注六经”和“六经注我”，各美其美而又美美与共的阐释理念，首先采信“情境”式文学批评方法，即批评主体主动

“沉降”到文化事象和文学文本典籍中，从文本“原始痕迹”和作家的“客我”批评视角来还原和注解那些“共鸣性”文化文本，进而用“厚描”式粗笔勾勒出格林布莱特文化诗学批评理论形态的来龙去脉和精髓要旨，外化表征为批评主体对作家和文本的本源认同和原创剔抉。然后，“转换一下说法，接着说”，改用“情结”式文学批评方法，“运用脑髓，放出眼光”，大胆跨越文学文本与非文学文本的疆界，将“文化解读与历史叙述”“政治话语与权力结构”和“文化世界与生活世界”等多重架构内在勾连起来，弥合无间地构塑成“想象的造型共同体”和“主客融合的文本联合体”。毕竟，一种批评理论能具有开拓性价值和意义，打开了一种文学文本的阐释思路，构建了一种新的批评范式与思维方式，抵达“片面的深刻”已属不易。

尽管中西文化诗学纠葛着这样那样的差异性和共同性，但都贯穿始终着一条加粗的理论主线，它们的批评实践活动也是紧紧围绕着这条主轴而运转、运作的，那就是始终保持着强烈的批判性、实践性、自我反思性以及对权力结构的敏感性，和对意义建构及对话性公共空间的倍加重视。一方面在嵌入当代文学批评实践之时，在文本结构和文化解读之间穿梭，为不断反思人类文化行为和重建社会批判和意义建构的想象空间提供更多的可能性；另一方面又渗透到中西文学、文化甚至政治研究之中，重新塑造人们评判文学与文化、文学与政治权力、文本与历史、语言与意义等思想观念问题的概念术语、运思方式和实践范式。唯有直面文化诗学复杂多元的批评话语形态及其应对来自于四面八方的各类质询的批评实践，才能创生我们在“文化诗学之后”（After the Cultural Poetics）的批评新愿景，从而开创一条更加宏阔与诗意的文学批评道路。

第四节 本论著的逻辑线索和基本架构

实际上如同很多批评流派的遭际一样，涂抹着同一标签的新历史主义及文化诗学批评学派内部也是自说自话，杂语横生，各行其是，并不存在什么用同一个声音来发声的情形。不同批评家的主打观点也各有侧重，千差万别，而新历史主义及文化诗学批评观也通常被认为是“一个没有确切指涉的措辞”。考虑到这样“个体异于整体而又优于整体”的独特的理论特征，要想对新历史主义文化诗学思想观念的深度开掘有些突破和创见，就有必要摆脱传统的学派式的研究套路，同时力避批评范式中宏大叙事模式的“本质主义与普适主义”倾向。正如布莱尼甘所说，“不依靠某种理论家的作品就无法定义某一批评实践，为了寻找共同的特征而压抑不同实践者之间的实际差异，由此而来的各种定义是不准确的，这些共同特征的准确性也是受到质疑的”。[①] 如是看来，多数情况下，某个批评家个体的个性特征与实践特色同所属的批评流派拥有的共同特征与实践共性之间，既非一般意义上的部分与整体的种属关系，也非互为兼容的特殊与一般的真包含关系，某些情况下甚至可能激化成剧烈碰撞或激烈冲突。当此之时，在具体的批评实践活动中，便陷入了“鱼与熊掌如何选择”的难题，是为了保有理论虚幻的共性与一致性而牺牲个体特征的准确性，还是相反呢？

---

① John Brannigan, *The New Historicism and Cultural Materialism*, London: Macmillan, 1998, p. 22.

与其挖空心思去罗列、“点赞”某一流派的不同批评家的集成观念，或是以某些批评家的复调和声去“泡沫化”这一批评流派的理论张力和话语空间，倒不如收束视野，握紧拳头，重拳出击，锁定某一个体文论家本身的批评思想架构，从而达到“以一斑而窥全豹”的整体研究目的。因此，本论著以格林布莱特的新历史主义文化诗学批评观为研究个案，结合格林布莱特的具象化批评实践活动，通过重点分析他的经典性论断和代表性论著，逐步演绎出其批评思想的来龙去脉和精髓要旨，目的在于从理论的上游源头上厘清与把握文化诗学的学理思路和实践走向，揭示出“文化的主体性”与“主体性的文化”，“历史文本化”与“文本历史化”，“权力话语化”与“话语权力化”等多重互文批评范畴的文化品格、历史语境和政治内涵，竭心尽智力图将新历史主义文化诗学批评观的思想研究推向一个新的学术峰巅。

与此同时，重估和重构新历史主义文化诗学批评思想的发展脉络与理论框架，并开诚布公、实事求是地阐明其理论价值与历史局限，一方面对于较为全面地宏观把握当代文学批评的核心理念和最新批评思想的新成果、新发现具有开拓性意义；另一方面对中国“本土化”文化诗学批评理论的当代阐释和主体重建无疑又具有重要的认识论启示价值和历史观映鉴意义。我们有着充沛的理由与依据来确信，新历史主义文化诗学批评理论一旦植根于中国“本土”的文学批评生态，势必助力于其自身批评实践的疆域扩展与理论完善，在“立场自醒、理论自觉和价值自省”的思想基础之上，强力拉动中国文学创作与批评向和谐共生、美美与共的“生态型批评”（ecocriticism）理想不断靠拢，从而保持一种涵养传统与吸纳新知“落霞与孤鹜齐飞”的批评态势。

本书共分八个部分。

绪论部分对本论著的选题缘起、论域范围、选题思路、传主学术经历、国内外研究文献综述，以及基本概念和范畴界说作了粗线条的梳理和勾勒，并撮要描述了本论著的逻辑线索和理论架构。

第一章主要交代格林布莱特文化诗学批评形态的学术渊源，其中包括第一节——该批评形态的思想来源；第二节方法论背景——方法论视野下与格尔兹“文化人类学”的同质异构性；第三节认识论背景——认识论视野下与伽达默尔、利科“新诠释学”的内在互文性；第四节价值论渊源——价值论视野下与詹姆逊“政治诗学”的同源异流性。

第二章是本论著的核心部分之一。重点条分缕析格林布莱特文化诗学批评形态的五大理论范畴，分别为：第一节“新历史主义”批评视域；第二节认识论层面的文化整体观；第三节本体论指向的历史本源观；第四节主体论维度的诗学意义观；第五节实践论向度的“文本无边界”说。

第三章是本论著的最为核心部分之一。较为全面、完整、详尽地阐述格林布莱特文化诗学批评理论的“文本阐释”论，主要蕴涵五个层面，分别为：第一节文化诗学视域中的文本阐释理论概说；第二节文本阐释理论的“比较视域”本体；第三节碎片的“共鸣性文本”历史观——在“历史的文本性”和“文本的历史性”的双向阐释中重塑文本与意义之间的互动图景；第四节整体的文化观，或称历史与文化的文本对话：倡扬探究文学形态的历史脉络和文化语境；第五节诗性的“文学文本”阐释或称审美的诗学观——文本阐释理论的当代诗性审美形态。

第四章是本论著的又一个核心部分。详述格林布莱特文化诗学批评形态的“自我塑型”论，主要涵盖五个层面，分别为：第一节文化阐释的发生学景观和诗性蕴含；第二节“文本联合体”的文化表征和哲学表达；第三节文化生产流通的“社会能量”转换论；第四节“自我塑型”论的话语架构及诠释实践；第五节跨文化境域中“公共文化镜像”的自我塑型。

第五章概述格林布莱特文化诗学批评形态的“意识形态批判”论，分别从五个方面来展开：第一节“文化解读”的“意义生成说”视域转换；第二节语境化的“思辨的理解”作用力场；第三节意识形态化的“凝视的理解”话语机制；第四节权力结构的“隐喻性”表征形式；第五节从“文本间性”理论到“主体间性”实践的“旨趣”转换。

第六章主要探究了格林布莱特文化诗学多元化的批评范式，分析了若干具象化的文本阐释实践样式，分别为：第一节以文学文本阐释实践为主轴的多元化批评范式；第二节“情结”文化批评范式的“知识论转向”；第三节比较形象诗学视域中的“共鸣性文本”；第四节主要是具体运用格林布莱特文化诗学批评观，落实到文化诗学境域中来析述文学意义的审美阐释实践模态。

本书以结语收束全文，在粗略交代当下世界文论面临的整体形势和共同任务的总体格局下，简要概说了对格氏文化诗学批评理论与话语体系的整体性评判和多维追索，同时也对文化诗学批评观念史的各个历史分期作了终结性界说。作为兼容了“全球化”与“本土化”双重维度的“国别体”文化诗学批评学派中翘楚的“中国形态”压卷出场，从而为文化诗学整体形态平添了更多中国元素与中国气派。与之并行不悖的是，在此进程中不惟培育了更其浓烈的“问题意识”，预设了更多合模的“文本阐释”可能性，而且预留了更加宏阔的“理解”思维空间。

第一章　文化诗学批评理论的学术渊源

文化诗学批评学派兴起于20世纪80年代的美国“本土”，已然成为当代西方文学批评思潮的后起之秀。文化诗学以其对文学文本及其联合体（作品）加以文化释义和政治解读的批评旨趣，践行着对“文本的历史性”与“历史的文本性”的交互诠释和双向调查，达成了对盛极一时的形式主义批评和旧历史主义批评的双重超越，凸显出哈罗德·布鲁姆极力推崇的学术原创性。其代表人物斯蒂芬·格林布莱特通过自己的“文本诠释”（text interpretation）理论与实践赋予了文化诗学以新的话语内涵和批评范式。在此理论情势下，以“自我塑型”论为核心范畴的新“文本诠释”观的形成和理论反响，意味着互文性、跨学科、多领域的批评话语体系的夯实已经成为一种理论需求和鲜活现实。哈佛大学教授霍米·巴巴（Bhabha）评价格氏“不仅创建新历史主义批评学派，而且刷新了文学批评的思维习惯”。①

格林布莱特从文化诗学的崭新视角来重估和重构传统的文论研究和莎剧批评，使得这门早已冷落鞍马稀的传统学科领域再度焕发了勃

① 王进：《新历史主义文化诗学：格林布拉特批评理论研究》，暨南大学出版社2012年版，第31页。

勃生机。本章着重阐明这样一条清晰的发展脉络，即粗线条描摹出文化诗学“文本诠释”理论发生层面上的学术背景和渊源：“文化诗学”概念是直接来源于西方当代文论的话语体系和理论资源，“‘诗学’可以定义为关于文学的概念、原理或系统。研究诗学，如果仅仅局限于一种文化传统，无论其多么复杂、微妙和丰富都只是对单一的某一概念世界的考察。考察他种诗学体系本质上就是要探究完全不同的概念世界，对文学的各种可能性作出充分的探讨，做这样的比较是为了确立那些众多的诗学世界的原则和联系。”① 格氏文化诗学作为一种新的文学批评视角和文化表征形式，它所鼓而呼与捉刀操作的是一种诠释文学文本的文化政治蕴涵和彰显“文学性与历史性内在璧合”特质的方法论，业已得到西方文论界的认可和热捧。

格氏文化诗学作为一种对文学本文加以文化释义和政治解读的文化批评范式，一方面摒弃了旧历史主义史学的集客观、实证、理性、线性、单数于一身的历史观；另一方面又拒斥形式主义批评对文学与社会、文学与历史、文学与文化、文学与非文学、经典与非经典等关系的割断。格氏文化诗学力图以其特有方式回归历史，重新恢复文学文本与文化、历史、政治、意识形态或权力话语等语境因素的复杂而深刻的隐在关联（hidden connection）。在此理论背景下，它曾被指责为“另一个版本的马克思主义”。耶鲁学派（Yale School）的当家头牌布鲁姆甚至直言不讳地称他以破坏以往一切审美标准与价值原则为旨归，只是颠覆而不建设，只是否定而不肯定，是“文学殿堂的粗暴的、不受欢迎的入侵者”，是“憎恨学派”的头领，他迂曲的理论导致西方文化跌入悬崖。虽言辞激烈，但揭示出其深刻性恰在于隐含的

① ［美］厄尔·迈纳：《比较诗学：文学理论的跨文化研究札记》，王宇根译，中央编译出版社 1990 年版；又见刘耘华《比较诗学的本土生成》，《东方丛刊》2009 年第 1 期。

意识形态政治力量。

新历史主义者们竭力切断与马克思主义的政治联系，凯瑟琳·伽勒尔曾再三辩解，持新历史主义批评观点的许多人“已经不能恢复对马克思主义的信仰，也不能皈依解构批评，新历史主义者内部甚至很难取得政治上的一致。对历史的兴趣可以脱离政治而独立发展；在历史地看待文学的愿望背后可以没有任何政治动机”。[①] 新历史主义自诞生伊始，就一直声称要脱离政治而对历史和“历史地看待文学”进行反思和重构，但这种“独立发展”却往往事与愿违。尽管如此，新历史主义文化诗学已经成为当今西方文学批评界的中流砥柱，成为近年来欧美学界风头甚健的批评理论之一。

第一节　文化诗学批评思想的多重来源

推本溯源，格林布莱特文化诗学的发展脉络还是要从他的新历史主义这一源头说起。根据王治河主编的《后现代主义辞典》（中央编译出版社 2005 年版，第 703—706 页）的经典释义，新历史主义的理论蕴含至少涵盖以下要点：它是 20 世纪 80 年代初首先在美国，然后波及英国、澳大利亚等欧美国家的一种倡扬社会历史意识和意识形态化评判的文艺批评思潮。该批评学派的生成和发展是由多股思想潮流汇合的结果。

① Gallagher & Greenblatt, *Practicing New Historicism*, Chicago: The University of Chicago Press, 2000, pp. 6, 12.

一　福柯的“谱系学”历史观

20 世纪六七十年代解构主义运动的崛起，对文本结构的破除是以文本意义的“虚无”性存在为假设性逻辑前提的，正如它作为结构主义瓦解消亡的因素那样，一切都源自对其自身的否定，即“解构的解构”，而对一切文本的消解和颠覆最终不可避免地导致对自身存在合法性和合理性的武装解除和全面颠覆。始料未及的是，解构主义对“逻各斯中心主义”的大加挞伐，不断把自身推向逻辑思维的传统边界，最后不可避免地突破了为自己所划定的思想洞穴。这个洞穴的边界有两道，一是文本与意义之间的阻隔，二是文本与其外部现实或历史的篱障。70 年代后期，后现代文化思潮风起云涌，“这主义那学派”争奇斗艳、花样迭现，特别是以法国哲学家和“思想系统的历史学家”米歇尔·福柯（Michel Foucault，1926—1984）为代表的后结构主义思想学派更突破了“共时态”思维模式的禁锢，向“历时性”思维方式的考察倾斜、靠拢。

福柯谱系学（Genealogy）的历史观一反以探究事物的本质规律为己任的“本质主义”传统做法，彻底放弃了对“透过现象表层来看取和把握深层本质”的理想化探索，坚定不移地将目光转向现象的表层和事件的细部，不再下潜，也不再浮想联翩，表层和细部就是千百度要追寻的灯火阑珊处的它们。它们可能是不经意间的某个时刻的小细节，也可能是微乎其微的细小转换，还或许是细微轮廓的意外呈现，“谱系学理论是灰色的，注意细节的……谱系学要求耐心和对话细节的知识与广泛的原材料的积累”[①]。福柯毫不吝啬地削平了人类主观臆

---

① ［法］米歇尔·福柯：《语言、反对记忆实践》，《文选与访谈》（康奈尔大学出版社 1977 年英文版）。摘自江怡编《走向新世纪的西方哲学》，中国社会科学出版社 1998 年版。

造出来的压根就不曾存在过的什么深层的本质和深刻的意义，批评的“人与事”实质上只是单面人与单义事，表里如一，根本不需要更多解释，既没有钦定说辞，也没有唯一答案，因而每个事物都是可以解释的，而且对每个事物又可以有多种解释。

而“谱系学”就是要如数家珍般一一记录这些“像泪滴一样坠落在纸面上的”解释而不是唯一解释的历史。就像每一颗泪滴的坠落是随机的、任意的和飘忽不定的，历史的点点滴滴也充满着随意性和自主性，连缀起来也就根本不存在什么本质、规律的，福柯的谱系学对传统历史观中奉为圭臬的一致性和规律性嗤之以鼻，操持坚决的拒斥态度。它言之凿凿地明示：“这些所谓的一致性和规律性完全是‘虚构’想象出来的，只是一副纯粹的假面具”。福柯又进一步从学理层面上条分缕析了“现代主义”历史观的具体表现形式，大致区分为两种：一种形式是由书写者主导、统治，“根据现在写过去的历史”。作为全知全能的书写主体，全凭个人的喜好、兴趣和经验，把既存的概念、模式、制度、利益或自我感觉强加到历史中去，甚而推己及人，强加到其他时代，然后振振有词地宣称发现这些较早期的概念、制度等放诸四海而皆准，仍然具有现在的意义。

另一种形式是由书写对象主导、统治的“历史权力决定”论。这种历史决定论试图在过去的某一历史节点发现现在支点的影像造型，于是就在这两点之间牵引出一条有规律可循的线段来，从而揭示出从往昔某点到现在支点的发展的必然性。在福柯看来，历史首先是并不存在假定性的终极目的，历史也并非普遍理性的衍化进步史，也不是黑格尔意义上的“绝对观念”徐徐展开的理念历史，在否定了众多历史观念之后，究竟何谓谱系学意义上的历史形态呢？概括来说，它是人类统治到另一种统治踽踽前行的权力的戏剧，是一部“没完没了重复进行的关于统治的戏剧”。①

为了拆解现存的西方思想文化史，福柯将“断层”（discontinuity）和“差异”（difference）两个概念像楔子一样嵌入“历史”。“历史”不再被当作一种客观的存在，而仅仅是一种“历史叙述”或“历史修撰”（historiography），于是历史的“文本性”也就凸显出来。这种新历史观念，既来自对传统启蒙历史观念的颠覆性再建构过程，也蕴含了后结构主义与后现代文化的历史逻辑和文化理想。对于深受福柯影响的格林布莱特来讲，谱系学历史观的实践意义，首先体现在它不再仅仅是以挖掘和还原历史的本质属性为唯一的研究目的，而是改弦易辙，转向了在断裂性的基础上关注历史现象的偶然性以及历史意义的异延性质。再次体现在从根本上拨乱反正了“孰是历史本体”的问题观念。知识理论的抽象本质不再是历史的本体，其存在形式也就要转向历史表述和阐释的主体，恢复被传统历史主义所遮蔽的主体价值。这样，追问“孰是历史本体”的本体论问题意识便转换成了探究“历史主体价值何在”的价值论问题意识。新历史主义批评在美国学界的如日中天，则验证了福柯历史谱系学的理论预设，并将“历史的主体性和主体的历史性”关系架构移植到文学批评和文化研究活动中。

美国学者布鲁克·托马斯明确指出：“新历史主义采用了后结构主义论”②。格林布莱特更是直言，自己的理论学说“是受雅克·德

① ［法］米歇尔·福柯：《语言、反对记忆实践》，《文选与访谈》（康奈尔大学出版社 1977 年英文版）。

② ［美］布鲁克·托马斯：《新历史主义与其他过时话题》，载张京媛主编《新历史主义与文学批评》，北京大学出版社 1993 年版。

里达著作的影响"。[①] 其实格氏说了句半截话，若再续上句"受到以雅克·德里达解构理论、米歇尔·福柯谱系学史观为代表的后结构主义思想学派的侵染和导引"后半截话，他要表达的意思就相对来说充分而明晰多了。大陆学者陈晓明正好替他补充完整了这层意思，"所谓后结构主义就是以德里达的解构理论、福柯的话语权力理论和知识谱系学、拉康的后精神分析学以及后来形形色色的各种变体构成的知识和思想体系。后结构主义已经成为当代思想理论的基础的基础，已经没有人可以绕开这一理论或思想方法去讨论问题和发现问题。"[②]

林特利查（Lentricchia）的《福柯的遗产：一种新历史主义?》一文更是寻踪探幽福柯权力话语理论对于包括新历史主义学派在内的整个后现代主义思潮的"触及灵魂式占领思想阵地"的广泛影响，"新历史主义者不仅重新阅读了马克思，他们甚至拥抱了福柯，这种接受的结果在新历史主义那里可以在使用'权力'这个充满含义的术语的所有地方看到踪迹"[③]。新历史主义者将福柯的权力话语理论纳入文本与历史的分析之中，就是要力图揭示文学形态与权力形式之间的运作关系。作为西方后现代文化的主导力量，福柯的解构主义思想对当代文艺理论的影响范围广泛而又意义深远。如果说福柯的思想对其他批评理论的渗透很大程度上在于权力话语的批评思维，那么它对新历史主义文化诗学的影响则主要集中在知识考古和历史谱系的解构思维。这一解构思维既是新历史主义与福柯思想在历史批评

① ［美］斯蒂芬·格林布拉特：《通向一种文化诗学》，载张京媛主编《新历史主义与文学批评》，北京大学出版社 1993 年版。

② 陈晓明：《方法的挑战与迎战——后结构主义对当代文学理论的影响》，摘自金元浦主编《多元对话时代的文艺学建设》，军事谊文出版社 2002 年版，第 225 页。

③ ［美］弗兰克·林特利查：《福柯的遗产：一种新历史主义?》，载张京媛主编《新历史主义与文学批评》，北京大学出版社 1993 年版。

领域的方法论契合点，也是新历史主义文化诗学突破传统历史主义批评的理论契机。

二　威廉斯的“文化唯物”论

“文化唯物主义”（Culture Materialism）学派是指由雷蒙德·威廉斯开启并代表的英国“折中主义”思潮的重要分支之一，这一学派的突出做法就是在他们的经典性表述和代表性论著中把文学文本同历史、社会和语言的研究汇集在一起，试图用经典马克思主义“阶级与阶级斗争论”的“世界观与方法论”去历史地研究这些横跨了多门学科领域的文化阐释问题。蒙特洛斯曾较为详尽地比较了美国新历史主义与英国文化唯物主义之间的细微差别，他认为，其中极为重要的一点是虽秉承同一种“新史学”观，但再往前迈一步，它们在如何对待“现在观”的问题上裂痕扩大了。新历史主义关注的重心在于文艺复兴期文学文本在社会文化维度上的“再读、重塑”问题，当然这种“再读与重塑”是建立在强调主体化的“现在”对客体化的“过去”的“再认知、再解读、再塑造”关系作用的新“现在观”之上的。而对文化唯物主义来说，则更为强调“现在”怎样利用客体化的“现在”对“过去”展开各种“客观化”描述。相对而言，它的客体化倾向与客观化意味则要浓厚得多。

在如何重新构建文化形态与社会结构的互动关系这一具有本源意义的重大理论问题上，格林布莱特同时领受了威廉斯“文化唯物主义”学说和阿尔都塞“症候式阅读”（Symptomatic reading）论的双重影响，尤以有着人生轨迹交集、曾经师从过的雷蒙德·威廉斯为甚。威廉斯“文化唯物”论在强调文学生产性和文化物质性的基础上，重构了文化形态与社会结构的互动关系，即“从社会语境即社会结构的物质条件来诠释文化形态的新动向”。[①] 他又从文化与社会双重维度上进一步完善了格尔兹首倡的“文化造物”批评思想，这一批评术语直接“因势利导”格林布莱特新造了“文化塑造、文化造型、自我塑造、自我造型”等一系列新鲜词组。尤其是映射在文学批评方面，“文化唯物”论着力推动从关注文学文本到纳入社会语境、从提倡封闭的“文本细读”与“阅读体验”到开放的“文化书写”与“社会传播”等诸多层面的方法论转变。

这些方法论意义上的根本转变，直接影响了格林布莱特文化诗学批评的观念塑造和形态定型。首先来考察批评主体与历史结构的互动态势，可以清晰地条理出威廉斯理论启蒙的深深印记，格林布莱特强调，无论是文学创作对象，还是文学批评对象都是直接可以感受到的“伸手可触、唾手可得的可闻、可观、可察”的客体性的历史产物，所以，无论是创作主体，还是批评主体都提倡通过考察其隐含和表征的社会文化行为来解读文学生产和文化权力的运作痕迹。归根结底，最终还是要落实到丰富的文学批评实践中，他将威廉斯的思想扩展运用到如何来描述文化研究中那些标识了“历史转向”重大转折的标志性文化事件和历史记忆（historical memory）上。

格林布莱特认为阅读文学文本的最好方法是回到社会历史语境中去，而文学阐释也是解读历史文本的最佳途径，“我一直以来的浓厚兴趣，就是在于文学和历史之间的关系，在于探讨某一特定生活世界中的文学艺术的经典著作如何超越它的时代和语境。我通常惊诧于这样的一些奇异的阅读经验——某些作者早已入土成灰，而他们的作品

① ［英］雷蒙德·威廉斯：《关键词：文化和社会的词汇》，刘建基译，生活·读书·新知三联书店 2005 年版，第 274 页。

却好像又密切针对我个人的阅读视域。”① 批评主体阅读与阐释文艺作品的过程其实就是穿行作品所记录、叙述的“历史记忆”的超越性过程，又是寻觅作者创作的历史形象和历史事件的“历史真相或称历史真实（historical reality）”的过程，即二者的阅读与阐释“视域融合”的过程。他所孜孜以求的理想模式就是重任在肩的批评主体通过“事实本身没有意义，只有通过我们的决断才能取得意义”（波普尔语），将文学阐释与社会文化整体联系起来的批评行为和在文学历史哲学等大学科联动贯通的综合研究模式。

三　阿尔都塞的“症候式阅读”论

格氏文化诗学还有一个不可或缺的思想来源“群落”，它既包括派别林立、观念庞杂的西方马克思主义观念群体，又包括女权主义批评等与西方马克思主义关系密切的可称之为“西马外围”的专项批评学派。或远或近，大致可以把阿尔都塞的“意识形态多元决定”论、哈贝马斯的“交往理论”及其“历史唯物主义”的重建思想、巴赫金的“平等对话”理论等多重理论资源划进来。由是观之，新历史主义文化诗学本身就是一股强劲的、非常庞杂的，又带有外部研究与内部研究内在耦合的“多元主义”明显倾向的文学批评思潮。

在如何重新建构文化形态与社会结构的互动关系上，格林布莱特首先部分地受到阿尔都塞“症候式阅读”论的直接影响。“症候式的社会阅读”学说认为，理想的文学批评方法应该是注重寻找社会意识形态与文学文本“意指系统”之间的差距，并在这“间距”中找出文学文本

① Stephen Greenblatt, *Shakespearean Negotiations*, Berkeley and Los Angeles: The University of California Press, 1988, pp. 2 – 19.

的真正意义的方法。社会意识形态不仅隐藏于日常生活，也存在于所创作和接触到的各种文本中。文学文本可以被看作生产和再生产意识形态结构及其“断裂”的场所，一个充满斗争、差异和意义争夺的“间距”空间，它表征着我们的日常生活、我们的信仰与价值、立场与偏见的集合体，同时文本自身也在这个表征的过程中产生变化和异动。

格林布莱特不仅接受了这一观点，而且又阐发道：要想揭示和厘清文学文本的形式内涵，就要求批评主体必须回到文化生产的历史语境中进行某种“症候式”的社会阅读和“共鸣性”的文本阐释。而这种文本分析的主打线索就是要再现和厚描各种文本蕴含的社会症候和历史踪迹，以求尽可能地挖掘恢复并重新构塑历史语境和文化结构的各种意义内涵，尤其是要放大扩音那些被主流文化及意识形态所遮蔽的边缘声音的分贝。应该说，从文学批评领域的迁徙流向来讲，超越“新批评”思维模式、回归社会文化叙述形式的历史主义批评观的确是直接领受了前面所述的威廉斯“文化唯物”论和阿尔都塞“症候式阅读”论的影响。但是，从学术旨趣的嬗变方面来看，转向历史语境、重建历史主义批评并最终汇入新历史主义文化诗学批评话语的洪流则主要是格林布莱特本人的理论功劳。

第二节　方法论视野下与格尔兹“文化人类学”的同质异构性

瑞士学者 J. M. 鲍亨斯基在《当代思维方法》一书中探究了“方法论”一词的语源内蕴和逻辑架构，“方法论这个词来源于希腊文的沿和途。因此，它字面上的含义就是论述正确行动的途径。方法论是逻辑的一部分。”具体而言，“论述”格林布莱特新历史主义文化诗学批评理论的“正确途径”便是操持和践行一种与之有着“文本间性”关联的叙事手法和运思方式，那就是同样揭橥“文化之维”的、由格尔兹首倡的文化（阐释）人类学方法论。二者同质异构，都倡扬从文化之维阐释文学文本及其联合体（作品），赋予文本更广阔的理解叙事空间和意义生成空间，其实质是从方法论意义上拓展了自我塑型和审美阐释的多维空间。一般而言，唯有辨明了某理论形态“方法论”视域下的历史语境和文化旨归，方可进而再厘清其认识论、价值论和实践论等诸多学理层面的理路。

或许缘于哈佛大学与加州大学伯克利分校的执教交集和学脉承祧，格林布莱特文化诗学（Cultural Poetics）和格尔兹文化人类学（Cultural Anthropology）两种批评形态在文化解读与文本阐释层面上均主张跨越旧历史主义批评与一般人类学研究的传统界限，又鉴于人类学在整个人文精神科学里边发挥着左右逢源、穿针引线的独特作用，文化诗学甚或还曾一度被视为文化（阐释）人类学的理论副产品或历史性实践。美国学者杰诺韦塞在追溯新历史主义（New Historicism）的思想资源时，声称人类学的观念方法构成了文化诗学的方法论基础和实践论依据，“新历史主义乃是一种采用人类学的‘厚描’方法的历史学和一种旨在探寻自身可能意义的文学理论的混合产物”①。

这里众多西方批评家对文化（阐释）人类学“厚度描述”学说念念在兹的条分缕析式述说，从某种程度上说，也是对文化诗学“文本阐释”论的基本观念和根本方法的要义言说与本质阐明。格

① ［美］格林布莱特：《通向一种文化诗学》，见张京媛主编《新历史主义与文学批评》，北京大学出版社 1993 年版，第 52 页。

林布莱特本人亦不讳言，“我在本书中企图实践一种更为文化的阐释或人类学的批评”①。尤其是，在“厚描”说方法论的烛照下，格林布莱特文化诗学与格尔兹文化人类学呈现出本源意义上的同质异构性。尽管，文化（阐释）人类学不像文化诗学那样格外注重意识形态分析和政治本源性，它似乎更重视“文学批评”（literary criticism）问题。诚如暨南大学王进博士所言，“文化诗学对文化人类学既有文化结构的方法论借鉴，也有历史意识的理论创建。文化塑型和厚度阐释的批评观念是两者方法论的契合点，文化分析与历史厚描的批评范式则呈现出各自不同的理论导向。考察其指涉关系，可以获得一种生态文化批评的诗学新起点。”②

一　批评认识论：文化塑造与自我塑型的“身份”诗学形态

就文化批评的认识论（epistemology）特征而言，无论是主张历史的文化性批评，还是提倡文化的历史性研究，文化诗学与文化（阐释）人类学从总体上来看都是文化的阐释学和阐释的文化学。在文化的阐释学层面，两者均认同作为符号网络的文化概念而重视历史文化对阐释主体的塑造作用；在阐释的文化学层面，两者也都提倡泛文本化的历史概念，强调以“阐释厚描”手法对文化意义和历史形式的意识形态分析和文化解读（cultural reading）。

格尔兹（Geertz Clifford）对文化概念的界说源于马克斯·韦伯（Weber）别出心裁的现代社会学命题，着重强调作为符号网络和意

① ［美］斯蒂芬·格林布莱特：《通向一种文化诗学》，见张京媛主编《新历史主义与文学批评》，北京大学出版社1993年版，第112页。

② 王进：《从文化阐释到历史厚描：文化人类学视域中的文化诗学批评》，《云南社会科学》2010年第3期。

义结构的文化观念对人类精神和社会结构的多种塑型作用。无论是重视作为符号化网络系统的文化概念，还是强调文化观念的意义结构，格尔兹文化（阐释）人类学意在凸显“文化形态对主体阐释和意义生产的摄控作用”的总体指向却是始终如一的。也恰恰就是在人类学文化概念和自我意识的认知论航道之中，格林布莱特的文化诗学批评观在历史文学的批评实践中提出了凸显“身份意识”的自我塑型观念。

（一）

格尔兹在《文化的阐释》（*The Interpretation of Culture*）一书中表现出对文化概念的意义指涉和主体阐释双重属性的特别关注，首先在意义生产的文化网络层面，他倡导要倍加重视理解和把握文化结构的符号性和网络性内涵，主要思考“追问文化文本做了什么以及如何运作”的问题，他就此阐述说：“文化是意义的交织网络，人类阐释得以自身体验和指导自我行为；社会结构是实际存在的社会关系的网络；文化和社会结构则是相同显现的不同抽象概念”。[①] 这点与当下文化史观的核心理念，即“文化会使意义具体化，因为文化象征始终不断地在日常的社会接触中被重新塑造”不谋而合。其次在主体阐释的文化结构层面，格尔兹倾向于从其“表面价值”解读文化的形成，刻意谋求从文化“平面”结构上，而不是从“深度”结构层面上解释文化文本的意义。

格尔兹格外强调文化概念和文化意义的主体性和阐释性视角，并明确指出“人是悬挂在由他们自己编织的意义之网上的动物，我把文

① Clifford Geertz, *The Interpretation of Culture*, New York: Basic Books, 1973, p. 5.

化看作这些网，因而认为文化分析是一种探索意义的阐释性科学"①。虽名曰"分析"的文化行为，而实质上称之为"阐释"的文化行为才实至名归，因为一说"分析"一般就把它划拨到分析现象、总结规律的实证科学范畴里边，相对而言，"阐释"一语往往与探究意义相联结。实际上他的文化人类学正是在上述两个层面上重新确立了"文化观念自始至终主导着社会群体和阐释主体的建构与塑型活动"的"文化造物"（*cultural artifacts*）阐释理念。直接在这种阐释理念的深刻影响和有力推动下，格林布莱特的文化诗学在文艺复兴研究领域相应地提出"文化造型或自我塑造"的身份诗学理念。同样秉持"文化主体"的身份视角，格林布莱特也多次强调文化主体对历史形态与社会结构的塑造作用，他认为"自我塑型由特定意义的文化系统支配，靠着控制从抽象潜能到具体历史象征物的交流互变而创作出特定时代的个人"②。

在初步澄清和厘定"文化概念"的丰富内涵和广阔外延的基础上，格尔兹的文化人类学着重强调了"文化的阐释性"和"理解的主体性"这两个基本问题。从"文化的阐释性"这条线索看，格尔兹在界定文化及文化研究时采用的是"阐释学"的观点，意在建构一门文化维度的新阐释学，"人类文化的基本特点是符号性的和阐释性的，因而作为文化研究的人类学也是阐释性的"。掀开"硬币的另一面"，从"理解的主体性"这条线索看，格尔兹的人类学研究是一种彰显"主体性的"社会能量阐释和文化话语解读，其要义就是将文化事件视为人类阐释主体所产生的川流不息的"社会话语流"，其实现路径

---

① Clifford Geertz, *The Interpretation of Culture*, New York: Basic Books, 1973, p. 5.

② Stephen Greenblatt, *Renaissance Self-fashioning: From More to Shakespeare*, Chicago: The University of Chicago Press, 1980, p. 6.

则是打破既有学科界限（逻辑边界），并在文化的具体性和特殊性中寻求建构一门新阐释学维度的文化人类学，即阐释的文化人类学或称之为文化的阐释人类学。

格尔兹认为，“人类学本源意义上说理应是一门词语的艺术、结构的艺术、故事的艺术”。[①] 正如福楼拜所强调的，“词语和句子应当是构成小说真正内容的材质，有如木料或石材。”这里，依序来说，词语的艺术、结构的艺术，应当先于故事的艺术。因此，人类学写作本身就是一种文学文本的“足以令读者震惊”的阐释，还是一种“力量、能量的总爆发”，类似于小说创作的创造性人类文化行为，“人类学著述是小说；说它们是小说，意思是说它们是虚构的事情，制造出来的东西，并非说它们是假的，不真实的或仅仅是个‘想象’的思想实验”。[②] 小说独有的让人如痴如狂的东西，并不因情节的披露、悬念、高潮而被左右，而是另有自己的逻辑——真正超越一切地位的，是小说的“文体”风格。

文化人类学的研究对象本身是一切能够产生共鸣的类似于小说形态的“人类创造物”。格尔兹认为“人类学的分析工作就是要理清这些研究对象的意义结构并确定与阐释这些意义结构的情感基础和文化含义，而这项工作更像是文学批评”[③]。因此，人类学阐释是面对人类自身的文化阐释行为进行小说文体意义上的再阅读、再阐释。这种阐释在本质上是一种“文学批评”活动，这点与格林布莱特文化诗学尤为关注文艺复兴期的戏剧创作有着惊人的相似。更令人惊喜的是，新历史主义者们经常使用“戏剧”一词来隐喻象征文学现象，比如说，

---

① Clifford Geertz, *The Interpretation of Culture*, New York: Basic Books, 1973, p. 5.

② Ibid..

③ Ibid..

他们直言“戏剧就是规则”“历史就是一部没完没了重复进行的关于统治的戏剧”，等等。

（二）

在有关人和文化的观念层面，格尔兹的文化人类学认为“文化是产生这个动物本身的过程中的核心构成要素”①。他断言，要理解人类，首先从本体意义论视角来看取，就是要把人类作为“文化的造物”，即文化的对象化力量来把握和运作，而人类的意义是铭刻在社会环境和具体细节的文化性中的。再次从知识论角度来考察，我们迄今获得的关于人的一切知识，都是把人置于他所处的周边环境之中，并对他与身处其中的文化机制的互动关系加以“反复描述”而逐渐形成的。如果说人类的历史生生息息、绵延不绝的话，那么，关于他的统治文化的阐释也就是一个反反复复、没有止境的生成过程。传统文化观念一般首先设定人天然具有某种“内在固有的本性”，进而把文化事象、文化事态看作这种“本性”的瞬间性接通而得以一一展现。相反，格尔兹则认为，人类的“本性”与特性并非与生俱来，它们是在文化塑造与解读实践中点点滴滴形成的，人是被它所身处的文化群落“集体订制”塑造出来的；同时，人又有着自主性和主观能动性，在被塑造的过程中也主动地创生文化和自我塑造。在这一双重转化和飞跃中，人的自我塑造与文化的创造并行不悖且同步相长。

格尔兹认为，应该撕下浪漫主义思想家们奇思妙想“编织”出来的笼罩在“文化真相”真容上的温情脉脉的“意义之网”面纱，还

① Clifford Geertz, *The Interpretation of Culture*, New York: Basic Books, 1973, p. 5.

原它物质性和程序化的生产属性，通过将文化形态看作一整套摄控机制而进入运作状态，而人类恰恰是极端依赖这种蛰伏在“潜意识”或“集体无意识”（collective unconsciousness）深处的摄控机制和这种文化程序来指导与规约自身行为的，“通过使自己服从以符号为中介的程序的摄控，人类创造了自己”。[①] 是到了该抛弃“勤劳智慧的人类创造了灿烂的文化和辉煌的文明”这些陈词滥调的时候了，虽尚不至于说“事实上相反，是文化创生了人类”，但至少可以说出“人类与文化共生同在”的不痛不痒、不咸不淡的改良话语。

这里边涵盖着两层含义，一方面，人每时每刻都在进行着自我塑造运动，但它又是在文化的摄控下进行的；另一方面，人虽是处在文化摄控之下，但却又能在文化中自我塑型。这并非在一味地折中调和，它们之间的互动还是分层次的，在文化的“摄控”机制中，摄像映鉴的成分要远大于统治的成分。换言之，文化并未“决定”人而只是人自我塑造的牢固桥梁，是人成为具体的人、“小写的人”和个性化的人的必经通道，格尔兹对文化多样性的强调更进一步确保了这条管道与渠道的畅通无阻，“任何被获得的个性，也总是在内部包含了对它自身进行颠覆或剥夺的迹象”[②]。这里边蕴含了个何谓“个体特殊性的获得”与“群体一般性的被剥夺”的身份确认问题，以及二者关系如何界说和平衡的认知悖论问题。

格尔兹强调处在文化网络的密密匝匝布点中的人的主体个性和主观能动性，赋予了人类“文化造物主”的身份特征，“我们在文化模式的指导下成为个人；文化模式是在历史上产生的，我们用来为自己

---

① Clifford Geertz, *The Interpretation of Culture*, New York: Basic Books, 1973, p. 5.
② Ibid..

的生活赋予形式、秩序、目的和方向的意义系统。”① 格林布莱特就一向服膺文化人类学的“人是文化的造物”等萌芽了“自我塑造”思想的诸多文化观念。他的奠基之作《文艺复兴时期的自我塑型》的主题即有关莫尔到莎士比亚时期英国主流社会思想观念、价值取向、文化软实力、政治抉择的自我塑型。因此，格林布莱特的文化诗学坚定不移地“有目的地把文学理解为构成某一特定文化的符号系统的一部分”，“自我塑型”论由此重任在肩，担当起了文化解读与文学批评休戚与共的“卵生体”责任。

二　批评方法论：文化表征与厚度描述的诗性阐释理念

从文化的阐释学层面来看，文化诗学的“文化表征”观明显体现出格尔兹文化人类学的理论印记；在阐释的文化学层面，两种批评理论的契合关系直接体现在对文化结构和历史意义的“厚度描述”（thick description）的阐释实践上。既然文化人类学的“文化表征”范畴是某种符号化的社会体系和象征化的话语体系，那么文化分析的方法论过程就理应是对文化符号和社会结构的阐释性再现和诗意性表现。相对而言，传统的“文化表征”研究方法侧重于对宏观的文化范畴与文化结构的浅层素描，强调对文化的某种一般性和概念性的总体性理解效果，而格尔兹的文化人类学则提倡对具体文化事象及文化事态进行厚度描述和诗性表达，以期获得文化个体的特殊性和具体性，得以实现对文化形态的某种具体性和主体性杂糅合璧的审美阐释表征过程。

---

① Clifford Geertz, *The Interpretation of Culture*, New York: Basic Books, 1973, p. 5.

（一）

“厚度描述”的批评理念源自日常语言哲学牛津学派的首倡者吉尔伯特·赖尔（Ryle），他倡导一种“语境日常化”理念，“了解一个语词或短语的意义，就是了解它们的用法，了解如何正确地把它们用于不同的语境”。“厚描”手法就是语词释义的日常用法。在格尔兹的人类学词典里，更是直陈“厚描”阐释方式的功能与效用，“‘厚描’的阐释目的就是要在文化的表层结构之上扩大主体性阐释的空间，追踪社会话语的取向，赋予文化概念以具体性和实质性的意义”。文化人类学格外重视对微观文化、历史细节和社会边缘等鸡毛蒜皮式小事件的厚度描述，不仅突出了人类学研究原本具有的阐释内涵，重视对文化结构和社会意识的深层次研究，而且彰显了阐释活动的文化意义，意在强调人类学研究的精神内涵和社会效用。套用格尔兹本人的话来说，“文化的描述是厚度的，不仅是因为它寻求在原初文化之中的特定事件的完整性，而且因为这种厚度来源于人类学者自身文化特性的回响。典型的人类学方法，是通过极其广泛地了解鸡毛蒜皮的小事，来着手进行这种广泛的阐释和比较抽象的分析的。”①

文化符号的厚度描述将人类学的“接地气、下民间”的田野方法带入文化研究领域并改变了文化批评与文学评论的传统疆域，“厚描”理念从历史文本批评领域的开疆拓土式的视域延伸至“将人们熟悉的那些属于文化学的范畴扩展到比文学批评所能允许的范围更加宽广也更加陌生的文本领域”。与文化人类学的厚描理念相似，对于文化诗学批评来说，既然对文化符号的厚度描述既是历史主体的文化性阐释

① Kenneth Rice, *Geertz and Culture*, Ann Arbor: The University of Michigan Press, 1980.

的目的和手段，也是文化主体的历史性阐释语境的构成要素与基本素材，那么与其作茧自缚，自捆手脚，仅限于在作者或作品的内部结构或精神内涵之中寻求文本的意义，还不如扩充一下视野，将目光集中于阐释网络之中的文本的集成效果。既然历史文化底蕴是厚度描述的文本内容，历史文本又是深度压缩的文化标本与能量形式，那么文本与文化在历史批评层面就理应成为文化文本彼此间的互文间性的“厚度描述”。文化塑型和厚描阐释的思想观念代表着文化诗学与文化人类学话语的方法论契合，符号结构与能量流动的批评理念则体现出两种批评思想对文化结构和社会意识的不同理论导向。

（二）

格尔兹的文化人类学将文学批评逼到了进退维谷的复杂性面前：一方面，鉴于文学作品在文化流通中其意义总是超出作者意图的实况，文学批评无法再凭依寻找作者意图或“原意”的传统方式去探求作品意义。另一方面，文学批评也不能像“新批评”那样一厢情愿地去寻找文学的“内在形式”或文化的“深层潜在结构”，否则南辕北辙，与作品含义和文学意义相距更其遥远了，甚而遮蔽以至于抹杀了文学或文化的多样性、具体性和复杂性。在文化人类学看来，如上这些“深度”阐释方式还是很成问题的，它们预设了或者说暗藏了个“叙事圈套”，这确乎是个新造词、新鲜词。

所谓“厚度描述”，就是从极简单的动作或话语着手，以小见大、以小喻大，追寻它所隐含着的无限社会内容，揭示其多义性与歧义性交互的多维意义特征与多层文化内涵，进而展示抽象的文化符号背后隐藏的意义结构和隐在的社会基础。这种思想观念冲击了许多人文学科的陈规陋见，尤其是把它拿到了阐释学领域，有力地促进了对文本阐释学的逆反思考与全新研究。文化人类学以“厚度描述”为方法论武器，对阐释学的探究已不再限于对文本和上下文语言环境的“一般性”泛化研究，而是对阐释问题开展精细化“深耕细作”式研究。格尔兹总是选择那些能够体现文化复杂性的对象来进行“厚度描述”。

格尔兹强调“微观的描述”，认为通过微观民族志材料及各种各样的评论、逸闻和异域见闻，而走向宏大的民族文化景观。这是一种随机截取某段微观切片来以小喻大、见微知著的“截取喻证法”。格尔兹用它很好地叙述、描写人们经历过的峥嵘岁月和激情生活，也澄清了一些传之久远但却谬种流传的官方钦定版本，正是这些东西令后来的批评思想继承者——新历史主义者们着了魔般意乱神迷，心向往之，趋之若鹜。他们渴求的是掩埋在尘封已久的别史、杂史、民族志和上不来台面的市井野史、稗史里的“超现实主义”，这里须要挑明的是，他们这么做绝非为了猎奇或标新立异，相反恰恰正是为文学审美阐释的目的，为还文学一个清白而煞费苦心，文学（审美意识形态）就该是这样，“道成肉身”而降世为文学，这才是文学审美真实的肉身，也是新历史主义者们苦心孤诣要追寻与“触摸的历史肉身的真实”。一部文学史从根本上来说，就是记录和述说文学审美与社会存在互动互融的历史情状的“文学的文化”（*literary culture*）书写系统，它的起讫点都是“作为历史的人的批评家”的我们所面对的文学文本（literary text）及其联合体（作品）。文学作品作为文化的结晶体和文本的集合体，理解和阐释其内在的文化性和文本性这些基因链条和文明语码便成为必须和可能。

新历史主义者们无意于将文学作品肢解成历史的冰冷碎片而抛在身后或扫入历史的故纸堆里，也并非只是转移视线，将注意力转向别的地方，真正的意图反而是力求使文学审美及文学批评与其他事物及周围环境进行“亲密接触”。实际上他们这么做也是无奈之举，勉为其难，知其不可为而为之罢了。而“厚度描述”方法通过包容和转换文学批评范式，有力地推动了这些已逝生活的“还原”复位。经由它的点化和激励，也就使文学批评得以探索和“超度”那些陌异性和他者化的文化文本，而这些蛰居边缘而又荒诞不经、零打碎敲的文本“碎片”，也会以兴味盎然的“即时”阅读方式与文学经典作品欣然会意，相见甚欢。这或许就是传说中的“相见恨晚、神交已久”吧。

格尔兹文化人类学虽然也能够注重理清并确定文学意义的文化结构和社会基础，但它并未认可文学的意识形态分析结构和权力形式构成，也就注定不会“投其所好”地去寻找文化诗学所渴望得到的意识形态化政治。似乎真的又再次应验了那句老话，“折不断、理还乱”，文化人类学的阐释策略还是催生了理解符号系统和生活模式的关键方法，它后来对文化诗学批评思想产生了直接影响。这种解读方法使文学批评话语与现实生活世界开始了“三方商谈”式交往、流通，也直接促成了文学批评活动与不同形式的书写片断及其语词踪迹互触、互溶、互构，“这是有所不同的片断：不是诗歌或小说，而是一些词语踪迹，这些踪迹没有像诗歌小说那样有意识地从真实男女的真实生活中分离出来”。[①]

也就是说，这些与众不同的文本片段及语词踪迹与纯粹意义上的文学体裁如诗歌小说等还是有着本质的区别的，前者好比下里巴人，整日里摸爬滚打在“真实男女的真实生活中”；而后者则是近乎不食人间烟火的阳春白雪，本该反映生活真实的它们，却有意识地疏离了生活世界，扶摇直上成了纯粹理性层面的“文本至上主义”。这种

① Stephen Greenblatt, *Renaissance Self-fashioning: From More to Shakespeare*, Chicago: The University of Chicago Press, 1980, p. 6.

“厚度描述”方法论侵染的“文本至上主义”批评观就是以“文化文本间性”思想为基础的，它强调文化文本的超越性存在和文化文本之间的互文性沟通与转换。无论是逻辑的，还是历史的，抑或美学的，这种批评或阐释方法与文化诗学者通过追溯和挖掘文本在各种文化形式之间的美感共鸣和阐释互动来显示文本意义的方法贯通一致。

（三）

受文化（阐释）人类学启发和诱导，文化诗学批评学派选取文化人类学的“厚描”技巧作为批评方法，其最终目的就是“触摸历史的真实肉身”——为了跟踪“调查”现实生活的“历史真相”痕迹，而追寻与触摸人们业已发生过的真实生活。由于这些已逝的真实生活主要“残留”在各种以逸闻趣事的方式出现并流通的历史性文本“遗迹”之中，这里便随即出现了如何淘洗及筛选的问题与环节。因此“厚度描述”必须通过“微观截取”方法选取那些逸闻趣事和野史、稗史，并将其与文学经典关联起来，以观照、还原和实录种种社会能量在各种文化实践形式之间的流通、商谈与交易。

格尔兹对文化文本的“厚度描述”强化了这样一种主张，即文学的东西并非专属文学一家，文学的因素像一叶扁舟淹没在非文学的汪洋大海之中。综合了文学要素颗粒的文学的观念也就处于一种风雨飘摇的浮萍状态，以此类推，对于这种文学观念的不同叙述形式的辨析与拷问也就在情理之中了。实际上，各类叙述形式之间的清晰界限（逻辑边界）已经荡然无存了。文学圈外的文本和叙述技巧与文学的文本和叙述技巧具有可堪比肩的同等强大的批评力量，“最大的挑战不只在于探索那些其他的文本，而在于让文学与非文学成为彼此的厚描”。文化诗学“批评范畴”论将这种方法拓展为一种对其具有根本方法论意义的“逸闻主义”（anecdotalism）。格林布莱特说：“那些躯体早已腐朽而声音也已陷入沉寂，我们至少能够捕捉住那些似乎贴近实际经历的踪迹。”① 这番话颇有些“情不得已、退而求其次”的意味，可事实上正是时间矢量的不可逆转性和空间维度的延展限定性反而激活了人类突破自我、重塑自我的天然希冀和内在秉性。

文化人类学的“厚度描述”与文化诗学的“诗性阐释”有着广泛的通约性，但文化诗学比文化人类学更偏爱“厚度描述”手法、隐而不彰的诗性维度和政治性指向；同时，它也不是被动地影印文学文本，而是“面向秋野，敞开拥抱”文学文本的。因此，它俯仰之间察看文学文本与非文学文本之间的商谈流通，还是有所遵循的，主要以对文学文本的诗性阐释和政治解读为取向。依照这样的阐释法则，新历史主义者所热切期盼解答的“如何追忆已逝的似水年华?”“散落一地鸡毛的原生态生活如何直面、突围?”“何谓真实的历史、历史的真实?”等永恒话题，能否通过“厚度描述”而“真实触摸”得到、修成正果呢? 逸闻轶事可以想象与幻化出“现实情状”的“转播镜像”，但“现实实况”的“现场直播”真的会如约而至吗?

“旧”历史主义天真稚嫩地幻想着“能够真正回到过去的真实生活中去”，但何谓“过去的真实生活”呢? 或者说，又该如何保证“过去”的真实性呢?“过去”是否只能是唯一的吗，倘若不是唯一，究竟该回到哪个“过去”呢? 再有，评判与认定“真实性”的标准与依据又是什么呢? 面对如此丰盛的“为什么与如何”的乱炖，再递补上位一个“如何”——直面这么多的选择可能性，新历史主义又当“如何”取舍呢? 文化诗学批评学派认为格尔兹的学说并不能“包打

① Stephen Greenblatt, *Renaissance Self-fashioning: From More to Shakespeare*, Chicago: The University of Chicago Press, 1980, p. 6.

天下”，只是提供了一条可资借鉴的有效途径。难怪格林布莱特不厌其烦地引述格尔兹的观点，尤其是文化与自我的观念和“厚描”方法。毋庸讳言，其间的影响是双向交互的：人类学的文化观念里越来越多地包含了文学的文本观念和批评技巧，而文学批评则日益青睐非文学的其他文本和观念方法。

三　批评价值论：触摸真实与能量流动的“共鸣”诗学旨趣

对于语言符号和文化表征的指涉关系，格尔兹的文化（阐释）人类学对“将文化表征能力视为人类后天习得才获得的后发能力”的人类传说和文化神话不以为然，他主张将厚度描述的分析焦点要彻底“内转”、转向人类自身，不仅要排除干扰地指向某种生物学的自然属性，而且要不屈不挠地深挖社会学和心理学意义上的人性特征。我们不妨设定符号意指系统的文化能力是人类社会的普遍现象和人类本性的特殊内涵，但不同人群和个体的文化能力还是有着千差万别的，所以作为文化能力的一种重要体现形式，即对文化符号的“厚度描述”能力必然会体现出不同社会文化集团中的群体性差异和个体化特征。

从文化“厚描”能力的要素构成来看，系统化的语言符号、静态化的文化结构与动态化的人性意义生成机制三要素在“能力展开的能量流动”的复杂关系中也并非平分秋色。前两者是“能量流动”的承载平台和“文化造物”的研究素材，而作为核心要素的“人性意义生成机制”一环则是厚描阐释和触摸真实的追寻目标和批评目的，通过对语言符号和文化结构的厚描阐释可以加深对人性意义的文化关怀和文本意识，对人性意义的文化分析也必然会体现出对文化、语言的深度理解和“共鸣”旨趣。语言符号和文化结构是通向人性意义的阐释链条和“聚能环”，不同文化群体的人性意义则是语言符号和文化结构的阐释节点和能量峰值。

同样面对后现代文化语境下的语言符号构成的文学作品世界和文化能力链接成的文化文本世界等整个文化系统家族，还是这些经典的论题（论域问题）：文学作品、文化世界，还有作者、读者两位家庭成员，它们之间的“共鸣”能量如何流动、“人性”意义又该如何生成，格林布莱特接招应答，文化诗学批评观的整体论构想也就呼之欲出了。格林布莱特的目的是为了避免文学批评偏执于作家、世界、作品和读者的任何单一之隅，进而在历史文化的批评网络中重新建构四者的理论关系。文化诗学的批评理想，就是“将文化对象放置到与社会和历史过程的某种有趣的关系之中”，恢复“文学阅读中一整套文化实践”，因此它的批评实践必须“依靠于某种令人着魔的能力，能够入得文化对象其内，也能出得其外，能够寻找到差异，也能发现与世界的联系”。①

（一）

在对语言符号和文化结构两要素的厚描阐释当中，为了达到能与“社会学和心理学意义上的具体人性”面对面、零距离接触的目的，格尔兹的文化人类学理论特别关注语言符号的些微差异和文化事象的细微情节，不断强调“如果我们希望能与人性面对面的话，我们必须沉降到细节，掌握各种文化本质特点和各种社会个体”。对文化细节、结构细部和社会个体“三个细节代表”的空前关注及具体运作，体现出格尔兹对民族文化和抽象人性中彰显的历史宏大

① Stephen Greenblatt, *Renaissance Self-fashioning: From More to Shakespeare*, Chicago: The University of Chicago Press, 1980, p. 6.

叙事的根本质疑，也突出体现了文化人类学对具体人性和群体差异的格外器重与充分挖掘。将对人性意义的追寻与培育置于具体的历史情境和文化语境之中，将文化人类学的分析判断置于文化符号、文本结构与分析主体的阐释“共鸣”之中。格尔兹指出文化人类学的分析重点在于“理解某种生活形式，或者与此相关的某些方面。它实际上关涉到将形式和平台、过去的时刻和长久的故事一起带入一致的视野之中”。①

格林布莱特的文化诗学同样将文化细节和文本结构作为操作系统与工作平台，转向江湖野史或逸闻轶事的厚度描述以图“触摸历史”的真实肉身。然而，与文化人类学不同的是，它的批评旨趣不在于再现人类学意义上的较为主观的“写意性”文化特殊规律和抽象人性特征，反而更多指向较为客观的“写实性”社会学意义上的文化批评和意识形态特征。如果说对静态化的文化结构和动态化的人性意义生成机制的双重关注是格尔兹文化人类学的批评优长和理论义务，那么对意识形态化的社会结构和权力话语的文化解读与当代反思，则是新历史主义通向文化诗学的必由之路和无缝对接。

格林布莱特极力倡导文化人类学与新历史主义文化诗学在塑造和厚描共鸣性文本上的心有灵犀和理论契合，他在文艺复兴期戏剧批评研究中一再强调文化造物与厚描阐释的理论创建和批评实践，要求历史批评和文化阐释要“沉降到一小部分具有共鸣性的文本”中去，认为“这类文本的每一篇都被看作16世纪文化力量交汇线索的透视焦点”。这里边事实上对有可能碰到的所有文本进行了分门别类，尤其是单独挑明了“一小部分具有共鸣性”的精英

① Clifford Geertz, *After the Fact: Two Countries, Four Decades, One Anthropologist*, Cambridge: Harvard University Press, 1995, p. 51.

文本（elite text），这种分类法渊源于新历史主义者们认为有的文化文本（比方说精英文本）比另外的文本（比方说大众文本，不妨对应译为 mass text）负载着更大的“社会能量”，可以更多地加入文化符号的流通和交换。操盘文化诗学的“逸闻主义”学说的幕后推手，也还是这种“逸闻文本比其他文本更‘厚’（favour）”的观念。诚如格林布莱特所指出的，文化诗学的“兴趣在于在某些特定的偶然事件之中自我如何根据既定文化的生成规律和矛盾得以塑造”。①

（二）

格尔兹的文化（阐释）人类学具有突破意义的一点在于拆除了人为地横亘在文学研究与文化研究之间的“柏林墙”，这堆壁垒成了分割二者的铁幕的一个象征。至少此役的首义是从观念方法层面打通了两大学科门类间整体互动的交流渠道，此举象征意义要远大于实践意义，即便如此，也业已使文学问题变得异常复杂化了。雷安（Ryan）指出：“格尔兹的人类学对于那些热衷于将文学与更大的符号系统关联起来的批评家有莫大的吸引力，在理想状态下，可以让他们将整个人类文化读解为一个文学文本。”② 实际上远不止于此，相当一部分批评家们甚而倾向于将一切人类活动都视为文本形式以及对于特定文本的各式各样的读解与表征和纷繁复杂的商谈与评判。

在某种特定的“理想状态”下，创造性地将文化结构和符号系统解读为一个文学文本，确乎是个大手笔，但这似乎只是文化问题这枚

① Gallagher & Greenblatt, *Practicing New Historicism*, Chicago: The University of Chicago Press, 2000, pp. 6, 12.

② Kiernan Ryan, *New Historicism and Cultural Materialism: A Reader*, New York: Arnold, 1996, p. 1.

硬币凹凸不平的一面；另一面，文学文本也被看成是更大的文化范围内的“文化事件或文化事态”。格尔兹利用文学批评来处理一些类似文化碎片的琐屑碎末“小物件”和细枝末节的符号行为，并使之扩展膨胀开来，随喜进入更加广阔辽远的文化世界和更加生动活泼的“生活世界”。在此情形下，文学批评也就可以将文学文本视为文化人类学意义上的“文化结构”，同时自身也发生了质的裂变，文学性的根基几被文化性兵不血刃地消解殆尽。

格林布莱特深谙此道，也应声附和道，“格尔兹的工作对新历史主义的具体魅力在于，它将人们熟悉的那些文学术语扩展到比文学批评所能允许的范围更宽广也更陌生的文本领域。”① 换言之，对于格尔兹开创性的贡献，尤为值得称道的是，在后结构主义阐释观的烛照下，文化结构成了一个“扩展了内涵与外延”的文本结构。反之亦然，继承了文化基因的文本结构则成了“压缩了旁逸斜出的枝杈”的微型文化结构，它们在表述的层面具有了相互阐释的可能性。通过将文学文本解读为一种文本化与叙事化交相辉映的文化形态和再将文学样态解读为一个意识形态化理解与审美阐释交互感应的文化事件，这两种逻辑递进、相辅相成的阐释手段，格尔兹的文化人类学将文学与文化理解成彼此的“厚度描述”，从而将文学样态与文化形态之间的传统边界消弭抹去了。领受格尔兹的直接导引后，新历史主义的文学批评研究也就最终走向了“文化诗学”。

在文化人类学批评旨趣的侵染下，新历史主义不仅获得了“通向了一种文化诗学”的价值取向，而且将“文化诗学”这个术语中本不搭界的“文化与诗学”两个概念血脉相连、深度耦合，极度拓

① Gallagher & Greenblatt, *Practicing New Historicism*, Chicago: The University of Chicago Press, 2000, pp. 6, 12.

展了这一新生术语的外延。即便是狭义“文化”的指向也不再仅仅拘囿于传统意义上的“文学艺术”或“高级文化”领域；而文化的“诗学”身份塑造更是不仅包括借助于文学文本，还包括通过文化实践、文化仪式、文化事件和文化结构而对文学意义的进行“再拓展、再创造”。文化文本与文化世界同声相应、谐鸣不绝，但不是与文艺作品“之外”的历史背景、经济条件、主流意识形态形式等外在因素相关联，而是渗透到文化生产流程中去，直接参与、推动文化的多部类生产流通进程。或言之，文本本身也是生产性的，文本生产了文化的某些方面，而代表了文本意志和表征了文本意义的文化形态正是通过文本实践和能量流通而获得自身的价值判断形式和理解阐释方式。

四　批评实践论：文化话语与权力运作的“权力”诗学转向

与格尔兹的文化（阐释）人类学从人性意义生成机制的角度强调符号结构与文化网络的“共时性互联”这一静态做法不同，格林布莱特从“社会能量”的流动性角度坚持文化发展与社会进步的意识形态化“历时性进程”动态特征，以文化表征的形式化和权力运作的具象化来补充和校正文化嬗变发展的泛化规律。他具体阐述道，文化符号耦合积聚起来的文化能量和话语策略既是社会关系和历史形态的承载体和象征物，也是意识形态化政治形态的“历史流转物”，这里尤为强调了历史经验和阐释实践对于文化厚描和权力运作的本体视域和批评范式功效。由是，以文化性的符号结构为“本体”，历史性的社会语境和政治性的社会能量为“双翼”的“一体两翼”阐释架构雏形初具。格林布莱特继而认为，任何看似独立的“这一个”阐释对象，实际上都是形形色色的社会能量阡陌交通而又充分涌流的网络节点。

文化诗学的阐释主体将批评目光转向了既定历史语境中的自我塑型与权力的运作过程，最终实现了批评范式向“权力诗学”形态整体性位移的“实践论转向”。

（一）

从总体上来看，格尔兹的文化（阐释）人类学似乎对社会心理学意义上的人性特征情有独钟，文化诗学则更加倾向于社会能量流动过程中的文化话语和权力轨迹，强调情境主义的意识形态批评过程。换句话说，文化诗学批评要“沉降”到历史碎片和文化细节中去，要建构起文化符号和社会意识的隐喻结构，不是为了实现文化人类学的“与人性的面对面”的批评理想，而是为了凭依意识形态的批评途径再现“社会能量”的历史性流动轨迹，从而更真实地触摸到语言符号、文化结构和社会能量的历史性图景。

对于文化人类学与新历史主义的对话关系，克利福德（Clifford）认为自我塑型的主体观念应该被视为格林布莱特文化诗学对“文化造物”和“厚描阐释”的理论延伸。[①] 就两者具体运用的批评方法和由此形成的批评范式来讲，两种批评思想之间确实存在着某种阐释理念维度的契合关系。但若就理论导向而言，前者提倡建立一种研究人性意义生成机制的文化的人类学和社会学，而后者则主张建立一种文化的诗学和政治学，两者之间又明显体现出文化解读与文本阐释的某些功能性差异甚至阐释性对立关系。

同样都是以文化符号和人性意义作为阐释对象，文化诗学认为人性意义生成机制不再是个纯粹的个体行为，相反，倒是社会文化

① James Clifford, *The Predicament of Culture*, Cambridge: Harvard University Press, 1988, p. 94.

结构和政治权力关系“内化”个体的塑造产物，它醉心于构塑“文化造物”和“厚度阐释”的各种文化摄控机制、主导历史形式与主流社会意识形态。而文化人类学以探究个体的人性意义为旨归，它认为人性首先是个体的基本属性和意义所在，接下来才是去外化、人化周围环境。它认为文化符号是个体“外化”社会规律的常态化和连贯性模式，侧重探讨群体文化视野下社会个体的精神内容或心理条件，以及个体的文化精神是如何反作用于或者说是如何回馈于社会群体的。

无论是将文化符号作为“个体化”阐释途径，还是以个体的人性意义生成作为文化追求与历史关怀，文化人类学在某种程度上似乎有意无意地忽视了文化表征的意识形态内涵，转而在文化符号、社会结构与人性意义生成机制三者之间构筑起一条相对稳固的某种个性化的阐释通道。而文化诗学则要求把社会个体的个性特征统统放入括号注解之中，“悬置”那些突出个体英雄主义的启蒙传说和抽象人性的文化神话，力图要么以文化形式的隐喻性表征内涵作为批评途径，要么以“返回”历史文本的权力踪迹作为研究目的，最终要归结到在夯实了权力话语质素的基础上，整体性“转向”历史形式和文化结构的意识形态分析。

（二）

对于新历史主义文化诗学来说，对文本及其联合体进行文化解读与社会分析的主要目的是要考察历史文本与文化结构在社会能量流动中的双向构塑和运作过程。它另辟蹊径，没有好大喜功地去揭示文化研究者社会意识之外的、潜在的“民族记忆或集体无意识”或深层次“历史宏大叙事”的文化本质规律，而是从文化形式与历史语境去追溯和厚描社会能量的流动印记，解读文化符号和历史意识不断构塑的权力运作过程。正如克勒布鲁克（Colebrook）所指出的：“人类学意义上的文化观念使新历史主义成为某种‘当代的历史’。”① 但从后现代主义的历史观念来看，崛起于后现代语境中的新历史主义批评形态不可避免地转向了某种“文化的文学”和“文化的政治学”。

格林布莱特将文化符号和历史文本的意义生成关注点锁定在，它们所贮存的社会能量在符号网络和文化结构两大系统之间的商谈交易与转换流通“实践”过程上。就文化分析的阐释实践来看，文化诗学批评观以具体文化符号的社会流通进向作为批评角度而重点关注社会意识对文化结构和“复数小历史”如何施以影响的整个权力运作过程。正如萨义德（Said）指出的：“我们是作为世俗和人为的建构物言说，依赖于我们可知的复数历史。”② 这一崭新的视角别开生面，赋予了“文化文本”综合概念更加开阔多维的理解空间和更多指向的阐释可能性。这里主要从“批评范式”层面来理解文化的三大主导性功效，它既是象征历史意义的符号结构、阐释主体得以解释经验和再现过去的参照物与阐释话语；又是主导身份意识的权力控制机制、历史主体得以文化塑造和自我塑型的文化摄控机制。更为重要的是它既彰显了种种社会能量的流变轨迹，又塑造了一整套文化文本及其联合体（作品）得以历史阐释与文化重建的隐喻机制和话语装置。于是乎，高擎“文化之维”大纛的文化诗学批评思想仿佛是临危受命，重任在肩，很有“民间领袖”范儿。

---

① Claire Colebrook, *New Literary Histories*, Manchester University Press, 1997, p. 204.

② Edward Said, “Figures, Configurations, Transfigurations”, in Cox Jeffrey N., Reynolds, *New Historical Literary Study*, Princeton University Press, 1993, p. 316.

粗笔勾勒与圈点文化（阐释）人类学的思想谱系路线图，也在某种程度上较为完整清晰地折射出“勤王”文化诗学的各路理论大军“会商机制和会盟框架”建构情况的不同侧面。进而我们在此历史逻辑前提下，才可以在新历史主义文化诗学批评形态的学术谱系图上标识了若干得心应手而又左右逢源的阐释方法，“厚描”手法应是其中风头甚健的一个。正是要以厚度描述的阐释方法来考察历史形态和社会结构的批评话语流动线路图和互动互释关系，才能从“历史阐释的主体性”和“主体阐释的历史性”的“互文性”角度，倾其所能深挖并揭示出文化诗学批评观的种种文本隐喻结构和文化阐释机制。这既是新历史主义文化诗学的理论原点，也是格林布莱特批评理论阐发的论域始基。

第三节　新阐释学视域下与利科“文本占有论”的间性弥合

美国文论家斯蒂芬·格林布莱特首倡的“文本阐释（或称自我塑造）”理论作为一种新历史主义视域下的文化诗学批评话语形态，其核心表征形式就是批评主体对文化文本所蕴含的历史形态及其话语体系做出说明和描述；同时在它看来，任何说明和描述都是一种想象性阐释与价值性评判。格氏“文本阐释”论将自身首先定位为一种历史性阐释的方法论和主体性理解的认识论，这种理解阐释不以寻求和还原阐释对象的“原意或真相”，而是以“商讨谈判”权力话语的自我塑造和“厚度描述”社会能量的流通范式为旨归，这种阐释方法和运思方式虽曾受到多种理论方法浸润，但它主要与“新阐释学”话语形态及批评理念息息相通，呈现出一种向“新阐释学”视域敞开的价值评判维度，“新历史主义具有一个向现代解释学开放的维度。新历史主义将‘上溯’的解释学所确立的历史性的基本原则和‘下倾’的解释学对历史性的批判反思结合在自己的批评实践中，发展出了自己解决历史性问题的话语分析方法体系”。①

大致梳理一下“新阐释学”各个历史分期的主体思想观念，尤其是汉斯－格奥尔格·伽达默尔（Hans－Georg Gadamer）首倡的“效果历史”说及“视域本体融合论”观念和保罗·利科（Paul Ricoeur）创立的“文本中介”说及“文本占有论”观念在新历史主义文化诗学批评思想中都有所体现。但他们的影响方面和表现形式各有侧重，伽达默尔的思想影响主要集中在批评观的“本体论”层面；而利科的思想影响则偏重在批评观的“方法论”层面。总体而言，新历史主义批评思想并未故步自封，只是将自身捆绑圈定在阐释学的某个阶段或某个代表人物身上，而是本着“以我为主、为我所用”的法则，按需信手拈来、嫁接拼贴，直接楔入自家的理论观点、篇章结构甚至语句表达中，“即时”式付诸实践。

新历史主义者们对待既往思想资源的这种“呼之即来、挥之即去”的实用主义做派颇有几分后现代主义的色彩痕迹。我们在阅读他们的批评论著时随处可见新阐释学的话语片段，“似曾相识燕归来”，但又确乎是熟悉的陌生人。这种“欲说还休而又欲罢不能”的不尴不尬境地直接造成了它与新旧阐释学之间“扯不断、理还乱”的复杂性关系：一方面，倘没有经典阐释学，新历史主义的阐释策略就沦为无

---

① 张进：《在“文化诗学”与“历史诗学”之间——新历史主义的命名危机与方法论困惑》，《甘肃社会科学》2001 年第 5 期。

源之水；另一方面，新历史主义的阐释策略又无法在阐释学的总体范畴之内得到充分言说和确凿明证。好在峰回路转，文化诗学批评观从文本分析的经典阐释学进一步转向了意义解读的新阐释学，从话语分析来到了意义理解，这一点在它与利科“文本占有”论的互文性“家族相似”关系域中展露无遗。

一　认识论维度上理解阐释的“互文间性”视域

为破解新历史主义遭遇的“阐释学难题”，文化诗学格外垂青文本结构与历史形态之间的内在互文间性关系，即“文本的历史性和历史的文本性”互文架构，其高扬的历史语境、文化视域以及文本间距等阐释观念均与新阐释学直接关联。一反经典阐释学追慕事物的普遍性规律的“自上而下的科学主义与本质主义”单向度主张，新阐释学强调认知与阐释事物要倍加关注“特殊情境或特定语境”下人类表达的具体性与多义性，而拒斥动辄“上纲上线”施以“唯一正确的科学的抽象化和概括化”的家法，它一再宣称人们“参照每种表达得以说出的特殊情境而在表达的多种意义之间做出选择”。这正是大部分新历史主义者们所念念在兹的。难怪伽达默尔直陈二者的关系域，“阐释学与历史主义之间具有内在关联，阐释学难题的解决对旨在解决历史诗学难题的新历史主义产生了重大影响”①。

在阐释者与文本“双向阐释”认知观念的烛照下，包容了阐释主体与文本客体间性的“新阐释学”认识论驶入了双向度快车道。依凭伽达默尔的界说，“文本的意义只能是在理解事件中发生的，而文本意义的理解总是特定处境中的理解；视域就是视的范围，它包括了从

---

① ［德］伽达默尔：《伽达默尔集》，邓安庆译，上海远东出版社 1997 年版，第 391 页。

某一特殊的有利观点能够看到的一切”。任何理解都必然是通过理解的主体与被理解的文本客体之间的良性互动与精诚合作才能达成，理解主体与被理解文本客体的存在境况是构成理解的必要条件。概言之，阐释学过程的真正实现不仅包含了被阐释的对象，而且包含了阐释者再度自我理解。

（一）主体间性：主体的阐释性与阐释的主体性

纵观阐释学的学科发展历程，阐释学从对具体阐释方式的方法论意义上的关注，过渡、转换为对作为阐释对象的文本客体本身的本体论意义上的把捉，在此基础上又进而实现了由“被理解的文本阐释客体转向了理解的文本阐释主体”的认识论意义上的历史性转向，即进入了“新阐释学”阶段。这个变化过程始于海德格尔而成于伽达默尔。海德格尔从胡塞尔的纯粹理智领域转向了鲜活的生活世界，从思考人自身的“主体性和历史性”存在出发，进而指认和揭示出人的文本阐释行为的历史性和多义性。根据海德格尔的“理解”历史观，人对存在的全部理解具有历史阶段性，大致可以分割为“成见理解或称元理解”的“必然王国”状态和“意义理解”的“自由王国”状态。这里的“成见理解或称元理解”并非是多余的或是有害的，它是不可或缺的，也是不可替代的。理解主体必然地受制于他的“合法成见”和“元理解传统”，这种成见与传统和“理解循环”一样，都是如影随形、无法摆脱的，反而是理解“本体论”存在和认知外部世界的逻辑前提及基本条件之一。

但海德格尔只看到了两种独立存在的静态化的“主体的阐释性与阐释的主体性”理解阐释状态，而没有把二者有机内在关联起来，竟而忽视了真正有意义的理解阐释活动应是随着人类“具体阐释实践”

的进展而徐徐展开这一事实。伊格尔顿（Eagleton）深刻剖析了分别对应着“成见理解与意义理解”两种状态的“历史传统与时间真理”两个概念之间的区别与联系，“时间与历史两个概念之间存在重要区别，时间比历史更抽象；历史则是人们实际所做的一切的产物，但这种具体的历史几乎与海德格尔了无关联。”尤其是对于“历史形态”的认知更具真理性、开放性和前瞻性，他把历史具体化为“人们实际所做的一切的产物”，这一基本判断与体认是超越前人的，至少在海德格尔那里暂告阙如。海德格尔的“历史性”还需要进一步具体化乃至“历史化”。这一批评意见与新历史主义文化诗学对历史性的整体认知是契合的。

诚然如是，海德格尔毕竟从作为阐释对象的文本客体本身的“本体论”高度强调了文本历史性的普遍存在，又从反方向明证了脱离历史性的文本阐释形式的不可实现性。在这方面，新历史主义文化诗学大胆承继了海德格尔的洞见和精髓。同时，尽管海德格尔并未挑明“历史形态”拥有哪些具体方面，以及这些方面之间的区别与联系如何，但他明确区分了“已然发生的事”和“应然发生的事”两种样态。其中，虽然前者是真实体验过的关于“过去或历史”的文化事象，但反倒是后者才是一种真正有意义的关于“真理与时间”的理解事件。这种关涉“历史与时间孰为真理、孰更富有意义”的真理观与意义观对新历史主义文化诗学从文本阐释的历史性、文化解读的意识形态性等具体方面来把握整体历史观的不同侧面富有启发意义。

（二）理解间性：理解的历史性与历史的理解性

伽达默尔的“文本理解”意义观更迈出了一大步。在他看来，意义并不是内置凝固于文本之中的固有成分，它是在阐释者的理解过程中“产生并生成”的。换言之，所谓“理解”并非自说自话，而是文本与阐释者之间的“心与心默默相流的平等对话”。只有当静默的文本与阐释主体的理解“持子之手、与之偕老”相结合时，挣脱了休眠状态的文本才活跃起来，意义才可能产生；反之亦然，倘若离开了阐释主体的理解与对话，任何一个孤立无援的文本都不会“产生”意义。于是伽达默尔总结说：“理解开始于文本与我们的对话。这是阐释学的首要条件。”由是观之，回顾意义生成机制的塑造流程，这里，伽达默尔强调的是，意义是关系的产物，是交往的产物。到了格林布莱特那里，只不过又多了几个“通货交易、对话商谈、能量流通”之类的别名罢了。

意义的产生依凭于阐释者与文本及其周边环境（他者语境）所建立起来的联动关系。伽达默尔说：“真正的历史对象是自己和他者的统一体，即构成历史事实和历史理解的事实的一种关系。”[①] 显而易见，历史对象不再是纯粹客体化的被动“物自体”存在，它理应是历史理解主体与历史事实客体的关系“平等”结合体和要素“同城”统一体。这样看来，如果说经典阐释学刻意突出了文本客体在理解阐释行为中的中心地位，那么，伽达默尔则凸显了文本与阐释者之间互动关系的统摄作用，“关于文本的理解艺术的古典学科就是阐释学”。对于这样的“文本客体”阐释对象，伽达默尔认为“所有的书写都是一种异化的谈话，这些符号需要转换回谈话和意义，因为意义在书写的过程中经历了自我异化”[②]。异化一词强调了文本的“他者语境”地位。某种意义上说，宛若“没有被反映者，就没有反映者”的另类“唯心论”版本——没有阐释者，就没有文本，“共同的主题把对话双方互相联结了起来。在对话当中，只有当他参与到谈论的主题当中，

① ［德］伽达默尔：《伽达默尔集》，邓安庆译，上海远东出版社1997年版，第391页。
② 同上书，第413页。

互相理解才是可能的；同样，在与文本的对话中，阐释者必然参与了意义的形成”。①

事实上，在阐释者与文本的映射关系当中，伽达默尔更为强调的是阐释者，而不是经典阐释学所谋求的所谓“绝对客观”的文本客体。基于这一素朴的认知，伽达默尔对如何“辩证地理解”人类的“理解行为”事件进行了重新检视。大胆借鉴詹姆逊“元评论”（Meta－commentary）的独特提法，他将理解视为意义自身的要素构成，理解事件是文学艺术和其他传统（历史性文本的集合体）等文本综合体的意义形成和阐释实现的逻辑前提和认知基础，也就成了一种“元理解”或称之为“前理解”，“理解必须被视为意义事件的一部分，在理解中，一切陈述的意义才得以实现”。②

伽达默尔认为，阐释者事先对于文本的阅读经验与了解积累是理解成为可能和阐释行为得以实现的必要条件，否则阐释活动便不可能展开。但这种对于文本的“预阅读或前理解”是这一轮“理解事件”的开端呢，还是上一轮“理解事件”的完结？显而易见，这当中预先设定了一种关于理解的“循环悖论”。伽达默尔开出了一剂良方，面对这样的阐释循环，我们所能够做的只能是预先设计“可能”的阐释和“或然”的理解。这种预先设计虽只是“可能”的设计，但它为理解与阐释提供了原初的可行性，从而也圈定了理解的“历史性”视域。

（三）文本间性：文本的历史性和历史的文本性

伽达默尔认为恰是历史形态的“阐释循环”内构成了阐释者的“成见或偏见”这一特殊视域。鉴于理解者与理解对象都是历史性的

---

① ［德］伽达默尔：《伽达默尔集》，邓安庆译，上海远东出版社1997年版，第413页。
② 同上。

存在，理解对象和理解者都具有各自的视域，两种视域在理解过程中交融在一起而达到“视域融合、能量熵增”。同时，文本的已然意义与阐释者的或然观念分别对应着“所指”（signified）和“能指”（signifier）两个概念，它们共同蕴含的“价值效应与意义链条”始终处于不断的观念涌现和意义生成过程之中，这一双重进程构成了所谓“效果历史”。因此，对于历史形态的理解就是一个关于“历史传统与时间真理”的对话事件，也是“现在”理解者与“过去”文本之间的“汉河遥寄”跨界交流过程。这种交流一般要借助于语言文字符号的承载与联通，语言形式是理解事件发生的普遍媒介物，理解行为在本质上是语言的线条运行轨迹和社会能量流动。伽达默尔坚持在“理解的历史事件”中将阐释的历史性、对话性和语言性结合起来，为新历史主义语境下的文化解读与历史阐释确立了“互文间性”的主体性原则和整体性法则。

新历史主义文化诗学批评观同样将文学批评活动理解为一种文化对话与历史阐释活动，这种对话与阐释较多关心某一社会集团中的成员凭借由“集体历史记忆”形成的叙事经验而构筑的阐释性构造。阐释主体借助于积淀下来的自身的以及集体的“历史经验”展开“文化造物”和“历史叙述”，因而批评主体切身感受，也明确意识到自身业已取“文本客体”而代之，牢固确立了作为阐释本体的中心地位。阐释者既然无法直接客观地“返回事物本身”或迫近处于历史状态的文化遗迹，便转而倾心于阐释主体自身的“历史经验与历史记忆”与文本客体的历史文化踪迹之间展开“主体间性”的对话。新阐释学意义上的理解与阐释首先是一种返躬诸己式的对于自身的“历史经验与历史记忆”的自我理解与自我塑造，进而对自己所身处的文化情境与历史状态做出评判和反思。

在新历史主义文化诗学看来，正如人类无法摆脱自己的皮肤一样，阐释者无法摆脱自身的“历史经验与历史记忆”等“历史性”具体形式的天然羁束。对话与阐释的任务不仅仅在于续接文学文本与社会生活的无论是历史性的，还是现实性的杂多联系，更对文学文本世界中的社会存在以及社会存在之于文学的本体性影响实行“双向调查”。这种调查式阐释居高临下地俯瞰历史性文化事件，带有不可避免的更多主观性与随意性，使得这一阐释行为不可能达到纯粹的客观性，但尚不至于“为所欲为、自由裁量”，它还是要有所遵循、有所自控的。阐释者应该“不断返回个别人的经验与特殊环境中去，沉降到一小部分具有共鸣性的文本上。我们是能够获得有关人类表达结果的具体理解的”①。可见，格氏文化诗学批评观承继了伽达默尔哲学阐释学糅个别性、历史性和对话性为一体的“间性”原则，尤其是凸显了权力性、意识形态性和共鸣性等具体表达效果。

二　本体论维度上理解阐释的“视域融合”

格林布莱特将当代理论定位为一种特殊的阐释话语，“当代理论必须重新选位：不是在阐释之外，而是在谈判和交易的隐秘处”②。正是因为受制于“不可能摆脱自己的处境而重建和重新进入16世纪文化”的天然羁束，阐释者往往从“自己的语境”出发来理解与解读文化诸相的，也就深深烙印上了“先见或成见”的自我色彩。这种阐释行为也就只好放弃了孜孜以求阐释对象的“原初本意”的本真设想，

① Stephen Greenblatt, *Shakespearean Negotiations*, Berkeley and Los Angeles: The University of California Press, 1988, p. 1.

② Stephen Greenblatt, *Renaissance Self - Fashioning: From More to Shakespeare*, Chicago: The University of Chicago Press, 1980, p. 6.

转而调整为以扩展身份意识和沉思当代境域为旨归，“如果文化诗学意识到自己的阐释身份，那么这种意识还应扩展。在理解的阐释过程中，人们可以占据一个位置，从这里能够发现留下（文本）踪迹的人们未能表达的含义，这是阐释学的核心假设。”① 这种阐释方法虽受到多种理论方法的浸润，但它主要与本体论意义上的“视域融合”论惺惺相惜、深度耦合。

利科在“切分和句读”阐释学的发展历程时指出，伽达默尔与他本人代表了两种不同思维指向和价值取向的阐释学：伽达默尔的阐释学是一种旧视域下自下而上的“上溯”（ascending）的思维科学，强调“过去的成见或传统的偏见”（历史性文本的集合体）决定着阐释者个体的理解视域。而利科的阐释学是一种新视域下自上而下的“下倾”（deseending）的思维科学，强调联系政治经济条件对主流社会意识形态形式展开文化反思和社会批判，“拨云见日”般撕裂、冲出笼罩四野的重重雾霾，以寻求历史过程的真实意义。“上溯”的思维取向从本体论高度确立了历史性的总体原则；“下倾”的思维取向则强调从方法论层面对传统进行具体的、历史的批判和质疑。格氏文化诗学批评观从总体原则到批判态度都受到“新旧视域融合”本体论相濡以沫般的濡染与渗透，它将这些思想成果兼收并蓄地拼接整合到自己的莎剧批评实践中。

（一）新旧“视域本体”说

伽达默尔在《真理与方法》的第二版序言中极为推崇康德的“理解何以可能”设问，“用康德的语言表述的话，我们是在探究：理解

---

① 张京媛主编：《新历史主义与文学批评》，北京大学出版社1993年版，第52页。

如何可能?”他坚称自己的理论是一种关于如何应答“理解事件何以发生以及理解行为如何可能”等基元问题的精神科学，其精髓不是在提出一种解释的纯粹“方法”，而是“在描述真实的情形”。伽达默尔认为，要想回答“何谓真实的情形，以及如何描述”的连锁问题，得寻觅一个突破口或者说切入点，那就要从视域这一术语谈起，“视域是指从一个特定的有利位置看到的所有事物的异相范围”。[1] 这里还须挑明一点，与“开区间”术语相仿佛的“视域”一词也同样兼具“波粒二象性”——既敞开、又收束，向文本世界敞开以凸显人类理解主体的能动性与创造性，向历史语境收束意在直面人类理解行为的文化限定性与历史局限性。

在特定的某个“理解区间或阐释周期”中，一般存在两种相对独立的“单体”（monomer）视域：一是过去积淀或历史承继下来的“旧”视域，“理解一种传统无疑需要一种历史视域”[2]。再就是现在的“突破传统、打破历史平衡”的“新”视域，诚如洪堡所言：“所以，一切理解同时也是一种不理解，思想和情感上的所有一致同时也是一种分歧”。至于二者之间的“合体”关系若何，伽达默尔更是直白坦承：“在理解中，只存在一种视域，那就是新旧融合后的视域，是超越了当下边界的更大的单一历史视域”。倘若“切分”一段完整的“理解周期”切片来看，若干单体视域“纷纷跨越边界”聚合成“连锁型”视域复合体。这样一来，便可自然而然地把“效果历史”形态理解与描述为众多视域互融整合的一种有效形式和综合效应。

面对伽达默尔关于将“传统成见或元理解”视为阐释发生机制的

---

① 洪汉鼎：《理解的真理：解读伽达默尔〈真理与方法〉》，山东人民出版社 2003 年版，第 162 页。

② 同上书，第 163 页。

首要逻辑前提的理解观，一个不容小觑的反诘与拷问也就浮出了水面：既然阐释主体自始至终君临一切地掌控着阐释行为，那么，阐释行为是否会成为阐释者的信马由缰式任意理解呢？换言之，阐释活动是否会突破了集体记忆的和社会传统的规约与底线，成了任由阐释主体自身的“历史经验与历史记忆”摆布的纯粹主观的个体行为呢？在伽达默尔看来，任何一个社会都有它的历史文化传统（历史性文本的集合体）。“受历史影响的意识”，人总是不可避免地携带着社会历史基因和传统文化因子进行理解与阐释的，“受历史影响的意识是理解行为自身的一个因素，我们发现自身就处于我们试图理解的传统当中”。也就是说，一方面，作为众多“元理解或前观念”的集合体的“历史文化传统”是理解与阐释之徐徐展开所必然要经由的；另一方面，这种经由的最初成果便是“元理解群”得以最终定型。完成了对“我们要摒弃成见或偏见”这些司空见惯的传统观念的反拨，伽达默尔水到渠成地推出了他的新见——“传统”其实是一种过滤器、压舱石，经由它的大浪淘沙，理解才成为可能，阐释也才成为可能。故阐释活动就不可能任由阐释主体兴之所至、随性而为，它还是自始至终负重着“传统”的催压和羁约，“理解不能被认为是一种主体性的行为，而是一种参与到传统中的行为”①。

（二）“视域间性”融合论

在文学作品或者文化事件的解读理解过程中，阐释者持有或者说占有的“传统成见或元理解”蕴含也在包容性增长，这样就出现了前后两种“新旧视域”：一种是开始阅读时的受“传统”影响的“旧视

---

① 洪汉鼎：《理解的真理：解读伽达默尔〈真理与方法〉》，山东人民出版社 2003 年版，第 176 页。

域”，另一种则是进入阅读后的受“即时”影响的“新视域”。伴随着解读理解活动的持续进行，新、旧两种“视域”之间存在的多维张力也就此消彼长、剑拔弩张了。对此，伽达默尔进一步阐述说，存在多重张力的“视域”之间不仅表现为一定程度的碰撞冲突与挤压排斥，在针锋相对中更表现为一个不断的兼容并包、交集融合的过程。无论人们承认与否，在解读过程中“视域的渐进融合”已是一个不争的事实，且会贯穿始终，“理解其实是一种自在的视域的不断融合过程。在一个传统中，这种融合的过程不断地进行着，总是融进现存的价值物中，而不是一种明显地比另一种更好”。[①] 这样一来，机械的社会学进化论遭到了前所未有的挑战与质疑，将“优胜劣汰”之类本就风马牛不相及的一套说辞生拉硬套到有声有色的视域融合的创举中来，本身就很有些暴殄天物了。

显而易见，随着文本解读、理解的深度掘进，不同层面和类别的“阐释视域的融合与社会能量的蓄容”会不断地累积，“传统成见或元理解”也就会不断地被覆盖、加厚、改变，量的积累达到某个节点，便可能产生了质的飞跃，完成了一次创造性行为，“对于文本的理解总是超越于原作者的。因此，理解不仅是一种复制行为，而且也是一种创造行为”。通常来讲，按照机械的本质主义进化论的流行观点，前赴后继的“视域的持续融合”意味着在阐释过程中会不断出现更合理也更贴近本真的“更好”解释。但伽达默尔明确否定了这一点，至少在理解阐释的“异相范围”内，没有最好，也没有更好；凡理解的都是好的，每种理解都各美其美，而又各有千秋。每一理解都是在“以不同的方式”解读文本世界，各擅胜场，“将理解中的这种创造性理解为

① 洪汉鼎：《理解的真理：解读伽达默尔〈真理与方法〉》，山东人民出版社 2003 年版，第 178 页。

‘更好’可能并不正确。因为我们只是以不同的方式在理解”。[①]

传统上习惯于套用黑格尔的“本质主义”辩证法来理解认知规律，也即认识活动本质上体现为不断曲折向上的“进步”轨迹。然而，伽达默尔将这种前后相继的阐释轨迹只视作一系列互不统摄的“同心圆”，并不存在“进步”的假设性关系。依凭伽达默尔的界说，任何一个阐释在终结了一种阐释之后，只是转换了一下新旧身份，自然而然地转入了“成见或元理解”的大本营，而新的阐释不但可能，更是必须。伽达默尔实际上是赋予了阐释以开放性，具体呈现为“在描述真实的情形”。这种对于“真实的情形”的厚度描述就像西西里弗永远在翻滚着的那块石头一样，永不停歇地劳作着，“对文本和艺术品真正意义的挖掘是一个永无止境的过程”[②]。

三　方法论维度上理解阐释的“文本占有”论

当代法国反思阐释学大师利科在对经典阐释学清算和反思的基础上，创建了自己的“文本中介论”阐释学，概称为文本阐释学。利科全面清理和重新疏浚了自弗里德里希·施莱尔马赫（Schleiermacher）以来的经典阐释学的思想发展脉络，并做出判断：经典阐释学发展到现代主义历史分期阶段，逐渐形成了一股“回归文本自足体”的思想思潮。这一社会思潮的代表性人物，无论是施莱尔马赫，还是狄尔泰，都倡扬要实现真正意义上的“本体论”阐释学转向，就必须把理解和阐释的重心再度扭转，重新转移或者说是回归到作为文本综合体的作品自身。他们倡导一种“文本中心”本体论，想方设法探寻文本

① 洪汉鼎：《理解的真理：解读伽达默尔〈真理与方法〉》，山东人民出版社2003年版，第123页。

② 同上书，第124页。

自身的“意图所在、叙述形式和意义结构”成了理解和阐释活动围绕其上下波动的中轴线。文本制作者作为理解活动的主体地位被悬置，于是，不可避免地陷入了一种理解困境和阐释怪圈：他们把对文本的理解视作对作者的理解，以为只要是把文本自身的含义吃透了，作者的“用意”也就其义自现、不言而喻了。

而在从本体论到方法论的阐释学“认识论转向”中，海德格尔则从强调文本客体的作者维度转向了强调文本客体的读者维度，武断地切割了理解阐释活动与作者之间的联结纽带这“最后一根稻草”，转而把读者的历史性和文本性内在耦合机制作为理解与阐释的重中之重，作者作为理解活动的主体地位被彻底冻结，“上帝死了，作者也死了”。利科既对本体论阐释学过分强调文本客体存在本身，而忽略了阐释主体能够能动地对文本客体本体的认知把握的做法心存疑问，又对以往方法论阐释学过分追寻文本意义的多义性与歧义性而放纵读者任意扩张文本阐释意图，以至于忽略作者主体性地位的倾向心存不满。利科批判地继承了经典阐释学的方法论“合理内核”，纠偏了一度被扭曲了的“只持一端、不计其余”的极端做法，尤其是不遗余力地撮合了阐释主体与文本客体等其他诸多要素在方法论意义上的“精诚合作、天作之合”式精彩联姻。这点在他的“文本中介”论及“文本占有”论两论中得到了光辉而具体的体现与运用。

（一）“文本中介”论

利科主张阐释主体应当重返文本及其联合体（作品）的“复乐园”。他首先赋予“几起几落”的文本一种自足性的特征，比方说，一部文学文本（作品）一旦诞生，它的作者便被移入了括号里面，也就随即失去了和先前的生产语境的联系，作品的意义与价值就融化、内孕在它自身的要素与结构当中。但这种意义与价值是隐在的，隐藏在作品世界的最深处，它在等待，焦灼地等待阐释主体的到来。换句话说，只有进入了解读理解行为的视域中，意义才有了产生的可能与条件。于是，文本（作品）从作者的个人空间进入了阐释主体的开放式语言环境与公共空间，其文本意义需要在“新的节奏、节拍”的阐释语境中应节而舞、重新确立。

为了“加粗厚描”文本的自足性，利科套用了伽达默尔的“文本之间的距离”概念，又赋予了文本一种“文本间距”的互文特征。在经典阐释学中，“距离”往往被看作理解阐释的阅读障碍，或多或少地妨碍了理解的畅通无阻。伽达默尔则为“文本之间的距离”恢复了名誉，认为“文本间距”是理解得以发生的逻辑前提和预设条件，正是在这一文本之间的“缝隙断裂处”，新的阐释意义和张力能量才充分涌流。简言之，“文本间距”实际上成了新的阐释意义和张力能量得以产生的源泉和动力泵。

利科一向称许伽达默尔的文本释义看法，认为阐释主体正是运用文本的“间距化”（distanciation）阐释方式，才使得当事各方能够通过文本这一“催化剂中介”展开思想交流和能量沟通。利科首先明确区分和细化了“间距化”阐释手法的表达方式和表现形式，“文本间距”主要涵盖文本客体与作者主体之间的距离，文本客体与读者受体之间的距离，文本客体与语言环境之间的距离，文本“显在”意义结构与“潜在”意义结构之间的距离等若干方面。紧接着利科又进一步阐发了文本（作品）的双重属性与核心价值，“文本客体兼具自足性和间距化的双重属性，同样地，唯有拥有了自足性和间距化的文本统一体才是阐释学意义上的核心所在，是理解得以发生和完成的渊薮”。对文本“间距”的回归和标举恰可以在一定程度上超越和消解经典阐释学的历史局限性。

某种意义上说，恢复与重申文本（作品）在理解事件中的中介枢纽地位，可以克服相对偏激的“作者中心论”（author - oriented theory）和“读者中心论”（reader - oriented theory）的狭隘性，使新阐释学理论返璞归真、回归本真，可以使阐释学意义上的“作品”本体论和“读者”认识论携手走向统一的“文本阐释”方法论。总之，“文本中介”论为实现理解事件问题上主客观和主客体两个层面的辩证统一，提供了行之有效的方法论工具和深刻全面的认识论洞见。意义在互动中走向新生，传统得以积淀形成，历史得以丰富和发展。

（二）“文本占有”论

利科在进一步梳理“文本间距化”阐释手法时，发现仅仅使用“文本中介”这一概念来概括、描述理解事件的来龙去脉和精髓要义时备感力不从心，“中介”一语用于“静物写生”式地描绘静态化的文本距离或理解空间尚可，但倘若用于动态化的“文本间距化”就难免有“隔靴搔痒”之嫌了。利科力图以“文本方法论工具的意义转换”这一理解事件问题的核心环节为突破口，转而用“占有”这一感情色彩浓烈、动感十足的概念来“真实的厚度描述”整个理解事件，这样就将本体论、认识论和方法论“三维视域”融合起来，从而对阐释学传统加以扬弃和反思。利科的这一“文本占有”论与“文本间距”概念密切相关，而“文本间距”的“所指”内涵就是从批评话语的“交互占有”特性中派生出来的。不论是文本制作主体，还是文本阐释主体，都是通过在自己的理解语境中“拥抱、占有”文本，来完成超越他者力量的“自我理解与自我塑造”行为的；并由此衍生出一系列批评话语的“效果历史”。而对于这些功效的具体描述，利科再次借用了“文本间距化”这一“生产性”概念来加以概括。

利科具体阐明了如何通过跨越“文本距离”的搭桥方式来阐释、交流，也就赋予了“文本间距化”等概念一种“生产性”特征。他同时还划分了理解语境的不同表现形式，“概念是生产性的。于是造成了三种不同的语境：作者的语境、文本的语境和读者的语境”①。正是“间距化”阐释手法破解了“各种语境之间的关系问题”这一阐释难题。某种程度上说，“间距化”赋予了文本更大的自由度和更多的自主性，使得文本逃离作者有限的意向世界也就有了充足的可能性和可行性。另外，“间距化”阐释手法还衍生出一种可能性，文本客体的语境极有可能打破作者主体的语境，这样一来，文本客体率先经历了“去作者语境化”，“接着说”又在另一种新批评情境下移民到读者的新语境，或称之为“读者再语境化”，如是循环往复、递进以至于无穷无尽也。于是乎，文本客体的阐释意义与阐释主体的心理学意义便具有了各自不同的命运与归宿。

具体而言，读者在自己的语境中阅读“占有”文本，“占有”行为是指在“文本间距化”权力话语的摄控下，跨越文本距离而达成某种对话与和解的沟通与理解形式。同样，作为“占有”发生机制的逻辑起点，所谓“占有式的理解”也只能是在阐释文本客体的过程中理解自我、塑造自我，进而自我理解、自我塑造。这一“自我塑造的文本占有式理解”阐释观在新历史主义文化诗学批评观中当仁不让地“占有”了一席之地。占有概念要求一种内在的“意识形态化”政治批评，“我们再也不能反对阐释学和对意识形态的批评。须知，对意

① ［法］保罗·利科：《解释学与人文科学》，陶远华等译，河北人民出版社 1987 年版，第 146 页。

识形态的批评是自我理解必须走的弯路”。[1] 可见，“文本占有”相较于“文本中介”来说更具主动性和趋向性，也更具语言与行为的冲击力和震撼力。格氏“文本阐释”论赋予了“文本占有”概念更加丰富的内涵和更加宽广的外延，尤其是增加了权力话语商谈与意识形态分析两个维度，进而不断反思自己对权力关系的敏感性与痴迷性，反思作为当下阐释者的“自我力量”与作为历史文化传统的“他者力量”之间博弈而成的各种社会形式和权力关系存在的合理性与合法性。

四　结语

利科的“文本占有”理论在接受反应批评学派中也产生了文本共鸣，新历史主义文化诗学批评观从其手中接过了这一理论来厚度描述历史文化现象。格林布莱特把“占有的行为、占为己有”等观念直接收入自家理论的囊中，并从“自我塑造、自我丧失”等自家独特的视角给予了重新解读。他首先详尽地分析了“自我塑造与自我丧失这对矛盾如影相随、此消彼长”的辩证关系，“自我塑造常常牵涉到某种自我抹杀与破坏，以及一定程度上的自我丧失。任何被获得的个性，也总是在它的内部包含了对它自身进行颠覆或剥夺的迹象。”这里关键是要厘清在自我塑造的过程中，自我力量和自我个性一方面获得了什么，而另一方面又丧失或者说被剥夺了什么。文学艺术作品的创造也是一种商谈行为和文化形象的塑造过程，这个过程“不仅包含了占为已有的过程，也包含着交易的过程”。[2] 包括“占有的行为、占为

① ［法］保罗·利科：《解释学与人文科学》，陶远华等译，河北人民出版社 1987 年版，第 147 页。

② Stephen Greenblatt, *Renaissance Self-Fashioning: From More to Shakespeare*, Chicago: The University of Chicago Press, 1980, p. 6.

已有”等这些概念术语在内的阐释新观念，都明显带有利科文本阐释学的现实痕迹和理论渊源。

新历史主义文化诗学批评观在批判反思和诗性重塑气质上普遍领受了新阐释学的深度影响，但其兴趣点、兴奋点主要集中在对文学事件和文化事态的“文化释义与政治解读”的批评实践上。文化诗学批评观在历史性反思上虽与哈贝马斯注重联系经济、政治条件对传统和意识形态展开社会批判的“下倾哲学”遥相呼应，但却并不执着于单声道的“社会意识形态批判”，而是逐渐走向了多声部复调的“话语分析”和多义性与歧义性交互的“意义理解”。[①] 尤其是它对“间距化”等新阐释学批评范式的重视和探究与利科同气相求，最终将它引向了对不同社会形态之间（社会间性）、不同历史阶段之间（历史间性）的“文化差异与意识形态对抗”等问题的整体性综合研究。

一言以蔽之，新历史主义文化诗学将阐释学“‘视域本体’融合”的方法论观念向历史文化的各个领域整体性开放，从而将主体间性（主体的阐释性与阐释的主体性）、理解间性（理解的历史性与历史的理解性）和文本间性（历史的文本性与文本的历史性）等多重“视域间性”逻辑并联、内在统筹起来：一方面，以主体性理解和历史性阐释为读者新视域兼容了接受反应论的作者旧视域；另一方面，以“文本占有、自我塑造”的新阐释学批评范式内在贯通了文本（作品）的主体性与历史性双重属性。两条批评线索殊途同归，归根结底还是要将方法论维度的历史性进一步“历史化和意识形态化”到具体文本（作品）的文化阐释与意义理解上。

---

① 中国社会科学院外国文学研究所编：《文艺学和新历史主义》，社会科学文献出版社1993年版，第138页。

第四节 文本论视野下与詹姆逊“政治诗学”的内在互文性

在20世纪世界整体文论话语体系中，西方马克思主义文艺理论多种形态的呈现与交叠，已是生动活泼的现实镜像和云蒸霞蔚的历史事象。西方马克思主义新阐释学代表性人物弗里德里克·詹姆逊（Fredric Jameson）在《后现代主义，或晚期资本主义的文化逻辑》（*Postmodernism*，*or*：*The Cultural Logic of Late Capitalism*）中指出：“我们不应该忘记如今马克思主义并不是只此一家，别无分店。事实上有形形色色的马克思主义理论话语。”① 此论断同样适用于当代西方马克思主义文艺理论现状，具体断代在“后现代主义或称晚期资本主义”历史分期，至少存有三种主要形态，即英国伊格尔顿的以“审美意识形态”为核心概念的艺术生产论，德国哈贝马斯的以“意识形态批判”为核心概念的社会批判论和美国詹姆逊的以“政治无意识”为核心概念的文化政治诗学。

尤其是映射在新“文本阐释学”维度上，各种理论形态异彩纷呈，颇多创见，自成一家之言。糅多种表现形态为一体的西方马克思主义文论的高歌猛进和位列另类的新历史主义文化诗学一枝独秀已是不争的事实。在强调“文本论”视野下历史、文化和政治的“文本”互融互动和“能量”转换增值这一认识论（epistemology）原点上，

① ［美］弗里德里克·詹姆逊：《后现代主义，或晚期资本主义的文化逻辑》，生活·读书·新知三联书店、牛津大学出版社1997年版，第19页。

格林布莱特文化诗学的“文本阐释”论和詹姆逊文化政治诗学的“文本叙事”论虽各有侧重，程度多寡，但都凸显出了“互文本间性（intertextuality）的重心”（海登·怀特《评新历史主义》）。济南大学傅洁琳教授曾以《西方马克思主义视域中的文化诗学》为题，条分缕析了两者的思想渊源，“格林布莱特文化诗学理论内蕴着诸多西方马克思主义因素，特别是他对文本中的意识形态政治的透视和解剖，被人们认为是‘马克思主义的另一个版本’。可从这一视角来透析其理论构架：一是历史思维和历史的解释原则；二是秉持一种整体的文化观；三是对隐含的意识形态的揭示”。[①]

一　“文本化”的方法论

在当今的西方马克思主义者当中，英国的伊格尔顿（Eagleton）、德国的哈贝马斯（Habermas）以及美国的詹姆逊恐怕是最具影响力的三巨头，而其中文化政治诗学的领军人物詹姆逊的著作业已取得了“工具书”的方法论（methodology）地位，诚如美国学者内尔·拉森所言，“不仅是对一种马克思主义的或者说辩证的文学理论作的具有广泛号召力的论证，而且也是当代各种非马克思主义批评理论最佳的实践指南”。[②] 相映成趣的是，同样来自美国的斯蒂芬·格林布莱特则大胆承祧了詹姆逊“文本叙事”论的“辩证”精髓要义与“论证”范式指南，更是自觉地在具体的批评实践中运用和发展了这一“文本化”了的方法论，并由此而铺垫了他的全部批评理论的认识论基础和方法论依据。

---

① 傅洁琳：《西方马克思主义视域中的文化诗学》，《南京大学学报》（哲学社会科学版）2008 年第 5 期。

② Fredric Jameson, *The Ideologies of Theory*: *Essays* 1971 - 1986, V1, Routledge: The University of Minnesota, 1988, p. 8.

（一）“叙事”文本化

詹姆逊习惯于把自己的融文化、社会、历史、政治批评为一炉的“辩证理论”又称作马克思主义阐释学（hermeneutics），实际上至少在“文学的文化”（literary culture）书写系统中，这是一种文化“政治诗学”。而这一理论的核心层面就是他的建立在“文本叙事”论基础之上的“政治无意识”概念。所谓政治无意识（political unconscious），就是指文本或叙事作为一种社会象征行为所投射的社会集团或阶级集体的意识形态愿望或政治幻想。我们所能面对的无论是历时性的历史，还是共时性的现实，都只能是早已叙事化了的文本及其联合体（作品）。正如詹姆逊所说，“历史只能以文本的形式接近我们，我们对历史和现实本身的接触必然要通过它的事先文本化，即它在政治无意识中的叙事化”。①

文化历史形态作为一种总体性的存在并不是直接呈现在场的，而是要通过文本化（texualization）或叙事化（narrativization）来将其具体化。詹姆逊把叙事化行为看作一种社会象征行为（narrative as a socially symbolicact），“一种政治无意识的主张要求我们探索多种途径，以便把文化产品作为社会性的象征行为加以揭示”。叙事实际上是具体的历史情境的“文本化”。在詹姆逊看来，“审美行为本身就是意识形态的，美学或叙事形式的生产就其自身的方面而言，可以看作一种意识形态行为，具有为不可解决的社会矛盾创造想象的或形式的‘解决’之功能。”② 无论是审美意识也好，还是审美行为也罢，归根结

① ［美］弗里德里克·詹姆逊：《后现代主义，或晚期资本主义的文化逻辑》，生活·读书·新知三联书店、牛津大学出版社1997年版，第446页。

② Fredric Jameson, *The Political Unconscious: Narrative as a Socially Symbolic Act*, Ducke University Press, 1988. p. 20.

底源自于一种特殊的意识形态行为。这似乎是后来风靡一时的“审美意识形态论”的首次发声。

为此，詹姆逊如数家珍般提出了“三个视界（horizon）”学说作为他的马克思主义阐释学主轴，它们分别为政治的、社会的和历史的。其中坐标原点定格在“文本论”基轴上。具体而言，文化批评从政治视界向社会视界和历史视界的辩证运动是完成社会政治阐释学的必经之路。这最后的视界乃是阅读文化产品的最后语境，在这一言说语境中，文化产品将获知其可理解性，接受主体与文本的关系在这里将以一种辩证的对抗性相遇获得方法论意义上的“解决”。

（二）“泛”文本化

哈佛大学教授格林布莱特首倡的新历史主义文化诗学批评理论，在美国已经形成比较成熟的理论研究领域。同作为“反”旧历史主义的方法论，新历史主义（New Historicism）和西方马克思主义都强调只有回到文化、历史语境中，才能阐释此语境中的文化蕴涵。这里，回归的“反历史”（counterhistory）影像是由文学文本、其他的文化文本和社会文本所构建出来的偏重精神文化性的历史形态，即一种“泛文本化”的文化历史形态。

对于有着“新历史主义文化诗学之父”美誉的格林布莱特，他备受关注的焦点在于他那种在广泛的文化视域中进行文本阐释（text interpretation）的理论研究方法（theoretical research method）。尤其是在具象化的个案例析中，不仅凸显和标识出意识形态与政治观念，而且“刻意”模糊了文学文本与非文学文本的分野。在此基础上，“文本意义是什么”的一元化思维提问方式就转换成了“文本是如何构成的，以及为什么需要文本”这类后现代主义（postmodernism）的多元化思维提问方式。格林布莱特将“新历史主义”定义为一种揭示艺术与社会这两种互不相通的话语范畴之间的历史关系的批评实践，其中他的侧重于专攻文学批评的文化诗学理论似乎更多专注于对文学文本中的意识形态元素的透视和解剖，使其文化诗学批评观涂抹上了浓墨重彩的西方马克思主义色调。

新历史主义文化诗学亦是作为一种揭橥“对抗形式主义（counter Formalism）”与“回归（新历史主义）”两面旗帜的后现代性文艺理论思潮而席卷全球的。在格林布莱特看来，特定的文化系统和历史形态都是一种发散式的文本或开放式的话语，泛文本化或泛语境化（contextualization）随之成为文化诗学方法论的基本方面。而形式主义艺术则认为，文学艺术的文本及其联合体不再是传达它以外的任何事物的载体，毋宁说，意义就在文本它本身。正像美国学者麦考利什的名言一样：“诗不应表达什么，诗就是诗”（A poem should not mean but be）。这样一来，文学艺术不再附丽于任何外物，自我切割成了一种自立门户的知识系统，它和日常经验、生活境域的天然联系也就断裂了。文学艺术和生活世界的“陌生化”鸿沟就此形成了。

美国学者凯瑟琳·伽勒尔（Catherine Gallagher）在《马克思主义与新历史主义》（*Marxism and the New Historicism*，1989）一文中论及，“关于新历史主义的政治含义，批评家们已作出各种极不相同的解说。”① 我们虽然不能把格林布莱特的新历史主义批评理论整体划拨到西方马克思主义文论体系，正如伽勒尔所说，没有任何文化或批评实

① Gallagher & Greenblatt, *Practicing New Historicism*, Chicago: The University of Chicago Press, 2000, p. 6.

践是种单纯的政治伪装物；但是应该注意到至少在方法论层面上，经典（canonization）马克思主义美学思想跟格林布莱特批评理论千丝万缕的勾连。

二　同源异流的历史阐释观

历史思维和历史的解释原则是经典历史唯物主义的基本范畴。《德意志意识形态》如是阐述说："人们是自己的观念、思想的生产者。不是意识决定生活，而是生活决定意识。"[①] 在实践和运用经典马克思主义的历史思维和历史解释原则时，不同时代的文论家对于历史形态与文本阐释之间的关系有着不同的理解认识和观念看法，由此形成了表现形态殊异的历史阐释观（outlook）。

针对历史语境与文化阐释的互动关联问题，詹姆逊在《政治无意识》（*The Political Unconscious*，1981）一书的开篇，就提出了"永远历史化"（always historicize）的口号，"一方面，将文学艺术从形式主义批评的'牢笼'重新拖回历史的怀抱；另一方面，从形式开始对其进行文化阐释，将历史从形式的封闭中解救出来，体现了一个从历史到文本，再从文本到历史的往复循环，并在这个循环中实现了其马克思主义诗学理论对历史的回归"。[②] 在这里，与格林布莱特一样，首先集中火力对准形式主义批评固守的"巴士底狱"展开了凌厉的"解救"攻势。

继而，詹姆逊提出了具有"整体性或总体性"基元特质的"元评

---

① ［德］马克思、恩格斯：《德意志意识形态》（节选），《马克思恩格斯选集》第1卷，人民出版社1995年版，第58页。

② 吴琼：《20世纪美国马克思主义文艺理论研究》，北京大学出版社2012年版，第290页。

论”（Meta－commentary）这一独特见解，极力倡扬“真正的阐释应使注意力回到历史本身，既回到作品的历史环境，也回到评论家的历史环境”。为了解答“如何才能真正回归历史”的历史性问题，詹姆逊提出了两类历史语境的划界学说，它们分别是作品的历史环境和评论家的历史环境。詹姆逊对于历史语境的这一解读和阐释成为其文学阐释学形成发展的基点。这点直接在格林布莱特的文化诗学批评理论那里得到了呼应，架构为名曰新历史主义的“新史学”维度。

西方自20世纪中叶开始在历史研究领域发生了一次具有思维方式转换意义的“新史学”转向，粗略归结起来突出表现在以下两点：一是历史学研究的学科视野从历来关注和描述重大政治事件与“高大全”式英雄人物破例转向关怀和书写某个时期的普通琐屑“鸡毛蒜皮”事件与“宵小微尘”式平民人物的广度延展；二是在历史研究领域凸显了从“旧史学”追捧的实证主义思维范式的历史客观主义转向标举主观主义价值取向的历史相对主义的深度位移。这两种转向与肇端于文学批评领域中的新历史主义文化诗学批评观所重磅推出的历史“文本主义”与“互文性”概念相谋合。

（一）文本的历史性

由于历史被文本化了，所以在新历史主义那里，没有一个稳固的、客观的和同一的能被看作文学出现的“背景/后景”（background）的历史语境，历史形态也不是固定的、板结的结晶体，而是生成的、变动不居的与“意识流”相仿佛的“文本之流”。文学形态也是这种生成的一部分，所有的历史语境都是身临当下的“前景”（foreground）。针对詹姆逊在《政治无意识》中把“社会性的和政治性的文化文本”与“非社会性的和非政治性的文化文本”即文化背景与文学文本作截然二分的做法，格林布莱特指出，“那不过是有关‘人类原罪’（the human sin）的声音的一种回响：我们曾经是完整的、活泼的、统一的，我们曾经是单个的主体，政治和诗学原本是一回事；后来，资本主义的兴起击碎了这个光亮可人的整体性”。[①] 在他看来，这种简单、粗暴的“非此即彼、不是即非”的二元化思维定式无疑令人啼笑皆非。

而实际上，根本就不存在社会性和政治性的文本与非社会性和非政治性的文化文本的二分，我们不能把文学作品看作“人类精神”（the human spirit）庄严和超验的表达，而应把它看作处身于其他文本中的一种。因为，在格林布莱特看来，文化和历史同处于社会符号化的人类思想空间之中，文化行为和文化现象共同参与了历史形态的社会化塑造和符号化定型；历史形态是由种种偶发性因素“合力运作”内构而成的，永远处于被不断构塑的流程之中。无论是文化的文本化，还是历史的再文本化历程，都是多重往返的社会能量（social energy）的汇聚、交流、碰撞的过程。

具体言之，历史形态是由具有文学性的语词建构起来的虚拟性文本和隐喻性结构，是一种叙事化的话语文本。历史活动进程中语言的虚构和文本的阐释两大主题贯穿始终。这种借助于文本化来“触摸历史真实”（the touch of the real）的社会历史观，涉及过去的既存文本与现在的即时阐释之间的勾连关系，即把历史文本的阐释看成是一个流动性（mobility）和可塑性并行不悖、交互感应的再创造过程，是种种社会能量关系的重组、构建、延展。无论是所谓“历史和文本构成生活世界的一个隐喻”的论断，还是所谓“历史只有以文本的形式

---

① ［美］格林布莱特：《俗世威尔：莎士比亚新传》，辜正坤、邵雪萍、刘昊译，北京大学出版社 2007 年版，第 4 页。

才能接近我们”的论断，都是把活生生真实存在的历史变成文学虚构、语言隐喻和修辞想象，再置放于文本中，创造出文本中的历史，彰显出文本的历史性（historicity of texts）和当下现场感（sense of the scene）。

（二）历史的文本性

格林布莱特倍加推崇他独创的逸闻主义（anecdotalism）史观，“历史真相（historical truth）往往潜存于历史档案和并不引人注意的日记、轶闻记载等文本之中”。[①] 他在《俗世威尔：莎士比亚新传》（*Will in the World*：*How Shakespeare Became Shakespeare*，2004）中不厌其烦地述说，“数百年来，这些已知的事实被一而再再而三地复述过。即使传记作者能够从书信、日记、同时代人的回忆录、访谈录、书籍中有启发意义的旁注、笔记和手稿中获取资料，要窥见这样的艺术创作源泉也是有相当难度的，而有关莎士比亚的这类材料却根本就没有流传下来”。[②] 所以，他常常把对过去所谓的单数大写的历史（history）的关注，转向注意众多复数小写的历史（histories），通过讲述一些以往上不了台面的野史逸闻、风土人情以及人间喜剧等民间故事，来探视和触摸历史深处隐藏的文化密码与社会真实。

无论文本的历史性（historicity of texts），还是历史的文本性（textuality of history），鲜明地体现了各类文本与学科主体之间的互文性双重特质，即从文学文本之间的互文性转移到文学文本与历史文本之间

① ［美］格林布莱特：《俗世威尔：莎士比亚新传》，辜正坤、邵雪萍、刘昊译，北京大学出版社2007年版，第5页

② Stephen Greenblatt, *Renaissance Self-fashioning*: *From More to Shakespeare*, Chicago: The University of Chicago Press, 1980, p. 6.

的“文本间性”互文性，同时强调文学主体的历史性和历史主体的文学性之间的“主体间性”互文性。这一历史观与詹姆逊的观点一脉相承。互文性（intertextuality）是后结构主义批评学派的主轴概念，意指不同文学作品内蕴的文学文本与非文学文本之间交互贯通、彼此渗透、相互交叉的联动关系。很快这一概念便广为播散，成了跨界多栖明星，后来人们也用这个概念来界说不同文类的“子本”文本之间，甚至“母本”文本与政治境域、社会结构以及历史语境、批评主体之间的互渗、互参、互构关系。

詹姆逊在《政治无意识》中阐释说，“只有先通过文本化的形式，我们才能接触历史”。[①] 历史形态本身虽然不是文本，但是我们所能接触的那些业已经过漂洗、压缩和异化的历史材料和历史形式只能是文本碎片的吉光片羽，从这个意义上说，历史的呈现形式就是文本本身，至少是文本的对象化产物。经典历史唯物主义习惯于将文化事件放在社会历史的大背景中进行阐释，从具体语境中来理解和透视人的“质的规定性”和内蕴丰富性。而在格林布莱特看来，要注重考察人在社会境遇中的实际生活状况和人文风情中的情志波动变迁，以此为基础，创立了以“自我塑型”理论为主导范畴的“文本阐释”论，并使其成为自己的新历史主义文化诗学批评观的核心。

（三）“文本阐释”论

既然一切都是文本，既然无所谓“背景”与“前景”的区分，那么文化文本与社会历史和其他文本的关系就不再是决定的和再现

---

① Fredric Jameson, *The Political Unconscious: Narrative as a Socially Symbolic Act*, Ducke University Press, 1988. p. 20, p. 79.

的，而是“互文性”的，是在相互塑型中生成的。在《通向一种文化诗学》（*Towards a Poetics of Culture*，1989）的演讲中，格林布莱特将话语，无外乎指材料、小说、戏剧、现实等之间的转换称为话语的流通（circulation），话语在流通中通过“商谈”（negotiation）机制而确立审美性话语。在他看来，文学艺术及其产生于其中的社会文化环境都不是固化的凝结物或僵化的模型，相反，它们每时每刻、无处不在地在“对话商讨”之渠中川流不息。这一批评思想更集中地体现在他的代表性著作《文艺复兴时期的自我塑型：从莫尔到莎士比亚》中。用荷兰学者杜威·佛克马（Douwe Fokkema）的话来说，新历史主义的理论基点就是“对在历史之中占据了一个独特位置的‘此时此地的我’（I here - and - now）的承认”。[①]

格林布莱特“自我塑型”论的核心观点可以概括为，每个“自我镜像”都是历史多重作用力（multiple forces）“勠力而为”的产物。这一观点貌似与经典马克思主义强调“人是社会关系的总和”的思想是一致的，但两者有着质的区别：经典马克思主义往往是把社会关系看作一种历史性与总体性交织一起的客观现实加以理解，而新历史主义所理解的“历史”或文化语境是泛文本化的历史片段。因而前者在文化与历史的关系上更强调把文艺作品回置到一定的社会语境中来理解，后者则更强调文化文本与其他社会文本之间的互动关系，更关注文化文本得以形成的具体生产机制。就像格林布莱特所思考的，文艺复兴时期的作家及其笔下的人物的“自我塑型”模式尽管千差万别，但仍存有共同的指向，那就是他们的“自我镜像”概念总是在与各种特定的权威或恶魔式的“异己力量”的掣肘与角力中渐次形成的。

---

① ［荷］杜威·佛克马：《文学研究与文化参与》，俞国强译，北京大学出版社1996年版，第44页。

“文本阐释”问题域涉及“自我塑型”（Self－fashioning）和“自我被塑型”（Self－fashioned）的双重转化过程，是自我力量与外在力量短兵相接、攻防互换的互动过程，互有征服，又互有屈从。“自我镜像”是文化的产物、历史的产物，同时“自我”也参与“文化系统”和“历史形态”的双向建构（theoretical construction）。文化与历史、文学与文化都是一种相互塑型的关系，“历史”形态不再是一种精确存在的背景。文学绝不是个人孤独的呓语，也不会只是一堆“语言的构造物”，而是承载社会“权力话语”、个人反叛意志等多种文化信息的“硬通货”（currency），它不断地流通，进行着“塑型”作用。

“文本阐释”论主要是探究在新阐释学视域的观照下，在“自我塑型”过程中，“自我力量”与“他者力量”，尤其是那些不可控制的外在社会力量之间形成一种复杂多变的互构关系。一方面“自我世界”不断被这些异己力量、外在因素影响和构塑，在某种程度上成为权力关系（power relations）的现实存在形式；另一方面，“自我力量和自我塑型”借助于虚构的历史事件、人物形象甚至于逸闻轶事、街谈巷议来影响和重构周围的包括社会存在、文化现实和权力形式在内的“他者世界”。这样，不仅创作文本的“自我”得以塑造和实现，阅读文本的另一个“自我”也得到塑型。从这个意义上讲，文本阐释行为更是一次“自我塑型”的复杂的理论旅程。

三　同质异构的文化阐释观

在格林布莱特看来，理论批评理应专注于蛰居、弥散在实际生活结构中的文化密码和建构性力量，无论理论问题走多远，都与人的“生活世界”——此概念系胡塞尔首倡；后经于尔根·哈贝马斯对之进行了社会学改造，成为其“交往行为”论的轴心概念，“生活世界是日常交往实践的核心，它是扎根在日常交往实践中的文化再生产，社会整合以及社会化相互作用的产物”① ——密不可分。格氏的文化诗学就是要坚持对文学文本与周遭的其他文本要内在关联起来的文化批评和诗学阐释，这种批评和阐释要求跨越一切人文的学科界域（disciplinary boundaries），形成一种整体运思的文化思维方式。这种整体文化（文学）观与西方马克思主义“文化阐释”论是同质化（homogenising）、贯通一致的。② 这样，“文化意识”和“历史形态”就在全新意义上的“文化解读”（cultural reading，也可译为文化阅读）过程中，进入了当代文学艺术的政治批评视野。

同样深谙此道的后现代解构主义批评学派在文学阐释中也不断发现文本意义的歧义性和生成性，使所谓文学与非文学的“形而上划界”也受到了本体意义上的质疑和责难。以文学镜像与历史形态的指涉关系为理论基点，可以清晰地看出：一方面，文学文本的举手投足、一颦一笑都屏蔽在历史语境的笼盖四野之下；另一方面，历史形态亦非孤家寡人，它的点点滴滴须臾离不开文本的支撑与推动，否则历史形态将被遮蔽，甚至丧失掉它在传统认识论方面的“自我认同”（Self - identity）性。尤其是在一切文本都须面对文学文本所揭示的不确定性的情势下，历史形态更是亦步亦趋，而如影相随的文学形态则挣脱了牢狱般的孤立无援状态。

而格林布莱特在对莎剧等“西方的经典”（the Western canon）持续的无穷魅力和时代关联性做出所谓“最为合情合理的全新阐

① ［德］于尔根·哈贝马斯：《后形而上学思想》，曹卫东译，译林出版社 2001 年版，第 246 页。

② Eagleton, *Criticism and Ideology*, London: Verso, 1978, p. 24.

释和大胆评判”时，如是说：“如果你不喜欢莎士比亚，这只不过是因为你不明白他。或者说，他不只属于一个时代，而属于永恒”。[①] 他认为莎士比亚自身所处的时代，恰恰处于詹姆逊所描述的“文化革命”(cultural revolution) 之后。莎士比亚比他那个时代的任何作家，更勇于面对必须建设一个他所谓的“美丽新世界”的激进性挑战。莎士比亚尽其所能地发现各种主题，创造了一种跨越一切界限的语言。“莎士比亚最重要的艺术特点之一，是他那充满真实性的笔触。莎士比亚和所有去世的作家一样，音声久灭，微躯不存，身后所遗无非纸上的言辞，但即使不借天才的演员来使莎氏言辞栩栩如生，这些印在纸上的文字也照样能生动地再现当时实实在在的人生经历。这样的诗人兼戏剧艺术家非同寻常地对人间世界敞开心扉，并且发现了如何让人间世界进入他的艺术作品的方法。”[②]

为了对俗世的“人间世界”或“生活世界”作出能动性反映，作为文本集合体和语词联合体的作品必须突入进而拥抱“人间世界”或“生活世界”，才能融会贯通、休戚与共。因此，文学或者美学的“书写”姿态总是同“人间世界”或“生活世界”保持某种双向互构关系，即文学的或者美学的批评活动已经被圈定在“运用自己的想象力来生动地再现当时实实在在的人生经历”和“循着他留在身后的言辞痕迹，溯源于他曾经历的人生，寻踪于他曾敞开心扉的人间世界”的文化解读界面的文本化操作系统中。

① [美] 斯蒂芬·格林布莱特：《通向一种文化诗学》，见张京媛主编《新历史主义与文学批评》，北京大学出版社 1993 年版，第 6 页。

② [美] 斯蒂芬·格林布莱特：《俗世威尔：莎士比亚新传》，辜正坤、邵雪萍、刘昊译，北京大学出版社 2007 年版，第 4—6 页。

四　异曲同工的政治阐释观

法国马克思主义代表人物路易·皮埃尔·阿尔都塞（Louis Pierre Althusser）不无偏激地固执认为意识形态只是现实环境和现实矛盾以至于历史境遇和历史真理的某种镜像性写照或者是想象性实现，“意识形态具有巨大的虚幻和欺骗空间，它是个人同他所存在于其中的现实环境的想象性关系的表现，意识形态是一种回避历史真理从而想象性地解决现实矛盾的途径”。[①] 詹姆逊则将之具体而微为意识形态化叙事分析和意识形态化遏制行为，“意识形态分析可以被描述成对某一特别叙事特征的重写，或者是具有社会、历史、政治语境的一种功能”。[②] 这样，不仅意味着把意识形态分析转化成对文学作品的审美乌托邦式解读和想象性书写，而且，这种想象性构建本身，就是对先前的意识形态或者历史潜文本的重写或重构。格林布莱特更是身体力行，将这一政治批评思想具体运用到他的莎士比亚剧作文本分析之中，进而构塑成凸显着政治阐释维度的“意识形态”论批评观。

（一）文本的意识形态叙事功能

詹姆逊矢志不渝地抱定“文学文本不仅是一种特殊的审美意识形态，而且还是一种被遏制的政治力量和被压抑的文化蕴涵”的阐释理念与批评信条，“文学批评的过程不是去解释文化现象，而是把文本

---

① Althusser, *Lenin and Philosophy and Other Essays*, London: New Left Books, 1977, p. 152.

② Fredric Jameson, *The Ideologies of Theory*: *Essays* 1971 – 1986, V1, Routledge: The University of Minnesota, 1988, pp. 8, 53.

内容当作一种被遏制力量所扭曲的一种提示，从而揭示被压抑的隐在内涵。"[①] 这种遏制的力量或称扭曲的提示是无处不在的，它是意识形态化的政治力量本身。这种对阻碍历史前行之力量和压抑人性内涵之力量的双重揭示，并对之作出价值评判的叙事功能，被詹姆逊称为"元批评"（Meta - criticism）式阐释策略。

在詹姆逊看来，在各种文学文本及其联合体（作品）的深层结构和多维构成中始终弥漫着处于隐蔽状态的一般社会意识形态形式和政治权力形式，而"文本是内化并真正通往现实的一条途径，通过语言这一'想象的共同体'（an imagined community），文本将现实'生活世界'当成它'固有的'潜文本并加载到自身之中来加以完成，将生活世界加以内化，而它描述生活世界的途径常常是通过象征活动来达到的"。[②]

用詹姆逊的这个观点可以洞悉格林布莱特"历史的叙述"（historical narrative）的价值论奥妙。在格林布莱特的文学批评观字典里，历史叙事和文本阐释的握手言欢构成了人的"生活世界"的一个隐喻（metaphor）。格氏的"历史叙述"本身就是一种现实性"生活世界"的文本化过程，通过这种对"生活世界"的粗笔摹写与厚度描述（thick description），也显示了意识形态政治力量在其间是如何腾挪跌宕、长袖善舞的。

（二）文本的意识形态遏制策略

詹姆逊恰是在阿尔都塞政治观的意义上把意识形态分析行为理解为认知个体对自身与所寄寓的社会现实的真实关系的想象性再现和象

---

① Fredric Jameson, *Postmodernism*, *or*: *The Cultural Logic of Late Capitalism*, Duck University Press, 1992, p. 334.

② Ibid. .

征性表达。所谓意识形态的遏制策略，则是指意识形态通过借助于审美乌托邦化手段，对历史或个人与现实的真实关系施以遏制、扭曲、压抑甚至于改头换面等分析行为和叙述圈套。似乎领受到奥地利精神分析学家弗洛伊德（Freud）“潜意识”学说和瑞士分析心理学家荣格（Jung）“集体无意识”（collective unconsciousness）观念的启迪和规引，詹姆逊直接将之与另一个关键词“政治无意识”并立、勾连起来，他进一步阐述道，“意识形态的遏制就是一种政治无意识，就是说，身处意识形态语境中的人（由意识形态建构的主体）常常意识不到这种遏制的强制性，反而会把意识形态的想象性关系当作理应如此的真实关系”。①

在这里，詹姆逊始终保持着清醒的头脑和明晰的认知，将“意识形态化”的想象性关系与身处“意识形态语境”中的真实性关系这一对孪生概念严格区分开来，正是后者将遏制的强制性以及扭曲或压抑的隐在性等多种“理应如此的真实关系”打包压缩并收入囊中。身处“意识形态语境”的在场感赋予了文本阐释者更多的话语权，也铺垫了解救“人（由意识形态建构的主体）的这种遏制的强制性”的意识形态力量和政治氛围。因此，唯有认识到所有的一切“在最后的文本分析中”都是政治的、意识形态的，方能从必然性的强制力量和普遍性的遏制策略中挣脱出来，得以穿越“语词的密林”与“敞开心扉的人间世界”，进而超越与惊叹于那些“身怀文学创作绝技”的独具魅力的想象力，最终真正获得匠心独运的创造性“能量解放”。

诚如格林布莱特在《俗世威尔——莎士比亚新传》中破解“莎氏何以身怀如此卓越的文学创作绝技”这个巨大的谜底时，夫子自道，

① Fredric Jameson, *The Political Unconscious: Narrative as a Socially Symbolic Act*, Ducke University Press, 1988. p. 79.

“这是一本讲述匪夷所思的奇功伟绩之书。既然这个实实在在的作者本来就有公共档案文献可稽，那么本书则是致力于追踪该作者如何经由种种幽暗曲折的小径而最终踏上了文学创造的康庄大道”。[①] 对于莎士比亚魅力的普遍性这样一个几乎从一开始就是老生常谈的永恒话题，格氏仿佛意犹未尽，具体阐释说，“如果要明白莎士比亚是谁，重要的是要寻踪于他曾敞开心扉的人间世界。而如果要明白莎士比亚是任何运用其想象力将他的生活转换成艺术，那么重要的是要运用我们自己的想象力”。[②] 在格林布莱特看来，作家运用其想象力将生活世界的包罗万象转换为文学艺术的气象万千的心路历程，其实就是观照各种创造性社会能量奔流不息在政治（文化）之渠中形成波澜壮阔的观潮景观的过程，“我们的努力不是要将整个文化美学化，而是要将各种创造性能量更深刻地定位并融入文化之中”。[③] 正如王岳川所指出的，文学文本到文化文本的转向“将其一部作品置于同时代的社会规范和话语实践关系之中，通过文本与社会语境、文本与其他文本的‘互文性’关系，构成新的文学研究范式”。[④]

五　结语

坐标在历史、文化和政治的文本互融互动和能量转换增值这一认识论原点上，新历史主义文化诗学与西方马克思主义是内在互文、契合一致的，但在外在的表现形态上又各美其美。虽同在“文本论”新

---

① ［美］斯蒂芬·格林布莱特：《俗世威尔：莎士比亚新传》，辜正坤、邵雪萍、刘昊译，北京大学出版社 2007 年版，第 4— 6 页。

② 同上。

③ ［美］斯蒂芬·格林布莱特：《通向一种文化诗学》，见张京媛主编《新历史主义与文学批评》，北京大学出版社 1993 年版，第 6 页。

④ 王岳川：《历史与文本的张力结构》，《人文杂志》1999 年第 4 期。

阐释学视野的烛照下，格林布莱特文化诗学的“文本阐释”论和詹姆逊文化政治诗学的“文本叙事”论即呈现出“花开两朵，各表一枝”的姿态和造型。两者共拥“内在互文本间性”之株，但毕竟“一国两制”、分而治之。以至于延至末流，格林布莱特文化诗学与西方马克思主义若即若离，渐行渐远，终至分道扬镳，各奔东西了。

格林布莱特在阐述他的“新历史主义文化诗学”的理论纲领时，“曾分析了他为什么不愿投靠到西方马克思主义或后结构主义（poststructuralism）的理论营垒，而必须置身于两者之间的原因”。正是经由了詹姆逊“文本叙事”论的精心勾兑和兼收并蓄，刻意稀释了多维元素和多重资源的“后现代主义或称晚期资本主义（Late Capitalism）”话语整体架构，其实就是在那些不同的话语领域之间回环往复地“流通”“交换”，是不同话语界域之间的一种讨价还价式的“商谈”。[①] 格林布莱特的这番言论约略可以让我们管窥到：新历史主义为何要在形式主义与历史主义、后结构主义与西方马克思主义之间寻求“流通”“交换”和“商谈”的“文本阐释学”渊源和意识形态动机，简言之，后现代资本主义“生活世界”的文化阐释和价值判断已经把一切都奇观化（spectacle）、混杂化和文本化了。

或许正如格林布莱特本人所言，“当代理论必须重新定位，它不在阐释之外，而是在谈判和交易的隐蔽处”。[②] 新历史主义批评话语在众声喧哗中实施的“流通”“交换”“商谈”和“交易”等一系列文本化、叙事化和遏制策略，不仅是后现代资本主义社会形态的一个“抱残守缺”表征形式（representation）和“顾影自怜”造型，也是风雨飘摇中最后的背影和叹息了。

---

① Stephen Greenblatt, *Learning to Curse*, New York: Routledge, 1990, p. 159.
② Stephen Greenblatt, *Learning to Curse*, New York: Routledge, 1990, p. 159.

第二章　史学维度的文化诗学批评形态

从文学理论的总体发展格局来看，在学术范式和叙事形式日益走向多元化（Multi－element）的当下情形，“文化诗学”批评观可以说是文学批评理论领域近年来屈指可数的热点之一。究其原因，这一批评话语之所以引起文艺批评家们异乎寻常的强烈关注和持久热情，是因为当前的文论批评观遭遇了前所未有的学科性危机，整体布局需要通盘考虑和变革性调整，而变革和整合的总体性指向就是走向文化诗学的话语策略和批评范式（paradigm）。近年来，文学批评理论的学科性危机（crisis of disciplinarity）是一个被广为关注的话题。北京师范大学李春青教授在《对文学理论学科性的反思》一文中指出：“自从90年代中期文学理论界掀起人文精神大讨论偃旗息鼓之后，这个学科实际上已然处于一种面临解体的尴尬状态。”[①] 那么，所谓“文学批评理论的学科危机”命题究竟如何界定和概说，文化诗学能否承担起拯救文学批评理论学科性危机的重任，成为需要进一步思考和研究的问题。就一般规律而言，一门具有自足性（self－sufficiency）的基础学科，应当具有自己特定的研

① 李春青：《对文学理论学科性的反思》，《文艺争鸣》2001年第3期。

究对象、研究方法和研究目的。惜乎斯时的文学批评理论在以上三点都呈现出了诸多问题。

鉴于此，国内的文艺批评家提出了三套整合策略（strategy）：其一，从方法论层面上彻底放弃纯粹意义上的文学研究，逐步走向宏观意义上的文化综合研究（cultural studies）；其二，从认识论层面上不再执着于整体文学理论的系统化、体系化的宏大构塑，以期日趋走向文论的批评化格局；其三，从实践论层面上整体性变革文论研究的传统方式方法，为最终走向文化诗学理论形态而夯实新型话语策略与批评范式。在与文学批评日益趋于边缘化的现状比照下，大众审美文化迅速崛起的批评情势已蔚然成风。这样一来，整体批评格局走向文化综合研究在某种程度上说也是大势所趋，理所当然的了。从宽泛意义上来说，种种迹象表明，文化的综合性研究相比当代文学批评理论能传递给我们更多的人生理解和社会正能量，向我们提供源源不断的心理疏导和经久不息的意义阐释。正如普林斯顿大学荣誉讲座教授余英时在《钱穆与中国文化》中所言，“如果大家要找一个超越的领域进行沟通和对话，文化是唯一可能的选择”。[①]

文学批评理论有两种不可或缺的维度，一为文学批评形态的构成理论，二为文学批评形态的审美理论。格林布莱特从“文学的文化”本体构成论、意识形态化审美论、“自我塑型”实践论三个维度来构建新的“文本阐释”理论。这其中，前两论一以贯之在自我力量的形塑和自我造型的重塑过程中，由此竖立起了“自我塑型”理论与实践的第三维空间：自我塑型的重塑流程。格氏文化诗学作为一种对文学文本及其联合体（作品）加以文化释义和政治解读的文化批评范式，

① 余英时：《钱穆与中国文化》，上海远东出版社1994年版，第263页。

一方面摒弃了旧历史主义的史学观；另一方面又拒斥形式主义批评对文学与非文学、经典与非经典等范畴的截然二分。格氏力主回归历史，处心积虑地恢复和打造文学文本与历史文化、政治意识形态或权力话语等语境因素的复杂而深刻的隐在关联。他的执着一念为文化诗学理论的蓓蕾初绽和瓜熟蒂落的成熟提供了时代契机和语境支撑。布鲁姆直言不讳地称格氏以斧钺正宗的审美规范与价值尺度为旨归，只破不立，是彻头彻尾的反叛者和入侵者。虽言辞激烈，但仍揭示出其深刻性恰在于隐含的意识形态政治力量。

总之，文化诗学理论形态的提出，有力地回应了文论界对于文学批评理论学科合法性（legality）和可持续性的质疑与批判，不仅使文学批评理论恢复了自我的身份（having a identity），而且极度地拓展了文学批评理论的多维学术空间。文化诗学业已成为文学批评理论在当下社会现实文化语境中的新形态，它的开疆拓土将进一步助力于打破学科之间的壁垒，带来学术研究范式的变革等。山东师范大学李茂民教授 2011 年在《东岳论丛》第 10 期上撰文，以《文化诗学：文学理论的根本变革》为题，对此有过精要的阐述，“文学理论的学科性危机在于传统的文学理论在研究对象、研究方法和研究目的上都呈现出诸多需要解决的问题。文化研究和文学理论的批评化无助于解决文学理论的这种危机，文化诗学的提出就成为一种必然。它作为一种文本阐释实践，是对于传统文学理论在研究对象、研究方法和研究目的上的根本变革。它的提出，使文学理论研究回归文学本身，并且将能够给现代学术研究带来研究范式的革命”。[①]

① 李茂民：《文化诗学：文学理论的根本变革》，《东岳论丛》2011 年第 10 期。

第一节 “新史学”维度

在西方文论界，“文化诗学”与“新历史主义”往往指称同样的群体与研究路向。一般认为，新历史主义思潮区分为海登·怀特的历史诗学和格林布莱特的文化诗学。前者侧重“元形态历史”的修辞学和叙述学，后者关注“文学文化史”的喻说学和阐释学。无论是“新历史主义文化诗学”这种联合式的组合方式，还是“新历史主义的文化诗学”那种偏正式的组合方式，它们首先是作为一种历史诗学（The Poetics of History）批评形态而存在，其批评任务之一就是对“历史形态”做出说明和描述；同时在它们看来，任何说明和描述都是理解和阐释，都不免含有交流、对话、侵越和批判的成分在里面。因此，文化诗学必然有一个内置于新历史主义“基本操作系统”的批评视域和敞向现代阐释学开放的理解维度。伴随着当代西方学术界由重视“文化批评视域”转而注重“历史批评视域”的重要转向，倡导构塑“回归历史情境”和“触摸历史真实的肉身”的新历史主义话语形态也就应运而生、蔚成风气了。某种意义上说，批评视域的转向根源于看待社会存在本体的主导性思维方式发生了超越性转换。作为一种带有后现代主义鲜明特征的社会思潮和文化批评流派，新历史主义批评思想一经问世，就对同期的众多人文学科产生了不小的冲击，尤其是在文化研究和历史哲学等人文领域更是发展成为它们的基本判断形式和言说方式。

中国人民大学张进教授早在 2001 年第 5 期的《甘肃社会科学》

上撰文，以《在“文化诗学”与“历史诗学”之间——新历史主义的命名危机与方法论困惑》为题，深入探讨了文化诗学与历史诗学的血脉关联和思想渊源。他深刻阐述道，“新历史主义的诗学探索和批评实践是我们建立文化诗学的借镜。但这个流派至今存在着不为国内批评界所重视的命名危机和方法困惑。它先后拥有‘新历史主义’、‘文化诗学’和‘历史诗学’等标签，理论家在对其归类上面临危机。本文通过对其不同称谓的追根溯源和释名彰义，阐明不同标签间的关系，揭示处于其命名危机深处的方法论层面上共时性与历时性之间的高度紧张，指出与共时方法相应的‘文化诗学’和与历时方法相应的‘历史诗学’是其观点的两个可以相互补充的方面，并主张尝试建立‘历史文化诗学’或者叫‘文化历史诗学’，以保证研究视角和批评方法的完整性与涵盖性”。[①]

一　新旧历史主义的史学观

“历史是什么”这一经典的提问方式以及“什么是历史”的传统应答方式珠联璧合，共同构成了关于新旧历史主义“史学观”（或称社会历史观）的理论基础。新历史主义之所以称为“新”，是指它重新定义了历史的别样蕴涵，与传统社会历史观迥异其趣。还是回到“历史是什么”的经典命题上来，传统历史主义倡导一种力求真实客观公允的再现观，映射到文学批评领域，它主张一种“还原历史”的运作机制，即把文学作品放回到生产它的历史背景中去，重返现场、还原斯情斯景，如是就能还原作者的“原意”和理

① 张进：《在“文化诗学”与“历史诗学”之间——新历史主义的命名危机与方法论困惑》，《甘肃社会科学》2001 年第 5 期。

解作品的“本义”。

与传统历史主义不同，克罗齐的史学理论可以概括为一句话，即“一切历史都是当代史”。意思是说，一切历史都必须从当前出发，脱离了这个唯一的坐标系就无所谓历史。柯林伍德的史学理论也可以概括为一句话，即“一切历史都是思想史”。意思是说，历史之成其为历史就在于有其中的主体性思想，抽掉了主体性思想，历史就只不过剩下一具空躯壳。在另一个地方，波普尔又阐释说：“每一个时代都在重新写历史；每一个人都在把自己的心灵注入历史研究，并根据自己本人的和时代的特征观点去研究历史。”① 这种主体性思潮初步萌芽了新历史主义的独特历史观，反映了现代西方史学理论上的一场大换位，即把史学的立足点从思维客位上转移到思维主位上来。它标志着西方传统的朴素的“自然主义”历史学的根本动摇。在这一根本点上，波普尔继承并发展了这种主体性思潮的精神，即历史作为客体性事件历程的本身，是根本就不存在的。这一“主体性”史学理论中带根本性的问题，即历史学认识论的问题。

到了素以解构著称的后结构主义那里，它所倡导的“后现代性”史观才真正从根本上否定了传统历史主义的逻辑前提和基本依据，认为历史著述中呈现的连贯的链条式的发展历程，只是历史学家选择的叙事形式与言说方式。历史事件也不再是传统历史主义所认为的纯粹客观的“过去的事件”，而是被历史学家或历史编纂者所叙述出来的关于过去事件的不断被改写、被构塑的“故事”，是一个事件、人物、文本和上下文相互联系的“交往、商谈”网络，各种边缘的或中心的社会力量和自我力量，自我排异性或被排斥的他者声音都在其中留下

① ［英］卡尔·波普尔：《开放社会及其敌人》（第二卷），郑一明等译，中国社会科学出版社 1998 年版。

了或隐或现的“自我塑造”痕迹。“故事是构塑的”，这是新历史主义从后结构主义那里取到的真经。

海登·怀特等新历史主义者们采用了福柯提出的“话语形式和历史叙事”概念来分析历史的真实性内涵。他们倾向于认为，历史就是历史学家追忆和描述过去事件的方式，而不是历史事件本身，主要由一些零零散散的“历史记忆”文本和一种阅读、阐释这些“记录下来”的原初文本的叙事策略两个方面来组成。某种意义上说，他们的阐释对象并不是作为本真史实的历史，而是对历史镜像的塑造形式和书写方式，或者说是关于历史形象的话语形式。他们从文本的历史叙事性出发来看待历史真实性，强调历史文本的“断裂性”“碎片化”真实状态。

具体而言，就是将历史叙述中的虚幻出来的连续性神话从史实中剥离开来，厚度描述历史形态本身的混乱无序的真实状况，探究历史事件如何被表述的话语内涵。这些新历史主义者们一反“关注主流、皈依正统”的常态，刻意摆出一副与世俗决裂的遗世独立派头，转而更为重视历史事件和文化传统群落中那些边缘化的声音、表达模式和潜台词等元素。他们执着一念地认为这些看似细枝末节的微尘因素反而是考察历史形态及其书写方式时心向往之的。格林布莱特文化诗学的“历史理解观”试图融合文本结构与历史记忆、文化传统等多重资源，形成自己独辟蹊径的阐释手法和叙述方法。

二　历史的文本性和历史性的文本

后现代主义文化断然宣告“历史的终结”，当代文化研究思潮极力回避“历史的陷阱”，随后崛起的新历史主义针锋相对地提倡构塑“回归历史情境”和“触摸历史真实的肉身”的文化诗学。正如格氏本人强调，“真实世界、真实身体、真实痛楚的存在与否，至关重要。历史用途和文本阐释的各种传统范式虽然已经瓦解，此时它不再激发起那些教条化阐释的同样狭隘的可怜的全套节目，任何有价值的历史和文本阐释必须关注到这种差异”。① 针对文化诗学的“历史性”批评，西方理论家专注前现代和文艺复兴文学的历史经验，中国学者提倡文学批评的历史意识和文化精神。盛宁先生就指出了人们心头的疑虑，“新历史主义的批评不是回归历史，而是提供又一种对历史的阐释，可是新历史主义却始终不能消除人们心头的印象，总给人以它就是一种历史所指的感觉”。② 并举历史真实和主体意识的文化诗学批评，时常被指责为不是在“历史所指”本体层面根本解决后现代主义的理论困境，而是在“历史能指”意义价值层面进一步加深历史阐释活动的生态问题。

新历史主义视域中的“历史性”究竟是作为已逝去情境的历史真实与历史记忆，还是作为当下语境的文化想象与文化释义，抑或是两者混搭杂糅的记忆空间？文化诗学意图恢复文化批评的历史意识和主体经验，却未曾预料批评话语形态在“历史性”问题的装点之下愈加杂乱无序、扑朔迷离。新历史主义批评形态建构了历史再现与文本叙事的新型关系，即“文本的历史性”和“历史的文本性”的对话理念，如盛宁先生所指出，“历史不能脱离文本性，一切文本都不得不面对文学文本所揭示的不确定性的危机。文本的历史性是指所有类型文本的文化性和历史性，而历史的文本性则是所有历史表述的文本性和阐释性”。③

---

① Stephen Greenblatt, *Shakespeare and the Exorcists*, *in Shakespeare and the Question of Theory*, Patricia Parker and Geoffrey Hartman, London: Routledge, 1985, p. 164.

② 盛宁:《二十世纪美国文论》，北京大学出版社 1993 年版，第 147 页。

③ 同上书，第 270 页。

英国学者塞尔顿（Raman Selden）曾指出，“新历史主义的文本观念不再将文学文本视作独立于作者和读者之外的物件，也不能够再将过去视作独立于文本建构之外的物件；另一方面，既然历史和文学是相互重叠的，那就自然不能再将历史作为文字作品或其他艺术形式的移动背景”。[①] 一方面，“文本化”的权力运作机制不仅清盘了文本内部“喧哗与骚动”（The Sound and the Fury）的恩恩怨怨，而且打破了各类文本之间壁垒森严的人为划界。另一方面，“历史化”的语境阐发实质性地弥合了文学形态与历史形态、文化客体、主流社会意识形态等众多思想形态的历史性裂痕。在文本化与历史化的循环理解过程中，不仅形成了历史文本与文化文本双向阐释的批评思想和相互对话的文化理念，而且引入了某种整合性的文化客体概念，为此格林布莱特再三表明，“历史并不能简单地作为文学文本的固定对立面或稳定背景，而文本的形式边界必须被突破，以寻求多种途径来再现、改造和协调作为文化客体的社会材料”。[②] 虽名其曰文化客体，实际上在文本化和历史化的文化主体作用下，早已是主客融合的综合体了。

与各种后现代理论片面关注历史的文本性不同，新历史主义批评形态特别关注文本的历史性或者说是文本阐释的历史语境，要求将文本置于特定的历史语境下，以文本的历史阐释和文化解读来重估与重塑相应历史分期的社会意义和文化价值，“各种后‘主义’理论的主要贡献是将文学与非文学文本的界定问题化，挑战虚构和现实的稳定差异，将话语不再视为可以看透现实的透明玻璃，而是巴特尔眼中‘现实效果’的创作者，而新历史主义则加倍怀有以往对文学文本的

① Raman Selden, *A Reader's Guide to Contemporary Literary Theory*, Hemel: Harvester Wheat - sheaf, 1997, pp. 188 - 195.

② Claire Colebrook, *New Literary Histories*: Manchester University Press, 1997, pp. 1 - 2.

关注力度来解读所有过去的文本踪迹”。[①] 以历史的文本性与文本的历史性为学术基点，新历史主义以清醒的批评意识介入历史文本的阅读过程，在对文本的历史踪迹的睽睽注目中重新捡获历史影像的碎片，在多样性的历史阐释网络中更加坚定了“通向一种文化诗学”的批评指向和学术志向。

三　怀特“叙事阐释”论

新历史主义“叙事阐释”论，以海登·怀特后现代历史叙事理论为主要表征形态，其核心思想集中体现在怀特1973年出版的力作《元历史：19世纪欧洲的历史想象》（*Metahistory*：*The Historical Imagination in Nineteenth—Century Europe*）的导论部分（Introduction：The Poetics of History）上，以及《话语转喻论》（*Tropics of Discourse*，1978），以及陈永国、张万娟译的《后现代历史叙事学》（中国社会科学出版社2003年版），董立河译的《形式的内容：叙事话语与历史再现》（北京出版社2005年版）等论著之中。海登·怀特通过赋予历史一种想象的诗性结构，从而把历史事实和对历史事实的语言表述画等号，越来越明显地呈现出历史诗学化倾向。怀特在长篇大论《作为文学加工品（造物）的历史文本》（*The Historical Text as Literary Artifact*）中着重探讨和挖掘蕴含在历史文本中的文学因素。

怀特认为历史是一种用包罗万象的各类语词作为基本单位和构筑材料建构起来的文本结构和叙事形式，还是一种“文学虚构的历史文本”，或者说是一种具有文学性与文化性兼具的历史文本，是一种杂糅了历史叙事和文化审美的“话语”文本，从而把寻找“历史事件”

---

① Stephen Greenblatt，*Learning to Curse*，New York：Routledge，1990，p. 169.

的来龙去脉和宏大结构的“史学”形态变成了追寻“历史记忆”的主体言说和诗意栖居的“诗学”形态。后现代主义的历史观认为“历史学”理论形态本质上是一种历史诗学话语形态，是一种语言的虚构和话语的构塑，从根本上否定了传统历史观梦寐以求的客观性、真实性和科学性。

历史指“过去事实的记载，也指已过去的事实”。在惯常的认知语境中，人们总是习惯于把业已烟消云散的“过去”作为时间维度的历史形态来看待，只是仅仅从单向度的时序来看，从而将历史简化为过去，或过去的文献记录，或经史学家确认的关于过去的其他可靠材料。但“历史并不是一件事接着另一件事，并不是任意的古物陈列，甚至也不只是发生在过去的事”①。怀特承继了“新史学”的“叙述主义”历史观，他认为静态化的历史这一概念本身就具难以调和的矛盾性，一个变动不居的历时性动态过程却要塞入一个静止不动的名词性概念橱柜里，不免有削足适履之嫌。有价值的历史研究至少应包括两个方面：研究历史事件客体及对该客体的“历史的叙述”。

历史客体通常是指被认为从此再无法重现的由事件、过程和结构等构成的“过去”这一客观实在，这里便自然而然地暴露出一个认知的悖论：既然“过去”是不可再现的，那么“过去”又是怎样，或者说是以何种方式得以保留、存续下来的呢？这中间必须有个中介载体结合点，那就是文本，融主客为一体的人化“第二自然”。我们有充足的认知理由和逻辑依据认为，历史本身理应是一种不为外物所役，也不以人的意志为转移的客观实在，但现存的历史遗迹主要是以形形色色的各类文本形式而存有的，已逝的“过去”总是、也只好存

① ［美］海登·怀特：《形式的内容：叙事话语与历史再现》，董立河译，北京出版社2005年版，第134页。

在于历史的好事者所记录的原始文本之中，“我们所了解的过去全仰仗于记录，仰仗于一代又一代的人们写下并诠释这些记录的方式”①。人们只有通过虚构和想象的方式并借助话语才能实现历史客体的再现。

怀特从狭义和广义两个层面，仔细梳理了文本的固化过程，同时揭示出了文本的普遍性意义。“文本狭义上指的就是由作者书写下来被人们阅读的文章、著作等由文字符号构成的理解单位；广义上，由于它是由人书写而被人们理解的对象，因此，当人们注意到书写文本即固化行为、注意到读者在阅读时的理解活动与现实生活中理解活动的共性时，往往将人们的一切行为视为文本。”② 文本首先是历史存在，甚至于可以泛化为“人们的一切行为”的主要方式，尽管不是唯一方式。历史的真迹或真谛得以保留流传的方式有许多种，除借助于文字符号等线条记录的“书写”形式之外，还可以通过历史实在的再现或传记回忆、口耳相传等加以固化和保留。“比较起来，书写具有的持久性特征优于转瞬即逝的谈话，它凭借这种优势性，确保文本根据它自己的特性来定义”。③

如前所述，历史主要是以文本方式存在的，而历史文本的生成又与“历史叙事”须臾不离、密不可分。分析历史叙事这一术语，首先要从何谓叙事入手，“简而言之，叙事就是‘讲故事’”。文学体裁中的小说样式也要“讲故事”，但我们这里的“讲故事”略有差异，它不仅指涉所讲的“故事”本身，还指涉在“讲”这一叙述行为。像

① ［美］海登·怀特：《形式的内容：叙事话语与历史再现》，董立河译，北京出版社2005年版，第134页。

② ［美］海登·怀特：《作为文学虚构的历史文本》，摘自张京媛主编《新历史主义与文学批评》，北京大学出版社1993年版，第137页。

③ 同上。

设计连环套一样，紧接着又扯出一个术语来，即叙述，“叙述是一种言说方式，同语言本身一样普遍，而叙事则是一种言语再现方式，表面上对于人类意识非常自然。说到底，叙事就是作者通过‘讲故事’的方式把人生经验的本质和意义传示给他人”。① 叙事是人类表达思想意识及彰显存在意义的基本话语模式，但历史叙事还是能够“通过制造悬念和煽动情感来愉悦读者”的，甚而至于通过格林布莱特所运用的“逸闻轶事”叙事手法亦未尝不可，“叙事也是一种历史学家和创作性作家——尤其是小说家和史诗创作者——公用的写作形式，它说明了历史著作在历史上被公众广泛阅读的主要吸引力所在。像其他形式的讲故事一样，历史叙事能够通过制造悬念和煽动情感来愉悦读者”。②

说到底，历史叙事就是讲历史故事。然而，作为客观实在的历史又从来都不是故事，但它又可以“以故事的形式来讲述我们生活以至于整个文化的意义。我们不会‘生活’在故事中，尽管我们事后以故事的形式来讲述我们生活的意义，并以此类推到国家和整个文化”。③虽说尚“无人按故事生活”，但历史叙事却总是在绘声绘色地讲述着历史故事，更增添些生气和乐趣，以弥补枯燥乏味的干瘪历史标本的严重不足与缺陷。鉴于历史典籍主要是以文本形式而存在着的，而历史文本的书写方式，又不可避免地要仰仗叙事形式“援之于手”来再现客体或阐释自身。“叙事的冲动是很自然的，而对于就事件如何真正发生的任何叙述而言，叙事的形式都是不可避免的”。④ 此语可谓一

---

① ［美］海登·怀特：《后现代历史叙事学》，陈永国、张万娟译，中国社会科学出版社2003年版，第89页。

② 同上书，第103页。

③ ［美］海登·怀特：《作为文学虚构的历史文本》，摘自张京媛主编《新历史主义与文学批评》，北京大学出版社1993年版，第137页

④ ［美］海登·怀特：《后现代历史叙事学》，陈永国、张万娟译，中国社会科学出版社2003年版，第103页。

语中的，要言不烦。

“新史学”批评观，尤其是以海登·怀特的“元历史”观为代表的历史诗学批评学派成了新历史主义批评形态的重要思想来源和批评视域。西方自20世纪中叶开始在历史研究领域发生了一次具有思维方式转换意义的“新史学”转向，粗略归结起来突出表现在以下两点：一是历史学研究的学科视野从历来关注和描述重大政治事件与“高大全”式英雄人物破例转向关怀和书写某个时期的普通琐屑“鸡毛蒜皮”事件与“宵小微尘”式平民人物的广度延展；二是在历史研究领域凸显了从“旧史学”追捧的实证主义的历史客观主义转向主观主义的历史相对主义的深度位移。这两种转向与肇端于文学批评领域中的新历史主义批评观所重磅推出的历史“文本主义”与“互文性”概念相谋合。

这里有必要先宕开一笔，批注圈点一下两个概念的大致含义。所谓历史的“文本主义”是指人们对“过去往昔”的追认式认知需要凭依包罗万象的各色“过去式文本”来完成，而文本最为有效的集中体现形式就是那些过去遗留下来散落一地的据信是当时或后来人们所记述的文献史料。这里我们姑且指认这些“过去往昔的已逝人与事”就是所谓的历史，而它又是以这些文本化的解读方式来与当代人展开着一场穿越时空的汉河遥寄的隔空“喊话与对话”的。而所谓“互文性”前面已有所涉及，它主要涵盖了两层含义，即指一方面尘埃落定的历史（已然发生了的客体事实）与花样翻新的文本（各种各样的记录文献）之间有一种永远处于“正在进行时”互动状态的映射关系；另一方面隶属不同种属的各类文本之间有一种交相呼应、对等感应的映照关系。这在“新史学”层面表现为把历史视为“以往人类的全部活动”，而不仅仅拘囿于重要人物、重点时期、重大事件和大型运动的“三重一大”情形，将视野拓展到了家长里短、一地鸡毛的寻常百姓家，有着鲜明的平民化色彩和人道主义关怀。

而在新历史主义层面中，则进一步表现为文学艺术文本与其他的历史文本之间的商谈谋合与有效沟通。海登·怀特毫不留情地打消了那种早已成为历史常识的“人们可以借助于史料典籍准确把握正确无误、确信无疑的历史真实”的天真念头，快人快语地直言“历史就是叙述者的历史”：历史即历史的叙述，也即历史叙述形式的外化与表征。与“讲故事的”文学作品并无二致，历史读本濡染了叙述者浓墨重彩的个性特征，怀特等新历史主义者们把历史文献与文学文本等同视之，或干脆把历史文本作为一种叙述者的自传小说来读。

历史就是一种文学的“纪实与虚构”，历史形象和历史记忆是由传主的自我经历与自我力量的双重塑造形成与拓展而来的。正是基于这一认知，新历史主义者极力推崇历史构塑的叙事主体性和文本历史性，在刻意淡化了历史客体性与叙述主体性这一对本来尖锐冲突的矛盾关系的基础上，高扬主体性与历史性两大旗帜，千方百计意在最大程度地模糊、弥合文学文本与非文学文本、历史文本与非历史文本之间的天然界限。新历史主义一方面为文化诗学开辟了广阔的批评视域，另一方面也为其圈定了相对稳固的思维空间和阐释区间。

第二节　认识论层面的文化整体观

格林布莱特认为人类的文化筋脉是一个流动的、不断构建着的意义生成的过程，置身在这一历史进程中的人的本质涵韵也是一个“自我力量和自我造型”不断塑型的“向美而生”的历程。意义被看作文学存在的方式，又是文学实现的方式。见证并表征这一“人类的独特的人文景观”的文化架构是一种意义生成和显现的象征，即一种内敛发育与人文毓秀相聚合的“隐喻性”构造。概括地讲，“自我塑型”论的操作方法可以用格氏的一种努力来说明，即试图探讨“文学文本周围的社会存在和文学文本中的社会存在”。这种被杰诺韦塞称为“文化解读”的批评方式，代表了文化诗学的一种文化分析倾向：分析文本赖以产生的文化和体现在文本中的文化。这样，文化与语言，或历史与结构，经由文本的“一桥飞架南北”，成了文化诗学批评方法的“两翼”。两翼齐飞，正是文化诗学“上下求索”的现实路径与学术期冀。

从方法论视角来透视，格氏文化诗学又不同于弗莱（Frye）从“神话—原型批评”视角提出的文化人类学，也不同于伊塞尔（Iser）从“文学接受的文本召唤结构”视角提出的文学人类学。从深层文化结构讲，正是基于对文化人类学等理论渊源“运用脑髓，放出眼光”的爬梳剔抉和独特理解，格氏对“自我塑型”的思考和界说带有浓墨重彩的后现代整体性批判色彩，这无疑根源于对人类综合的社会文化行为的整体考量和当代反思。从整体的意义上讲，这种社会文化行为也是一种人类自身形象渐次“定型化”的“自我塑型”流程。文化诗学的文本阐释既不是一种“纯粹客观化”的历史求证和“真相再现”，也不孜孜以求于阐释对象的“原初本意”，而是阐释主体在理解文本对象与反思自我造型之间来回对话和振荡，其旨归仍在于反躬诸己、沉思当下境域。

直接受格尔兹文化人类学的影响，格氏文化诗学也把“文学的文化”书写系统纳入批评视野，“我在本书中试图实践一种更为文化的或人类学的批评——说它是‘人类学的’，我们是指类似于格尔兹等人的文化诠释研究。与此类工作有着亲缘关系的文学批评，因此也必须意识到自己作为阐释者的身份，同时有目的地把文学理解为构成某一特定文化的符号系统的一部分；这种批评的正规目标，无论多么难以实现，应该称之为一种文化诗学”。[①] 文化塑造和厚度描述成为文化诗学与文化人类学方法论意义上的共同契合点，文化的诗学和政治学的批评范式则体现出新历史主义的权力诗学和身份诗学的理论趋赴。格氏文化诗学秉承内在贯通文化符号与社会意识的理念，为文化诗学的文化塑造和文本诠释提供了一种“文化诠释学和诠释文化学”的理解前提和研究视角，从而创造性地将传统上历来分立的文化和诗学两个概念内在耦合起来。

格林布莱特首先在文艺复兴时期的莎剧批评领域践行了文化塑造和自我塑型的身份诗学理念，着重强调“特定意义的文化系统”对历史主体的“为之调谐八音以荡其心”的塑型作用，“自我塑型，实际上恰恰是这一整套调谐机制的文艺复兴版本。它由特定意义的文化系统支配，靠着调谐从抽象潜能到具体历史象征物的交流互变而创作出特定时代的个人”。[②] 作为历史主体的“特定时代的个人”，集“自我潜能”的抽象性与“历史象征物”的具体性于一身，一颦一笑均调谐在“文化分析解读”的锁钥之中。鉴于文化诗学层面上“被塑造的抽象自我总是定位于文化和表达符号模式和语言的关涉之中”，文化分析的主要目的就是要拓印历史文本与文化结构在社会能量“流动地图”中的运作轨迹，即从文化形式与历史事件中追溯和检

① 张京媛主编：《新历史主义与文学批评》，北京大学出版社1993年版，第52页。

② Stephen Greenblatt, *Renaissance Self－fashioning*: *From More to Shakespeare*, Chicago: The University of Chicago Press, 1980, p. 3.

视社会能量的流动印记，解读文化符号和历史意识的象征颗粒和权力摄控机制。

一 阐释的文化性和文化的阐释性

格林布莱特将文化视为一整套摄控机制（control mechanisms），"文学以三种相互锁联的方式在此文化系统中发挥自己的功能：其一是作为特定作者的具体行为的体现，其二是作为文学自身对于构成行为规范的密码的表现，其三是作为对这些密码的反省观照"①。首先可以这么来理解，文学是构成某一特定文化系统的一部分，它植根于文化系统内部，受它控制和支配，处于一种特定的文化意义的复杂互动中。文化诗学的基本阐释策略即是在文本、体验与文化语境之间穿行。他的"文本阐释"理论内在地贯通耦合了格尔兹文化人类学的文化阐释方法与福柯的权力话语理论，"将文化对象放置到与社会和历史过程的某种有趣的关系之中"，运用文化阐释和历史叙事的方式来解读人类"自我塑型"模态的综合文化行为。

作为其核心范畴的"自我塑型"实践论极大地开拓了根植于"阐释的文化性"和"文化的阐释性"双重特质的文化诗学空间。文学阐释活动的肇端是从阐释对象置身于"作为一种共时性文化系统的社会文本结构"和"作为一种历时性文化系统的历史文化形态"这两大文化系统的"某种有趣的关系之中"开启的，这种"有趣的关系"主要体现为一种彰显文化性和文学性的"有意味的"艺术形式和审美体验，它的整个运行轨迹就是经常被解读者忽视的

① Stephen Greenblatt, *Renaissance Self－fashioning*: *From More to Shakespeare*, Chicago: The University of Chicago Press, 1980, p. 3.

“一整套文化实践”，或者称之为“文化解读（cultural reading，也可译为文化阅读）”。这是格林布莱特文化诗学的理论原点，也是格氏理论阐发的始基。

正如路易·蒙特洛斯所说，“文学的历史就是聚集的文化语码，并使文学和社会彼此互动的历史。我们所重构的历史，都是我们这些作为历史的人的批评家所作的文本结构。”① 文学史从根本上来说就是记录和述说文学与社会存在互动互融的历史情况的“文学的文化”书写系统，它的起讫点都是“作为历史的人的批评家”的我们所面对的文学文本（literary text）及其联合体（作品）。文学作品作为文化的结晶体和文本的集合体，阅读理解、分析阐释其内在的文化性和文本性这些基因链条和文明语码，才使得文明基因得以薪火相传、历久弥新。

在格林布莱特的文学字典里，“文学的文化”一语与政治术语血脉相连，“自我塑型”论的文化观与它的政治观一脉相承。某种意义上说，文学文本阐释的文化性恰是其政治性或者说意识形态性的外在表征形式。格氏夫子自道，无论是自我力量的构塑，还是自我造型的重塑，“自我塑型”的潜在力量既来自于种种外在的政治权力形式的抑制（suppression）与颠覆（subversion），又来自内在的文化蕴涵与文本结构的商谈与通感，是一种错综复杂的、兼容并包众多“文化力量”和“社会能量”的富有“张力”的塑造过程。伴随着文化张力的弹性扩张，包罗万象的非文学文本侵入渗透到文学文本的坚固堡垒之中，碰撞、杂居、同化，文学文本与非文学文本的天然“间距”冰消玉殒，最终在文本联合体（con－text）——

① L. A. Montrose，“*Shaping Fantasies*”：*Figurations of Gender And Power in Elizabethan Culture*，Representation，1983，pp．61－94.

文化文本这里握手言欢。文化文本的深度阐释更是一次“人类文化行为的自我构塑”的复杂理论与实践旅程。在互文本性的人类文化整体结构中，“自我塑型”模式彰显了贯通文化筋脉的抑制性（constraint）和流动性（mobility）。在格林布莱特看来，人类的“自我完善、全面发展”是一个社会化构建和“文而化之，化而文之”的代际进程，是在政治意识形态和文化权力隐蔽规约下形成的“隐喻性”结构(systematical structure of metaphor)。这样的判语让人自然联想起了马克思那家喻户晓的论断“人的本质在其现实性上是一切社会关系的总和”。

二 文化整体观

从“文化”概念的语言原义来考察，它是人与自然之间达成契合无间关系的一种向往和表征。《易经》说“观乎人文，以化成天下”，这是一种由人及物的运思模式，体现了中国文化起源的以人为中心倾向。在西方，“文化”一词产生于拉丁语 Cultura，原义是指对土地的耕作及动植物的培育，后渐引申为培养、教育、信仰等含义。这是一种由物及人的运思方式，这与西方哲学在其思想起源上的“物质本体”探求是相关联的。当代西方“整体主义”文化观念的历史源头可以追溯到古希腊时期，它的人与自然、人与生活等“物质本体”之间和谐统一的文化形态和生存方式，给了当代哲学思想家以孜孜探求的气魄和诗意追索的渴求。海德格尔、福柯等人都直接从古希腊的文化观念中汲取灵感和吮吸养料。

伊曼努尔·康德（ImmanuelKant）首开为“文化蕴涵”订立法则的先河，他从人的理性精神角度规范了文化，称其为“有理性的实体为了一定目的而进行的能力之创造”，并对文化和文明作了明确的区分，认为“文化是人的内在素质，文明是外在的形式”。[①] 这一观念流布很广，也很深远，一直延至当代社会，理论批评家们才试图竭力摆脱这种“目的论与能力论合辙”的理性主义的文学传统和文化观念，将历来奉行“理性之上、精神为本和理念为要”的文化思想观念与生动活泼、本真率性的现实生活世界结合贯通起来，并逐步认知到改换门庭、重新塑造新的“文化认知、商谈和流通一体化”体系的必要性、重要性和紧迫性。

正如德国哲学家、文化哲学学派的开创者恩斯特·卡西尔（Ernst Cassirer，1874－1945）率先在对文化所作的自觉系统的思考时所指出的，人是文化的动物，正是通过人的劳作的文化活动，才规定和划定了人性的圆周，“作为一个整体的人类文化，可以被称为人不断自我解放的历程”。[②] 这里所说的“自我解放的历程”到了格林布莱特文化诗学那里，只不过换了个稍啰唆点的说法，换成了“自我力量的塑造与被塑造过程”。因应着文化全球化、多元化的发展趋势，当文化诗学将文学文本置于文化系统和社会结构中来解读时，我们所碰到的是不同文化文本之间的“互文间性”沟通与交流。要想促成异质文化间的融洽商谈和有效沟通，我们势必要想方设法去追寻它们之间的共通之处，寻求它们之间平等对话的载体平台。骨子里就流淌着“宇宙整体观”血脉的中国传统诗学本身就具备这种以人类整体文化为参照系，包容各种文化构成的天然禀赋，它拥有着融通古今、合璧中西的理论品格，为实现异质文化之间的互识、互融、互构奠定了坚实牢固的思想基础。“中国镜像”文化造型的塑造历程就是它具

① 张奎志：《文化的审美视野》，社会科学文献出版社 2005 年版，第 168 页。

② ［德］恩斯特·卡西尔：《人文科学的逻辑》，沉晖等译，中国人民大学出版社 2004 年版，第 132 页。

体而微的象征。

举个例子来说吧，考察中国镜像“角色”表演艺术是如何在西方文化体系T形舞台上“才艺展示”运作的，不仅要探究在西方“现代性”语境下怎样透视、阐释“中国镜像”的多维度审美特征，而且还要追索西方的“中国镜像”作为一种阐释策略和权力话语，在西方文化（政治）中如何被渐进式意识形态化、模式化、体制化的，最终沦为参与构筑“欧洲中心主义”的文化霸权的“马前卒”。推本溯源，中国镜像的本体架构和意义系统的最终“定型”，源自西方文化内在构造和内在规律本身，来自于西方思想原生态的“现代性”社会意识形态与集体无意识。而西方文化文本的阐释性正是在西方政治模式建构和话语形态塑造的历程中日益凸显出来，并得以渐进式强化、夯实。文化的丰赡阐释性从多侧面反映了文化样态的多样丰富性，以及文化形态的自足性和多元化。

探析西方的中国镜像架构，作为西方现代文化自我的投射，西方的“中国观”只有置身在西方“现代性”叙事语境中，并行不悖地施以条分缕析式阐释策略，其内蕴才能够得到系统深刻的爬梳剔抉和深度阐释。西方阐释主体曾在启蒙运动开放的现代性叙事中赞美中国，又在殖民主义自足的现代性叙事中批判中国。在西方“现代性”视域中，奠基在一系列二元对立范畴上的文化地理版图和世界观念秩序，是一种知识虚拟秩序（幻象），也是一种价值等级秩序、权力让渡秩序，代表着某种特定文化样态的每一个民族群落都被划拨对号入座。超越“二元对立”标准答案的思维定式和阐释语境，重新厘定西方“后现代性”叙事语境下“中国镜像”的文化“他者”和政治“异己”身份，进而解析和阐释该文化图像的发生学构造和审美实践新进向也就成为可能和必然。

三 文学的文化与文化的文学

格林布莱特在《文艺复兴时期的自我塑型》一文中，首次提出了“文化诗学”的概念。作为文学批评家，其阐释的任务是，“对文学文本世界中的社会存在以及社会存在之于文学的影响实行双向调查”。此后，格林布莱特从不同角度反复表述了这个意见。形式主义批评所设定的“文学性文本”与“非文学性文本”之间的区别是带有历史的、主观的、想象的，甚至是武断的因素。事实上，非此即彼式的简单“二分法”只不过是人为地画地为牢罢了，只能是自废武功、作茧自缚。其实二者之间疆界的形成是历史的产物，因而必然也是可以与时推移、历史地变动不居的。文学与非文学之间从来没有分界明晰的楚汉界河，暂时的切分只是为了学理上便于表达的一时之需，更多时候二者是交互作用、相互建构、相互转化的。文学艺术也可以讲“生产性”，既可以讲话语方面的，也可以讲作品方面的，但它的生产与社会文化领域的其他门类生产之间既非全然一致，又非泾渭分明。

倘若某种文学批评观试图在文学与历史、文学与非文学、经典与非经典之间作出截然分明、固定不变的划分既是“水中花、镜中月”，也是荒诞不经的。但如果滑向了另一个极端，完全取消它们的边界线也是不可取、不明智的。与传统的追求事物间普遍性、稳定性联系的批评观截然不同，文化诗学另起炉灶，主张动态地而非一劳永逸地绘制、阐释二者之间的“历史的、逻辑的”本质联系。格林布莱特就此阐述说，“文学与历史之间不是反映和被反映的谁决定谁的关系，甚至也不是内部和外部的关系，而是各种社会能量在‘互文性’基础上的流通、对话和交流的关系，是各种社会文化力量之间相互塑造的关系”。[①] 这里较多关注与突出了它们之间总体意义上的互文、互联和互构关系，而对各自拥有的“自我力量形式、特殊的权力形式”等质的规定性较少涉及，不甚了了。

新历史主义文化诗学的崛起，是在语言解释与文本阐释的基础上对传统的社会历史批评观和形式主义批评学派加以扬弃和融合。在新历史主义者看来，现实性的理解必须以由历史性的理解而形成的传统成见或历史偏见作为认知基础和理解语境的，这就要打破形式的、结构的、语义的共时性“即时”话语占据文学批评中心的批评观念。文化诗学批评实践应当揭示文学文本与非文学文本之间边界“柏林墙”的历史形成和历史变动的复杂生成机制，聚焦于各类文化文本与其历史表述形式之间的“知识流通”与“知识交换”，从而打破传统学科观念所框定的关于各种文本之间边界的僵硬划定，揭示出文学与非文学之间边界的历史性、流动性和复杂性，凸显出文学文本及其历史语境的互文、互动关系。

格林布莱特通过对文艺复兴时期的莎剧研究，以具体的审美实践阐释新历史主义的对理论疆界的跨越。文学作品本身和文学批评活动常常联动，共同构成主流社会政治和主导意识形态的内容，诚如格林布莱特所言，“新历史主义跨越了文学与文学批评的坚实领域。它倾向于就其自身的方法论假设本身和其他理论提出问题”。[②] 文学艺术与它所对应的特定社会形态所覆盖的文化结构、权力关系、政治话语、主流意识形态架构等多层次构成都有着潜在多维的内在关联。实际上，格林布莱特是以文化人类学的整体化批评手法将整个文化

① Stephen Greenblatt, *Shakespearean Negotiations*, Berkeley and Los Angeles: The University of California Press, 1988, pp. 2 – 19.

② Stephen Greenblatt, *Renaissance Self – fashioning: From More to Shakespeare*, Chicago: The University of Chicago Press, 1980, p. 3.

生态系统当作其批评对象，而不是像形式主义批评那样仅仅定向研究人类文化群落中被人们视作文学文本、文学样态的阴影“分区”部分。因此，格林布莱特直接剖白，“文学批评实践再一次对严格区分‘文学前景’和‘政治背景’的理论假设提出挑战，甚至广泛地说，对审美生产和其他形式的社会生产的区分提出了挑战。事实上，这种区分并不是内在于文本之中的，而是被艺术家、观众、读者构建和不断抽取出来的东西。一方面，这种集体社会阐释把审美可能性的范畴限定在给定的再现模式之中；另一方面，这种审美可能性模式又和社会制度、实践活动、由信仰所构建的整体文化等复杂网络联系起来”。①

当然，此种对文学与各种社会范畴的跨越和整合，也招来颇多非议。哈罗德·布鲁姆在《西方正典：伟大作家和不朽作品》（*The Western Canon*）一书中就对此大加挞伐，“这样一来就把审美体验降为了意识形态，或顶多视其为形而上学。一首诗不能仅仅被读为‘一首诗’，因为它主要是一份社会文献，或者是为了克服哲学的影响。我与这一态度不同，力主一种顽强的抵抗，其唯一的目的是尽可能保存诗的完整和纯粹”。② 他态度很坚决，誓言要做“尽可能保存诗的完整和纯粹”这块麦田的最后的守望者，大有宁肯要“形式主义”的草也不要“新历史主义”的花之势。立足点有别，所引道路自然不同，双方各持一端，相持不下。虽不至于“道不同，不相为谋”，还须再举“搁置争议”论，不妨姑妄言之，姑妄听之。

---

① Stephen Greenblatt, *Introduction*: *The Forms of Power*, Genre, 1982, pp. 5 - 6.

② ［美］哈罗德·布鲁姆：《西方正典：伟大作家和不朽作品》，江宁康译，译林出版社 2005 年版，第 158 页。

第三节　主体论指向的历史本源观

格林布莱特认为“阅读文学作品的最好方法是回到社会历史语境中去，而文学作品诠释也是解读历史事件和重现历史记忆的最佳途径”。[①] 正如比利时学者皮埃特斯（Pieters）教授在他的《商谈时分》（*Moments of Negotiation*）中所指出的，新历史主义同时属于“历史的理论和文化的理论”。格林布莱特文化诗学在解读文化现象时，首当其冲的逻辑前提就是倡导一种将其放回到当时特定的“时代与语境”中去的“语境化”的历史观，他一向主张要通过考察其历史语境下的社会行为来解读文学生产和文化权力“互有轩轾”的博弈痕迹。格林布莱特把他的文学诗学批评个案“首秀”毅然决然地投放在文艺复兴时期宏大的历史文化背景下，竭力还原这一特殊的历史时期的风土人情、民俗风情、起居习惯、情感风尚和价值取向等人文风貌，全息照相般透视特定文化历史语境下的人物事件和社会现实，从而构建了文学与历史、文化的交互映射机制。

在文学的殿堂里，历史是永远的座上宾，历史已远远地挣脱了传统意义上的“交代历史背景”等配角束缚，它是真正的“在场主角”。“某一特定生活世界中”的文艺作品既是文化世界和社会存在的产物，也是“历史记忆”再度浮现的产物，但它又可以超越这一限定性存在，成为“历史性客体存在和自由性主体存在和谐共生”的完美

---

① Stephen Greenblatt, *Renaissance Self－fashioning: From More to Shakespeare*, Chicago: The University of Chicago Press, 1980, p. 3.

的统一体。诚如复旦大学朱立元教授在《当代西方文艺理论》一书中所阐述的，格林布莱特“在文艺复兴研究中烙上他自己现在所体验和意识到的人性印记。打破传统历史——文化二元对立，将文学看成是历史的一个组成部分，一种在历史语境中塑造人性最精妙部分的文化力量”。[①] 新历史主义文化诗学批评观强调在历史语境笼罩下的文学批评活动中深深烙上自己所体验到和意识到的人性印记，这点与他一贯主张的“文学永远是人性重塑的心灵史”是内在一致的，也是一脉相承的。

一　“逸闻主义”文学文本分析方法

文学文本分析的主要目的就是要再现各种文本碎片蕴含的“社会能量”流向踪迹和“复数历史”合成线索，以求尽可能地还原和挖掘历史语境下的各种意义内涵和权力运作机制，尤其是倍加关注那些被主流文化屏蔽搁置的边缘化“多声部”声音和微量元素。格林布莱特尤其对那些被官方审查体制和钦定宏大历史（grand histoire）所遗忘和排异的江湖小人物、轶事小事件、逸闻小插曲以至于野史小动作等“小历史”（petti histoire）情有独钟，他固执地认为文学文本的文化意义和“历史真相”就隐蔽在这些充其量只能被划拨到正宗历史的“括号”中去的蛛丝马迹。格林布莱特格外注重对这些隐蔽之处的“灰色地带”的发掘与烛照，一向避谈主义的他竟按捺不住内心的喜悦，将这种敞开“历史记忆的神经末梢”的描述方法赞许为“逸闻主义”。

格林布莱特在《新历史主义实践》（*Practicing New Historicism*,

① 朱立元：《当代西方文艺理论》，华东师范大学出版社 2005 年版，第 89 页。

2000）中再三强调，“逸闻轶事能够开放历史，或者将其抛在一边，因此文学文本总能够找到切入的新基点”。① 就作为文学文本的“切入基点”的逸闻轶事与“历史记忆”的关系而言，既可能是逸闻轶事的文本结构向历史敞开，从侧面解读历史，被其同化，进入历史记忆，“通过形态古怪的逸闻轶事从侧面解读历史，它将不再是稳定文本的某种方式；它反而成为自身难以理解的神秘存在”。② 逸闻轶事不遗余力地向“历史”敞开，坚定地站在“历史记忆”的前沿阵地，正缘于此，“文学文本总能够找到切入的新基点”。另外，又可能是历史记忆的主体向逸闻轶事的文本结构敞开，因此历史记忆获得了另一身份角色和存有形式，“‘历史’至少被设想成自身偶然性的部分，它们时间约束物质性的组成部分，它们自身不可预测性的成分”。③ 因此，如果说由逸闻轶事内构而成的文学作品的文本结构可以作为历史记忆的再现形式和阐释边界的话，那么历史记忆的主体意识则同时是作为文学作品的历史意识、意义结构及开放空间而出现，并得到极力张扬的。

这也正好解释了历史文学，尤其是传记文学的大部分作者的历史记忆为何总是钟情于采用逸闻轶事这些神经末梢层级的“复数历史”叙述形式为再现形式，以及大部分阐释主体为何总是热衷关注江湖野史这些民间故事系列的边缘叙事空间。格林布莱特谈道：“通过这种阐释，我们才会抵达有关文学与社会特征在文化中形成的那种理解。因为对于某个特定的‘我’来说这个我是种特殊的权力形式。”④“这

① Gallagher & Greenblatt, *Practicing New Historicism*, Chicago: The University of Chicago Press, 2000, p. 6.

② Ibid., pp. 12, 1.

③ Ibid., pp. 6, 1.

④ Stephen Greenblatt, *Renaissance Self-Fashioning: From More to Shakespeare*, Chicago: The University of Chicago Press, 1980, p. 3.

个我”的自我力量和自我造型的核心表征形式即在于一种特殊的“权力形式”和“历史记忆”，它既可以无处不在，也可以无所不包。任何具象化的文本都是特定历史时代“权力关系”戮力而为的产物，同时也是内置于该历史形态的杂多“权力形式”的集中体现和具体表征。

对于“逸闻主义”描述手法的历史记忆属性和叙述形式问题，正如格林布莱特所强调的，“如果逸闻轶事记录着偶然性的独特本质，更多联系的是文化边缘……它的重要性存在于那种在旅行者与更进一步的逸闻轶事之间被不停延迟，但自身却作为历史的最佳主题的更大规模的进步轨迹和模式”。① 作家笔下的逸闻轶事首先强调了在记录、叙述层面的“偶然性历史”的独特本质和“边缘化文化”的批评视角，“记录偶然性”与“文本边缘化”两套叙事策略成了叙述历史主题的最佳模式，这点与以往走的宏大历史叙事路线有着天壤之别，在正统的叙述历史主题的模式中，记录和描述历史的必然性规律和文化的主流社会意识形态才是不二选择。其次，它在“文本阐释”层面也显示了与以往的显著不同之处，逸闻轶事将目光更多地投向了历史构塑的“视域本体”和文化活动的“历史语境”，而不是历史事件和文化事象本身。在这里，“视域”概念取得了无与伦比的本体地位，不再像以往那样只是作为历史背景或历史视角出现，相反它就是存在和意识本身。也就是说，逸闻轶事不再是花边修饰，只是起到偶尔调剂一下氛围的作用，实际上，至少在这里，它才是历史事件和历史记忆本身，才是真正的历史叙事状态和历史意识空间。

但是，从文化诗学的历史观念来看，无论是作为“视域本体”的

---

① Gallagher & Greenblatt，*Practicing New Historicism*，Chicago：The University of Chicago Press，2000，pp. 6，12.

历史叙事形式，还是作为“历史再现”的文化阐释形态，“逸闻主义”问题都不应该只是被静止地当作或者凝固为边缘文化的身份角色和历史书写的叙事形式，而是应该首先厘清自身在思想观念层面的不同理论诉求和批评实践层面的范式转换，重点历时性地考察“逸闻主义语境下的历史记忆”的塑造方式和传播沟通形式，以此通向一种“历史话语”的主体视域和“文化阐释”的记忆空间。换言之，逸闻主义视域中的“历史记忆”问题首先在“共时性”书写层面反思其自身作为“偶然性历史”的叙述形式问题，在“历时性”阐释层面考察它作为“历史流传物”和“效果历史”的交流传播图景，进而揭示和呈现文化诗学批评观本身的历史意识和本源史观。

从格林布莱特批评思想的历史走向和批评视角的“历史转向”来看，“后结构主义”批评流派倍加珍视和极力宣扬的“主体性的历史再现和历史性的主体建构”的鲜明主题也正是解构与重构“传统历史主义”的理论追求和学术旨趣。传统历史主义者一直有这种自信，他们相信一切历史事件都有其当时发生的必然性、合理性和意义性。而后结构主义则远没那么乐观和积极，他们坚定地认为客观的历史事件具有不可逆转性，它们的历史真实性随着整个事件的消失也就烟消云散了，我们看到的只是我们自己的“心造的幻影”，自然而然我们所臆造的历史意义其实是不可抵达的。

再有，传统历史主义将历史研究看作一种科学主义的探索历史真知和确证历史真实的学理性过程，而后结构主义则将其视为阐释主体自身的“自我力量确证和自我形象塑造”的主观构塑过程，而不再孜孜以求历史事件的真实状况究竟是什么样的。随之而来的结果就是，“横看成岭侧成峰”，不同的阐释者眼里的所观所视、所见所闻和所感所想也就有所不同了。即便仅限于在“后结构主义”的批评实践中，也包含着或左或右、忽东忽西的相互抵牾的批评观念，不可避免带来新历史主义的内部分裂，由此至少体现出两种针锋相对的倾向：一是解构性倾向，二是重构性倾向。其中，解构性的一面较多继承了福柯等的激进性，倾向于对既有西方经典和理性权威的釜底抽薪式消解。

二　主体性的历史再现和历史性的主体建构

格林布莱特的文化诗学强调在理解和阐释文学事件时要把作者身处的社会环境与文化现实融通起来，共同构成“一个完整而又复杂的自我塑造过程”，从而“获得关于人类自我表达结果的具体理解”，体现了文学研究的社会文化维度、象征表现手法和现实倾向。格氏谈道：“我们依赖这些作者生涯与较大社会场景的透视点，便可阐释它们之间象征结构的交互作用，并把它们看成是构成了一个完整而又复杂的自我塑造过程。通过这种阐释，我们才会抵达有关文学与社会特征在文化中形成的那种理解。这就是说，我们是能够获得关于人类表达结果的具体理解的。”① 作为格氏倡导的“历史本源观”的核心概念，“自我塑造”一方面体现了自我力量与异在的社会场景之间的交互作用，另一方面也包含了人类本源意义上的“自我力量与自我形象”的塑造历程。这里的“自我力量与自我形象”主要涵盖以下要素：其一是自我存在对个人秩序施加的长期而稳定的感受力，以及个人借以向外部世界倾诉和发号施令的言说方式，一般集中体现为自我表现力的外化形式。其二也可以是私人欲望被加以约束的一种象征结

① Stephen Greenblatt, *Renaissance Self - fashioning: From More to Shakespeare*, Chicago: The University of Chicago Press, 1980, p. 3.

构，一般集中体现为自我约束力的物化形式。其三还可以是某种对个性形成与表达一直发挥着主导性塑造作用的“主体性”因素。

在格林布莱特这里，自我塑型理论首先被运用到文艺复兴期的戏剧批评实践中，也正是在这一过程中，它得以固化、定型。具体而言，文艺复兴时期社会流动性加剧，长久以来被身份角色、社会习俗、价值取向和社会精英的举止风范等外在“软文化”因素束缚的个人意志仿佛一下子卸掉了枷锁，个性得到了某种程度的张扬，但同时也呼唤着宗教信仰、道德情操和主观情志等内心因素对个人意志的强烈塑造，比如说宗教教义、政治权力和主流意识形态等，这一切主宰社会活动的“异在他者”力量都成为“自我塑造”的内在约束力。这样，人类个性的规约塑造似乎成为经过某种巧妙处理的艺术过程。

“这个我是种特殊的权力形式”，“这个我”的这种特殊性主要体现在它的两面性或者说是双重性，一方面是因为每个人的言谈举止都构成社会生活的一部分，个体潜移默化中要接受社会习俗、各种制度的渗透约束。但另一方面，“这个我”的存在也会对他人与周围的社会环境产生某种不可替代的影响，传递某种正能量。比方说，执法者会因为对法律的监管而施加影响于社会其他成员，甚而成为社会法律规范的虚幻化身；有时候即便普通人也会因为个体生命的独特价值和社会意义而成为某种特殊权力形式的现实代表。自称“苏格拉底开创的西方哲学传统体系的掘墓人”的弗里德里希·尼采，在他的自传体色彩浓厚的代表作《瞧，这个人》中也形象化地阐释了“这个我”的成长之路和心路历程。

为了“写出那一点点属于人的东西”，他在《尘世威尔》（*Will in the world how Shakespeare become Shakespeare*）中，娴熟运用“自我塑型”理论，致力于在错综复杂的历史情境中，在个体与各种社会力量的互动中，挖掘人物的自我意识和独特的“这一个”的典型性，探究传主表达自我意识的叙事策略和话语形塑，形成了别具一格的人物分析方法，实现了对经典传记方法论的突破，也印证了文化诗学的实践品格和现实性力量。莎士比亚的“自我形象”这一想象共同体是多重自我力量与外在力量共同塑造的产物，他的“自我”形象内蕴非常丰富，而且又能够用文学文本的各种具体样式呈现出“自我”形象的这种丰富性，这是“莎士比亚之所以成为莎士比亚”的重要原因。

格林布莱特把对“自我塑型”的研究投放在文艺复兴时期宏大的历史文化背景下，透视特定文化历史背景下的人物事件和社会现实，从而构建了文学作品与历史语境、文化事件的多维映射机制。格氏提倡通过考察其社会行为来解读文学生产和文化权力“互有轩轾”的博弈痕迹，“我一直以来的浓厚兴趣，就是在于文学与历史之间的关系，在于探讨某一特定生活世界中的文学艺术的经典著作如何超越它的时代与语境。通过这种阐释，我们才会抵达有关文学与社会特征在文化中形成的那种理解。这就是说，我们是能够获得关于人类表达结果的具体理解的。因为对于某个特定的‘我’来说这个我是种特殊的权力形式，它的权力既集中在某些专门机构之中；同时也分散于意识形态结构、特有的表达方式与反复循环的叙事模式中间”。[①] 任何具象化的文本都是特定历史时代“权力关系”勠力而为的产物，同时也是内置于该历史形态的杂多“权力形式”的集中体现和具体表征。文本的历史性既是诸多文本碎片内在融合的黏合剂，又是各种文本特异性与普适性握手言欢的有效载体。

正如王岳川指出的，“自我塑型”论的学术创见主要在于“重唤

---

① Stephen Greenblatt, *Introduction*: *The Forms of Power*, Genre, 1982, pp. 5 – 6.

历史性和意识形态性”。从格氏批评思想的历史走向和批评视角的“历史转向”来看，主体性的历史再现和历史性的主体建构正是重构历史主义的理论追求和学术旨趣。徐贲指出，“历史研究者的主体（人）和他的工具（语言）本身都是历史的产物，任何具体的人在借助语言而把目光投向过去的时候，他的视角和视野都已经被限制在某一时刻历史下语言的历史沉淀以及它们错综复杂的复合影响之中”。①“自我”主体性形象问题，实质上是人的“自我主体力量和自我客体造型”，即“自我镜像”在现实中的历史性建构问题。西方将“中国镜像”捆绑在对立的、被否定的、低劣的位置上，就为帝国主义的扩张侵略提供了必要的意识形态法理。这种定型化或类型化的中国镜像，不仅说明现实权力结构在创造文本，而且文本构筑的他者造型也在创造现实，巩固这种秩序。这是话语模式的权力层面。西方的“中国镜像”群组是表述西方集体无意识中“文化他者”的话语，业已超越了所谓观念诉求的客观认识与真伪之辨。

第四节　本体论向度的诗学意义观

本体论（ontology）是关于存在的理论（the theory of existence），又被称为形而上学（metaphysics）。用“回到事物本身”（returning to the object itself）的本体论方法认识事物的本原和本性，将从诉诸事物本身的终极存在的意义上廓清文学的存在方式与本体价值，尤其是在

① 徐贲：《走向后现代与后殖民》，中国社会科学出版社1996年版，第47页。

“诗性存在与意义本体”的层面上思辨文学存在方式背后隐含的文化意义与审美价值，以期回应与解答困扰文学批评已久的文化性与文学性孰是孰非及多寡问题。

文学批评理论不只是一种知识话语和批评范式，它还承担着文学意义不断构塑和持续生成的内在禀赋与理论诉求。文学批评理论正是在对文学意义的审美阐释中，寻找到通向文学文本的有效途径，构塑着文学对于人生和社会的意义与价值。以文学文本为主轴的阐释实践，以及研究对象的丰富性、研究方法的综合性和研究目的的开放性，从根本上保证了文化诗学的“文学的文化”批评观的理论品格和实践品质。具体而言，文学批评理论应面对现实，并与当代的文学创作、文学现象保持密切和生动联系，只有认真去研究和解决从中国的现实里面提炼出来的真问题，做深入的细致的探讨，并自觉接受批评实践的检视和修正，才可能有真学问。套用经典马克思主义的叙述模式来述说，构塑“理论形态”的初衷恰恰是“从批评实践中来、到批评实践中去”。正如伽达默尔所揭示的，“理论的原初意义是真正地参与一个事件，真正地出席现场”。①

文学艺术的意义在于通过主客体之间循环往复的对话、体验、理解获取了对生存意义的领悟，从而恢复了人与世界的原初平等地位和本真生存方式。海德格尔在《艺术作品的本源》（*The Origin of the Work of Art*）中曾言：“在艺术品中，存在者的真理将自身置入作品”，“美是作为敞开发生的真理的一种方式”。② 在文艺作品的创

---

① 洪汉鼎：《理解的真理：解读伽达默尔〈真理与方法〉》，山东人民出版社 2003 年版，第 48 页。

② ［德］海德格尔：《诗·语言·思》，孙周兴译，商务印书馆 2004 年版；又见杜学霞《论海德格尔关于艺术本质的思想》，《广西大学学报》（哲学社会科学版）2009 年第 1 期。

作构思中，作者将自身的真理以美的形式置入文学文本之中，从而完成了向真理敞开、向美而生的历史使命。海德格尔认为，作为一种敞开的真理的存在方式，文学艺术的美与人的存在本体自始至终地联系在一起，是人与世界生存意义的审美显现。也就是说，文学艺术以审美的方式恢复了人与世界本该如此的生存关系真面目，从而直观感性地显现了人与世界带有根基性的主体间性关系和生存意义。意义论维度的主体间性以审美存在超越时空限制而直接通达人与世界的本真存在，彰显各自的生存意义，进而还以美感体验和“凝视的理解”的后现代主义阐释学方法启迪人们实现对生存意义的领悟。同时，由于人们不同的生存方式衍生出不同的生存意义，向其“敞开发生”的“文艺作品也便相应成了多维意义层的聚合体，即表层的现实意义、深层的原型意义和超越的审美意义的多维聚合”。

在文化诠释学领域（对象域），理解主体似乎总是宿命般地焦灼于西方纷繁杂多的话语系统资源之中。在跨文化理解殊相下，主我、客我两“角色”之间存在着一种对称关系，发生冲突的不仅有不同的观念，而且还有不同的理性标准。人的文化世界作为一个不断更新变化的意义系统，它是人类生活实践的基本对象。对当代人的理解、对当代人类实践创造价值的把握，首先有赖于对文化世界的审视和思考。在格林布莱特的文化诗学批评视域里，文本阐释中的主我、自我是在历史的合力中形成的，对主我、自我进行塑造的各种力量之间进行冲突、角逐、争斗，从而使文本中潜存着的种种威胁的他者、隐蔽的成见、随处弥漫的意识形态规约、看不见的权力结构，在文本的阐释中显露出来，彰显出主流意识形态历史话语的虚构性和文本裂隙。文化的“自我造型”行为意味着各种社会力量或者对立力量双方潜在的较量。

格林布莱特的文化诗学批评思想对于文学文本实施的审美阐释与文化解读的策略，既是某种文学文本阐释的理论实践，也是一种对文学文本与人类整个文化综合体之间潜在审美意义的揭示与凸显。在某种程度上，文化不再是一种抽象的理论概念和形而上的体系，而是一种能赋予创造性和审美价值的文本阐释方式。而文化诗学更进一步将一切人类活动都看成一种“文学的文化”文本，在这种文本的阐释中体验文化的诗性美感魅力，最终把诗性美感作为人类生存的一种隐喻性模式来看待。因此，“文学的文化”是审美视野，也是诗学内涵；而“文化的文学”是创造的出发点，也是理论建构的着力点和支撑点。这种审美阐释与文化解读策略，是将文学文本纳入特定历史时期以及所处文化机制的关系之中厚度描述，从而赋予作品完整的美感价值和认知价值。

这里具体而微观之，拟从西方文化这一他者语境（其主体元素凝结为视域融合）下，理解（其操作系统表征为描述缕析）异域文本的多维度审美特征，或谓之曰多义性与歧义性（ambiguity，又译为朦胧、复义、含混等）交互的意义生成形态。我们只能在具象化的认识论语境中，即预先假定认识主体、认识对象（主体表征为异域情结）和认识的媒介物（如语言）的存在——去审美、阐释文化意味和探知、理解意指无限。当文化诗学在挖掘文学意指系统在文化整个符号系统中的新鲜意思时，也就是在关注文学文本对意义的表征作用和“文学意义”的文化生成。在文学与社会、文化、历史等多种门类的交流互动中，文化诗学正是运用“意义产生于各种符号运作”的思想来重构文学与社会、文化、历史等各方面的意义关系，实现文学新的意义的再塑造与再生成。

一　从生成论视野观照诗学意义观

来自不同文化体系的中西诗学，从哲学底蕴的源头上就属于不同的诗性智慧，在漫长的历史实践中开发出了各自不同的“文化的文学”形态和诗学方向。法国让·贝西埃等人主编的《诗学史》（*Poetic History*）中说，“在诗学领域，人们几乎自发地引用希腊起源说”。[①]他阐释说，在明确的、系统的诗学产生之前，有一个潜在诗学的漫长历史。人们关于“诗”的意识、观念，正是在这样的漫长时间里，逐步积累、逐渐明朗化。人类生活中出现了诗，出现了文学艺术，就有了对诗、对文艺的态度、看法，也就有了最早的、广泛意义上的“诗学”。古希腊人常把诗歌、戏剧创作当作一门技艺。亚里士多德《诗学》（*Poetics*）开宗明义说，“关于诗艺本身和诗的类型，每种类型的潜力，应如何组织情节才能写出优秀的诗作，诗的组成部分的数量和性质，这些，以及属于同一范畴的其他问题，都是我们要在此探讨的。”[②] 但他一开始就“先从本质的问题谈起”，认为一切艺术都是摹仿；各种艺术的区分在于：采用不同的媒介，选取不同的对象，使用不同的方式。而古罗马的贺拉斯的《诗艺》（*Poetic Art*）更多讨论的是戏剧文学，也讨论了韵律，他要求每一个诗人都以荷马（Homer）、古希腊诗人为典范。大致说来，西方古代的诗学，更多的是以叙事文学和戏剧为论述对象，它的核心理念是“摹仿”，倚重“净化灵魂”的社会作用。

在中世纪，欧洲曾流行过把诗学限定在修辞学范围内的做法，认

① ［法］让·贝西埃等人主编：《诗学史》（上、下卷），百花文艺出版社 2002 年版。
② ［古希腊］亚里士多德：《诗学》，罗念生译，人民文学出版社 1982 年版，第 253 页。

为“诗学就是根据格律规则创作诗歌的科学”，它的任务是讨论词语搭配、节奏、韵脚。这样做，把诗学的内容狭义化了，但也有其实用功效。到了20世纪，西方的诗学发生更大的变化，一些学者的注意力从内容转移到形式。俄国形式主义文论家在新的观念支配下，重新论定诗学的性质。鲍里斯·托马舍夫斯基说：“诗学的任务是研究文学作品的结构方式。”① 维克托·日尔蒙斯基说：“诗的材料不是形象，也不是激情，而是词。诗便是用词的艺术，诗歌史便是语文史。”他把诗学分为理论诗学和历史诗学：“解释这些诗歌程序的艺术意义，解释它们相互间的联系和本质的审美功能，是理论诗学的任务。至于历史诗学，它应当澄清各种诗歌程序在诗歌的时代风格上的起源，阐明它们与诗歌发展史的不同时期的关系。”② 形式主义的诗学，在当时开了一种理论风气，其后的结构主义等种种理论学派，演化出若干新的框架，提出一些新的命题。它们提供了一些新的视角、新的研究方法，尤其在对文本本身的细密解剖上，给读者新颖之感。

被多数人接受的是更为通达的看法，如法国的瓦勒里在《诗的艺术》（*The Art of Poetry*）中所说：“根据词源，诗学是指一切有关既以语言作为实体又以它作为手段的著作或创作，而不是以狭义的关于诗歌的美学原则和规则。”③ 或者如瑞士的埃米尔·施塔格尔在《诗学的基本概念》（*the Basic Concept of Poetics*）中所说：“‘poetik’一词源自于希腊文，乃‘作诗的技艺’一语的简化。‘诗学’……致力于证实人的本质力量如何出现在诗人创作的领域里。”④ 批评主体开始

① ［俄］日尔蒙斯基等：《俄国形式主义文论选》，方珊等译，生活·读书·新知三联书店1989年版，第76页。

② 同上书，第77页。

③ 王先霈、王又平主编：《文学批评术语词典》“诗学”条，上海文艺出版社1999年版。

④ ［瑞士］埃米尔·施塔格尔：《诗学的基本概念》，胡其鼎译，中国社会科学出版社1992年版，第76页。

“致力于证实人的本质力量如何进入诗人创作”，终于完成了两类主体“间性”的构塑和链接。诗学的概念不是凝固不变，而是在历史的发展中不断演化。我们对于“诗学”及其关联概念的理解，也要注意到它们在不同语境里的不同内涵。西方诗学中蕴藏着丰富的可资借鉴的精彩思想、科学方法，我们在追溯“本土”诗学传统时，都可以用来作比较和参照。中国古代诗学有自己独立的系统，有着漫长的历史，有丰富多彩的内容。诚如法国文学理论家托多洛夫在与杜克罗合著的《语言科学百科辞典》（*Encyclopedia of Language Sciences*）中说：“在西方，人们习惯于把古代希腊作为诗学的发端，实际上与此同时，甚或更早，这种对文学的思索已经在中国和印度开始。”①“诗学”成为一门学科，和其他许多人文学科一样，也是在西方日趋精细化学科框架的影响和参照下才发生的，是在西学东渐的潮流中发生的。

因应着当下发展趋势，已迫使人们开始习惯于用他者性眼光来重新观照各自的区域性文化。同样，映射在诗论层面，通过对彼此根源的比较和分析，以期中西诗学的融合会通与借鉴互补成了整体诗学自身完满发展的追求。相对而言，中国传统诗学较为注重作家主体的内在主观情志的整体性表达，西方诗学则擅长于对外在客观对象的分门别类式的单项把握。倘若两者能够内外结合，不失为促使对中西诗学的探究走向完满和圆融的有效路径。长期雄霸西方文论界的古希腊“摹仿说”，其中心范畴是基于知觉经验（aesthesis）来昭示思想精髓的“认识循环论”，这种认识大致来说还是理性认识的成分居多。德国美学家鲍姆嘉通（Baumgarten）创造的“美学”（aesthetics）这一词带有“感性学”（aesthetik）的意思，即与古希腊的知觉经验相通。

① 王先霈、王又平主编：《文学批评术语词典》“诗学”条，上海文艺出版社1999年版。

文学作品主要以表现审美形态、审美意识为旨归，它所蕴含的综合因素相互交织、穿插且相互转化、依存。以往诸多西方文论家往往采用单一的认知方式，或从单一知识层面着眼，或仅从一种文化背景梳理，都难以有效地重建诗学的“认识论”整体架构。

进入后现代主义理论形态后，西方诗学“何去何从、魂归何处”仍处于困顿和迷茫之中，甚至身陷自我怀疑和自我颠覆的泥沼之中。西方部分学者另起炉灶开始转向主体性研究，海德格尔、德里达等哲学大师们都把求援的目光投向中国古代诗学，渴望寻求新的文化资源和思维向度，以期为西方诗学研究的转向和转型提供有意义的参考。一直被打入另册的中国诗学虽没有得到以知性思维为主的科学哲学的底蕴，却有着发达的道德形而上学的“纲举目张”的整体系统，这点恰恰是西方哲学所缺乏的，也是西方哲学苦苦寻觅的。这也是格林布莱特念念在兹的“通货”一语的真正含义所在，“艺术作品是一番商谈以后的产物，商谈的一方是一个或一群创作者，他们掌握了一套复杂的、人所公认的创作成规，另一方则是社会机制和实践。为使商谈达成协议，艺术家需要创造出一种在有意义的、互利的交易中得到承认的通货”。[①] 返躬诸己，中国近现代诗学的凝眸也向西方诗学投射了“惊鸿一瞥”：遥想王国维撰《人间词话》，别出心裁、别赋新声地将西方哲学、美学理论融会贯通到中国诗学批评中，尤其是“境界说”的横空出世，使中国传统诗学的轴心板块——“意境”理论得到了系统的阐发和集大成的聚合。择其要而言，在当时“中体西用”革新思维风靡一时的大文化背景和思想潮流裹挟下，《人间词话》已有若干西方文化思想的渗入和侵染，这为中国诗学的开疆拓土另辟蹊径别立

① Stephen Greenblatt, *The Greenblatt Reader*, Michael Payne (ed.), MA: Blackwell, 2005, pp. 11 – 12.

新声，也为中西比较诗学研究拓印了经典的模板。

经由诗家的审美体验与感悟，诗艺术正是从“文学的文化”中获得它的神韵和存在方式。正如中国社会科学院学部委员杨义在《中国诗学的文化特质和基本形态》中所阐述的，“中国的诗学是一种综合着生命体验、文化底蕴和感悟（Pre - comprehension）思维的，非常有审美魅力的多维的，生命的诗学、文化的诗学以及感悟的诗学。这种‘发现原创’的多维的诗学以生命为内核，以文化为肌理，由感悟加以元气贯穿，形成一个完整、丰富、活跃的有机整体，由此派生出隐喻、意象（Ideal - image）、意境和气象等具有东方神韵和智慧的基本范畴。”① 文化渗透到相应的诗学的脉络中去，成为诗学的血液与肌理。可以说诗是文化开出来的一朵审美之花，没有文化我们的诗之花就会枯萎。而且，不同维度的文化之间可以多姿多彩地交融，互蕴互动，彰显出丰富的内在审美张力和多义交互阐释的可能性。

二　从本体论视域架构诗学意义观

海德格尔在他的《演讲与论文集》（*Speeches and Essays*）一书中写道，“作诗是本真的让栖居。不过，我们何以达到一种栖居呢？通过筑造。作诗，作为让栖居，乃是一种筑造。”② 这样的作诗“只要善良，这种纯真，尚与人心同在”，“以神性来度量自身”就是根据诗意的本质作诗。马克思则说过这么一句脍炙人口的话，“动物只是按照它所属的那个种的尺度和需要来构造，而人懂得按照任何一个种的

① 杨义：《中国诗学的文化特质和基本形态》，《东南学术》2003年第1期。

② ［德］海德格尔：《演讲与论文集》，孙周兴译，生活·读书·新知三联书店2011年版，第156页。

尺度来进行生产，并且懂得处处都把内在的尺度运用于对象；因此，人也按照美的规律来构造。”① 这里的“构造”也应该包括对人自身的建造，“美的规律”也是人建构自身的尺度。缘此，诚如格林布莱特所精心设计的那样，“作诗”这一人类特殊的“精神创造”的文化行为，不仅可以“创造出一种在有意义的、互利的交易中得到承认的通货”，同时也是对人自身的塑造——人的自我塑造，也是各种社会力量“合力构塑”的产物。

“诗学”批评形态多以理论著述的形式存在着，但“诗学”精髓与要义还更多存在于杰出诗人、杰出文学艺术家的鲜活作品之中。我们领会理论形态诗学里的种种观念意旨，更要紧密结合诗歌和其他各种艺术文本。历览古今中外概莫能外，诗学的或实证或个案或文本，抑或共时或历时研究，均要求形而上的理论阐释与形而下的批评技巧相融合相激荡，这就要求既有宏观思辨的理论构架和规整谨严的哲学思考，又有对具体艺术实践的审美经验和范式把握，以及对具象化的文学艺术作品的敏锐欣赏和丰富感知。因此，渴慕已久的理想状态理应是方法论意义上的“向上透”与“往下贯”“由技入道”与“由理入道”的深度耦合和有机整合。这正如马克思在《政治经济学批判》（*Critique of Political Economy*）导言中所主张的是“完整的表象蒸发为抽象的规定，抽象的规定在思维行程中导致具体的再现的科学上正确的方法”②。多维思维方式向度上的方法论转换从底蕴上彰显了文化学理论形态的“认识论转向”（epistemology turn）。在当前情势下，更加迫切需要中国文化诗学批评形态以主人翁的积极姿态，主动大胆介入到与生活世界以及文化世界

① ［德］马克思：《马克思恩格斯全集》第3卷，人民出版社2002年版，第273—274页。
② 同上。

的商谈对话中，还原作品存在的历史性，凸显思维方式的多维性，通过历史叙事延伸文本结构的维度，并透过文本及其联合体寻觅到生命的诗性意义和文化的审美价值。

综观中西文化诗学诸理论形态的延展和拓扑，其轴心问题是文学批评观念尤其是文学意义观念的嬗变。中西文化诗学批评范式历来是文学批评观统一于文学意义观，以意义观为核心。传统批评范式形成了注重社会功利性与注重艺术审美这样两种基本价值取向。新时期以来，我国批评范式的解构与建构，其核心仍是文学意义观的问题，在政治功利主义的一元意义观被打破之后，原来被压抑的表现主义与审美主义等种种文学意义观都兴旺起来了，由此带来了多元探索的局面，当代文学批评流派纷呈的活跃与迷乱都表现于此。

（一）

对于中外文论诸批评形态的发展，可以从多种角度、以多种方式进行研究与总结，比如通史式历时态梳理描述的方式，横断式作家论的研究方式等。本文则试图从文论“形态转型”的角度来进行研究，即以批评形态论的观念与眼光，着重抓住“现代转型”问题，来观照和论析中外文论研究的变革发展，并对其发展演变作某些规律性的思考探究。由传统文学批评形态向现代文学批评形态转变，这是一个解构与建构互动推进的过程。中西文化诗学视域中的“审美阐释”批评形态显示了文学批评形态的系统性与开放性，标志着中外文论诸批评形态从以往自我封闭式传承演进，开始走向中西汇通交融的开放性发展，是文论诸批评形态现代转型发展的先声。

从文本意义生成论视角来考察，文学情境是指文学文本及其联合体（作品）所展现出的情景和意境，也就是文学作品所展示出的特定的环境世界。情境评判则是指评判者或称“解释的群体”（interpretive community）从自我的世界中走出来，走到创作主体的内心世界中去，走到文本世界所设定的情境中去，通过对文本情境的感受、体验来解说文本世界的评判方式。情境评判强调评判者对具体文本情境的走入，它认为进入文本情境是文学评判的首要前提，评判者只有走入文本世界的情境中，走进文学作品所展示的生活情境中，他才有可能理解作品。评判者进入文本情境的过程是一个理解与阐释作家和作品的心路历程，同时也是一个重建作家“内宇宙”或作品世界的心理过程。

按照施莱尔马赫和狄尔泰为代表的传统阐释学理论，理解行为作为一种心理重建活动，实质上就是由阐释者的心态向他者的心态的一种心理转换。狄尔泰指出，文本本身就蕴含着创构它的作者的“思想表达和观念构成”，阐释者必须把自己放入作者的视界里去，进入作者创造出的境界中去，才能再次复活其创造行为。施莱尔马赫更注重解释者从心理上向作品原作者的“心境和意图”的转换。面对当代哲学阐释学的兴起，倡扬“意义与意味之辨”（meaning and significance reinterpreted）学说，也是接受理论（Reception Theory）的主要践行者的赫奇（E. D. Hirsch）再次推举了心理重建原则，“解释者的基本任务是在自己的心里重现作者的‘逻辑’、作者的态度、作者的文化素养，总之重现作者的整个世界”①。在赫奇看来，当代阐释学之所以走到相对危险的地步，就在于它没有设定“隐含读者”（the implied reader）的正确的、有效的、恰当的意义阐释，而真实的情形是人们只能在具体的情境下才能进入文学情境。

① 章启群：《意义的本体论》，上海译文出版社2002年版，第162页。

（二）

阅读唯有突入到文学的本体系统中，文学的价值和意义才能得到更深刻的揭示，文学作品才能获得恒久的艺术生命力。对此，当代阐释学大师伽达默尔从文学的历史运作和艺术存在的具体过程两方面首肯了评论者的阅读对于文学存在的本体意义，“文学概念绝不可能脱离接受者而存在。文学的此在并不是某种已疏异了的存在的死气沉沉的延续。文学其实是一种精神性保持和流传的功能，并且因此把它的隐匿的历史带进了每一个现时之中”。接着，他又指出：“艺术作品的存在就是那种需要被观赏者接受才能完成的游戏。所以对于所有文本来说，只有在理解过程中才能实现由无生气的意义痕迹向有生气的意义转换。”所有的文艺作品都必须是在阅读（理解）过程中才能够完成的，阅读不是外在于文学意义的一种活动（事件），而是内在于文学意义存在方式本身的，换言之，它是使得文学意义得以持存的一种本体论方式。

正是在阅读过程中，以语言文字符码为存在形式的文本才在评论主体的理解并在与评论主体的对话沟通“交往模式”中，走向了意义的本体。由是观之，阅读事件突入文学意指系统及其意义本体的深邃堂奥之处，便在于它响亮的应答了“意义何为”的本体论反诘。在传统意义观看来，文学的意义是作品自身固有的属性和元素，在评论者阅读理解前早已存在，阅读只是评论者去挖掘文学意义的工具、手段和方法而已。依凭文学阐释学的探究理路，文学作品的意义并非先于阅读，先于理解而存在的内在元素，它是在评论主体的动态阅读中建构而成的。文学意义便是一种交往行为或交流活动，是发生于文本与评论主体头脑之间的“事件”，它的建构便是在评论主体审美经验与文本结构的相互激荡、相互对话、相互开放下实现的。因而，阅读不再是一种工具或手段，而直接就是文学意义建构本身了。

于是，文学意义问题从本体存在上就发生了重大变化，它不再是反诘与提问“文学意义是什么?”，而是转换成了对“文学意义如何在阅读中存在”的诘问。这一崭新的诘问方式，不仅蕴含了文学文本与评论主体两种存在，而且隐喻了二者在阅读理解中相互侵染、相互迎纳、相互融通直至在相互壁立中达成“视域融合”的可能性；同时，这一诘问方式以动态的视角接踵蹑迹文学意指系统的多维审美特质，将文学意义作为连绵达成、拓殖的流程来考察，从而以动态生成的本体观重新认知和架构了文学全部质素，为我们开辟了一片新的更为丰赡空阔的文学意义境域。

总而言之，文学文本作为审美对象，是一个具有杂多层级的多元同构共同体。文学文本自身所蕴含的意义多义与歧义交互性及意义空白期待（召唤结构），归属于文学作品的价值形态，都是以价值潜能的形式而存在着的，它并没有些微现实意义的文学效能。倘欲使潜在的文学价值“语法规则”彰显为现实性的审美价值和文学意义，势必经由不同评论主体的阅读活动（理解事件）来达成和积聚。正如文学评论家王一川教授所概括的，“文艺评论需要评论者的主体素养。但评的不仅仅是鉴赏力，论的也不仅仅是学术识见，而是要调动全部人生体验和价值理性参与其中，特别是在价值观纷纭繁复的当代”。①唯有当文学的内在价值和内孕意义在文学阅读理解事件发生语境中揭橥之时，才标识着审美文学现实和本体文学意义的真正创生和彪炳。基于此，评论主体的阅读理解实践恰是文学意义得以存有和凸显的终极

① 《光明日报》2011年7月16日《文学评论》专版。

确证和本体明证。无论中西文学之间有着怎样的纠结杂多关系，展开一种形而上“本体论”意义上的阅读对话理解，将是人类文学意指系统终极建构和永续推进的有效路径。

第五节　实践论矢量的“文本无边界”说

格林布莱特言之凿凿地一再断言，新历史主义文化诗学是“一种实践，而不是一种学说或教义”或“全然没有学说”。[①] 他总是以历史文化和主体阐释为理论基点，从历史性和主体性的对话视角整体介入，来重新考察种族、历史、文化等众多人文社会领域的意识形态问题。在倡扬“现代性”话语的同时，大胆跨越历史文本与非历史文本的人为划界，寻找历史断裂之处（disruptive outlook of history）的权力踪迹，恢复被权力遮蔽的“他者”声音，借以倡导一种以主体建构的历史性视角重新探究西方历史碎片中的文化影像的新实践观。

格林布莱特的文化诗学就是要坚持在历史语境下对文学文本与其他文本的文化批评和诗学阐释，这种批评和阐释要求尽可能跨越一切人为设置的人文学科界域（disciplinary boundaries），形成一种大部类的运作规程和整体性的运思方式。对文学文本与非文学文本边界的大胆跨越和无缝对接是一种体现了将“文化的文学”视为互相联系的整体观念的新型文本阐释策略，也是格氏文化诗学“文本无边界”理论的核心方面。格林布莱特的这种整体文化观与西方马克思主义“文化

① Stephen Greenblatt, "Towards a Poetics of Culture", in H. Aram Veeser (ed.), *The New Historicism*, London: Routledge, 1989, p. 10.

阐释”论是同质化、贯通一致的。正如北京舞蹈学院吴海清教授在《文化诗学的批判性和实践性——当代中西文化诗学反思》一文中指出的，“文化诗学提出了一系列研究理论和方法，打破纯粹诗学批评传统停留于文本内部形式和修辞分析的堡垒，将文本分析放到文化语境研究之中，分析、批判建构文本的力量、建构策略和建构过程等；悬搁实体性存在，以话语实践及其物质性力量之间的冲突和整合等复杂关系的分析、阐释，打破实体和文本之间以及不同类型的文本之间简单的因果关系与不可逾越的界限，将之转化成文本界限的建构和跨界、文本之间的共谋和裂缝、话语权力的实现和抵抗、同质化的战略和异质化流动等动态过程。”①

一　历史的主体性和主体的历史性

格林布莱特在《重划疆界》（*Redrawing the Boundaries*）中一再申明，“文学研究的疆界被确定为地理的、政治的、伦理的和宗教的。不同的阅读和写作的界限、正统和非正统、精英文化和通俗文化。这些界限可以被穿越、拆解，还可以被再更换。”② 在“自我塑型”论视域观照下，横跨东西方文化地理疆界的批评视角应运而生，它赋予我们会通中西的可然和必然，引领我们进入了理解与阐释的跨（东西方）文化境域，赋予我们一种“诗意的栖居”在这一境域中所应具有的共通语言和宽广视野。但文化蕴涵和生态构造的生成是一个作为历史认知和文化阐释主体的“精神远游者的返乡”，③ 返回到格林布莱

① 吴海清：《文化诗学的批判性和实践性——当代中西文化诗学反思》，《文艺争鸣》2012 年第 4 期。

② ［美］斯蒂芬·格林布莱特等：《重划疆界：英美文学研究的变革》，外语教学与研究出版社 2007 年版，第 28 页。

③ 许江：《中国当代视觉文化的境遇与责任》，《新美术》2009 年第 6 期。

特所倡导的那种“历史的主体性和主体的历史性”交相辉映的本真原初状态。

从本源意义上来讲，跨（东西方）文化视角应该是一种共时性维度的空间地域视野，至少首先应该是这样。但在西方文化“现代性”视域这个首要历史逻辑预设前提下，跨文化视角纯粹成了一种历时性维度的时间观念视野，“西方”一语成了与时高歌猛进，引领时代潮流的现代派“历史象征物”；“东方”一语成了停滞不前，颓败几至于被扫进历史故纸堆里的落伍者“历史象征物”。在这一文化视野的固化过程中，杂糅了更多的分析判断成分，甚而渐次转换为一种价值判断和观念评判。这样本来是一种纯粹的表征东西方地域差别的自然观，逐步演变成了一种体现了新旧、优劣、高下甚至于尊卑的价值观，一种张扬价值主体性和文化主体性的历史观。文化主体的“精神远游”历程促成了文化的审美视野的极度拓展，“美的历程”如青草般更行更远还生。“远游者”的文化积淀经历了风吹雨打，大浪淘沙，驻足回望，凝练厚积成一种“特殊的文化的人造物”——“返乡情结”（return complex）。

其实我们所做的，是希望在跨（东西方）文化的精神远游中，从理想追求和理论框架上重新建构中国“本土”文化的主体价值和主体意识，树立弘扬中国“自我主体”意识的文化史观，在当代社会生活现实的精神家园中建构具有本体性和杂多性的中国自身的文化整体价值观和文化诗学批评话语体系。正如格林布莱特指出的，“在将文学阐释与社会文化整体联系的批评过程中，文学文本的形式内涵必须回到文化生产的历史语境中进行某种‘症候式’的社会阅读”[1]。一般

① 王进：《新历史主义文化诗学：格林布拉特批评理论研究》，暨南大学出版社2012年版，第31页。

理论情势下，批评话语的方法论主轴拥有三个维度指向：历史的“善”，逻辑的“真”，审美的“美”，分别一一对应着价值观、认识论、意义观。它们在具体的“社会阅读”行为过程中将达成高度融合，以期希冀抵达文学文本理解阐释的“至真至善至美”的巅峰境界。

在传统的跨（东西方）文化话语领域里，关于“远东”“近东”以及“中东”等的话题俨然成了通行世界的“通货”谈资，一时学人言必称学贯中西，以正宗的东方学学者自居。似乎唯其如此，才算高蹈了“历史的主体性”，进而执“跨（东西）文化比较研究”之牛耳便水到渠成了。这些指称界域本已很显明，而当下人气走高的“远西”后现代组合却界说模糊。殊不知，恰是“远西”命题不经意间呼应了“历史性转向”的后现代理论呼声，与其说是西方“自我力量”认知主体开始尝试以迎纳他者“异己力量”认知元素的“包容性”眼光来返躬诸己、回望自己，以期实现“主体性的历史再现与文化反思”，倒不如说它指明了东西方文化话语形态在当下彼此之间的深刻交融的实情状况罢了，为最终达成“历史性的主体建构与自我塑型”预留了充足的话语资源和想象空间。能够意识到历史的主体性已属不易，此阶段应属于启蒙分期，立足于彰显历史书写者的主体性，以实现书写历史的自我价值与现实意义。

而更进一步，东西方文化能够认识到自身的历史局限性，将“自我力量和自我塑型”自觉地放置到历史性的大背景中去，还原自我“内宇宙”的本真状态和本来面目，并开始意识到要关注自身以外的“外宇宙”，尤其是“周围的社会存在和文化结构”的潮起潮落。更为可贵的是，能够放低身段，倡导以宽容之心容纳“异在”因素和“异己”力量，以平等眼光看取世界，以对话交往方式平和共处。奠基在东西文化文本的“互文本性”之上，“自我塑型”论同步凸显了主体性和历史性的交互性：一方面，主体的历史性维护了“六经注我”的客观真实性的充盈状态；另一方面，历史的主体性又保证了“我注六经”的主观能动性的充分发挥。今日文化艺术的多样性正是建构在这种互文性杂糅的多重资源和多重阐释（Multi－interpretation）的跨文化境域之上，张扬了中国文化哲学自身的学术“主体性”。

二 “言说边界”的整体性与差异性

格林布莱特认为，后现代主义理论对文艺批评实践的其中一个转折性影响就是消解了过去那种把审美再现看成是与“文化视域与历史语境”绝缘的结构主义观点，审美形态和审美意识不再是与文化、意识形态、社会存在完全脱离的始终居于庙堂之高的独立王国，相反后者反而是它们服务的对象和存在的源泉，可以说文化、意识形态、物质社会是产生和消费一切艺术的出发点与归宿。这一“消解”与“反拨”得到了后现代解构主义理论的认可。解构主义理论在文学阐释中不断发现文本意义的歧义性和生成性，使所谓文学文本与非文学文本的“形而上人为划界”遭受了本体意义上的质疑挞伐和实践层面的“重划疆界”。这一实践论意义上的突出贡献，在格林布莱特的“文本无边界说”那里得到了广泛呼应和深刻印证。

正如伊格尔顿所言，“历史是文学的最终能指，正如它是最终的所指”。生产文学作品的“所指”内蕴并不能保证文本的自足独立，因为“能指”蕴涵总是要超越“所指”内蕴，使“所指”内蕴支离破碎。这种不断地超越，恰好是所谓“文本意义”的历时性持续生成和共时性无限延宕的一种客观化表现。以文学文本与历史事件的交互指涉关系为理论基点，一方面历史事件不可能孤立地存在，它须臾不能脱离各类文本的承载与托举；另一方面，一切文本又都须面对历史事件所揭示的认知未定性和言说模糊性。这样一来，文学文本与历史事件互为文本、互成语境，进而相互确证自我的塑造力量和身份角色，历史事件由此失掉了它在传统认识论方面独享的“自我认同”性，而文学文本则挣脱了牢狱般的孤立无援状态，回归自我、重获新生。

在文化诗学视野中，文学与历史不是决定和被决定的关系，而是居于平等地位的各种社会能量在“互文性”基础上的商谈、对话和流通的关系，是各种社会文化力量之间冲突碰撞与相互塑造的关系。因此，文化诗学理应关注与揭示文学文本与非文学文本之间边界的变动不居的复杂生成机制，聚焦于各类文化文本或历史叙述形式之间的“流通”与“交换”，从而打破传统学科门类关于各种文本之间的僵硬界限，一方面揭橥文学文本与非文学文本之间边界的历史性、流动性和复杂性，也彰显了文学文本及其历史语境的互构、互动关系。

文学文本成为各种社会力量和政治权力交汇商谈的场所与策源地。一方面，文学文本是在社会结构与历史语境中形成的一种特殊的意识形态形式；另一方面，文学文本自身也对这种社会历史架构起着不可替代的构塑作用。格林布莱特在《通向一种文化诗学》中详细论述了他独特的艺术文本观和历史语境观。他具体分析了各种话语形式（材料、小说及现实生活等各种文本）之间的个体差异性和边界整体性。一般而言，各种话语形式都有确定的“言说边界”，由此构成个体的“差异性”，但这种边界又总是不断被消解、消弭，从而形成由话语权力主导所构成的边界“整体性”。

正是在这种“言说边界”的确立和消解的过程中，文学艺术与社会生活、历史文化、主流意识形态、政治权力等种种社会关系不断渗透和融合，从而持续产生了新的能量环与意义链。格林布莱特在《文艺复兴时期的自我型塑》一书中对文艺复兴时期托马斯·莫尔（Sir Thomas More）及其代表作《乌托邦》（*Utopian*）的解读也是如此，“莫尔的生活其实是他的工程（project）”。[①] 他一开始漫不经心地拐弯抹角，从仿佛与批评对象毫不相干的一幅油画、一部传记谈起，最后精细化地描述和隐喻性地阐释它们与莫尔《乌托邦》的相互振荡、回响和共鸣的互文性关系。

格林布莱特专门挑选了“振荡”（oscillation）一词来形象化地概说和解析边界“整体性”与个体“差异性”的相互关系。动感十足的“振荡”意味着文学艺术和社会生活的各种因素既确立又消解的多重布朗运动状态，这构成了人们日常社会生活的真实图景。正如学者柯恩（Walter Cohen）在论及格氏的文化诗学批评观时所概括的：“格林布莱特在他的文本解读中，一向都是采用这样一种在史实与文学之间穿行的办法。他总是从一首不为人所知的诗，一幅文艺复兴时代的油画，某名人记载的一件奇闻逸事，甚至一座纪念碑或塑像，总之从一件与所评析的作品似乎相隔遥远，但实际上却包含着深刻文化意义的东西入手，他的分析过程，开始也许让人不知道他葫芦里卖什么药，但他总会出人意料地找到一个联结点，让读者看到摆在我们面前的这部作品在成文之时，与当时的意识形态有着怎样复杂的联系。”[②]

格氏文化诗学的“文本阐释”学说倡导一种“在史实与文学之间穿行”的方式方法，从“包含着深刻文化意义的东西”入手，去分析和寻找“与当时的意识形态有着怎样复杂的联系”。这种阐释手法代

① Stephen Greenblatt, *Renaissance Self – Fashioning*: *From More to Shakespeare*, Chicago: The University of Chicago Press, 1980, p. 3.

② Walter Cohen, *Political Criticism of Shakespeare Reproduced*, Jean Howard and Marion O' Conner (eds.), London: Routledge, 1987, p. 34.

表了一种新的理论和实践的阐释框架和批评视角，体现了一种消解学科界域的理论气度，以及宏阔开放的学术眼光。当代史学也好，当代批评理论也好，不能仅仅拘囿于特定的学科边界之内展开精密化的深耕细作，因为思想观念是流动的，不断塑造着的运动体，只有盘活传统成见和思想偏见，敢于跨越学科边界，才会焕发学术研究新的生命活力。

三　“社会能量”之间的商谈转换

在格林布莱特批评思想从文本性“文字图像”到历史性“文化产品”批评理论的“主体性建构过程”，英国西方马克思主义者威廉斯（Williams）留下了难以磨灭的认识论印记。威廉斯针对经典马克思主义艺术“反映论”的弊端提出了艺术“中介论”，认为文化艺术是日常的、普通的；艺术是社会的中介（intermedium），在经济基础和上层建筑之间不存在直接的关系，而是要通过艺术的中介活动。威廉斯的“中介”概念意在描述一个能动的过程，斡旋对手或陌生人之间进行“商谈”“协调”或“阐释”的能量转换行为；他还注意到了“对手或陌生人之间”对立力量的冲突和演变等能量交换、增值行为。这些理论观点与格林布莱特的“自我塑型”理论是一拍即合，神交已久。

格林布莱特反复不断地提到文本与各种社会能量之间的商谈、流通和交易，其中作为关键词的“商谈”意味着各种社会能量潜在的交易和各种能量的转化，它既是文化世界与文本世界的商谈交流，也是各类文本之间的商谈对话，还是诸种社会能量之间的商谈转换。他坚定不移地认为文学艺术与社会之间的互动关系是一种在文化塑造和文本结构中能动的不断构建的再符号化过程，在这个构塑进程中又产生了新的社会能量。文化文本的历史性投射其实是一种文化摄控机制的外在体现形式，“无论是记录事实，还是写成故事、诗歌，既是全面详尽地理解殖民地的一种手段，也是一种通盘的控制”[①]。这样看来，历史文本与文学文本并非是一一对应着单纯记录事实与讲故事两类叙事形式，其共通之处就在于互通有无和传播沟通社会信息，进而促成了多种多样的社会能量的“流通与交换”等交易行为的阶段性发生和最终实现。

而从新历史主义的学术谱系线路图来看，格林布莱特在“后现代文化思潮”风起云涌之时提出文化诗学批评观的宏观整体视角，其中应该至少包括三个方面的理论内涵：一是“文本与历史”层面的文本的历史性和历史的文本性一对组合，二是“历史与主体”层面的历史的主体性和主体的历史性一对组合，三是“阐释与文化”层面的阐释的文化性和文化的阐释性一对组合。而在格氏的思想来源和文化批评实践中，则集中体现出格尔兹文化人类学对文化诗学的方法论转向，以及对文化诗学批评范式的整合作用。在历史文化与主体阐释交织的批评实践中，格林布莱特以文化人类学的批评视角，扩展了文学的学科话语概念和潜在命题材料，提出了文学与文化、“文学的文化”和“文化的文学”三种关联方式。具体而言，他将文学视为构成某一特定文化的符号子系统，提倡打破文学与社会、文学与历史之间封闭的话语系统，沟通作品客体、作家主体和读者受体三个文学批评维度的内部关联。

为文学批评的历史语境和想象共同体的“深厚的吸引力的拉动”，使得格林布莱特“深信文学批评家所从事的历史和语境研究只有当它

---

① ［英］艾勒克·博埃默：《殖民与后殖民文学》，盛宁、韩敏中译，辽宁教育出版社1998年版，第111页。

取得一种强迫性的想象力的兴趣、某种深厚的吸引力的拉动，才能使得其无法避免的成功转向作为原初旨趣的事物本身”。[1] 特定历史语境下的事物“主体性”存在本身才是文学批评的“原初旨趣”，而也正是出自对文学批评理论的历史性和主体性的认知，格林布莱特尤其强调文化诗学批评观的非系统化和“某些历史的知识和新历史主义的原则”，他认为“我们每个人都知道某些历史的知识和新历史主义的原则，但是我们也应该知道它所有的目的就是为了抵制系统化”。[2]

或许文学批评从来就是文化阐释问题的一部分，永远处于“尚未形成”（Not - Yet - Become，布洛赫语）中的意义生成过程之中。从总体来看，格林布莱特的文化诗学批评观是历史阐释性、文化再现性和思想前瞻性的集大成者。面对后现代文化的各种历史碎片，它始终以其特有的话语开放性特征，使我们对文学形式化等各种冠以审美乌托邦称号的系列伪命题保持警醒和反正的理性姿态。也正是在这个意义上，格氏的文化诗学批评在对后现代文化“历史终结论”的反拨中，预示着一个基于多元语境指向的崭新的文化批评时代初绽曙光。

---

① Stephen Greenblatt, *Hamlet in Purgatory*, New Jersey: Princeton University Press, 2001, pp. 4 - 6.

② Gallagher & Greenblatt, *Practicing New Historicism*, Chicago: The University of Chicago Press, 2000, p. 12.

第三章　诗学维度的“文本阐释”观

传统历史主义批评观将文本视为一个杂糅了语境、结构、意义和形式等多种要素的“有机整体”，它认为文本的统一（the text's unity）实际上反映的是在历史语境下文本结构、文本意义和文本形式的有机统一。传统历史主义批评实践的中心原则可以概说为：文本的存在是以它的语境为基本逻辑前提和批评基础的，文本的结构、意义与形式都同历史语境密合无间。格林布莱特的新历史主义文化诗学批评观则认为：“我们不能简单地将历史放在与文学文本对立的一面，也不能把历史看作是文学的稳定的背景。”① 他要揭示的是文学与所谓的“联合文本”之间的关系。这个“联合文本”不仅指明了文本形成时的历史语境，而且规约着阐释者在面对文学文本时，应该联系它周围的非文学文本来共同解读。在这种新“文本阐释”观指导下，文学文本及作品阐释的具体做法是：不再拘囿于传统意义上的文本的形式界限（formal boundaries），反而是操持一种开放式的和包容性的立场和心态，既向文学文本的表达方式和转换形式敞开，又向文学文本与周围的社会环境之间相互商谈、流通的各种方式敞开，还要向非文学文

① Pieters, *Critical Self-fashioning*: *Stephen Greenblatt and New Historicism*, Franfurt am Main: Peter Lang, 1999, p. 104.

本的所有领域敞开，使得兼容并包、思想自由、博采众长等心向往之的共同批评理念成了可能和现实。这种新的“文本阐释”观不仅激发了格林布莱特对文化政治社会等其他领域的关注，而且启迪了他娴熟地运用文学意指系统之外的众多领域的概念术语来实现对经典文化文本的重新解读。

本章从话语批评和文本阐释的“比较视域”本体入手，描述格林布莱特话语分析（discourse analysis）和文本阐释的基本范畴和理论体系。“比较视域”（comparative perspective）是比较诗学研究得以安身立命的批评本体，研究的跨民族、跨语言、跨文化与跨学科构成了其基本内涵。一般意义上的“视域”多指一种多元观察的、多视点透视的研究视野，而比较视域则是以材料事实关系、美学价值关系（relations of aesthetic values）与学科交叉关系等三种关系作为研究客体的。从阐释学的理论上讲，批评主体要获取一种合规律性的比较视域，必须对纳入自身主体知识结构的东西方文化及学术知识重组，并使其体系化。格氏的文化诗学学派在西方文化境域中具有广泛的影响，这一诗学理论主要以互文性、跨学科的文化塑型和文本诠释为特质。

南京大学赵宪章教授在《文化学的疆界与文化批评的方法》中如是说，“文化诗学对于文学研究的意义主要在于方法，而不在于文化学的‘学科’性质。如同符号学的方法论，使卡西尔在哲学、美学、艺术学和语言学诸多领域都卓有建树一样。”[①] 从某种角度讲，堪与卡西尔符号学相比肩的“自我塑型”论更多的是指一种批评话语研究方法，它将文学文本和非文学文本交互映照阐发，条分缕析地探究“文本联合体”在文化结构、语言符号与历史叙事等方面的“潜在语法”。

---

① 赵宪章：《文化学的疆界与文化批评的方法》，《文学前沿》1999 年第 12 期。

它意味着对文学文本与文化内涵的多重诠释与双向构建。自我塑型，文本的“惊叹”与“共鸣”性的诗性阐释，以及对文本权力运作的多层面解读等诸多个性化诠释方法和理论创构，整体性地体现了格氏富于创见的理论深度和独特的理论风格。格氏在《通向一种文化诗学》一文中直接将“在方法论上的自觉意识”视为新历史主义文化研究的根本标志之一。自觉的方法论意识助推着新历史主义的文化诗学思想研究与文化研究进一步拓宽了文化视野和历史内涵，凸显了一种既高蹈自主性又倡扬随机性的批评的多元化状态。

本论著在系统梳理格林布莱特文化诗学的批评形态架构时，立足于其理论的复杂性，细察与明辨其多部类“主体间性”（Inter－subjectivity）的杂多关系和“交往”网络，并尽可能加以详尽地描述。“自我塑型”论打开了文学研究的广阔文化视域，从而将宗教、哲学、心理学、人类学、政治经济等一切力量都融会到文本阐释之中，让读者在多重知识与话语规范中，在多重的文本商讨流通中体验到自我重塑的发生。格氏的阐释方式和文体风格以一种奇异的理论冲击力，消解式重构着读者的阅读视域。这种叙述方式，它要叙述的就是“别的东西、一些不同的东西”，所以格氏一直秉承的态度是发现它们、阐释它们和实践它们。在文本阐释的复杂流程中，同样形成了一种独特的“内化为思维的权力”运作方式。诚如哈佛大学原校长陆登廷（Rudenstine）在2006年10月的“哈佛大学关于授予格林布莱特‘跨学科人文教授’教职的公报”（*The Harvard University Gazette*, *Greenblatt Named University Professor of the Humanities*）中所言，“没有人能够像格林布莱特那样，在过去的20多年之间改变了文学批评和研究的整个方向；他真正的贡献远远超越方法论意义。最重要的一点，就是他将文学看作具有生命的重要艺术作品，而其具有极大的敏锐和敏感。”①

毋庸置疑，格氏“文本诠释”论操持的“触摸真实”和“反历史”式思维方法，打破了文学与历史二元分立的壁垒与藩篱，将文学文本与历史文本并置研究，考察其中存在的“文学的文化”书写系统和种种意识形态关联，解析出意识形态化权力话语模式和社会政治结构等一系列新的阐释形式和塑型力量，颇具理论价值。但其本体架构也内置了种种悖论的逻辑，存在着文本被刻意“误读与逆反”的偏激和某些层面的缺失。这里便出现了一个面临艰难抉择的“布里丹之驴”问题：眼前两堆料草，究竟是要“片面的深刻”，还是要“深刻的片面”呢？倘二者不可得兼的话，我们宁可择后者而从之。选择格氏批评理论中若干吉光片羽的“片面”作为当代西方文论个案研究的横断面，以点带面、以小喻大，以期达到“深刻的片面”，对文化诗学的批评话语体系展开深入探讨，仍然具有相当大的理论空间及现实意义。一种理论能具有开拓性价值和意义，打开了一种可能的思路，“内化”了一种新的思维方式，抵达“片面的深刻”已属不易了。

第一节　“文本性与文学性”的双向调查

1980 年，格林布莱特在《文类》（*Genre*）学刊上发表《文艺复兴时期的自我塑型：从莫尔到莎士比亚》等一系列论文，首次将自己的新历史主义批评理论称为“文化诗学”。文化诗学的勃兴恰是出于

① The Harvard University Gazette，*Greenblatt Named University Professor of the Humanities*，2006－10－02.

对新批评等形式主义批评割裂“艺术家、作品、世界、欣赏者”四要素关联的厌倦和反拨。格氏“文本诠释”理论毅然走出了作品的“自足体”，重新将文学文本放回到产生它的历史文化语境中加以解读和阐发，刻意突破了 M. H. 艾布拉姆斯在描绘“艺术批评的诸种坐标”时所断言的“尽管任何像样的理论多少都考虑到了所有这四个要素，然而我们将看到，几乎所有的理论都只明显地倾向于一个要素”。[①] 扩容后纳入阐释视域的非文学文本被视为文学艺术意指系统和历史文化符号系统的内置要素之一，对非文学文本“文学性”与“历史性”的关注和阐释激活了人们睽违已久的审美体验和历史感悟。

在“批评主体”与“文本结构”二元批评格局和话语体系上，形式主义批评选择了文本结构和形式语言的“作品中心”论，旧历史主义批评选择了历史的“客体决定”论，而新历史主义文化诗学批评选择了批评主体与历史叙事的“文本诠释”论。文化诗学批评在对作品中心论和历史决定论的“扬弃”和“重塑”中，使“文本的历史性（historicity of texts）”与“历史的文本性”（textuality of history）这一组叙事策略重获关注与尊崇，也使“历史与叙述”“政治解读与文化诗学”这一对批评范畴成为当代文艺理论研究的时髦话题。

同时，格氏赋予文学批评家的阐释任务是：“对文学文本世界中的社会存在以及文学的影响实行双向调查。”[②] 这番夫子自道，文化诗学批评形态的话语开放性与诠释历史性便呼之欲出了。这意味着格氏的“文本阐释”是从文化意识和历史叙事角度来理解文学形态，把文学形态置于更为宏阔的文化系统和文本结构中把捉，从而消弭了文本

① ［美］M. H. 艾布拉姆斯：《镜与灯——浪漫主义文论及批评传统》，郦稚牛、张照进、童庆生译，王宁校，北京大学出版社 1989 年版，第 5 页。

② 中国社会科学院外国文学研究所编：《文艺学和新历史主义》，社会科学文献出版社 1993 年版，第 79—80 页。

"间距"，甚至于用非文学学科领域的术语对文学现象加以解读与评判，以达成文学与文化（政治）之间的流通融合与阐释互动。这种从社会文化和意识形态角度来理解和形塑文学形态，以力促文学与文化（政治）之间的贯通与互动的核心理念，一脉相承地体现和贯彻在他的一系列论著《莎士比亚的商讨》等之中。

"文本阐释"论揭橥文学文本的社会文化维度，将文学文本重新置于社会文化宏观语境中去砥砺与评判，凸显"文学的文化"本体论张力，具有宏阔的文化视野和学术眼光。格氏在梳理文艺复兴时期的自我塑型丰富内涵时，倾其心力着力探讨了"人类自主性在身份建构过程中的角色"嬗变问题，对于任何具体的社会身份征象而言，事实上"自我主体性"和"他者主体性"是不可分离的一体两面，都是特定的社会文化语境的产物。"自我塑型和被文化机制的塑型过程是不可分割地联系在一起的"，无一例外地涉及"自我塑型"（Self - fashioning）和"自我被塑型"（Self - fashioned）的双重过程，即自我的积极塑型过程和他者的消极认同过程。其关注重点就在于文化主体得以自我塑型的社会交往意识和文学叙事经验。格氏指出，"文学在自我塑型的文化系统中起着时间维度的关键作用"，[①] 将身份征象的自我塑型联系到了文学文本的叙事形式。展开对文学文本与"周围的和自身的"社会存在之间的循环往复的流通转换等复杂交往行为的具象化探究，透视文学文本等"历史流传物"所赓续的"代际"文化基因和表达方式，描述社会能量在各种文化文本之间的广泛流通。这里，"交流""流通"和"商讨"等貌似与文学毫不相干的非文学术语却喜获垂青，成为格氏解读文学活动的主要符码。

---

① Stephen Greenblatt, *Renaissance Self - Fashioning: From More to Shakespeare*, Chicago: The University of Chicago Press, 1980, pp. 4 - 49.

具有悖论意味的是，格氏具体实施批评策略时，一个明显特征是：文章伊始，先讲上一段鲜为人知的逸闻轶事，貌似要求证某段客观真实的历史似的，其实只是在这里埋伏了个“笑料小包袱”，拉近一下和受众的天然“间距”罢了。接着笔锋一转，撕裂那“修辞”精包装，随即便坦然进入所要分析的文艺作品及其“周围的社会存在”。文化诗学希冀重返历史的方式主要表现为返回“特定时代的个人”的情境模式，历史成了佚文史、文化史和心灵史的综合体。从表象上来看，在“忠于阐释对象的历史”和“忠于阐释主体的‘我’的阐释”的两难抉择中取得一种微妙的平衡，但阐释实践的天平已经发生了严重的倾斜，最终滑向了后者：一部人类存在的历史其实归根结底是一部心灵史，着重突出了历史观念的相对性和文化释义的主观性。

概而言之，格林布莱特的文化诗学批评以有异于传统的历史主义批评方法，而以全新的研究姿态博得了学术界的瞩目，格氏文化诗学的文本阐释策略和研究理路，很快被应用于历史研究、人类学研究、宗教研究、文学创作、影视评论等跨学科研究领域。可以说，格氏的文化诗学批评方法对西方文艺理论批评界带来了很大的影响。本节力图比较系统地清点和研读以文本阐释概念为中心的多种文化诗学与新历史主义代表著作和相关历史典籍，从涵盖新批评以及结构主义批评等的形式主义批评介入，在充分展示格氏文化诗学的“文化转向”（cultural turn）复调景观的背景下，探究文化诗学理论的诗性缘起、审美特质和本体论意义，阐发文化诗学的诗性本真蕴涵及文本阐释新进向，意在凸显文化诗学与人类生活世界的密切关系，达成对人文精神科学的全新理解和把握，并给我们观照当下的生存和生活提供另外一个“异在”视角。

第二节　“比较视域”本体

从“比较视域”本体（primary being）入手，分析格林布莱特文本阐释“本体论”的基本范畴和理论体系。“比较视域”是比较诗学研究得以安身立命的本体，研究的跨民族、跨语言、跨文化与跨学科构成了其基本内涵。一般意义上的“视域”（perspective）多指一种多元观察的、多视点透视的研究视野，而比较视域则是以材料事实关系、美学价值关系与学科交叉关系等三种关系作为研究客体的。从阐释学的理论上讲，研究主体要获取一种合规律性的比较视域，必须对纳入自身主体知识结构的东西方文化及学术知识重组，并使其体系化。

文学理论有两种不可或缺的向度，一为文学的构成理论，二为文学的审美理论。文学的审美本质为文学性或文学性的审美，“艺术的本质是诗。诗的本质是真理的奠立”①（海德格尔：《人，诗意地栖居》）。针对文本性与历史性森然对立的后现代状况，以格林布莱特为代表的新历史主义，主张在文本与语境的相互对话中实现文本性与历史性的交叉与叠加，从而在文字书写与社会情境、历史叙事（narrative）与历史事件之间架设起历史阐释的桥梁。诚如伊格尔顿所言，“历史并不总是将历史事实纳入最完美的形式或将其安排为某种最具

---

① ［德］海德格尔：《人，诗意地栖居》，郜元宝译，上海远东出版社 2004 年版，第 38 页。

美学感性的模式”,[①] 文本历史和话语历史的共同误区就在于过分集中在历史表述（repersentations），要求历史书写通过文化部件与价值线索的串联，建构连贯的历史叙事以再现历史修辞学的理论结构；而新历史主义既强调在表述层面上文本结构与话语形式的历史性对话，又揭示了历史阐释层面上文化历史的过程性和循环性。

在对文本性和历史性界限的批判中，新历史主义阐明了对历史表述的颇有几分互文性色彩的连环思路，即“文本的历史性”和“历史的文本性”双向阐释的学术理念。文本的历史性主要体现在两个层面，一是书写形式层面的历史意义和社会内容，“所有的书写形式，包括批评家所研究的文本和我们身处其中探索的文本，具有特定历史意义和社会物质性的内容”；二是阅读模式层面的历史内容，主要包括“所有阅读模式中包含的历史、社会和物质内容”。[②] 而历史的文本性则主要蕴含两个层次的意义：一是诚如格林布莱特所言，“不以我们所研究的社会文本中残存的踪迹为中介，我们也不可能获得一个物质存在；哪些踪迹得以保留，不能被视为是偶然形成，而应该被认为是部分产生于选择性保存和涂抹的微妙过程”。这里突出了作为一种特殊文本的“社会文本中残存的踪迹”所拥有的“中介”和“选择性保存和涂抹”等历史作用；二是在业已居于主导地位的文本进入历史档案时，自身再度被历史化，“那些在物质及意识形态斗争中获得胜利的文本踪迹，当其转化成‘档案’的时候，自身也会再次受到媒介的影响”。[③]

阐释学理论形态恰是“人类对现实的隐喻性把握”思想方法谱系

---

① Terry Eagleton, *Saints and Scholars*, London: Verso, 1987, p. 10

② Stephen Greenblatt, *Redrawing the Boundaries*, New York: MLA, 1992, p. 410.

③ Ibid..

中的主干脉络，它揭橥的阐释与镜像、对话与沟通、互动认知与双向阐释等基元要素，对文学评论跨学科交叉研究的发展趋势兼具方法论和本体论意义。强调跨学科研究，就是要强调问题研究的必要性和合理性，重新厘定精神科学发展的逻辑起点和价值取向。它要求首先理解对方，然后从对方的角度和视野来观察和阐释自己，使双方对自己和对方都有了新的认知。重视从“他者”反观自身的理论渐为学界所吸纳，并圭臬着比较文学的探究理路。纵观比较文学百年历史，以往多囿于西方文化体系内追寻文学的意义，对异在文化则多拒斥之。新兴的比较文学自我界定为跨文化的文学意义追索，皈依本土文化与异在文化相互参照的范畴。

一些敏感的学者转向异质文化的文学评论研究，如美国学者厄尔·迈纳（Earl Miner）的扛鼎之作《比较诗学：文学理论的跨文化研究札记》即以东西方诗学互为语境的研究为旨趣的，迈纳在该书的绪论中道出个中原因：“研究诗学，如果仅仅局限于一种文化传统，无论其多么复杂、微妙和丰富都只是对单一的某一概念世界的考察。考察他种诗学体系本质上就是要探究完全不同的概念世界，对文学的各种可能性作出充分的探讨，作这样的比较是为了确立那些众多的诗学世界的原则和联系。”①

一　合法的先见与合规的传统

在不同的文化背景下，每一个人在认识过程中都会不同程度地存在着“前理解”（preunderstanding）。前理解是人与历史发生的最直接

① ［美］厄尔·迈纳：《比较诗学：文学理论的跨文化研究札记》，王宇根等译，中央编译出版社 1998 年版，第 35 页。

的联系，也就是说，人在对某一事物的正式的、完整的理解形成之前已经存在了一种先行看法或认知传统，因其在时序上要早于真正的“理解”状态，不妨称之为“前理解”状态。前理解状态是认知主体与他所直接碰到的历史文化传统之间所形成的一种先后承续的继承关系，是每一认知个体直接碰到的、又无法拒斥回绝的“活在现在的”已逝事物。这种前理解状态既包含着“身不由己、不得已而为之”的成分，那是一种由过去的历史记忆所承袭、积淀下来的“先见”——一种先于个体理解的历史文化传统。同时，它又包含着“无可奈何、咎由自取”的成分，具体表现为一种无法剔除的个体的“偏见”。这种由历史记忆和文化传统所构成的先见和由个体理解的偏差所形成的偏见就构成了人自身的存在和理解状态，每个人都无法拒绝这种存在状态。

因为在任何理解真正发生之时，认知个体已经在前理解的历史关系中先验地或称作“在先给定”地存在着了。伽达默尔称这种天然地内置于人自身历史深处的“先见或传统”存在形式为“合法的先见”或“合规的传统”，这种先见与传统具有先验性、天然性和客观存在性，套用一句耳熟能详的老话来说，就是“不以任何人的意志为转移的”，理解主体只能坦然接受之，没有任何讨价还价的余地。首当其冲的是承认先见传统存在的合法性和合规性，认可它是理解事件得以发生的逻辑前提和活动依据，进而确认这种先见与传统也是认知主体在进入整体的理解状态前夕的一种不可或缺的存在状态。

承认先见对于理解的影响，意味着承认历史是一种效果历史，承认历史对我们当前的理解是有效的。效果历史指的是“我们皆生存于其中的历史”，或“当下仍在发挥作用并有意义的那一部分过去”。[①]

① 洪汉鼎：《理解的真理：解读伽达默尔〈理与方法〉》，山东人民出版社2003年版，第162页。

伽达默尔使用这个词来指明认知主体身处这样一种境况之中，认知个体无法选择身处的究竟该是何种历史形态，也不能置身于该个体生存的历史环境之外，又不能期望从天而降、假定性地设计一个客观的视线距离来看待事物。现实情况是，认知主体总是从一个直接碰到的“在先给定的东西”或者说直接接受的特定的立场与视域出发来看待和认知客观事物，这个立场与视域直接领受到了业已成型的前理解和前阐释的深远影响。“一切自我认识都是从历史地在先给定的东西开始的，这种在先给定的东西，我们可以用黑格尔的术语称之为‘实体’，因为它是一切主观见解和主观态度的基础，从而它也就规定和限定了流传物的历史。他在其中去理解流传物的一切可能性。”[①] 历史和古典对我们的意识产生影响，而我们也必须意识到这种影响，这便是效果历史意识的双重含义。

人们关注的主要问题不再像近代哲学那样集中在主体如何认识外部世界、征服外部世界的认识论问题，而是专心致志于人与人之间的交流和理解问题，以及与之相联系的语言问题和符号意义问题，更把兴趣放在人与世界交融合一的“生活世界”上面。他们强调“人本内宇宙”与“天本外宇宙”的融合为一，旧的唯我独尊的“主体性”概念被代之以相互尊重的“互主体性”。麦卡锡在一篇探讨相对主义论争的著作中提出了独到的观点，在跨文化理解或历史理解这样的典型情况下，“我们”和“他们”之间存在着一种对称关系，发生冲突的不仅有不同的观念，而且还有不同的理性标准。

此观点也得到了罗蒂的承认，因为他把理解过程描述成用我们不

① 洪汉鼎：《理解的真理：解读伽达默尔〈真理与方法〉》，山东人民出版社 2003 年版，第 162 页。

断扩容了的诠释视野对外来事物的一种同化。在同化过程中，所有的对话参与者所提出的要求和视角之间是不平衡的。不仅“他们”有必要尽量从“我们的”视角来理解事物，“我们”同样也必须尽量从“他们的”视角来把握事物。如果我们没有机会向他们学习，他们也将永远无法真正会有机会向我们学习，只有在“他们的”学习过程停止之后，我们才会意识到“我们的”知识的局限性。按照伽达默尔的看法，阐释视域的融合是一切理解过程追求的目标，这种融合并不是与“我们”同化，而是通过学习使“我们的”视角与“他们的”视角取得一致——不管是“他们”还是“我们”或是双方，都必须或多或少地重新修正现行的证明活动；因为学习本身既不属于我们，也不属于他们，真实的情形反而是相反，是当事双方同样都被卷入了学习过程。

二 “差异性”比较视域与“批判性”社会视域

伽达默尔的阐释学一举破解了何谓“合法的先见”或“合规的传统”的难题，同时又为理解的历史性确立了合法性地位和基本的存在形式。大致来说，历史与传统无外乎有这么三种表现形式，一种是指向未来的，对后世而言的作为对“自我力量与自我塑造”的压迫因素和解放力量的历史和传统；另一种是指向过去的，因斗争冲突和排他性统治而造成四分五裂状况的历史和传统；前两种主要是立足于静态化分析模式，再一种就是将历史进程视为一种连续永恒的“传统之流”的动态化分析模式。在伽达默尔看来，历史与传统既然是古已有之的、存在的，就必然是合理的，我们这些后继者只能是欣然受之，既不能持怀疑、否定的态度与立场，也不能施以批判式的反思，我们所能做的只是参与和对话。

在这种历史观的烛照下，一般意义上的历史形态从来就不是一个充满矛盾的多种社会力量“斗争、断裂和排斥”的场所，与之相对应，具体的历史进程也不再是多元力量比拼“合力推动”的结果，它只是自然顺势流动的结果，而历史过程的“差异性”和“裂隙之处”也就被抹除忽略不计了。而这些被剔除的方面恰恰是新历史主义文化诗学批评观所要考察的重点领域。当然在这方面，伽达默尔的“折中调和”做法遭到了哈贝马斯和利科等人的“批判的阐释学”的猛烈抨击。

针对“历史与传统本身能否加以反思批判”的这一重要理论认知问题，哈贝马斯给出了与伽达默尔截然不同的答案。他就此阐述说，真正意义上的阐释学应当重新审视和倍加关注人文学科的认识论问题，理应培养一以贯之的“批判的敏锐性”。具体而言，伽达默尔重视历史与传统的本体论问题而忽视了重新探讨人文学科的认识论问题，其理论虽保有强烈的问题意识和理解，但在分析力与批判力方面暂告缺失，尤其缺乏对历史与传统本身的反思批判。他一味把历史与传统视为描述全部理解事件的首要前提，拱手把本可以甄别评判事件的真伪与优劣的理性权威揖让给了历史与传统的绝对威权，在历史与传统中消解和削平了真伪区别和优劣差别，进而过度地强调了平等的参与和无差别的对话，而忽视了历史语境下的“差异性”比较视域和“批判性”社会视域。

哈贝马斯指出，“历史的前定的东西在反思中被接受时，并不是不受影响的，已经明了成见的结构不再能作为一个成见起作用……反思并不是无所作为地在传下来的规范的事实性消磨自己”。① 作为一种

① ［德］于尔根·哈贝马斯：《后形而上学思想》，曹卫东、付德根译，译林出版社2001年版，第96页。

"历史的前定的东西"，包括语言传统在内的传统整体要想"起作用并在反思中被接受"，就必须首先要依从客观历史事实，但实际上究竟怎样来判定其真实性呢，确乎是个值得商榷的事。从如何判定作为一般社会意识形态形式的语言传统是否真实这一具体问题上，哈贝马斯尖锐批判了伽达默尔的语言本体论，认为伽达默尔将语言形式的"形而下"方法论工具价值拔高"上溯"到了"形而上"本体论意义层面，"高处不胜寒"的语言本体茕茕孑立，与社会形态、文化结构等周围存在统统切割完毕，后来干脆连更根本的与人类存在的最真实的也是最后的脐带关系都给遗忘了。

哈贝马斯进一步阐述道，语言向来不是孤立地存在的，它不可避免地要迎纳和呼吸来自各种外部因素的八面来风，比如说语言是意识形态性的，那我们就必须对语言这一认知对象进行意识形态批判。哈贝马斯彻底改变了伽达默尔阐释学中理解活动的运行轨迹和"形而上"指向，最终走向了"参与和对话"并举与"反思和批判"同步的"形而下"阐释实践。这种"接地气，地下倾"的阐释学为新历史主义文学诗学批评观提供了一个批评维度和反思取向，使其进一步"沉降到细节"（deseendintodetails），直接返回个人"经验的个别性"与"环境的特殊性"，从而增强了对理解事件的"特殊性、条件性和具体性"的关注。这与整合了"社会批判"思想与阐释学思想的后现代"批评的阐释学"批评观血脉相连。

总之，新历史主义文化诗学批评观将后现代阐释学的"比较视域本体"方法论观念向文化文本和非文化文本表征的各种文化现象和各个社会领域敞开，在文本及其联合体的阐释行为和理解活动中将文本性与历史性、文化性三者内在勾连起来：一方面以文化结构和历史语境为参照系和出发点而代替了接受美学理论的读者"本位主义"立足点，另一方面以理解活动中“文本阐释”的方法论历史性代替了读者接受过程中“阅读理解”的认识论历史性，从而将“比较视域本体”的方法论历史性进一步“历史化”和“具象化”到所有文化文本及非文化文本的阐释行为和权力运作之上。

第三节 碎片的“共鸣性”文本

与传统历史主义观念迥异之处在于，新历史主义认为所谓的客观真实的历史形态是不存在的，历史形态具有文本性，究竟表现为何种具体形态是权力运作的结果。历史状态的真实性一直受到思想批评家们的普遍质疑，法国哲学家雅克·德里达（Jacques Derrida）认为“文本之外无他物”；波普尔认为“不可能有一部真正如实表达过去的历史，只能有各种历史的解释，而且没有最后一种解释。历史形态虽然没有目的，但我们可以把自己的目的加上去，历史形态虽没有意义，但我们能给它一种意义”。[①] 新历史主义一向强调历史的文本性，历史事件本身作为一种客观存在早已经消逝了，映入我们眼帘的作为某种史料的“历史”状态都是人为描述、分析、解释的产物。海登·怀特说：“从这种观点看，历史不仅仅指我们能够研究的对象以及我们对它的研究，而且是，甚至首先是指借助一类特别的写作出来的话语而到达的与过去的某种关系。”[②] 历史形态不再是一成不变的过去

① ［英］卡尔·波普尔：《历史主义的贫困》，何林、赵平译，社会科学文献出版社1987年版，第64页。

② ［美］海登·怀特：《作为文学虚构的历史文本》，摘自张京媛主编《新历史主义与文学批评》，北京大学出版社1993年版，第137页。

的纯粹客观事件，而成了与历史编写者的主观意志、立场态度、叙事方式密切相关的一种文本综合体。这种历史的文本性一举将客观单线的历史状态变成了主观多样的历史状态，套用福柯的话就是“历史由原来的大历史被小历史所取代了”。蒙特洛斯明确地说，“文化诗学论者们理解的历史与以往学者们对历史的理解有了一个明显的变化，那就是从单数的历史变成了复数的历史（from History to histories）。”①

新历史主义者们一贯认为，文本是所谓“协议”的产物，文本本身就是历史的。文学要“能对文本产生的时代和地区的社会文化状况作出回答”，重心在于对“那一文化领域的重建”。杰诺韦塞认为，“对历史学家来说，文本是作为文本得以生产和播种的环境这样一个‘关联域’中的一个函项、一种表现而存在的，历史学家则在文本和关联域间的共生关节上工作。”② 鉴于对文本的如此理解，格林布莱特认为在文学文本重建历史时，重心应该放在一种文化系统中共时性、文本互文性研究上，而轻视历时性文本探究。正如他所言：“生活并不像想象中的那样缺乏艺术。”艺术或审美的魅力深植于生活之中，每一个细节、每一个想象和举动等等，都是一种文本叙述的方式，也是一种能动复杂的“自我塑造”。鉴于以上艺术观和历史观，我们还可以发现在新历史主义这里，艺术的文本与历史的文本甚至其他的文本产生模式是相同的，因而，文本已经成为跨学科的、凌驾于学科之上的存在。

---

① L. A. Montrose, *Shaping Fantasies*: *Figurations of Gender And Power in Elizabethan Culture*, epresentation, 1983, pp. 61 –94.

② ［美］杰诺韦塞：《文学批评和新历史主义政治》，摘自张京媛主编《新历史主义与文学批评》，北京大学出版社 1993 年版，第 86 页。

一　逻辑的抑或艺术的理解方式

西方文化历来是把逻辑的思维形式和理解方式作为最基本、最真实的认知方式，以至生存方式。这种逻辑推演的理解方式，是以简单的“元范畴概念”为原初依托和思辨起点，而展开的理性生命力和意志力（will to divination）。在此过程中，范畴概念的内涵与外延，又必须严加厘定，既没有假如，也没有例外，又绝对不可以整体直观，更不能有言有尽而意无穷的弦外之音。作为最具普遍意义的思维科学的逻辑学（Logic）为人类的思想活动或解释活动提供了认识论依据和方法论工具。正是逻辑学的渗入，使西方诗学从源头上就具有了“知识论”的品质，整个文化取向也都重视对世界和人的逻辑解说，从而形成了一种定型的理论评价：逻辑思维属于对世界本质的有效逼问，它能解答世界和人生之谜，借助逻辑思维可能追踪到人类生存之根，建筑起人类精神的家园；而艺术思维则属于对世界表象的模仿，它所传达的只是个体对真实世界的不确定感受，依赖感性思维无法逼近存在，也无法解答世界和人生之谜。

可进入现代，对逻辑思维和艺术思维的定型评价却发生了逆转，文学艺术非但没有如黑格尔（*Georg Wilhelm Friedrich Hegel*，1770—1831）所言将被哲学取代，文学艺术反而发展成为最大的文化类型，大有成为文化主潮的趋势。现在，新一代文化哲人却深切地感到，客观科学无法回答人类生活中最重要的问题——意义问题。客观科学的最深刻危机——即它与具体的、主观生活的分裂——日益暴露出来，胡塞尔称这为客观科学的“生活异化”。客观科学的内在矛盾及其生活异化共同催动了对逻辑思维方式的反叛，必须从逻辑枷锁下解脱出来成为现代西方哲学家的认知共识。卡西尔的从理性批判到文化批判的转向，德里达（Derrida）的“反逻各斯”中心主义，海德格尔的对形而上学迷误的批判，维特根斯坦的把词语从形而上学用法带回到日常用法等都体现了走出逻辑枷锁的强烈要求，预示着建基在逻辑思维基础上的科学作为人类的生存信念已失去了其可能性，必须重建起新的人生信念。打碎逻辑枷锁，逃离逻辑地狱，复归感性世界成为现代西方的普遍渴求。从此，文学艺术摆脱了只能摹仿表象世界和取悦感性生命的恶名，它从人类意识的低级形式一跃而升腾为高级形式，进而整个西方的审美观念也发生了转向。

西方诗学是把文学的本质归之于对外物的模仿，而中国诗学是把文学的本质归之于主体情志。“景乃诗之媒，情乃诗之胚，合而为诗”，这正说明中国古人是把情感看作诗的根本特质。西方人所说的欣赏本质上是一种求知和认识活动，而中国古代文论大都强调感受和体验。由此，他们在方法论上则体现出反映论和感悟论这两种不同的特征，即两种异质文化不同的方法论的区别所在。唯有自觉地反思人类文化“自我造型”行为在方法论视角和语言表达中的种种困惑，我们的哲学思考才能真正向前发展。其困惑之主体征象为：一个是部分与整体之间的关系。这就像阐释学在其阐释方法上所碰到的一个悖论：一方面，为了了解整个文本样态，人们必须先了解文本中的每个部分。另一方面，如果你没有吃透整个文本的精神，那么你对文本中的任何一个部分的理解也是不可能深入下去的。于是，部分与整体之间形成了一种互为前提的、互动的关系。另一个是认知者的期望与认知结果之间的关系。在一般情况下，就认知的期望而言，我们总是希望能够对对象获得客观的认知，但由于我们在认知和再现任何对象之前就已经有先入之见，这也是人们在任何诠释活动中必定会遭遇到的悖论。

如何解决或超越这一悖论？实际上，解决或超越这一悖论都是不可能的，我们只能自觉地应顺这一悖论，在认知和再现任何对象之前，先对作为认知者的“自我”进行批评性反思和再造，这种反思和再造绝不可能使“自我”出离任何立场，从而处于无立场的状态下，而只能达到一个相对合理的立场，即尽可能排除自己的主观情感或其他心理因素的影响，使自己的立场变得更为合理。深入的探询使我们发现，任何客观性都是奠基于一定的视角之上的，在这个意义上说，客观性也就是使自己的视角更切合生活常态和日常情态的观察视角。

逶迤在方法论层面上的语言问题，在关涉其核心要素——文本与思想的内在关系若何问题上，可以从两个不同角度加以界说和探索：一是语义学视角，即从语词、句子和文本等基本概念和术语的含义入手来探讨文本结构与意义问题；二是语用学视角，即在具体语境下从言语文字符号的日常使用的角度出发探讨语言运用问题。我们总是自视清高又霸气十足地把语言形式当作任由我们来驱使的实用性工具，而不必去考虑语言形式背后隐匿的文化基因和历史积淀，其实恰恰是这些因素在无形当中牢牢地牵引着我们的一言一行和所思所想，只不过它们隐匿在潜意识或集体无意识之中罢了。

这里便很有必要重新审视一下传统的“语言工具论”观点了，我们习惯于把语言仅仅作为传递信息、交流思想和表情达意的操作性工具和载体性形式，但这种见解包含着双重误解。其实，语言非但不是我们可以为所欲为、任意驱遣的工具，反过来，我们倒是语言的工具，自始至终笼罩在语言的主菜单页面之下。正如维特根斯坦所说：“语言的界限就是我们思想的界限。”实际上，我们运用语言表达个体思想的空间狭窄、逼仄。表面上看，作为运用语言的主体的我们似乎可以思考与去做很多事情，比如说，我们如何表达，用什么方式表达，究竟可以表达些什么，以及我们会对外部世界的什么问题发生兴趣，如此等等、不一而足。

仿佛我们一直在按照自己的意志在行事、在塑造，事实正好相反，所有这些范畴早就为我们已经熟知的语言规律所设计和规定。不乏其例，人们为了表明自己的见解是多么富有创意，一般会频繁使用这样的句型——“我发现”“我确定”“我相信”，“我”马不停蹄地主动出击，事必躬亲、亲力亲为，仿佛我真的做出了什么辉煌行为和惊人发现似的。其实，这里的“我”只是一个形式化的虚拟主体，真正主宰这些人类的思想观念和行为方式的反而是熔铸了社会的、文化的、历史的多重资源和凝结了政治权力形式、主流意识形态的文本综合体——语言主体。

二　文化佚文史观

当代美国新历史主义文化诗学是20世纪后期走出语言牢笼的西方文论大潮中的产物，但他们既不愿像解构批评那样处于“无家可归”的状态，又不想回到旧历史主义的老家。为此，他们为自己重新建构了一个被称为“新历史”的新家，即用逸闻轶事和文化碎片重设而成的“文化轶文史”的家园。新历史主义批评家心目中的“历史形态”与传统史学所理解的“历史形态”有着迥异其趣的批评指向与理解内涵。传统史学认为，“历史”是不以人的主观意志为转移的客观存在，历史研究则是通过对历史事实的寻觅来对历史作总体的把握、总结历史的客观规律、发现历史的客观真理。新历史主义文化诗学则认为，传统历史观存在诸多问题，因为，历史研究的对象、主体、媒介本身都是动态的、多元的、非透明的，因而这种旧历史观应当予以摒弃。

格林布莱特的历史观深受福柯等人的知识考古学与权力谱系学的影响。福柯等人把历史称为一种“历史的知识”（历史话语），突出了历史的文本性。他致力于揭示被原先单数而正统的“大历史”所压抑的复数而边缘的“小历史”，揭示了诸种小写历史对大历史话语的镶嵌而导致的历史的异质性、断裂性或非连续性。这种文本主义的历史观，要义在强调“历史的文本性”。新历史主义因此而显示了与旧历史主义的重要区别。

具体地说，新历史主义文化诗学史观主要有以下三层含义。首先，“历史”不是非再现性的、纯背景性的、客观自明的，而是各种以文本形态呈现的历史叙事。人们只有通过语言才能接触历史，任何一种叙述和阐释都不会是中性的，无论是历史材料的取舍，还是历史意义的表述，都离不开史家的表述和阐释，因而历史都是文本化的。其次，“历史”并非连续的线性进化序列，并非完全既往的东西，而是充满着各种差异、断裂、非连续性、不断生成性和阐释性的开放文本。最后，“历史”不是单数的同质的 History，如政治国家史，而是复数的异质的 Histories，即文化诸历史、心灵诸历史。“历史”因此具有一定的叙事性、文学性、文本性、多元性、偶然性和主观性。

三　碎片的“共鸣性”文本

在格林布莱特等人看来，批评家的任务在于重设文学文本产生时的那个历史“语境”，营构当时的文化氛围，以便今天的研究者与研究对象在各自的“历史语境”和“历史表述”中展开对话。文化诗学的这种研究路径无疑属于一种“互文性”研究的范畴，但却是以文化文本的互文性代替解构主义的文学文本的互文性，是各类文化文本之间的流通和阐释。在文化诗学研究看来，历史既非文学的“反映对象”，也非旧历史主义所理解的由客观规律所控制的命定过程；相反，历史和文学两者都是“文本性的”，都具有某种开放性。历史和文学同属一个符号系统，历史的虚构成分和叙事方式同文学所使用的方法十分类似。历史与文学之间不是“反映对象”与“反映者”之间的单一关系，而是多重指涉、复杂交织和相互构成的“互文性”关系，是相互证明、相互印证的“共鸣性”关系。

格林布莱特总是将视野投向一些为传统正史所掩盖的历史碎片和边缘题材，对历史记载中的逸闻趣事、零散插曲表现出异乎寻常的兴趣，并将这些文化碎片和偶然事件视为具有创造性或诗性的材料，从中寻觅某种历史的踪迹，以期营构文学文本产生时的文化语境。这种研究路径又被称为“逸闻主义”。他善于从文艺复兴研究入手，挖掘一些被主流文化遮蔽而身处隐秘之地的逸闻佚事，把它们视为 16 世纪各种文化力量交汇线索和透视焦点加以描述和阐释，挖掘一度被淹没的边缘文本的深刻而丰富的文化意义，以期“基因重组”在当时历史语境中居支配地位的某种主要文化代码，实现重写文化史和文学史的目的。这样，研究者能否“回到”真正过去的客观历史，令人存疑。

格林布莱特对于托马斯·莫尔这一历史形象的重塑即一个光辉的范例。在对作为人文现象的围绕莫尔这一历史符号所发生的历史事件与塑造的人物形象以及其著作的描述中，格氏并没有提供任何新的史实的蛛丝马迹。他所勾画的莫尔人文形象，既非传统文论意义上的“典型环境中塑造的典型人物形象”，也非形象学意义上的历史形象，它只不过是一个用众多其他非文化文本拼贴而成的新文本联合体。对此，格林布莱特并不回避，他声称本来就无意回到过去的“客观历史”，因为历史从来就不曾“客观”过，都是当是时诸种历史话语形式和历史叙事主体双重构塑的产物。

文化诗学在研究历史文化现象时采用的“厚度描述”批评手法深受美国文化人类学家格尔兹的“厚描”学说的影响。格尔兹认为，“文化”实质上是一个符号学的概念，“对文化的分析不是一种寻求规律的实验科学，而是一种探求意义的解释性科学”。① 作为一种符号人类学和文化阐释学的卵生体，文化人类学把各种具体的文化形态和人文活动视为“文本”来读解。文化人类学一向倡导对文化事象或文化事态进行再理解或再阐释，并对文化叙事行为本身及其意义进行深层细致的综合文化分析，它采用的就是循环往复的“厚度描述”叙事方法。格林布莱特自觉地将这种“厚描”手法拿来、为我所用，直接作为其文化诗学的阐释方法和分析形式。他就此阐述说，“对于经典文学作品的隐喻性把握就是对各类文化文本进行反复厚描、来回阐释的结果”。正史与逸闻、经典与边缘乃至文学文本与历史语境之间都可能成为彼此的相互厚描、双向构塑。

文化诗学研究对传统历史客观性的摈弃可能使历史成为复杂多义的相对性拼贴。面对这种困境，格林布莱特说，“我不会在这种混杂多义性面前后退，它们是全新研究方法的代价，甚至是其优点所在。我已经试图修正意义不定和缺乏完整之病，其方法是不断返回个人经验和特殊情境中去，回到当时的男女每天都要面对的物质必需和社会压力上去，并落实到一部分享有共鸣性的文本上”。② 这里所说的“共鸣性的文本”的具体体现形式多种多样，如逸闻、趣事、绘画、风俗、墓碑之类。他希图通过这些边缘化的文本“穿越、身临”过去时代的文化传统与历史氛围，寻觅它们与所论文学经典的互文性关

① Clifford Geertz, *The Interpretation of Culture*, New York: Basic Books, 1973, pp. 5 – 10.
② Stephen Greenblatt, *Learning to Curse*, New York: Routledge, 1990, p. 169.

系。稍具悖论意味的是，新历史主义解读历史的具体方式却又重返原点，具体表现为返回历史叙事主体的个人情境，相对而言更加注重历史观念的相对性和文化释义的主观性，于是历史随喜成了一部人类社会的佚文史、文化史和心灵史。新历史主义文化诗学批评观的文本阐释正是在理解对象与反思自我之间熙来攘往、循环往复，其旨归仍在于反躬诸己、沉思当下境域。

第四节 “历史性与文化性”的文本间性

在对西方文论界盛极一时的各种形式主义批评，尤其是对后现代主义的“历史终结”论的批判中，新历史主义批评学派倡导要竭力促成文学批评实践由注重单向度的文本分析而“转向”历史语境下的文化政治综合分析，进而“通向一种文化诗学”的批评观。格林布莱特在历史性回归和文化性分析的基础之上，雄心勃勃地提出重构西方文化史和人性心灵史的学术志向和精神追求。正如比利时学者皮埃特斯教授指出，新历史主义同时属于“历史的理论和文化的理论”。[①] 新历史主义批评观对文化和历史双重维度的重新审视与深度发掘，一方面代表着深层次的理论转向与历史意识回归，意味着各种文学生产要素之间杂多关系的重新构塑。另一方面，新历史主义的批评对象是作为历史形态与文化结构统一体的文学文本，批评的理论平台是历史语境下文学与社会、文化以及政治意识形态的对话关系，而对这诸多领

---

① Pieters, *Moments of Negotiation*, Amsterdam: Amsterdam University Press, 2001, p. 20.

域之间关系的合理阐释则又成为新历史主义的批评思想和理论皈依。

作为标举主我、客我文化基因异质同构的结晶体，格林布莱特的文化诗学理论承认文化的整体性，本土文化与异在文化在审美性和想象性缠绕腾挪的根基上融会贯通，具有跨越学科界限的海纳百川的广阔视域。在他看来，当代文学批评整体形态的显著特征，就是颠覆了那种把审美再现视作与文化筋脉和历史语境相阻断、与之隔绝的传统观点。对文学文本与非文学文本界限的跨越和弥合，是格氏文化诗学批评观的核心方面，它意味着将文化形态视为一种普遍联系的有机整体的思想观念在文本阐释和文化解读的批评实践中的具体运用，也意味着一种新的文本阐释策略应运而生，在更加广泛的意义上体现了其深远宏阔的理论视域。

一　“文化的文本性”与“文本的文化性”的双向阐释

在文本与历史的互文关系中，新历史主义批评创造性地提出了“历史性的文本与文本性的历史”双向阐释的构想，由此建构起了“新史学”批评的理论基础。在新历史主义泛文化的批评理想中，历史的文本性是指任何历史事件和历史记忆都只能通过形形色色的各类文本才得以串联和表征，历史文本为泛文化批评提供了批评对象和批评依据；而文本的历史性是指在特定历史语境下各种写作模式的文化特征和社会积淀，不仅包括当此之时批评者研究的历史文本，也包括当下的我们研究它们之时的“现在”文本。

而在文本与文化的指涉关系中，其文化诗学批评观则从文化学理论形态的角度再次扩展了“新史学”批评的学术疆域。一方面，文化形态的意义与价值只能通过文本综合体的阐释方式得以再现，这一阐释行为可以概说为“文化的文本性”特征，正如德国哲学家、马克思主义文论家瓦尔特·本雅明（Walter Benjamin，1892—1940）所言，“被社会象征系统神圣化了的文化遗产是历史的重要文本，产生和验证社会主导自我形象的文本，应该被视做由历史唯物主义造成的谨慎的超然。”① 这就是说，即便是被奉为神明的文化遗产也是一种“历史的重要文本”，又是一种“可以主导自我形象的文本”。另一方面，文本及其联合体忠实地刻录了特定文化形态的绿野仙踪，这一文化行为可以概说为“文本的文化性”特征，也如格林布莱特所说，“尽管是从被建构的文学文本中获得关于文化材料的复杂历史感，但是为了理解文本所达到的文化功效，考察这些材料如何被集中和表达的方式仍旧是至关重要。”② 也就是说，不仅要理解和确认文本中蕴含着“文化材料的复杂历史感”，而且还要“考察这些文化材料如何被集中和表达的方式”，即考察文本的文化性生成商谈机制和表达流通形式。

蒙特洛斯从语言论的结构主义批评角度频频发难文化诗学的文化界定，“文化诗学倾向于强调结构关系，以牺牲连续性进程为代价；实际上，它以共时性的文本性的轴线为取向，采用作为文化系统的文本概念，而不是历史性地将文本视为自足的文学研究的文本”。实际上，新历史主义文化诗学批评观在文本、历史与文化的“互文性”关系问题上，凸显了某种理论架构的整合性或对话性特征。格林布莱特就曾多次强调对文本性的关注须臾不能抛开历史性和文化性内涵，而在对历史性或文化性的关注中同样也不能挣脱作为平台和中介的文本结构的承载。他认为实践文化诗学是“为了恢复作为一种人类特殊活动的艺术再现的复杂性，防止自己禁锢在话语网络之中，防止自己拒

① ［德］瓦尔特·本雅明：《作为生产者的艺术家》，转引自安吉拉·默克罗比《后现代主义与大众文化》，田晓菲译，中央编译出版社2001年版，第130页。

② Stephen Greenblatt, *Renaissance Self-fashioning: From More to Shakespeare*, Chicago: The University of Chicago Press, 1980, pp. 4-49.

绝文学作品、作家与读者生活之间的联系，而新历史主义的批评任务就是要对文学文本世界中的社会存在以及社会存在于文学的影响实现双向考察”。[1] 行走在历史诗学和文化诗学的双向阐释之间，格氏似乎要掌控一种平衡，那就是在历史性与文化性的相互指涉和协调对话中通向一种奠基在诗性本体基础之上的历史性的文化学与文化性的历史学殊途同归的“文化诗学”批评形态。

二 历史与文化的文本对话

格林布莱特一直致力于恢复和张扬文学批评的历史方面，主张把文学文本放回到产生它的历史语境中去，以回放和重现最初产生文学作品的社会场景和文化情境。赋予文本一种重返现场的在场感，真真切切在作品的文本世界与阐释者的精神世界以及文学文本与其他文类的商谈和对话关系中，实实在在在与当时的社会惯例和文化世界等非话语实践的理解接触中，寻找和把握文学文本世界的多维意义。“作品有它自己的世界，解释者也有他自己的精神世界。这两个世界在解释者的理解中发生接触后，融合为一个新的可能的世界——意义。”[2] 他强调当时历史条件下各种文类的文本的“互文性”，从文化互参、文本互渗（participation）的角度认识和评价文学作品，从而实现在文本层次上历史与文化的平等对话和无障碍流通、交易。

“对话”观念由来已久，其所涉的领域也越来越广，几至于达到街谈巷议，满城皆说“平等的对话”的程度了。无论将“对话”视为思想观念的“阐释观”也好，还是当作交流沟通的“阐释方法”

① 中国社会科学院外国文学研究所编：《文艺学和新历史主义》，社会科学文献出版社 1993 年版，第 79—80 页。

② 王先霈：《圆形批评论》，华中师范大学出版社 1994 年版，第 211 页。

手段也罢，从根本上来说，它首先是一个理解态度和言说立场问题。也就是说，当面对已逝的、业已成为“历史流传物”的文化文本时，我们应该持有何种理解立场并如何言说？就理解态度和阐释立场而言，所谓对话就是要对等礼遇所要言说的阐释对象，把阐释对象视为一个活生生的、能够独立自由表达个人意志的生命个体，而不是活体标本式的文本或可以随意解读的文字。在当今学界，“平等对话与交流”的理念和追求业已成为共识，并迅即被广泛运用到精神科学的各个门类和重要分支中去。哲学阐释学的代表人物伽达默尔认为，“阐释行为本身即是一种对话形式”。[①] 具体而言，阐释者与阐释对象之间既不是谁决定谁、谁反映谁的“一元论”关系，也不是主体与客体之间必然对立的“二元论”关系，它们在根本上乃是一种对等双方的平等对话关系。

这样一来，作为阐释对象的传统或“历史流传物”被提升到商谈主体的对等地位，在这种不同类型主体之间的“互文间性”对话中，“通过与他者的相遇我们便超越了我们自己知识的狭隘。一个通向未知领域的新的视域打开了。这发生于每一真正的对话。我们离真理更近了，因为我们不再固执于我们自己”。[②] 阐释行为对阐释者知识结构与语言视域的改变、调整与创生是这种“对话”阐释观的根本所在。换种说法来说，套用一句老生常谈的俗语“改变者也在被改变”，即每一个观照、理解某物的人，也在此物中观照、理解他自己，这很有点卞之琳“看风景的人装点了别人的风景”断章谶语的味道儿。这种发生在阐释过程中的彼此融会往复就是交流，就是对话。西方马克思

① 洪汉鼎：《理解的真理：解读伽达默尔〈真理与方法〉》，山东人民出版社 2003 年版，第 162 页。

② 同上。

主义思想家哈贝马斯继承并发展了这一对话理论，在他看来，建立在语言基本功能基础上的交往理性使人们有可能通过平等对话、商讨来消除隔阂，达成一致，形成“共识真理”，从而建立起为人们共同遵守的价值观和行为准则。对话具有深刻的人性基础，也具有深刻的社会基础，可以说，对话就是人的基本存在方式。

从历史与文化的文本性对话观念来看，文化与历史之间存在着相互指涉的复杂关系，难以想象脱离了文化性内质的历史转向其认知价值何在，也无法设想脱离了历史性根基的文化转向又有何意义呢？正如戴维·钱尼（David Chaney）所指出的，“在描述随着对文化主体和文化事件越来越密切的关注而出现的历史视角的重大转变时，不可能把直接来自文化研究领域的作品，与因历史研究的发展而出现的作品完成分开”。[①] 格氏也曾指出，“伟大艺术作品在文化材料的流动中不仅是神经中枢点，而且是历史偶然性中文化含义的符号”。正缘于此，新历史主义批评观坚定地伸张，文化与历史之间实际上存在着相互协调的对话性特征，相互沟通的有效途径就是文学文本的文化诗学和历史诗学的协调性批评。这也正是文学文本的多维意义的持续发现和不断创造的过程，也是历史叙事主体认知“世界文化”和改造“文化世界”的必由之路。百瑟丽教授曾指出，“新历史主义就是意义的历史与寻求意义的过程，而意义或是被发现，或是被创造。新历史主义的焦点问题是历史变迁、文化差异与真理相对性，目的是改造主体”。[②] 从这方面来看，格林布莱特选择“泛文化批评”作为自身理论言说的基点，极力促成历史变迁、文化差异与真理相对性等众多文化现象和

① ［英］戴维·钱尼：《文化转向：当代文化史概览》，戴从容译，江苏人民出版社 2004 年版，第 63—64 页。

② Catherine Belsey, *Towards Cultural History: In Theory and Practice*, *Textual Practice*, 1989, p. 168.

社会能量在文本层次的对话和流通，以期实现历史性回归和主体性重建的学术理想。

第五节　社会话语的“审美能量”观

传统文论操持“文学艺术是对社会生活的模仿和反映”这样一种静态的、固化的文论观，每每在反映日新月异、精彩纷呈的当代审美生活时不免捉襟见肘。作为当代审美实践的文学阐释，就是要发现审美话语和社会话语的多重交流的复杂关系。为此，格林布莱特在《通向一种文化诗学》中具体阐述说，“官方文件、私人文件、报刊剪辑等材料往往由一种话语领域转向另一种话语领域，并且成为审美财产。我们就需要运用新的术语来描述这种方式……当代审美实践试图建立一种阐释模式，以便更为恰当地解释社会物质话语和审美话语之间不稳定的交流关系，这是现代审美世界实践的核心。与这种审美实践相呼应，当代理论必须重新确立自身：不是在阐释之外，而是在谈判和交易的隐秘处。”① 以至于后来他在自己的理论著作中反复使用“流通”和“交易”等术语概念，就是基于此种理解。在这里，物质的社会内容要转变为审美内容，必然使审美的内容渗透着诸种社会因素的隐形谈判和潜在交易，等等，所以，作为文学与艺术的审美活动与社会生活的关系是多层往返的、多声部复调的。格林布莱特声称，“我认为，如果把社会话语领域向审美领域的转换这一过程看作是单

① Stephen Greenblatt, *Learning to Curse*, New York: Routledge, 1990, p. 169.

向的过程是错误的，这不仅是因为在这种情况下审美领域和资本主义经济活动紧密联系在一起，而且因为社会话语本身已经担负了审美的能量。”①

以色列的新历史主义学者（New Historicist）索尼娅·拉登（Sonja Laden）曾将新历史主义二分为“诗性的”与“非诗性的”：“非诗性的”新历史主义模糊了文学与非文学之间的界限；而“诗性的”新历史主义从研究对象到元话语（metadiscursive）无不凸显着“文学”（literary）与“文学性”（literariness）的区别。这决定了“诗性的”新历史主义者是在用“文学的”概念来注释式分析和历史化阐释历史文本或称历史材料，理解“过去的传统”和历史记忆，赋予传统和记忆以新的意义构成。这种“诗性写作”可以全面而多视角的揭示文学文本的多义性内蕴，缘此，我们在阅读理解和解读阐释文学作品时，也才得以体验真实的文化世界和感悟诗性的生命存在，我们的阅读行为也随之从“诗性阅读”上升到了“价值阅读”。诚如童庆炳教授所言，“我主张一种文化诗学。这种研究首先是诗学的，是文学的，是诗情画意的，而不是像西方那样反诗意。我们看一篇作品首先还是要从美学的标准来检验它，如果它不是美的，那它就不值得我们对它进行历史的文化的批评了。”②

正如美国美学家苏珊·朗格在《艺术问题》一书中所说，“真正能够使我们直接感受到人类生命的方式便是艺术方式。”③ 考其根源，在西方文化语境下，近代的小说兴起，使文学的文体，由诗的一统天

① Stephen Greenblatt, *Shakespearean Negotiations*, Berkeley and Los Angeles: The University of California Press, 1988, pp. 2 – 19.

② 童庆炳：《我所理解的“文化研究”：问题意识与文化诗学》，“文艺学与文化研究”研讨会上的发言，2000 年 5 月。

③ ［美］苏珊·朗格：《艺术问题》，滕守尧译，南京出版社 2006 年版，第 26 页。

下，变成诗、戏剧、小说的三分天下，而且小说日益成为文学的主流，从而西方文学的总名，由“诗”（由格律和韵律而来的 peotry）而变为“文学”（由文字而来的 literature）。西方文论在古代名曰诗学，在近代“诗学”渐微而“批评”兴起，进而演化为英语世界的“文学批评”（literary criticism）和德俄世界的“文学科学”（literary scholarship）两大学术形态（academic morphology）。其中，作为“不断运动的美学”，文学批评自有独立的品格与价值，大有取“文论”而代之的势头。

诗学作为文学理论的总称，大致有三个方面的运用，一是在比较文学（comparative literature）领域里，因比较文论采用比较诗学一词而得到普遍的运用，这里诗学等同于文论；二是在文学科学的内部结构中，用理论诗学一词来代替文学理论一词；三是在强调文学与外部关联的文论中，用诗学来指文论中的某一倾向或潮流，于是出现了历史诗学和文化诗学这样流行的名称。诗学正是在与文学批评、文学理论、文学科学的互动、变异中，汇进了西方文论的总体演进之中，并在这一交汇中强调了审美意识和诗性记忆。具体地说，就是跨越民族、国家、社会意识形态、语言与文化，打通社会各领域、文化各要素与诗学能量之间的壁垒，整合文学与各知识领域而提升为审美话语能量，真正将文学的文本属性与历史的文化属性结合起来，最终走向了文化（政治）与诗学的融会贯通。

一　社会话语与审美话语

文化诗学批评观将“恰当地解释社会物质话语和审美话语之间不稳定的交流关系”视为现代审美世界实践的核心范畴。作为一种古老的文化现象，“审美”话语本体历来都是哲人们所推崇的最高人生境界，审美也被视为对人类所处困境的一种解救，确如伽达默尔所说：“文学艺术的使命便不再是对自然理想的表现——而是人在自然以及人类历史世界中的自我发现。”① 文化（文学）的发现并不是目的，发现的目的是要激励人们创造出一个审美世界，因为正如尼采所说：“只有作为一种审美现象，人生与世界才显得合情合理。”② 这种观念不仅存在于中国传统文化中，也存在于西方文化中。正是对审美境界的执着追求，中国传统文化才把人生最高境界定位在审美而不是宗教上。正像李泽厚在《中国古代思想史论》一书中所说的，“审美而不是宗教，成为中国哲学的最高目标”。③

根据朱立元主编《美学大辞典》（上海辞书出版社2010年版）的经典释义，新历史主义美学（aesthetics of new Historicism）的要义至少蕴涵以下要点。

诞生于20世纪80年代的英美文化和文学界的该批评形态系当代西方美学流派之一。代表人物有格林布莱特、怀特等。它是作为解构主义和形式主义的挑战力量而登场的。1982年，格林布莱特在《类型》杂志文艺复兴专号中打出了“新历史主义”的旗号，重新强调了为形式主义者所忽视的文学与社会历史因素的联系，强调注重艺术与人生、文本与历史、文学与权力话语的关系。

将形式与历史的传统母题加以重新整合，将历时性与共时性的研究方法统一起来，从而使文学批评告别解构的独标异说的差异游戏，向索解意义的可能性回归，从一定意义上讲，实现了文学研究话语模

① 洪汉鼎：《理解的真理：解读伽达默尔〈真理与方法〉》，山东人民出版社2003年版，第162页。

② 王岳川、周国平：《尼采文集——悲剧的诞生》，青海人民出版社1995年版，第111页。

③ 李泽厚：《中国古代思想史论》，人民出版社1986年版，第6页。

式的转型。它从西方马克思主义、解释学、接受理论、女权主义以及福科的思想中广泛吸取营养，从而铸成一种新的历史主义思路。在具体的实践中直面权力控制、社会压迫，揭示性别、种族、阶级、心理方面存在的对立和冲突，从而把文学批评导入一个更为宏大的文化空间，也使自身带有很强的政治性。

格林布莱特对文学艺术作品的理解与阐释惯常采取的手法是融文化解读方法与社会话语形式为一体的语境分析法（contextualist approaches），这源于他认为文艺作品并非“隐于朝市、丘樊的桃花源中人”，这些作品是“小隐在山林、大隐于市朝”的“中隐”于产生它们的社会文化语境中的。从传统阅读模式来看，读者的阅读视域一般是以一种审视者居高临下的挑剔眼光对一件乞求临幸的艺术作品给予施舍式的聚焦和关注。格林布莱特认为读者受体在进行阅读体验和审美阐释时悄无声息地经历着一场认识论意义上的转变，即正由传统的俯瞰审查式“思辨的理解”视域逐渐转变为积极投身到这种“复杂的、动态的文化力量”和自我力量互动、互构的“凝视的理解”视域中去。

格林布莱特试图重新挖掘一种新的文学批评观，以便能够更加能动、包容、娴熟地去分析文艺作品的显结构与社会文化语境之间的互文性关系，以及文艺作品的美学价值与作品内部潜在的现实内涵之间的隐喻性关系，去表现文艺作品的美学自律（aesthetic autonomism）隐结构与社会文化语境之间的对立统一状态。新历史主义美学主张跨越学科界限的研究，也在一定程度抹掉了文学与非文学之间的界线。因此，新历史主义美学更多地呈现出“文化诗学”的特色。但在对“历史”的界定与理解上，将历史理解为一种上层建筑领域的因素，甚至将历史“文本化”，否认了历史本身的客观性，认为任何历史都不过是从一个褊狭的主观角度所产生的关于历史的“叙述”而已，这种将历史“全盘文本化”的做法极易导致跌入历史“相对主义”的深渊。

二 “体验过的现实”

从人类精神科学的变迁史来看，人类大致存在两种精神文化的智慧：“一种是叙事学的智慧，一种是诗学的智慧”。作为凤毛麟角的兼具两种智慧基因的文学艺术形式，一直在西方精神文化舞台上扮演着极为重要的角色，每一次精神文化的变革都伴随着一场伟大的文学艺术的繁荣。诚如英国哲学家伯特兰·罗素（Bertrand Russell，1872—1970）所说，“精神上的枷锁一旦摆脱，在文化和艺术中便会表现出惊人的才华”。[①] 但西方文化视域中的文学艺术并没有走上前台承担起文化主导和轴心的角色和定位，也没有形成过体系化的审美解说和有意味的审美体验。自古以来，审美体验一直都被看成是取悦感性生命的体悟形式，却没能积淀为解说和诠释世界的一种理解方式和思维范式。投身于审美活动，反而疏离了活生生的生活实践和生命体验，人竟然无法体验到生存意义，建立起人生信念。

张岱年在《中国哲学大纲》中说，中国哲学有六个特点，其一是“重了悟而不重论证”，“体验久久，忽有所悟，以前许多疑难涣然消释，日常的经验乃得到贯通，如此即是有所得……直接的体会宇宙根本之道”。[②] 杜维明也说，体验是“直接证会天地万物的最后真实，也就是对本体自身的体会”，这种体知不能成为一般的科学知识，“但

① ［英］伯特兰·罗素：《西方哲学史》（下卷），马元德译，商务印书馆1976年版，第217页。

② 邓晓芒：《中西文化视域中真善美的哲思》，黑龙江人民出版社2004年版，第326页。

却和人文学有不可分割的关系。的确，道德实践、宗教体验和艺术鉴赏之知都和自知之明的体结上了血缘”。[①] 构成中国古代哲学和诗学思想特色的，更在于体验理论。作为一种基本的、主要的思维方式，“体验”行为是内向的心理活动，是通过向内而最终在更高层次上感悟外在世界，力图把握宇宙和人生、把握最高本体的思维活动方式和心理活动方式。

顾名思义，体验一词的中文意思是“以身体之，以心验之”，它强调的是对某一种生活、生命经历的感受性。具体来说，体验，有以本体为对象和目标的体验，有以自我为对象和目标的体验，有“静观”即解除束缚、呈露自然真心的体验，有“内讼”即道德省察的体验，前者是道家和佛家的体验，后者是儒家的体验。儒家常把体验叫作“尽己”，它对于艺术家的思维方式，尤其对于后来小说、戏剧创作心理的研究，给出了理论的前提和基础。文学创作的本质就是体验，文学作品就是作家对现实感受、体验后形成的情感凝结物，是作家象征化（symbolisation）的文化碎片和“体验过的现实”（布洛赫语）。

如上所述，文艺创作中的体验是人的日常生活体验的一种延伸和升华，它是对现实的一种审美性体验，更多强调一种审美感受性，不侧重于认知性。而文艺批评所说的体验则是一种认知性的，它强调对文艺文本的认知性体验。正像韦勒克和沃伦所阐释的，“文艺创作的经验对于一个文艺研究者来说固然是有用的，但他的职责毕竟与作者完全不同。研究者必须将他的文艺经验转化成理智的形式，并且只有将它同化成首尾一贯的合理的体系，它才能成为一种知识”。[②] 前者

① 邓晓芒：《中西文化视域中真善美的哲思》，黑龙江人民出版社2004年版，第326页。
② 章启群：《意义的本体论》，上海译文出版社2002年版，第162页。

更多的是强调感受和体味，而后者更侧重于强调一种理智和认知。正是因为创作主体在创作中对社会人生的体验歧异，才创造出来迥异其趣的价值形态，形成了文学创作中的“百花齐放”的复调景观；同时也正是因为评论者在阅读过程中对待文学作品的态度殊异，才产生出互不相同的意义阐释，形成了文学评论中的“百家争鸣”的杂语喧哗。

三　“诗与思”的家园

而现代西方哲学家却对审美体验有了新的理解，这在于他们意识到，传统的逻辑思维过程实质也是一种对感性世界的剥落过程，经过逻辑抽象，丰富的感性世界被剥落得只剩下一副机械骨架。在这冰冷、死寂的世界里，感性的人反倒无处安身立命。既然科学和宗教都无法建立起生存信念，就必须寻求一种新的信念取而代之，寻找的结果是：文学艺术超越了取悦感性生命的单一取向，选择了新的精神进向，它代替科学和宗教担负起重塑社会信仰、医治意识堕落的重责。正如科林伍德所言，“艺术是社会的药剂，它医治最严重的精神疾病——意识的堕落”。受这种充分教义和重建信仰观念支配的现代西方文学艺术，已不满足于为审美观照提供某种范本，它要直逼本体论和认识论，通过审美体验为人提供一种存在方式和认知图式。在海德格尔的理念里，“‘言说’是某种事物意义的光芒的投射。诗就是发现和投射的言说”。诗成为人类生存的文化整体意义层面的一种文本叙事和“情结”阐释，表达人类生存和赓续的文化意义和愿景价值。世界作为一种文本存在，文化作为人类的精神存在状态，以一种“文学化”的诗意方式，表达着人类生存和赓续的内在意蕴。这种诗学观是一种关于人的生存的新的文化观念，是一种诗的文化学理念。这也是格氏文化诗学的核心理念所在。

审美思维摆脱了“只能传达某种神秘感受”的恶名，代替逻辑成为真正能揭示“在”“此在”的思维方式。海德格尔指出，“真正能揭示‘在’的真理的思维是诗意的思维，现代技术把人赶出了‘诗与思的家园’，人要返回诗与思的家园就必须凭借诗意思维”。从本源意义上来看，美是“对象化了的情感”（objectified emotion），这是美的本质的现象学定义（phenomenological definition），这一情感形态的具体表现形式一般有“作为自我意识（Self - consciousness）的情感”“作为情感的美感（sense of beauty）”和“作为美感的情调（sentiment）”三种。艺术则是“情感的对象化（objectization）”，它的最普遍、最贴近“人学”的方式就是文学和诗。诗是语言的起源，语言的本质是隐喻，语言作为“存在之家”，既是思，又是诗。文学是最直接表达了艺术本质的一门艺术，用中国传统美学的术语来表达，文学是作者把自己的情感寄托在“景语”之上以便传达的“情语”。

柏格森也说，唯有艺术才有助于消除我们和生活世界“实在”之间的障碍，帮助我们揭开那“垂在文化现实与我们”“我们和我们的社会意识”之间的帷幕，从而发展隐藏在帷幕后的深刻的社会存在。审美成为唯一真正能揭示“社会存在”的思维，这预示着现代西方文学艺术和哲学已经结盟，它不再致力于为审美观照提供范本，而是和哲学有着同一的目标：逼问“社会存在”的本质，揭示“社会存在”的意义。文学艺术的审美属性逐渐为哲理属性所取代。胡塞尔的弟子、现象学美学代表人物罗曼·英伽登（Roman Ingarden，1939—1970）在《文学的艺术作品》（Works of Art）一文中就曾提出，“文学的艺术作品是一种复调和声结构，它包括声音、意义、再现的客体与图式化观相四个层次，每一个层次都有其自身的审美价值，但最高的审美价值质素是贯穿于整个作品的形而上学性质（metaphysical qualities），即‘哲学与伦理性质’”。①

诗性之美君临一切，诗学与哲学殊途同归，在本源性层面上握手言欢。所以至今仍有一种耳熟能详的观点还没有完全丧失其理论价值，这就是所谓“文学即人学”（Literature is the humanities），耕耘在“人的生活世界和社会存在”土壤上的本体之株绽放出诗性之美、生命之光。诗具有了本体属性，审美观念的传统规定也大为改观，诗人和哲学家开始交换场地和位置。先后兴起的现代主义文学和后现代主义文学就都开始解答本该由哲学解答的课题。前者致力于解决认识论，后者致力于回答本体论。此种情形正像分析哲学的主要批判者、新实用主义的重要代表人物理查·罗蒂（Richard Mckay Rorty，1931—）在《哲学和自然之镜》（Philosophy and the Mirror of Nature）中所言，“我认为，在今日英美国家就其主要文化功能而言，已被文学批评所取代”。②

四　“文化诗学自觉”论

我们可以这么说，不是文学产生于语言，而是语言产生于文学，文学本身就是“诗化了的诗”。诗的本质就是人的本质力量的对象化和形象化，而“文学即人学”这一被人们肤浅化了的命题在这里就得到了最深刻的注释。诚如邓晓芒在《文学的现象学本体论》中所指出的，“人是诗性的动物，因为语言的本质（the nature of language）就

---

① ［波兰］罗曼·英伽登：《文学的艺术作品》，转引自金元浦《大美无言》，海天出版社1999年版，第114页。

② ［美］理查·罗蒂：《哲学和自然之镜》，李幼蒸译，生活·读书·新知三联书店1987年版，第238页。

是诗，而文学性或者诗性是审美和艺术中最具本质意义的内容”[①]。夯实在审美意识和审美思维的本体之维和实存之基上，我们翘首期待的文学意味之阐释图景似可模拟、审美为——真正的文化诗学批评形态应当以文学样态与阐释学的互融互动为根基，显现为超越“情结”评判，创设以人之“多声部”生存境遇为底蕴的“情境”文学批评观。

当今，怎样整合中外文论的有效资源来构建一种新型文化诗学仿佛永远是一个日炒日新的热门话题。社会人类学家费孝通先生提出了一般意义上的“文化自觉”（cultural consciousness）论，“文化自觉只是指生活在一定文化中的人对其文化有‘自知之明’，明白它的来历，形成过程，所具的特色和它发展的趋向，不带任何‘文化回归’的意思”[②]（《费孝通论文化自觉》）。它对于指导我们的文化诗学思考与研究同样具有方法论意义和认识论价值，套用一下，不妨称之为“文化诗学自觉”论。只有先认清自我，有了“自知之明”，才能在多元复杂的世界文化中确立自己的位置，实现异质文化间的互补、互识、互证。比较的文学研究方法就是着眼于对当事双方认识上的同一性和差异性的探究和评析，并最终求得融通。说到底，诗学比较研究就是文化比较研究，是两种文化形态或者多种文化形态的比较研究。文艺理论、文艺观念的比较研究，内在的要求把握和“解码”更加全面的文化代码。如果研究者对文艺作品的文化背景一知半解，甚至不屑一顾，外围知识贫乏，比较诗学（comparative poetics）就成了“无源之水、无本之木”，势必难以为继。

从学术整体架构方面来说，比较诗学可以说是文化诗学的理论基

---

① 邓晓芒：《文学的现象学本体论》，《浙江大学学报》（人文社会科学版）2009 年第 1 期。

② 费宗惠、张荣华：《费孝通论文化自觉》，内蒙古人民出版社 2009 年版，第 135 页。

础，只有在广泛而深刻的诗学比较的基础上才能构建厚重丰富的文化诗学。中西诗学有必要首先立定自己的脚跟，在寻求尽速摆脱困境的方式的同时，有选择地从对方的文论系统中汲取营养或可资利用的成分，与自己文论中的映射部分加以重新熔铸，矗立起自己的批评大厦和文化特质，以期中西双方求得和谐共存，进而促进世界性文化的繁荣与丰富。童庆炳教授在《中西比较诗学体系》的“后记”里写道：“继五四之后，中西两种文艺思想的再次交汇、碰撞是历史的必然，而在这种交汇、碰撞中我们要作出什么样的抉择，就是时代向我们提出的一个迫切而困难的问题。为了回答这个问题，我们就必须对中国和西方的、在完全不同文化背景下产生的两种异中有同、同中有异的诗学进行比较研究。只有在比较中，祖国传统诗学的精华才会显露出来，我们才会认识到抛弃传统照搬西方是不明智的……中西对话、古今对话是实现新的形态的文艺理论建设的基本途径。”① 诚哉斯言！中西诗学包容内敛而又吸纳新知，它们互尊互谅、携手共进为审美的诗学观在当代理论形态中的跨越式发展提供了标尺与助力，业已完善成了一种最新的当代诗性审美形态。

① 黄药眠、童庆炳主编：《中西比较诗学体系》，人民文学出版社 1991 年版，《后记》篇。

第四章 “自我塑型”论

新历史主义文化诗学的勃兴是出于对新批评等形式主义批评的厌倦和反拨。格林布莱特“文本诠释”理论着力将文学文本放在产生它的特定语境中加以解读和阐发，同时也秉有诠释者的当代身份。非文学文本也可视为社会文化符号系统的一部分，对非文学文本审美性的关注和诠释激活了人们的文化感觉和内在认识。正如蒙特洛斯所说，“我们的分析和我们的理解，必然是以我们自己特定的历史、社会和学术现状为出发点的；我们所重构的历史（histories），都是我们这些作为历史的人的批评家所作的文本结构”①（《宣称文艺复兴：文化诗学与政治》）。在这种理论情势下，以“自我塑型”论为核心范畴的新“文本诠释”观的形成和理论反响，意味着互文性（intertextuality）、跨学科（interdisciplinary）、多领域（Multi－domain）的批评“话语”体系的夯实已经成为一种理论需求和鲜活现实。

格林布莱特一再申明，“自我塑型”是在“自我”力量与社会文化等他者“客我”力量互动竞技的“历史合力”中完成的，它是

① L. A. Montrose，“*The Poetics and Politics of Culture*”，*The New Historicism*，p. 15.

一个自我与客我外力复杂互动的过程，互有轩轾，难分伯仲。“自我”是文化塑型的产物、历史叙事的产物，同时“自我”也参与了文化与历史的双向建构。根据福柯“微观权力物理学”的经典释义，权力关系渗透到了社会结构的各个层面。格氏深受福柯“话语与权力”论的影响，直接将文化事象视为权力话语网络的一部分，通过风俗习惯、传统思维等基本装置对当事个体进行发号施令，个体“应诏”行事。而作为文化事象与语言形式中的一朵奇葩的文学样态，能动地反映了个体与约束自己的权力话语之间的互动关系。在时间维度的文化即历史形态和空间维度的文化即生活世界的共同摄控下，“自我”的塑型力量形成了一种多重复杂的、充满种种潜在社会能量的富有张力的“关系网络”，其中的权力形式更是渗透到了社会结构的各个层面。

在“自我塑型”实践论视域的观照下，文学是在由政治、历史、文化、经济等等构成的宏大的社会舞台中形成的特殊的复杂精神活动。文学与文化、文学与历史都是一种相互塑型的架构关系，“历史”不再是一种精确存在的背景（background），相反所有的历史都是前景（foreground）。历史从幕后登临了前台现场，成了整部人类戏剧的又一个霓裳惊鸿的“在场主角”。新历史主义的文学批评不同意把历史仅仅看成是文学的“背景”或“反映对象”，它认为文学与形成文学的背景或它的反映对象之间是一种相互影响、相互塑造的关系；它不仅把历史和文学都看成是“文本性”的，而且认为历史和文学都是一种“作用力场，是不同意见和兴趣的交锋场所，是传统和反传统势力发生碰撞的地方”。正如格林布莱特在《英国文艺复兴的权力形式》（*The Power of Forms in the English Renaissance*）中一再申明的，“最近的批评（新历史主义）不那么致力于建立文学作品的有机整体，而更愿意把这些作品看作力量场，不同政见和不断变化的利益的场所，正统和颠覆冲动冲撞的场景……文艺复兴时期的文学作品不再被视为独立于其他所有表达形式、包含自身确定意义的一套文本……这部文集代表的批评实践挑战那些确保‘文学前景’与‘政治背景’之间、艺术生产与其他种类的社会生产之间安全区分的假设”。①

文学是在由政治、历史、文化、经济等构成的宏大的社会舞台中形成的特殊的复杂精神活动。格氏曾在《什么是文学史》（*History of Literature*）一文中明晰地揭示了作为一种“特殊的文化的人造物”的文学参与现实生命活动的杂多性和塑型性。文学首先是一种生命存在呈现的方式，里面浸透着关于政治、历史、文化、经济等多重质素，难怪说过“一切历史都是思想史”这句名言的柯林伍德（Collingwood）啧啧赞叹，“一本书就是一个人的命运”②。这句话形象、直观地展现出文学与生命自我塑型活动的血脉关联。通过文学，作者个体与他身处的时代之间完成了一种相互塑型。这样，文学裹挟着社会权力话语、个体情志特征等多种文化信息的“通货”，经由读者受众的把玩指认，再次“流回”社会生活世界，它不断地流通，持续着涌流不息的塑型作用。文化诗学洞悉了文学与社会文化生活的动态辩证关系，即文学和历史都处于布鲁姆所激赏的“焦虑的六重修正比式解读”进程中，它们始终在相濡以沫和交互塑型中生成着，可以说是真正坚持了一种流动的、实践的文学观和历史观。

① Stephen Greenblatt, *The Power of Forms in the English Renaissance*, Norman: Pilgrim Books, 1982, pp. 5 – 6.

② 转引自傅洁琳《文学艺术与社会生活的“流通”与“交易”》，《理论学刊》2008年第2期。

第一节 “历史记忆”的文化塑造

文化景观是世界本体的一种隐喻性表征和象征性再现，是人类生存和发展的寓言性表达。人类文化生生不息的血脉中，存在和奔突着人类生存的“塑型”渊源和诗性品质。但从20世纪初以来，人类社会费尽周折建立的人文价值观念大都异化和失落了，自我、社会、传统、信仰等固若金汤的普世价值似乎转瞬间消散了，人们浮萍一般漂泊流浪，无暇或无力追索“人为何物、魂归何处”这样的精神世界问题。叶芝（Yeats）惊呼：“一切都四散了，再也保不住中心。”① 在此情势下，人们的精神世界总是在虚无和混沌状态中挣扎着、奔突着，诗与文学于是乎就随喜成为思想者焦虑而纷乱的灵魂皈依之所，现代主义社会思潮由此得以蔚为大观。这种壮阔景观是将文学艺术创作看成一种在世的行为方式和理解世界的运思方式。从某种意义上来说，文学艺术就是一种“文化塑型”的自由表达和形象化。文学艺术既可以充当逃避人生枯寂无聊境况的渊薮，又可以是一种对苦痛现实人生的诗性表达。在这样的文化生存境遇里，文学艺术与人的生命存在更加紧密珠联在一起。这一历史分期的文学艺术在不经意间就将人类学的、宗教的、历史的、哲学的等学科范畴融会聚集在一起，整体性地展现了在虚无与生存的恐惧中无奈的挣扎和无力的抗争的精神文化状貌。

---

① 转引自孙彩霞《叶芝〈基督重临〉的基督教思想》，《韶关学院学报》2007年第8期。

格林布莱特对于文化的界说来源于威廉斯的文化唯物论和格尔兹的文化人类学观点，这里，文化成了符号化世界的表征途径和集体经验的意义阐释。文化概念的介入极大地扩展了新历史主义文化诗学所引导的“历史转向”的理论意义，“以新的视野来看待新历史主义，而不是将它作为一种文学历史化和历史文本化的实践，而是将它作为这样一种实践：将文化阐释成一个自足的符号系统，将任何现实和历史的观念都看成这个符号系统的结果并完全由表述所决定”。[①] 至此，文化阐释赢得了“王者归来”君临一切的超霸话语权，一切“文化解读”从这里出发，最终一切“历史记忆”又都归宿到这里。面对当代学术研究日益专门化和批评话语的个性化的现状，或许正如余英时先生所言，“如果大家要找一个超越的领域进行沟通和对话，文化是唯一可能的选择”。[②] 正是选择“文化释义与历史叙述”作为自身理论言说的基点和起点，格林布莱特最终确定了新历史主义的文化诗学批评观。

一　时间维度的文化世界

人作为文化的诗意存在和历史记忆，“文化世界”就是这种文化存在和“记忆”造型的最生动呈现。借用马克思的话说，文化世界是“一本打开了的关于人的本质力量的书，是感性地摆在我们面前的人的心理学”。[③] 这里的“文化”是与历史、生活、情感和心理具有同样意义的轴心概念，“文化是历史地凝结成的稳定的生存方式，其核

---

① Stephen Greenblatt, “*Culture*”, *in Critical Terms for Literary Study*, Chicago: The University of Chicago Press, 1990, p. 32.

② 余英时：《钱穆与中国文化》，上海远东出版社 1994 年版，第 137 页。

③ 蒋孔阳主编：《二十世纪西方美学名著选》上卷，复旦大学出版社 1988 年版，第 10 页。

心是人自觉不自觉地建构起来的人之形象。文化像血脉一样，熔铸在总体性文明的各个层面中，以及人的内在规定性之中，自发地左右着人的各种生存活动。文化所代表的生存方式总是特定时代、特定民族、特定地域中占主导地位的生存模式，它通常或以自发的文化模式或以自觉的文化精神的方式存在”。[①] 在“历史记忆——时间维度的文化世界”这一内蕴的基础之上，“文化哲学”意味着对内在于“生活世界”之中的人类文化精神或人类文化模式的探究。由于“文化事象”及形式的多样性，对于文化哲学及其表征形态的追寻和理解也必然是丰富多彩的，这就直接达至“文化塑型”的丰赡内蕴始终定格在“正在进行时”时态。

而实际上，文化塑造的进程是多样的，或言之，文化是多模式的，各区域、各民族文化在其构塑过程中会形成多种塑型模式。各种文化模式间只有内容上的差别，每一种文化模式都是文化主体——人为适应其特定的环境而创造的，并将随着环境和时代的变化而发展变化。在判定一种文化的优劣时须采取一种实证的态度，以多元观念来评价文化的塑造与发展问题。正像文化相对论所认为的，任何一种文化最独特的一面必须以实地经验来判断，每个文化的独特之处都不会相同，而且每个人都会根据其自身的背景、阅历的构架及社会规范来解释其经验，而那些因素也影响观感和评价。博阿兹（Franz Boaz）就指出：“只有我们能够在每种文化自身的基础上深入每种文化；只有我们深入研究每个民族的理想，并把在人类各个部分发现的文化价值列入我们总的客观研究范围，客观的、严格科学的研究才有可能。”基于这种思想，博阿兹提出：“文化人类学的任务就是如实地、确切

① 衣俊卿：《文化哲学》，云南人民出版社2001年版，第214页。

地和完整地描述每个民族的文化，不应屈从于有关它的过去的那些不可靠的假说，无需构造什么文化类型学，尤其不要被各种抽象的‘投机’所诱惑”。① 而作为在文化人类学肌体中贯通顺畅的“文化造型”循环系统，无时无刻不在发挥着上下流贯、左右交通的“主动脉”枢纽作用。

二　空间维度的文化世界

依凭伽达默尔的界说，“‘文化世界’是指一种最内在地理解的、最深层地共有的、由我们所有人分享的信念、价值、习俗，是构成我们生活体系的一切概念细节之总和”。② 人与历史（时间状态中的文化）之间的关系有两个层次：一是历史向人敞开，使人生活在一个历史开放的时空中，构成现实的历史这一知识的地图，在价值取向上体现为事实评判；二是人向历史敞开，使历史变成开放的、非封闭的、形成想象的历史这一想象的地图，在价值取向上体现为理念评判。这种对话的逻辑构成阐释者与文本之间有趣的交流。将事实评判与理念评判统一起来，在事实上终结了二元分裂向一元论的自觉缝合的过渡进程。

特定文化系统的现实主义论者作为全知全能的叙述者盘踞在思维坐标的中轴线上，将自身的要素颗粒投影在形而上道者和形而下器者两条坐标轴上，只有在这两个向度的投影里，特定的文化阐释者才能确认自身的存在。规划思维空间的坐标轴，在坐标轴上设定

① ［美］E. 哈奇：《人与文化的理论》，黄应贵等编译，黑龙江教育出版社 1988 年版，第 56 页。

② 洪汉鼎：《理解的真理：解读伽达默尔〈真理与方法〉》，山东人民出版社 2003 年版，第 162 页。

肯定与否定抑或时间与空间两个向度，可以发现一道明晰有致的曲线：立定在纪实与虚构坐标系统的零点，坐标轴分别在想象之维和知识之维上无限延展；倘若确立某个视点的方位，必须锁定其在两维的确切值，一个天上，一个地上，将自身分别投影在两个极端之间的区域中。

道者和器者，两者都属于特定社会文化中异在的、超越性的空间，处于该文化的现实环境之外，与文化现实构成一种关系，文化现实在这个他者空间中认同自身的意义。所不同的是，道者是没有真实地点的地方，它现身于对社会的真实空间的想象与创造之中，恍若看不见的城市；然而，器者却不同了，它既是一个超越之地，又是一个现实的地方，恰似真实的城市。在道者与器者并联的他者的投影定位中，特定文化系统的复调景观在“时空转换”和“幻象架构”（Fantasy－construction）中获得了又一身份，成为这一系列历史（时间状态中的文化）事件的主角和见证，体面地恢复了其真正的城市（空间状态中的文化）的角色和形象。

（一）他者向诉者敞开，使诉者生活在一个他者闭锁的时空中，形成他者空间。可纪实为叙述现实的文化存在和“记忆”造型，即讲述知识的地图。

先定观念成为预设性事实评判的基本前提之一。他者将诉者（替代性自我）置于历史实践的情境中，重新建构其必然性、普遍性，以理性的力量建立人间秩序，应答“是”“必然”“现实”以及“解释”的问题。帕斯卡尔（Pascal，1623—1662）在《沉思录》中有一段著名的话：“……大群人戴着锁链，他们每个人都被判处了死刑。每天，其中一些人眼看着另外一些人被处死，留下来的人从他们同类的状况，看到了自己的状况，痛苦而绝望地互相对视着……这就是人的状况的图景。”① 历史原型的开放程度取决于我们对历史的认识和了解水平，或者说我们自身的历史制约着我们对历史的认识和了解。我们自身的现实或者说与现实的关系制约着对现实的理解和想象。描述知识的地图，更多的关注实存的空间这一真正的城市（地理符号），凸显一种历史逻辑的羁束状态和人的既存状况。这一“文化地理学转向”，显明有了新的思维方式，开辟了新的领域，从而产生了“文化地图”新概念。

在不同时代，人们对中国的印象可能完全相左，即便在同一时代，也可能存在着两种截然不同的中国形象。只不过一种处于显现形态，另一种则处于潜伏状态而已。“对这些美国人来讲，中国人的形象在很大程度上趋于以相互对立的两方面出现。这些和其他许多对立面反复出现。随时间和地点的不同，其强度和来源往往混淆在一起。不断变化着的环境就像是移动的光线，被这束光线照射到的某一方面就会清晰地被我们所看到……”② 在实证地理和文化地理针锋相对的对决层面上，城市（精英群落的集散地）与民间（愚昧部落的聚居地）的明晰分野昭然若揭，这是一种彻底的历史的普遍分裂。二元对立却又密合无间的统一在具象的社会形态模块中。历史的现实境况将一切纷争和矛盾剪辑得静如止水，必然融化为天然，历史活在现实的心中。一切就这么着，现实仍在历史着。这条不确定性的摇摆曲线非但没有背离这一历史趋赴，反而正是客观规律性所向披靡、君临一切的集中体现和不争明证。

（二）诉者向他者敞开，使他者置入开放的、非封闭的语境中，形成自我空间。可虚构为自述想象的文化存在和“记忆”造型，即自

① ［法］帕斯卡尔：《沉思录》，何兆武译，湖南人民出版社 2007 年版，第 17 页。
② 周宁：《在西方现代性想象中研究中国形象》，《南京大学学报》2008 年第 3 期。

由地述说想象的地图。遵从美国文化地理学家怀特之想象地理学的释义，在人们的“文化造型”中，既有一张知识的地图，又有一张想象的地图。被英国艺术史家肯尼思·克拉克（Kenneth Clark）形容为“自拉斯金（Ruskin）以来影响趣味的第一人……如果说趣味可以因一人而改变，那么这个人便是罗杰·弗莱”的英国形式主义美学代表人物罗杰·弗莱（Roger Fry），在他的代表作《论审美》（*An Essay in Aesthetics*，1909）一文中指出，“人能过现实与想象的双重生活。在想象或静观生活（imaginative/contemplative life）中，人的整个意识都可超越现实功利而集中于生活体验的知觉与情感方面，艺术就是人的想象生活的表现”。[①] 这一思想对同期的俄国文学大师舍斯托夫最终形成他的“凝视的理解”（contemplative understanding）文论观念产生了振聋发聩的深远影响。另外，弗莱的“造型”（plastic）、“结构元素”“形象塑造”（illustration）、“变形”“心理体积”“总体性方法”“绘画的双重性质”和“讲故事”（telling a story）等一系列艺术观念对后来的格林布莱特的“自我塑造”论等众多文艺思潮都有着不可估量的积极影响。

人通过想象升达到审美世界也就是对现实的超越。想象的地图是不同民族文化与个体根据自身的欲望、恐惧、爱与焦虑等情感构筑的世界图景和幻象架构。循此推演，出现在知识地图上的中国，由特定的自然地理信息划定；而出现在想象地图上的文化中国，比知识地图上的中国，历史更加久远。构思想象的文化地图，以启示的力量创造人间信念，回响“应该”“自由”“可能”以及“理解”的问题。追索他怀想的足迹，更多的关注历史意蕴这一看不见的城市（文化符

① ［英］罗杰·弗莱：《论审美》，摘自罗杰·弗莱《艺术与设计》，易英译，江苏教育出版社2005年版，第193页。

号)，彰显一种人的解放状态和理念评判姿态。

（三）诉者以个性的语言描绘世界图景，释放想象幻象之二象性来确证自身的“诗性”存在；换言之，以诉者为中心，他者日趋处于边缘化状态。

一个世纪，世道沧桑，西方视域中的中国文化形象永远在重复着那两个原型——天上街市（道者）或人间地狱（器者）。在那部离奇瑰丽的小说《隐形的城市》中，我们与前引的那条别致的不确定性曲线再度他乡遇故知。马可·波罗告诉大汗，比希巴人传说有两个作为比希巴城自身的投影的城市，一个在天上，一个在地下，在悬在天上的那个比希巴的投影之城中，有“最崇高的德行与情感”，而地底下另一个比希巴，则是“一切低劣无用的事物的贮藏所”，一个丑陋可怕的地狱。西方视点的中国形象，就是西方景况“自身的投影”。美好的中国形象中寄寓着他们顶礼膜拜的“最崇高的德行与情感”，而邪恶的中国形象中，则堆积“一切低劣无用的事物”……卡尔维诺的小说试图说明一个天荒地老的、令人失望也令人清醒的道理：“可能比外在的现实更重要的是我们主观投射的幻影；我们表现这些幻象，通过这些幻象感知现实并感知幻象自身。我们就是我们的幻象；世界也是我们的幻象。这个封闭的系统既令人欣慰，又令人绝望”①。这里的“可能”比“现实”还要沉重，也更有力。

三　文化造型

从文化心理层面来看，“代表着罗曼史、异国情调、美丽风景、难忘的回忆、非凡的经历”的文化中国，一直是欧洲人借以逃离欧洲

---

① 周宁：《在西方现代性想象中研究中国形象》，《南京大学学报》2008 年第 3 期。

的理想国，或许真的应验了莎士比亚的那句呓语“世界是由梦幻的质料构成的”①。西方的中国“文化造型”代表的并不是实证地理中一个现实国度，而是想象地图上的一个文化他者（意象），都是西方视点的他者形象，都是西方文化系统自身的投影。当然，作为文化他者的中国幻象架构，也并不是无关紧要的。因为我们的世界与我们自己，都是由梦幻的质料构成的。一种大众舆论间流传的中国文化造型，可能影响到国家的治国方略、施政策略，也影响到我们这个可爱可怕、可笑可悲的世界。领悟到这一点，“既令人欣慰，又令人绝望”。

中国“文化造型”，美好或邪恶，令人敬慕同情或令人恐怖仇恨，最终还是一个幻象，一个他者的幻象。但是，令人遗憾的是，世界的真实和整合也就是透过这一幻象的只鳞片爪连缀的。理性萎缩，悟性飙升，人多在世纪的迷梦中行吟走笔，从一种幻象到另一种幻象。而在《隐形的城市》中，忽必烈与马可·波罗最后是这样对话的：忽必烈（诉者）：“你（诉者）回到西方以后，会对你的同胞（他者）讲述你告诉我的故事吗?”马可·波罗（他者）：“我（诉者）不断地讲述，但是，听众（他者）只会听到他所期待的话语。主控了故事的不是声音，而是耳朵。”②

“耳朵”明确的隐喻或象征着听者（受众）的角色意识，或者说悟性的语境，字面上的理解便是语言的丰盈内涵（语感）孕于环境之中。操控故事（或者说言说内容）的不是言说方式（形式），而是言说的环境，即“听者”（他者）是谁，其状况如何；“诉者”（自我）又是谁，其状态若何。面对特定的言语共同体，二者切磋砥砺，确定性、不确定性（歧义）两宫同台听政。这绝非一般意义上的“会听的

① 周宁：《在西方现代性想象中研究中国形象》，《南京大学学报》2008年第3期。
② 同上。

耳朵”掌控一切，君临天下。对诉者来说，自身之外的要素均为他者，是为自身存在的背景。他者包容着诉者，诉者变异着他者。诉者存在于对他者的想象与创造之中，诉者形象的生成、拓展均源自对他者的解读，或肯定或否定，或理解或误读。尖锐成角度的两个向度，达成有趣的锋面，语词霏霏，绵延不绝。这似乎又应验了那句老话“仁者见仁，智者见智”或称千面哈姆雷特。

面对纷纭杂沓的素材，操持怎样的叙事规则和阐释策略，剔抉怎样的理解套路，话语系统的配套至关重要。这里强调理解与叙事的双向性，并非只是一个纯技术上的问题。因为任何理解都必然是通过理解的主体（诉者）与被理解的客体（话语系统）之间的良性互动与精诚合作才能达成，理解主体与被理解客体的存在境况是构成“理解”的必要条件。事件的主题耸立在素材之基上，最终声音（内蕴的要素颗粒）控制耳朵（扬声器），还原耳朵的听力职能，复原声音的主管功能。声音才是我们最需要的，发出我们自己的声音，或单调或复调，以期拥有自身的一套开放的话语系统和文化认同策略。

第二节　“文化景观”的生活形塑与哲学表达

“文化哲学”成为一个专门的研究领域、成为一个学科，是在西学东渐的潮流中发生的，躬逢其盛，作为文化哲学的核心表征对象的文化文本及其联合体（文化作品）也就应运而生了。冯友兰先生在他的《中国哲学史》的绪论中讲：“哲学本一西洋名词，今欲讲中国哲学史，其主要工作之一，即就中国历史上各种学问中，将其可以西洋所谓哲学名之者，选出而叙述之。”[①] 金岳霖先生当时评论说，冯友兰是“把中国的哲学当作发现于中国的哲学”“以中国哲学史为在中国的哲学史”。[②] 借用一下，倘若把美国文化诗学当作发现于美国的文化诗学，以美国文化诗学史为在美国的文化诗学史，那么从本源上来看，文化诗学批评理论与哲学形态，尤其是文化哲学在思想基础、诗性渊源和思维方式等多重理论资源上一脉相承、血脉勾连。用海德格尔的话说，“人类此在在其根基上就是‘诗意的’”“诗乃是对存在和万物之本质的创建性命名”。[③] 这个意义上的文化诗学，其实已经是哲学。海德格尔自己的哲学，就是一种诗学的（文化）哲学。诗的高境界、文学艺术的高境界和哲学的高境界是彼此重叠、彼此融合的，人生的高境界是诗与哲学的结合。对应于诗的丰赡蕴含，诗学也就具有了不同的几层内涵。一是对诗歌的写作技巧的研究；二是指文化理论或文学艺术理论；三是指人类对精神家园的寻求，是诗意的、诗化的哲学。

亚里士多德在《形而上学》中说过一句名言：“哲学缘起于对外部世界的惊奇”。[④] 狄尔泰（Dilthey）写道：“永不熄灭的形而上学的动力是想解决世界和生活之谜。”[⑤] 对世界的惊奇和敬畏恰恰就是一种哲学关怀，探究哲学首先需要一种问题意识。倘若一个人在“我注六经”阅读文本时从未产生过“六经注我”的疑问，那么他就不可能在

① 冯友兰：《中国哲学史》，华东师范大学出版社 2000 年版，第 236 页。

② 金岳霖：《金岳霖回忆录》，北京大学出版社 2011 年版，第 147 页。

③ ［德］海德格尔：《人，诗意地栖居》，郜元宝译，上海远东出版社 2004 年版，第 136 页。

④ ［古希腊］亚里士多德：《形而上学》，吴寿彭译，商务印书馆 1959 年版，第 3 页。

⑤ 转引自俞吾金《哲学的困惑和魅力——俞吾金教授在华中科技大学的讲演》（节选），《文汇报》2005 年 1 月。

哲学探究的任何一个领域提出原创性思想。罗素（Russell）在《哲学问题》中如是直抒，“哲学家思考的都是一些深奥问题，如果你要解决他们的问题，那就要用比他们更荒谬的方式来思考和解答问题”。[①]由是观之，哲学探寻与问题之间，或哲学探寻与我们的困惑之间，始终存在着千丝万缕的勾连。

维柯的《新科学》采用人类学视角将人类的一切活动看成一个有机的文化整体来解读和分析，这种整体性文化观后来奠定了格林布莱特文化诗学批评观的方法论基础。其中，在格林布莱特的传记文学与文学批评著作里充斥着对逸闻轶事、历史档案的“田野调查”和对风土人情、风俗习惯、风尚信仰等文化事件的透视和描绘，所有这些人文现象都是人类整体“文化世界”和“文本联合体”结构中的网络布点。一种倡导文本交互阐发和学科跨界互融的思维方式和思想路线由此蔚成风气，大行于世。

美国文化地理学家弗·杰姆逊的新著《地理政治美学：世界体系中的电影和空间》（*The Geopolitical Aesthetic*）就是从跨文化与跨学科的角度，用“双向诠释”的方法来讨论两个世界电影叙述的功能和意义冲突的。著名跨文化理论家翁贝尔托·埃科（Umberto Eco）在北京大学发表演说时提出：“了解别人并非意味着去证明他们和我们相似，而是要去理解并尊重他们与我们的差异。人们发现的差别越多，能够承认的差别越多，就能生活得更好，就能更好地相聚在一种相互理解的范围之中。”[②] 这就从根本上撼动和瓦解了西方文化中心论（west - centered thought）的基石。

---

① 转引自俞吾金《哲学的困惑和魅力——俞吾金教授在华中科技大学的讲演》（节选），《文汇报》2005年1月。

② 转引自乐黛云《诠释学与比较文学的发展》，《求索》2003年第1期。

一 “文化景观”的生活形塑

“文化”概念被公认是一个舶来品。在英文中“culture”一语的一个原始意义是耕作，后来引喻为对心智的培养。在我国古代，“文”与“化”分开使用。“文，错画也。象交文。……化，教行也。”①（许慎《说文解字》）当两个字合用时，是文治教化的意思。由此可以说明“文化”较为原始的一种含义，即“文化”是“人化”的过程，应理解为人的存在的展开，理解为人不断的“文化”自己。人类正是以创造各种文化成果的方式在现实中“文化”了自己。

文化是我们日常生活的一部分，事实上，文化的精义就是赋予生命以意义的事物。将“文化殊相”视为一整套的思想观念和价值观念，它们使不同的生活方式和存在形式产生了形而上的意义和形而下的价值，生活中那些物质的形式和具有象征性的形式产生于这些思想观念和价值观念。我们所寻求的并不是对“文化殊相”的终极图景和意义确定性的裁决和认定，而恰恰相反，在追索与理解文化杂多景观的回环往复中，问题的真正要害和本质就在其不确定性。“理解”始终是一个对话和交流，是一种不断的探求和询问。“每一说话者与其同伴进行对话的内在无限性，是永远不会穷竭的。这就是阐释学的基本维度。”② 对于意义和意味的无穷探索，实际上就是对于人类自身生活和生命价值及意义的无穷探索。理解就是人类对于自身的一种超越。可以这样概括：“对话”是对等的说话，那么，西方人怎样来

① 许慎：《说文解字》，转引自牛龙菲《人文进化学：一个元文化学的研究札记》，甘肃科学技术出版社1989年版，第30页。

② 洪汉鼎：《理解的真理：解读伽达默尔〈真理与方法〉》，山东人民出版社2003年版，第79页。

“看待”我们的生存境遇以及其积淀物“文化”诸相，这里的看待即理解。

在理解事件中追寻“文本”的意义，在这里，我们将“文本”界说为文化诸相的样本或样态。“文化”一语词的内涵众说纷纭，如何界定“文化”的所谓科学内涵并不那么重要，我们执着一念地以为尤为重要、更具本源性的是“人是文化的原型存在和情结景观，即为什么人类需要文化‘情结’的哺乳和滋养?”——探究文化诸相对人类的意义与价值，或言之，文化诸相的生成机制若何。具体而言，从认识论角度阐释文化形态的“科学内涵”及“意义”，即这是什么？从方法论角度追问“‘文化情结’原型何以可能?”即策略问题。

我们这样做的目的很简单，举“个案”——比方说，中西文化视域融合的经典摹本《马可·波罗游记》亦有多个版本，其中卡尔维诺的《隐形的城市》对东方文化诸相之形态别具慧眼，对中国“文化文本”意指系统的解码、层析亦别开生面——来多视角、多维度考察，诠释文化意味进而认识意义世界、理解意指无限，这里特别提供了两个全新的思考维度：一个是动态生成维度；二是主观理解维度。这也是两个突破和基准。以往或者说现有的研究框架和解说视角，是以获得具有静态性和形式普遍性的共时性知识为基本取向。其中隐含了一个理论假设，所研究对象是现成的待询对象。其蕴含的意义也是与生俱来的，预设好的。事实上，借用萨特的革命终身伴侣波伏娃的女权主义经典论说——女人（意义的喻指）是一点一滴“生成”的，姑妄言之，“文化文本”是生成的，是人类以其“文”化物的过程及结果。我们给它起名叫“文化文本”意义生成说。

二 “生活世界”的文化表征

文化作为人的一种对象性活动，其合理性的内容表达必然是对人的本质以及人的主体能力的证明，文化既是破解人性之谜的锁钥，又是破解人类社会生活之谜的锁钥。人的文化必然包含着人类性，它是人类精神的自我确证。文化是人类意识活动的综合反映，人类文化的核心内容就是对自我存在的确证和关注。但人类文化对自我存在确证与关注的程度是和人类生存根基的情况密切相关的，通常情形是：人类生存根基越不稳固，其文化对自我存在确证和关注的程度就相对强烈；反之亦然。自然世界被人造化了，变成了人造物世界，即弗洛姆所描绘的“人已经创造了一个前所未有的人造物世界”。

文化是人所独有的精神世界，文化的塑造、演变也只能在人精神活动中完成。但这并不意味着文化的变迁只是人兴之所至、玄思妙想的副产品，文化演变的最深刻根源在于人与自然关系的变动和颉颃，在于人的实践活动引起的自然世界这一人类生存根基的“人化”流变。美国杜克大学教授、西方马克思主义文论家弗里德里克·詹姆逊描绘道，“现代化的过程已经大功告成，‘自然’已一去不复返地消失。整个世界已不同以往，成为一个完全人文化了的世界，‘文化’变成了实实在在的‘第二自然’”①。诚如马克思所指出的，“人的社会生活在本质上是实践的，实践作为文化创造的动力，一方面通过其实践结果表征着文化的基本内涵，另一方面在其社会实践过程中也确证了主体自身”。李鹏程进一步阐述为，“文化的根本特质是生活世界

① ［美］詹明信：《晚期资本主义的文化逻辑》，张旭东编，陈清侨等译，生活·读书·新知三联书店1997年版，第19页。

本身，即具有生命的人类共同的活生生的现实存在，或者说文化状况实际上就是我们的生命状况。而人类的生命过程是文化生命活力与文化制度建构的'共在'过程，正是由于人类文化的这种双元模式，使得文化这个"存在"是一个充满活动能力、情感赋向和思想活力的永不休止的动态过程"。[①] 因此，我们对文化的理解和研究应具有强烈的历史感和现实关怀，应当从人类历史文本和现实文化演进入手，复归鲜活可亲的"生活世界"，只有这样才能使哲学乃至文化哲学不再远离现实的生活境况。

卡西尔（Cassirer）认为，"人没有与生俱来的抽象本质，也没有一成不变的永恒人性，人性并不是一种实体性的东西，而是人自我塑造的一种过程：真正的人性无非就是人的无限的创造性过程"。他把阐释学理论和结构主义哲学引入自己的哲学体系，明确地打出了"文化哲学"（Philosophy of Culture）的旗帜。在他的哲学追求中，他主张要把康德的主体能动思想扩大推广到整个人类的文化领域。因为在人类一切文化领域，人类精神起着调节和构造作用。邹广文在《社会发展的文化诉求》一书中下此断语，"在卡西尔的文化哲学中，有一个贯穿始终的价值轴心，这就是人的问题。文化哲学就是人的哲学。"[②] 其实，文化哲学也试图从丰富多彩的人类文化现象背后，寻找一种普遍的规律和法则，即为文化现象寻找一种哲学根基。

从文化哲学及其自觉的阐释学等相关领域所指涉的文化样态阐释这一研究论题切入，整体性地解析"文化造型"这一原型景观的发生学蕴含和审美学构造，整体架构拟分两大板块：在学理层面上，对景观的解释是建立在某一观点的基础上的，人们可以对它提出疑义，可

① 李重、张再林：《当今文化哲学研究的问题与出路》，《光明日报》2007 年 7 月。
② 邹广文：《社会发展的文化诉求》，河北大学出版社 2004 年版，第 215 页。

描述文化阐释学为文化审美和意义理解问题提供的真知灼见；在现实层面上，拓展调研的视域（关系网），首先关注的是在中国文化转型过程中自我生成之主体性人文精神的生成，从而护佑理性的、契约的、创造性的文化精神，在“生活世界”的根基上生根发芽和枝繁叶茂。

这里“生活世界”的内蕴源自于胡塞尔现象学（Husserl's phenomenology）中的概念。“生活世界”就是人们在日常经验中直接面对和经验的世界。人们以“经验自我”为中心形成一个认知活动范围及其所建构的周围环境。这样一种与人联系在一起的具有意义的“界域”就是人所经验的生活世界。生活世界也就是人们对现实的直接在场，是人们与其感知到的生活环境之间互动的场所，是实现人的现实意义及价值的原初世界。在生活世界中，人寻找和创造他自己的生活存在方式，同步也就在创造自己的“经验世界”的过程中实现对意义和价值的直接“体验”和极度弘扬。

三 “文化文本”的哲学表达

奥地利哲学家维特根斯坦（Wittgenstein Ludwig，1889—1951）用“语言游戏—生活形式”的方式揭示语言对日常生活诗意的创造性。这种将语言文本与具体生活联系起来思索和探讨的思维模式，正是格林布莱特始终坚持的文化立场。在格林布莱特看来，创作和理论研究就是一种依靠语言而成立的生存方式，它不是与生活本身分离的东西，而是“生活世界”本身，这样就把生活与理论批评更为接近地联系起来，这也是当代理论批评的一种趋势。这样，理论就是一种艺术实践，人在这种实践中“自我塑造”并确立自身。格林布莱特注重历史的偶然性，也注重理论的实践性，把理论的开放性和参与性看作理论建构的重要规则，坚持认为新历史主义文化诗学只是一种阐释实践，不是什么理论流派。这样，文化在“生活世界”的多重的活力中得到诗意的再生。

文化作为物理—心理系统的中介结构，反映着两个世界的变动和冲突，两个世界中任何的变动都可能导致文化的变迁。为此，美国人类学家克伯伯和克鲁柯亨说：“文化体系虽可被认为是人类活动之产物，但也可被视为限制人类作进一步活动之因素。”① 文化是人类意识活动的综合反映，人类文化的核心内容就是对自我存在的确证和关注；同时，人类文化对自我存在的确证与关注的程度是和人类生存根基（生活世界）的情况密切相关的。人不可能把生存之根建立在外部世界，人的生存之根只能到人自身中去寻找。人不仅选择着自我的本质，而且也决定着世界的本质；人类生存根基的断裂也直接造成了主体自我的分裂。精神分析学派则明确地把个体分裂为本我、自我、超我三重结构。

在格林布莱特的文化诗学理论视域里，文学文本（文化样本）阐释中的“本我独白、自我塑造”是在文化历史的合力和映射中形成的。在对“本我力量、自我造型”进行雕刻和再造的进程中，各种社会力量之间发生了持续不断地冲突、角逐、争斗，从而使文本结构中潜存的种种无处不在而又无法避免的消解式威胁、偏执的成见，以及随处弥漫的意识形态规约、蛰居集体无意识的权力形式等等因素，在文学文本及其联合体的阐发和剔抉中逐渐显露出来，彰显出主流意识形态历史话语的虚构性和文本裂隙。从宏观的意义上来分析，格林布莱特的文化“自我造型”运动主要是指一种整体化综合性的人类文化

① 转引自张奎志《文学批评中的情结批评与情境批评》，《学习与探索》2004 年第 5 期。

行为，它包含了创作主体的运思、文本的呈现与达成、语言客体的意蕴指涉以及阅读语境与阐释方式。凡此种种文化行为都是内在元素和外在语境相互联系、回环往复、交互迭现，不是一次性完成的，是一种特定文化系统中多重意义复杂互动的过程和进路。

文化是人所独有的精神世界，文化的塑造、演变也只能在人的精神活动中完成。文化首先是一种生存方式，或者说文化是在一定的生活方式基础上形成的。文化演变的最深刻根源在于自然关系、生活世界的变动，在于人的实践活动引起的自然世界、生活世界这一人类生存根基的变化。就人类认识和把握自然世界、生活世界的思维方式和生活方式来说，可粗略分为两类：一类是通过概念的抽象，达到结论，这是玄学思维方式；一类是通过一切感官来获取真理，是诗性智慧，即诗性思维方式。梁漱溟先生在其《东西方文化及其哲学》一书中指出：“中国文化哲学的本质是直觉，且是一种人生哲学，即是感性生命的文化哲学”。[①] 牟宗三先生则把这直觉推至最高层，曰智的直觉，与诗性思维方式相通。中国人的诗性智慧不仅表现于诗的“生活世界”现象中，且蕴含于诗性的本体论中。“易之取象”意识体系、诗与书之“亦史亦诗”二重结构、礼乐的诗性“社会存在”本体论等，把其背后所跃动的那种生命力以及所蕴含的那种从原型而来的同一性抽象出来，这便是中国文化哲学的诗性本体论，从本质上说更是一种精神上的形而上的体验。中国文化哲学的形而上学从一开始就不仅以研究“生活世界”中实实在在的人生之价值与存在意义为精髓和目标，而且更以超越现象层面的“生活世界”而达成一种精神层面的生存和修行方式为己任。

① 梁漱溟：《东西方文化及其哲学》，上海世纪出版集团2006年版，第56页。

第三节　文化生产流通的“社会能量”转换论

在格林布莱特的文化诗学批评理论中，历史性的新话语体系自然体现着当代文学研究“历史转向”的理论经度，泛文化的生产范式则代表着当代历史诗学“文化转向”的批评维度。对于历史语境下文化文本阐释与社会化艺术生产的“生产、流通”关系，克雷尔格（Murray Krieger）认为，“新历史主义文化诗学的理论疆域超越任何形式的文学反映论范畴，涉及文学作品作为文化产品的社会状况和历史情景，即文学文本与周围各种社会历史文本之间的‘流通’关系”。[①] 从作者创作到读者阅读的文化性生产过程来看，格林布莱特的批评观念特别重视艺术作品的社会生产过程和艺术生产的社会关系网络，但这并非意味着文学批评的诗性特征就可以被社会批评消解、吸收殆尽。

从整个理论体系的批评导向来看，文化诗学批评的社会维度相当关注文学作品的生产过程和社会能量的流动过程，但也同样重视艺术作品的历史主义积淀和艺术生产的“情境主义”轨迹。文化诗学的社会维度不仅存在着社会资本与通货谈判之间的生产流通过程，而且还蕴含着文化主体与历史文化的交换协调过程。正如格氏本人指出：“我的主要兴趣在于这些早期的交换活动，在于理解这些能量形式如何最初得到采集，然后加工运用，再回到它们的起源文化，但是我们

---

① Murray Krieger, *The Aims of Representation*, New York: Columbia University Press, 1987, p. 19.

没有办法直接去接触这些交换活动，没有能量开始传递和过程开始的纯粹时刻，我们至少能够重新塑造戏剧获得显著力量的各方面条件，但是它的基础是在我们自身的各种兴趣和愉悦，以及在无法被简单忽略的历史发展动因。”①

文学产品与社会能量的潜在关联既是新历史主义文化诗学的理论基点，也是被普遍关注的难点问题。对于历史文学的文化诗学批评来说，格林布莱特将历史性的文学产品放置于文化生产的流通网络中，提出作为“文化过程”与“社会能量”的历史文本观念，又将文化性的历史阐释放置于文化再生产的流通过程中，构塑作为“社会生产”与“能量流通”的文化文本理念。在文学产品与社会结构的深度关联中，在文化生产与社会能量的批评理念中，新历史主义文化诗学实际上已经孕育出某种文化生产的流通诗学体系。

格林布莱特专门在《什么是文学史?》中阐明了文化诗学视域中文学生产流通领域的“社会能量”转换模式：“这种历史形式将语言塑造的各种对象的整个领域作为它的潜在研究对象；拒绝在某种书写形式和另外一种之间假设固定的和先验的区分界限；关注在任何时代出现的区分界限本身的各种实际用途；质疑任何对于独立自主个性的赞扬和倡导；意识到所有文学创造力都涉及各种社会能量的复杂性的全面交换过程。”② 文学的生产与流通两大部类覆盖了“语言塑造”的所有对象，而这些对象紧密连接，编织成了错综复杂的文学意义之网。伴随着各种社会能量的流动与转换，文学的创造力竞相迸发，由此为完成更大规模、更加复杂的社会能量“全面交换”准备了条件，夯实了基础。

---

① Stephen Greenblatt, *Shakespearean Negotiations*, Berkeley and Los Angeles: The University of California Press, 1988, pp. 2－19.

② ［美］斯蒂芬·格林布莱特：《什么是文学史》，孟登迎译，《批评探索》1997 年第 23 期。

一 文化生产与能量流通

格林布莱特的早期批评实践中运用“颠覆”（subversion）、“包容”（containment）和“巩固”（consolidation）这几个术语来概括“权力关系”的运作机制，后来又提出了与“权力关系”的运作机制相仿但意识形态色彩略淡一些、较为中性的“社会能量”概念。作为社会意识形式的历史性文本保存了包罗万象的各种“社会能量”，又在物质性的阅读、理解、阐释等流通环节将其传递下去，并且“某些词语的、听觉的和视觉的踪迹具有产生、塑造和组织集体身心经验的力量，社会能量即从这种力量中显现出来”。权力关系的无孔不入和权力形式的普适有效足以成为社会能量存在和流通的绝佳证明。

作为一种文化实践产品的文学艺术作品也直接参与了社会能量的流通和交易过程，“艺术作品是一番商谈以后的产物，商谈的一方是一个或一群创作者，他们掌握了一套复杂的、人所公认的创作成规，另一方则是社会机制和实践。为使商谈达成协议，艺术家需要创造出一种在有意义的、互利的交易中得到承认的通货”。[1] 经由商谈、交换等一系列叙述策略的相继实施，文学文本与非文学文本之间、文学文本内在的彼此之间，它们在各自模糊的边界上相互沟通、商谈、交流甚至交易。艺术作品正是在与其周围的社会环境进行社会能量的交换时，其自身的多重价值才得以实现。社会意识形态的交易机制作为一种权力运作形式，可以生产出艺术作品的疆界。因此，格林布莱特在揭示隐在的权力关系的运作和社会能量的循环时，不可避免地跨越文

① Stephen Greenblatt, *The Greenblatt Reader*, Michael Payne (ed.), M. A.: Blackwell, 2005, pp. 11－12.

本和学科的人为划界，提出了“重划疆界”的口号，“这些界限可以被穿越、混淆、拆解，它们还可以被复述、被再审视、再规划或者再更换”。

文化诗学的文学批评观念不仅强调文学作品的创造和生产过程，而且重视文学作品的流通和消费过程；它的文学史观念不仅关注文学文本的文化生产活动和历史传播情境，同样也探讨由此所涉及的各种历史叙述、主体意识、权力话语和社会关系。正如格林布莱特指出的，“我们书写文学史所需要的，更多的是对偶然性判断的清晰意识，而非有机结构的理论观念；更多的是对各种偶然目的的某种描述，而非针对逐渐呈现过程的叙述；更多的是对于世俗、血腥和非自然行为的记录，而非针对从各种可追溯的起源客观发展过程的故事”。[①] 他首先反对的就是“历史决定论”的总体阐释观，他认为，无论是社会发展史，还是人类思想史，都不是线性的、有序的、必然的决定与被决定关系，相反则反其道而行之，恰是那些细枝末节、偶发琐屑之类的“破坏性的影响力量”书写了历史的主旋律和主航道。因此，他倡导的新历史主义批评理论与文化诗学批评史观格外关注当下社会情境与历史文化语境之间的再现模式和叙述结构，以及诸如逸闻轶事和江湖野史之类“边缘历史”的文化影响和权力关系，“正是因为这些破坏性的影响力量，而非文化合理性的根深蒂固的感受，从根本上塑造了历史的形成和语言的散布。”[②]

如果说后现代思潮的文学史观念倾向于采用边缘文化的“误读与逆反”式当代视角，分析和梳理文学作品在历史传播过程当中的各种

---

① ［美］斯蒂芬·格林布莱特：《什么是文学史》，孟登迎译，《批评探索》1997 年第 23 期。

② Stephen Greenblatt, *Shakespearean Negotiations*, Berkeley and Los Angeles: The University of California Press, 1988, pp. 2 – 19.

权力关系，那么文化诗学的文学史观念则重视利用其一向标榜“反体制性”与“反历史”的边缘化视角，重新阐释逸闻轶事和江湖野史背后隐藏的各种历史形式，更加关注从历史偶然之处把脉文学跃动的脉搏，从文化经典之处爬梳文学创作的真经，从社会关系之中展露文学活动的风貌。针对逸闻轶事本身的文学史价值，格氏就此阐明道，“逸闻轶事记录着偶然性的独特本质，更多联系的是文化边缘，而并非那种静止的、和使其他静止的中心，它们同时作为各种再现性的逸闻轶事而被记录，也就是说，它的重要性存在于那种在旅行者与更进一步的逸闻轶事之间被不停延迟，但自身却作为历史的最佳主题的更大规模的进步轨迹和模式”[①]。在文化悬崖的边缘处，在历史边城的断裂处，奔涌着文学的丰富“再现性”和“历史的最佳主题”两道声势浩大的洪流。

二　社会能量的转换与积聚

“厚度描述”批评手法为新历史主义批评追寻与阐释蕴藏在文本深处的社会能量流通以及加工轨迹立下了汗马功劳。格尔兹认为，“人类文化的基本特点是符号性的和解释性的，因此，对文化的分析是一种探求意义的解释科学”。[②] 在格尔兹建立的文化人类学体系中，“厚度描述”指的是“理解他人的理解”。新历史主义的“厚描”方法进而将历史形态看作一系列被书写的文本及其联合体，历史文本阐释的使命就在于深入挖掘该文本与当时社会能量的“交换”和“商谈”，阐明文本的特定内涵。具象化到一些中外文化交流事件中可能

① Stephen Greenblatt, *Shakespearean Negotiations*, Berkeley and Los Angeles: The University of California Press, 1988, pp. 2 – 19.

② Clifford Geertz, *The Interpretation of Culture*, New York: Basic Books, 1973, pp. 5 – 10.

表现得尤为突出，诗人埃兹拉·庞德（Ezra Pound）与中国文化的“亲密接触”就是其中的典型“人文事件”。

在中外文学和文化间的话语交流对话和能量流通转换过程中，一些西方文艺家与中国文化及文学结下了不解之缘，他们沉醉于中国文化的博大精深，并将其精髓借鉴应用于其本身的文学创作中。条分缕析庞德与中国文化的因缘际会，正是沿着这样一条清晰明了的线索阐述的：是中国“文化情结”造就了诗人庞德。他自己在谈到外来影响时曾说，“中国对包括意象派诗歌在内的新诗运动产生的影响，就像希腊之于文艺复兴”。[①] 在某种意义上说，庞德的所谓“意象”即中国传统文论中“意象”和“形象”两者的结合。上海外国语大学虞建华教授的话意味深长：“在近、当代中国，更多的是西方文学直接或间接地影响着我国的价值观和文学形态，但我们的研究追踪了一条相反的道路，即欧美现代主义大师庞德如何接受中国古典诗歌的影响，学习其表现形式，在欧洲开创现代主义诗歌一代新风，成为现代文学引领航向的人。他继而从中国的儒家学说中汲取养分，在充分理解中国文化的基础上，创造欧美的新文学。”[②]

格林布莱特一向关注的文艺复兴时期既是西方人本主义思潮的时代滥觞，也是文学形象“自我塑造”和批评主体“文化生产”的重要历史节点。格林布莱特认为，有一条理论原则始终贯穿着文学创作和主体建构的文化生产传播过程，那就是自我塑型的生产传播途径。考究西方的中国形象“角色独白”台词，存有两种纠结相错的知识话语立场：现代的、经验的知识立场和后现代的、批判的知识立场。这

① 转引自孙静《新书：〈庞德与中国文化：兼论外国文学在中国文化现代化中的作用〉》，《中华读书报》2006 年 9 月。

② 同上。

两种立场的天渊之别不仅表现在研究对象、方法上，还表现在理论预设前提方面。前者假设西方的中国形象是中国现实的反映，有理解与曲解，有真理与错误；后者假设西方的“中国观”是西方文化“本我”话语的表述，自身构成或创造着意义链条，无所谓客观的知识，也无所谓真实或虚构。在后现代的、批判的理论前提下描述西方的中国形象，就不必困扰于西方的中国观是否“真实”或“失实”，而是去探究、追索西方视域的中国社会想象群落，作为一种知识与想象的“话语”体系，在西方文化语境中是如何生成、如何传播、如何赓续的。

西方文化视域中的“中国形象”结构和图景，既是一种文化生态图式，更重要的是一条文化的“社会能量”传导链。文化是在历史的进程中流动的，文化承传的本土精神赓续和异域文化的交流影响立体地呈现了“中国文化形象”的当代形态。从横向影响看，“文化中国”形象作为特定的“中国形象”，离不开世界文化的交流和参照。它在生成过程中也已经包容了异域文化的知识信息，唯其如此才可能成为一个“中国形象”的概念存在。西方文化语境下的“中国形象”始终纠葛着本土与异域的关系。这是一个永恒的话题，也是纷繁复杂的“文化中国形象”群体生态的人文精神纽带、社会能量之源。

西方人文学者对中国的认识、评论是和其整个人文精神科学的学术文化背景分不开的，中国“文化形象”在这里是作为意识形态“他者”出现的。一个文化形态的中国是由西方主流思想家、文学家们所塑造的，毕竟他们是西方文化的主导者，他们具有解释中国文化的意识形态“霸权”。正如乐黛云先生所说：“这些西方主流文化的大家并不全面熟悉中国文化，但却从中国文化汲取了至关重要的灵感和启迪。这是一个十分复杂的过程，包括误读、改写、吸收和重建。……

他们对‘异文化’的研究和吸取也就往往决定于其自身的处境和条件。当他们感到自身比较强大而自满自足的时候，他们在异文化中寻找的往往是与自身相似的东西，以证实自己所认同的事物或原则的正确性和普适性，也就不免将异文化纳入本文化的意识形态而忽略异文化的真正特色；反之，当他们感到本文化暴露出诸多矛盾，而对现状不满时，他们又往往将自己的理想寄托于异文化，将异文化构建为自己的乌托邦。从意识形态到乌托邦构成一道道光谱，显示着西方文化主流学者对中国文化的理解和吸收的不同层面。”①

我们试图在世界文化“正能量传递”的视野内确立对中国文化“正能量积聚”的审美自信、审美自觉。在中国重返世界秩序和民族之林的焦点时刻，文化自信、文化自觉成为我们的不二选择。这种文化的自信、自觉正如费孝通先生所说：“文化自觉是指生活在一定文化中的人对其文化有‘自知之明’，明白它的来历，形成过程，所具的特色和它发展的趋向。自知之明是为了加强对文化选择的自主地位。文化自觉是一个艰巨的过程，首先要认知自己的历史性文化境遇和社会能量守恒状态，理解所接触到的多种文化，才有条件在这个正在形成中的多元文化的世界里确立自己的网络节点和独特位置，经过自主的适应，和其他文化一起，取长补短，共同建立一个有共同认可的基本秩序和一套与各种文化能和平共处，各抒所长，联手发展的条件。”② 首先要了解自身文化的种子（基因），其次，必须创设条件，对这些基本特点加以现代解读，“这种解读融和古今中外，让原有的文化基因继续发展，使其在今天的土壤上，向未来展开一个新的起

① 转引自张西平《“他者”眼里的中国》，《光明日报》2007年7月。

② 费宗惠、张荣华：《费孝通论文化自觉》，内蒙古人民出版社2009年版，第135页。

点”①。实现文化自信、自觉的一个重要的方法就是在世界范围内重新审视和剔抉自己的文化综合体和能量守恒体，在这样的历时性考察和共时性观照中，我们会有一种新的现世体验性和历史厚重感，会重新树起文化的自信、自觉。

第四节 “自我塑型”论的话语架构及阐释实践

文化诗学批评学派兴起于20世纪80年代的美国“本土”，已然成为当代西方文学批评思潮的翘楚。文化诗学以其对文学文本及其联合体（作品）加以文化释义和政治解读的批评旨趣，践行着对“文本的历史性”与“历史的文本性”的交互诠释和双向调查，达成了对盛极一时的形式主义批评和旧历史主义批评的双重超越，凸显出哈罗德·布鲁姆极力推崇的学术原创性。其代表人物斯蒂芬·格林布莱特通过自己的“文本阐释”理论与实践赋予了文化诗学以新的话语内涵和批评范式。在此理论情势下，以“自我塑型”论为核心范畴的新“文本阐释”观的形成和理论反响，意味着互文性、跨学科、多领域的批评话语体系的夯实已经成为一种理论需求和鲜活现实。哈佛大学教授霍米·巴巴评价格氏“不仅创建新历史主义批评学派，而且刷新了文学批评的思维习惯”。②

粗笔勾勒文学批评的发展脉络，因批评主客体对应关系殊异，无

① 转引自张西平《“他者”眼里的中国》，《光明日报》2007年7月。

② 转引自王进《新历史主义文化诗学：格林布拉特批评理论研究》，暨南大学出版社2012年版，第113页。

外乎可以规划出两条批评路线：其一是主先客后的“我注六经”式；其二是客先主后的“六经注我”式。这是两条立足点和出发点相向而行的文学批评观，由此经由的运行轨迹，以及所产生的批评效应也是截然相反的。[①] 本文秉持“六经注我”的理念，采信“情境”式文学批评方法，即批评主体主动“沉降”到文化事象和文学文本典籍中，从文本“原始痕迹”和作家的“客我”批评视角来还原和注解那些“共鸣性”文化文本，进而“厚描”式粗笔勾勒出“自我塑型”理论形态的来龙去脉和精髓要旨，外化表征为批评主体对作家和文本的本源认同和原创剔抉。

一 “自我塑型”论的建构背景与发生语境

1980年，格林布莱特在《文类》（Genre）学刊上发表《文艺复兴时期的自我塑型：从莫尔到莎士比亚》等一系列论文，首次将自己的新历史主义批评理论称为“文化诗学”。文化诗学的勃兴恰是出于对新批评等形式主义批评割裂“艺术家、作品、世界、欣赏者”四要素关联的厌倦和反拨。格氏“文本诠释”理论毅然走出了作品的“自足体”，重新将文学文本放回到产生它的历史文化语境中加以解读和阐发，刻意突破了M. H. 艾布拉姆斯在描绘“艺术批评的诸种坐标”时所断言的“尽管任何像样的理论多少都考虑到了所有这四个要素，然而我们将看到，几乎所有的理论都只明显地倾向于一个要素”。[②] 扩容后纳入阐释视域的非文学文本被视为文学艺术意指系统和历史文化符号系统的内置要素之一，对非文学文本“文学性”与“历史性”

① 王岳川：《新历史主义的理论盲区》，《广东社会科学》1999年第4期。

② ［美］M. H. 艾布拉姆斯：《镜与灯——浪漫主义文论及批评传统》，郦稚牛、张照进、童庆生译，王宁校，北京大学出版社1989年版，第5页。

的关注和阐释激活了人们暌违已久的审美体验和历史感悟。在“批评主体”与“文本结构”二元批评格局和话语体系上，形式主义批评选择了文本结构和形式语言的“作品中心”论，旧历史主义批评选择了历史的“客体决定”论，而新历史主义文化诗学批评选择了批评主体与历史叙事的“文本诠释”论。文化诗学批评在对作品中心论和历史决定论的“扬弃”和“重塑”中，使“文本的历史性”（historicity of texts）与“历史的文本性”（textuality of history）这一组叙事策略重获关注与尊崇，也使“历史与叙述”“政治解读与文化诗学”这一对批评范畴成为当代文艺理论研究的“新科”话题。

同时，格氏赋予文学批评家的诠释任务是：“对文学文本世界中的社会存在以及文学的影响实行双向调查”。[①] 这番夫子自道，文化诗学批评形态的话语开放性与诠释历史性便呼之欲出了。这意味着格氏的“文本阐释”是从文化意识和历史叙事角度来理解文学形态，把文学形态置于更为宏阔的文化系统和文本结构中把捉，从而消弭了文本“间距”，甚至于用非文学学科领域的术语对文学现象加以解读与评判，以达成文学与文化（政治）之间的流通融合与诠释互动。这种从社会文化和意识形态角度来理解和形塑文学形态，以力促文学与文化（政治）之间的贯通与互动的核心理念，一脉相承地体现和贯彻在他的一系列论著《莎士比亚的商讨》等之中。

格氏的文化诗学学派在西方文化境域中具有广泛的影响，这一诗学理论主要以互文性、跨学科的文化塑型和文本阐释为特质，格氏因此被称为跨学科人文教授和“文化诗学之父”。比利时根特大学的皮埃特斯（Pieters）教授推出了《批评的自我塑型》（*Critical Self-fash-*

① 中国社会科学院外国文学研究所编：《文艺学和新历史主义》，社会科学文献出版社1993年版，第79页。

ioning)。美国学者佩尼(Payne)精编了《格林布莱特读本》(*The Greenblatt Reader*),囊括了格氏理论核心内涵,颇多新见。但格氏的论文论著译介过来的并不多,仅零星散见于部分专题研究审美文化等范畴的专业论文或专著中,且多语焉不详。直到2012年年底才填补了空白,暨南大学出版社推出了王进所著的《新历史主义文化诗学:格林布莱特批评理论研究》,国内大陆终于有了自己独立研究格氏文化诗学理论的专著。

文学批评理论有两种不可或缺的维度,一为文学批评形态的构成理论,二为文学批评形态的审美理论。格氏从“文学的文化”本体构成论、意识形态化审美论、“自我塑型”实践论三个维度来构建新的“文本阐释”理论。这其中,前两论一以贯之在自我力量的形塑和自我造型的重塑过程中,由此竖立起了“自我塑型”理论与实践的第三维空间:自我塑型的重塑流程。“自我塑型”论作为一种对文学文本及其联合体(作品)加以文化释义和政治解读的文化批评范式,一方面摒弃了旧历史主义的史学观;另一方面又拒斥形式主义批评对文学与非文学、经典与非经典等范畴的截然二分。格氏力主回归历史,处心积虑地恢复和打造文学文本与历史文化、政治意识形态或权力话语等语境因素的复杂而深刻的隐在关联。他的执着一念为文化诗学理论的蓓蕾初绽和瓜熟蒂落的成熟提供了时代契机和语境支撑。布鲁姆直言不讳地称格氏以斧钺正宗的审美规范与价值尺度为旨归,只破不立,是彻头彻尾的反叛者和入侵者。虽言辞激烈,但仍揭示出其深刻性恰在于隐含的意识形态政治力量。

格氏从文化诗学的崭新视角来重估和重构传统的文论研究和莎剧批评,使得这门早已冷落鞍马稀的传统学科领域再度焕发了勃勃生机。这里着重阐明这样一条清晰的发展脉络,即粗线条描摹出文化诗学“文本阐释”理论发生学层面上的学术背景和渊源：“文化诗学”这个概念是直接来源于西方当代文论的话语体系和理论资源，“‘诗学’可以定义为关于文学的概念、原理或系统”。“自我塑型”论作为一种新的文学批评视角和文化表征形式，它所鼓而呼与捉刀操作的是一种诠释文学文本的文化政治蕴涵和彰显“文学性与历史性内在壁合”特质的方法论，业已得到西方文论界的认可和热捧。

二　方法论语境下“自我塑型”论的文化蕴涵

在将文学阐释与社会文化整体联系的批评过程中，格氏倡导“文学文本的形式内涵必须回到文化生产的历史语境中进行某种‘症候式’的社会阅读”①。一般情势下，方法论的三个维度层面：历史的、逻辑的、审美的，在具体的“社会阅读”行为过程中将达成同符合契，以期抵达阅读诠释的至真至善至美的终极境界。兼具审美性和历史逻辑性复合基因的“文学性”成为现代文化的魅力形式和精神指向。这种将文学批评研究和人们的文化生活、人们对世界的理解勾连起来的语境态势和学术追索，直接导致和护佑着格氏“文本阐释”理论研究的发生和掘进。

“自我塑型”论给予我们一种研究视角的启迪，即从文化之维阐释文学文本现象，将文化作为文学意义的生成空间；赋予文本更广泛的理解空间和意义空间，其实质是从方法论上拓展了文化塑型和文本诠释的空间，“这种诗学研究方法论是由三大阐释视角支撑的，它们是主体之维、文化语境、历史语境”②。唯有辨明方法论的多元语境和

---

① 转引自王进《新历史主义文化诗学：格林布拉特批评理论研究》，暨南大学出版社2012年版，第31页。

② 李春青：《走向一种主体论的文化诗学》，《东南学术》1999年第5期。

研究指向，方可厘清其认识论与价值论两个层面的理路轨迹，其一是认识论基础在于一种文化的整体观，即文化是一个庞大的系统整体，多元的文化具有各自的表征形态，各部分之间又以各种直接或隐在的方式进行着“交流互变”和“交通互联”。其二是价值论指向的本源观，试图在文化系统的视野中对文学本体进行本源性的观照，体现了突出的“本源观”。

圈点方法论语境的路线图，“自我塑型”论首先从价值论倾向上来看，矢志不渝地指向着人文精神关注，“文化诗学的价值基点是文化关怀和人文关怀，立足点是文化，它要求文学的文化批评必须保持审美性”①。再从意识形态角度来看，一以贯之地怀抱强烈的社会批判情怀，“自我塑型”论鲜明地体现出三个基本特征，即跨学科互文性、文化的政治学属性及历史意识形态性。“自我塑型”论不落窠臼，力图超越某一种研究方法的羁绊，甚至跨越不同学科、领域的疆界，凝聚成一种思想的洞见和精神的高蹈。走向批评阐释的多元化，重划学科疆界，实现跨学科研究的目的不是在于消弭疆界本身，而是在这种疆界的跨越和重构中焕发文学理论研究新的生命活力，凸现出文本的文化蕴涵，使文学研究和人们的本真生活境遇更加贴近和璧合。

格氏认为人类的文化筋脉是一个流动的、不断构建着的意义生成的过程，置身在这一历史进程中的人的本质涵韵也是一个“自我力量和自我造型”不断塑型的“向美而生”的历程。意义被看作文学存在的方式，又是文学实现的方式。见证并表征这一“人类的独特的人文景观”的文化架构是一种意义生成和显现的象征，即一种内敛发育与人文毓秀相聚合的“隐喻性”构造。概括地讲，“自我塑型”论的操

---

① 蒋述卓：《走文化诗学之路——关于第三种批评的构想》，《当代人》1995 年第 4 期。

作方法可以用格氏的一种努力来说明，即试图探讨“文学文本周围的社会存在和文学文本中的社会存在”。这种被杰诺韦塞称为“文化解读”的批评方式，代表了文化诗学的一种文化分析倾向：分析文本赖以产生的文化和体现在文本中的文化。这样，文化与语言，或历史与结构，经由文本的“一桥飞架南北”，成了文化诗学批评方法的“两翼”。两翼齐飞，正是文化诗学“上下求索”的现实路径与学术期冀。

直接受格尔兹文化人类学的影响，“自我塑型”论也把“文学的文化”书写系统纳入批评视野，“我在本书中试图实践一种更为文化的或人类学的批评——说它是‘人类学的’，我们是指类似于格尔兹等人的文化阐释研究”。[①] 文化塑造和厚度描述成为文化诗学与文化人类学方法论意义上的共同契合点，文化的诗学和政治学的批评范式则体现出新历史主义的权力诗学和身份诗学的理论趋赴。“自我塑型”论秉承内在贯通文化符号与社会意识的理念，为文化诗学的文化塑造和文本阐释提供了一种“文化阐释学和阐释文化学”的理解前提和研究视角，从而创造性地将传统上历来分立的文化和诗学两个概念内在耦合起来。

格氏在文艺复兴时期的莎剧批评领域践行了文化塑造和自我塑型的身份诗学理念，着重强调“特定意义的文化系统”对历史主体的“为之调谐八音以荡其心”的塑型作用，“自我塑型，实际上恰恰是这一整套调谐机制的文艺复兴版本。它由特定意义的文化系统支配，靠着调谐从抽象潜能到具体历史象征物的交流互变而创作出特定时代的个人”。[②] 作为历史主体的“特定时代的个人”集“自我潜能”的抽

① 张京媛主编：《新历史主义与文学批评》，北京大学出版社1993年版，第52页。

② Stephen Greenblatt, *Renaissance Self-fashioning: From More to Shakespeare*, Chicago: The University of Chicago Press, 1980, pp. 4-49.

象性与“历史象征物”的具体性于一身，一颦一笑均调谐在“文化分析解读”的锁钥之中。鉴于文化诗学层面上“被塑造的抽象自我总是定位于文化和表达符号模式和语言的关涉之中”，文化分析的主要目的就是要拓印历史文本与文化结构在社会能量“流动地图”中的运作轨迹，即从文化形式与历史事件中追溯和检视社会能量的流动印记，解读文化符号和历史意识的象征颗粒和权力调谐机制。

从方法论视角来透视，“自我塑型”论又不同于弗莱从“神话—原型批评”视角提出的文化人类学，也不同于伊塞尔从“文学接受的文本召唤结构”视角提出的文学人类学。从深层文化结构讲，正是基于对文化人类学等理论渊源“运用脑髓，放出眼光”的爬梳剔抉和独特理解，格氏对“自我塑型”的思考和界说带有浓墨重彩的后现代整体性批判色彩，这无疑根源于对人类综合的社会文化行为的整体考量和当代反思。从整体的意义上讲，这种社会文化行为也是一种人类自身形象渐次“定型化”的“自我塑型”流程。文化诗学的文本阐释不是一种纯“客观”的历史求证和“真相再现”，也不孜孜以求于阐释对象的“原意”，而是在理解对象与反思自我之间来回对话和振荡，其旨归仍在于反躬自问、反思当代处境。

“自我塑型”论揭橥文学文本的社会文化维度，将文学文本重新置于社会文化宏观语境中去砥砺与评判，凸显“文学的文化”本体论张力，具有宏阔的文化视野和学术眼光。格氏在梳理文艺复兴时期的自我塑型丰富内涵时，倾其心力探讨了“人类自主性在身份建构过程中的角色”嬗变问题，对于任何具体的社会身份征象而言，事实上“自我主体性”和“他者主体性”是不可分离的一体两面，都是特定的社会文化语境的产物。“自我塑型和被文化机制的塑型过程是不可分割地联系在一起的”，无一例外地涉及“自我塑型”和“自我被塑型”的双重过程，即自我的积极塑型过程和他者的消极认同过程。其关注重点就在于文化主体得以自我塑型的社会交往意识和文学叙事经验。格氏指出，“文学在自我塑型的文化系统中起着时间维度的关键作用”,[①] 将身份征象的自我塑型联系到了文学文本的叙事形式。展开对文学文本与“周围的和自身的”社会存在之间的循环往复的流通转换等复杂交往行为的具象化探究，透视文学文本等“历史流传物”所赓续的“代际”文化基因和表达方式，描述社会能量在各种文化文本之间的广泛流通。这里，“交流”“流通”和“商讨”等貌似与文学毫不相干的非文学术语却喜获垂青，成为格氏解读文学活动的主要符码。

南京大学赵宪章教授在《文化学的疆界与文化批评的方法》中如是说，“文化诗学对于文学研究的意义主要在于方法，而不在于文化学的‘学科’性质。如同符号学的方法论，使卡西尔在哲学、美学、艺术学和语言学诸多领域都卓有建树一样”。[②] 从某种角度讲，堪与卡西尔符号学相比肩的“自我塑型”论更多是指一种批评话语研究方法，它将文学文本和非文学文本交互映照阐发，条分缕析地探究“文本联合体”在文化结构、语言符号与历史叙事等方面的“潜在语法”。它意味着对文学文本与文化内涵的多重诠释与双向构建。自我塑型，文本的“惊叹”与“共鸣”性的诗性阐释，以及对文本权力运作的多层面解读等诸多个性化诠释方法和理论创构，整体性地体现了格氏富于创见的理论深度和独特的理论风格。格氏在《通向一种文化诗学》一文中直接将“在方法论上的自觉意识”视为新历史主义文化研

① Stephen Greenblatt, *Renaissance Self - fashioning: From More to Shakespeare*, Chicago: The University of Chicago Press, 1980, pp. 4 - 49.

② 赵宪章:《文化学的疆界与文化批评的方法》,《文学前沿》1999 年第 12 期。

究的根本标志之一。自觉的方法论意识助推着新历史主义的文化诗学思想研究与文化研究进一步拓宽了文化视野和历史内涵，凸显了一种既高蹈自主性又倡扬随机性的批评的多元化状态。

三 互文性视域中“自我塑型”论的意识形态架构

“自我塑型”论执拗地跨越历史学、人类学、艺术学、语言学等多学科疆界，彰显了内在的互文本性（intertextuality，或称文本间性、文本互涉）、跨学科方法论的属性。诚如北京大学王岳川教授所指出的，文学文本到文化文本的转向“将一部作品从孤零零的文本分析之中解放出来，将其置于同时代的社会规范和话语实践关系之中，通过文本与社会语境、文本与其他文本的互文性关系，构成新的文学研究范式或新的文学研究方法论”。[①] 按照格氏的表达，在各种社会能量的碰撞和交流中，遵从一个从文本的互文性（文本间性）到主体的互文性（主体间性），再到文化的互文性（学科间性）的逻辑递推模式，“自我塑型”诸要素的颗粒运动得以不断展开。海德格尔说“语言是存在的家”，一切社会存在都形塑和流通在涌流不息的文本之中。所谓互文性关系就是指不同文本之间相互渗透、互为话语资源的现象。“自我塑型”论把历史语境和文化语境具体化为特定时代的历史、哲学、宗教等不同门类的文化文本，它们拥有着双重品格，一方面它们之间既存在着普遍的互文性关系，另一方面又同为“自我塑型”论的阐释论域，意在凸显文化视域与诗学视域融会贯通的方法论主轴，即互文性的“视域融合”观。

“自我塑型”论着重发现文学文本、社会文本和历史文本之间诗

① 王岳川：《后殖民主义与新历史主义文论》，北京大学出版社2002年版，第129页。

性品质和话语品格的生成，进而通过“文学的文化”阐释方法浮现出文本综合体中潜在的“意识形态”质素。格氏格外垂青一些边缘性的、趣闻轶事的花边下脚料，固执地认为只有它们才是原生态的，最少受他者外在力量的压迫和污染的。一般来说它们是入不了官方体制内意识形态的“法眼”的，但格氏如获至宝，喜不自禁地把它们纳入“权力关系”中，以消解和重构的“反体制性”（Anti－institution）姿态来重新解读、叙述历史。“历史的叙述”并不等同于历史事件本身，任何一种对历史的文字描述都只是提供了一种历史的叙述、文本的撰史或元历史（Meta－history）的解读的可能，每种可能或然性都平等地站立在真实性和必然性面前，无一例外，其科学性和客观性是大可值得怀疑的。因为在“叙说、撰史、解读”策略的背后君临一切的是一种象征强势话语的文化霸权和政治权力的运行机制。

在格氏字典里，历史和文本的握手言欢构成了人的“生活世界”的一个隐喻。格氏的“叙述”本身就是一种现实性“生活世界”的文本化过程，通过这种对“生活世界”的隐喻性描述，将“生活世界”纳入文本创作与文本阐释之中，从而显示了意识形态力量在构塑自我时所产生出来的诸种现实“生活世界”状态。这种文本阐释方式主要是通过对具体文本的细读，同时采用“历史的叙述”的方式，将常态“生活世界”的历史融入文本的阐释之中，以此体现了自己坚定的文化政治观，这种文化政治观与詹姆逊的文化政治诗学学派血脉相连、源远流长。

推本溯源，格氏一贯认为人类的文化内核是一种不断塑型的，也是不确定的、不连贯的社会性存在和“想象的共同体”，它有时因一些偶发的“逸闻主义”事件而变奏。而深嵌其中的“自我塑型”概念所映射的文化现象正是一个社会意识形态化构建的“美的历程”，集中体现为人类整体文化“历史图景”的一种隐喻性架构和表达。人类“自我完善、全面发展”的“世界图景”不惟是一个社会化构建和“文而化之，化而文之”的代际进程的投影，而且更是在政治意识形态和文化权力等一系列非人格化（客我）力量隐蔽规约下形成的“隐喻性”文本结构。

这样，在文本历史化过程中，文化诗学批评成为一种意识形态化的政治批评话语，其所涉延伸到了艺术等人文学科领域。艺术作为一种充满意识形态的话语，关键在于其深层蕴含的权力文化内涵。对于艺术创作，格氏指出艺术作品本身是一系列“人为操纵”的话语产物，是掌握创作规则的创作主体同社会机制和实践之间“商讨”的产物。艺术的火凤凰振翼飞出了曲高和寡的象牙塔，飞入了芸芸众生和琐屑存在，不再余音绕梁的艺术话语的“丝竹之声”淹没在引车卖浆者的“商讨”吆喝声中。这明显异于传统艺术观，艺术与非艺术的界限不再重要，关键在于其背后渗透着的话语模式和权力结构的丰赡内涵。同为一种创构“异在的”文化空间的能动复杂的“自我塑型”，艺术的文本与历史的、政治的文本同宗同源，文本已经成为跨学科的、凌驾于学科之上的审美意识形态存在。

“自我塑型”论作为一种异军突起的非精英学术话语和研究方法，其主要特征就在于其反体制性、去经典化和批判性。格氏对“自我”社会关系内核的发掘和对意识形态话语的痴迷，正是西方马克思主义、福柯理论等社会批判精神的一贯延续。它试图恢复久违了的精神本源和价值关怀，张扬了一种强烈的人文关怀精神，彰显了文化诗学话语体系与当下人类生活世界的“执子之手，与子偕老”般的密切关系。惜乎，由于“自我塑型”论一味强调文化分析的“泛化”综合性，屡被冲淡的意识形态话语批判退避三舍，最终复位批评原点，退回到了曾经大张挞伐的形式主义语言分析，其文化批判的锋芒和立场随喜弱化。

四 历史语境下的“自我塑型”实践

正如伊格尔顿所言，“历史是文学的最终能指，正如它是最终的所指”。[①] 格氏认为阅读阐释文学作品的最好方法是回到社会历史语境中去，而文学作品诠释也是解读历史事件的最佳途径。面对厚积的文学经验和鲜活的美感体验等“历史象征物”，回归体现丰赡感受和丰富情志的自我认知方式，我们理解文学形态的方式以及实践文学批评的方法的进路和前景才会别开生面。难怪格氏不厌其烦地申明，“新历史主义不是一种学说或教义，而是一种实践”。[②]

格林布莱特一再申明，“自我塑型”是在“自我”力量与社会文化等他者“客我”力量互动竞技的“历史合力”中完成的，它是一个自我与客我外力复杂互动的过程，互有轩轾，难分伯仲。“自我”是文化塑型的产物、历史叙事的产物，同时“自我”也参与了文化与历史的双向建构。“自我”的塑型力量是一种多重复杂的、充满种种潜在社会力量的富有张力的“关系网络”，其中的权力关系节点更是渗透到了社会结构的各个层面。格氏深受福柯“话语与权力”论的影响，直接将文化事象视为权力话语网络的一部分，通过风俗习惯、传统思维等基本装置对当事个体进行发号施令，个体“应诏”行事。而作为文化事象与语言形式中的一朵奇葩的文学样态，能动地反映了个体与约束自己的权力话语之间的互动关系。在“自我塑型”实践论视

① Terry Eagleton, *Criticism and Ideology*, London: Verso, 1978, p. 24.

② Stephen Greenblatt, “Towards a Poetics of Culture”, in H. Aram Veeser (ed.), *The New Historicism*, London: Routledge, 1989, p. 10.

域的观照下，文学是在由政治、历史、文化、经济等构成的宏大的社会舞台中形成的特殊的复杂精神活动。文学与文化、文学与历史都是一种相互塑型的架构关系，“历史”不再是一种精确存在的背景，相反所有的历史都是前景。历史从幕后登临了前台现场，成了整部人类戏剧的又一个霓裳惊鸿的“在场主角”。

格氏曾在《什么是文学史》一文中明晰地揭示了作为一种“特殊的文化的人造物”的文学参与现实生命活动的杂多性和塑型性。文学首先是一种生命存在呈现的方式，里面浸透着关于政治、历史、文化、经济等多重质素，难怪说过“一切历史都是思想史”这句名言的柯林伍德啧啧赞叹说，“一本书就是一个人的命运”。这句话形象直观地展现了文学与生命自我塑型活动的血脉关联。通过文学，作者个体与他身处的时代之间完成了一种相互塑型。这样，文学裹挟着社会权力话语、个体情志特征等多种文化信息的“通货”，经由读者受众的把玩指认，再次“流回”社会生活世界，它不断地流通，持续着涌流不息的塑型作用。文化诗学洞悉了文学与社会文化生活的动态辩证关系，即文学和历史都处于布鲁姆所激赏的“焦虑的六重修正比式解读”进程中，它们始终在相濡以沫和交互塑型中生成着，可以说是真正坚持了一种流动的、实践的文学观和历史观。

“自我塑型”论的旨归在于它的文本阐释实践性，即经由对于文本自身的审美价值和文本背后的文化逻辑的揭示，使文本研究的“文化生产与历史认知”两大任务融入当下生活世界的“自我认同与意义建构”中来，也就从根本上保证了“自我塑型”实践论的文化品格与历史涵养。从此理论原点出发，其批评实践主要聚焦在两个“时间维度”和“文本间距”均跨度较大的批评论域：文艺复兴期的戏剧创作论和当代文化批评研究，观照和爬梳文化文本的“历时性”塑型流程和“共时性”跨文化意义生成机制。这种批评方法将看似毫不相干的若干领域共同纳入到自己的批评视野之中，即考察作品与社会的互动过程，意在恢复各种文化文本之间的逻辑关联。这种跨学科、整体性的诠释实践方式，将会带来文本批评范式的根本变革。

格氏的“自我塑型”论迥异于传统的文学批评方法，它以全新的研究姿态博得了学术批评界的瞩目与效尤，其文本诠释策略和研究理路迅速跨越“学科疆界”与“学理禁脔”，护佑和协理文学艺术和生活世界交会激荡、腾挪跌宕，而面向新的历史意识和文化精神迈进了一大步，也无疑为众多人文跨学科的“登场以至登峰”创设了逻辑前提和精神储备。这其实正彰显了新历史主义文化诗学饱满的理论张力和鲜活的生命力，海纳百川般积聚了博大精深和兼收并蓄的学术和社会“双料正能量”。

第五节 “公共文化镜像”的自我塑型

多元化历史语境下的东西方文化话语形态共生共荣，为我们认知和把捉不同文化境域、不同阐释立场之间的“公共文化镜像”的“自我塑造”问题提供了宏阔的认识论背景和广阔的方法论视域。作为东西方文化交流对象群中的独特“公共角色”，“中国镜像”文化形象不再拘囿于具象化的“中国事实”或“中国事象及事态”，最初定型在“现代性”（modernity）历史语境中的它，跨越了“新旧”时间维度和“东西”空间维度的双重疆界，实现了对某个特定的地域性文化

“自足体”的双重超越。本文主要运用格林布莱特文化诗学的“厚度描述”手法来“历史的叙述”它是如何在西方主流社会文化舞台上长袖善舞、霓裳惊鸿般“才艺展示”和完成“自我构塑”权力运作的。延至转向为“后现代性”(postmodernity)历史语境，异域文化与“本土”文化交互激荡，侵染互渗渐成气候，已成风尚，同时也为“中国镜像”的重塑注入了更多来自当代中国自身的生态文化群落的“中国元素”。在此理论情势下，世界文化范围内催生了形形色色、明灭隐现的文艺思潮和层出不穷、花样翻新的“文化事件”，当代文化批评的多元化趋势与整体综合性指向日益凸显。

“中国镜像”文化形象是西方认知主体从“异己”文化形象和“他者”历史语境中重构、塑型而来的，它既是东西方文化话语形态的“自我力量和自我造型”的“认知阐释”主体，又是两话语形态的“异己力量和他者语境”的人化“认知阐释”客体，其生态构造创生了一种兼容自我与他者、本土与异在、历时与共时的多种“公共文化镜像”互动辉映的跨(东西方)文化对话新平台。诚如王宁在格林布莱特文学批评专著《重划疆界：英美文学研究的变革》的中译本《导读》中所言，“文化研究逐步发展为‘跨(东西方)文化’的研究。它的跨学科、跨文化以及跨疆界等特征使其在全球化的时代又获得了‘新生’”。[①] 本文拟从格林布莱特“自我塑型”论视域出发，观照和爬梳“中国镜像”的“历时性”塑型流程和“共时性”跨文化意义生成机制。

---

① 王宁：《重划疆界：英美文学研究的变革》(*Redrawing the Boundaries: The Transformation of English and American Literary Studies*，1992)的《导读》，外语教学与研究出版社2007年版，第8页。

一 “自我塑型”论的文化观：阐释的文化性和文化的阐释性

格林布莱特“文本阐释”理论内在地贯通耦合了格尔兹文化人类学的文化阐释方法与福柯的权力话语理论，“将文化对象放置到与社会和历史过程的某种有趣的关系之中”，运用文化阐释和历史叙事的方式来解读人类“自我塑型”模态的综合文化行为。作为其核心范畴的“自我塑型”实践论极大地开拓了根植于“阐释的文化性”和“文化的阐释性”双重特质的文化诗学空间。文学阐释活动的肇端是从阐释对象置身于“作为一种共时性文化系统的社会文本结构”和“作为一种历时性文化系统的历史文化形态”这两大文化系统的“某种有趣的关系之中”开启的，这种“有趣的关系”主要体现为一种彰显文化性和文学性的“有意味的”艺术形式和审美体验，它的整个运行轨迹就是经常被解读者忽视的“一整套文化实践”，或者称之为“文化解读”（cultural reading）。这是格林布莱特文化诗学的理论原点，也是格氏理论阐发的始基。

正如路易·蒙特洛斯所说，“文学的历史就是聚集的文化语码，并使文学和社会彼此互动的历史。我们所重构的历史，都是我们这些作为历史的人的批评家所作的文本结构。”① 文学史从根本上来说就是记录和述说文学与社会存在互动互融的历史情况的“文学的文化”（literary culture）书写系统，它的起讫点都是“作为历史的人的批评家”的我们所面对的文学文本（literary text）及其联合体（作品）。文学作品作为文化的结晶体和文本的集合体，阅读理解、分析阐释其

① 转引自王进《新历史主义文化诗学：格林布拉特批评理论研究》，暨南大学出版社2012年版，第3—6页。

内在的文化性和文本性这些基因链条和文明语码，才使得文明基因得以薪火相传、历久弥新。

在格林布莱特的文学字典里，“文学的文化”一语与政治术语血脉相连，“自我塑型”论的文化观与它的政治观一脉相承。某种意义上说，文学文本阐释的文化性恰是其政治性或者说意识形态性的外在表征形式。格氏夫子自道，无论是自我力量的构塑，还是自我造型的重塑，“自我塑型”的潜在力量既来自于种种外在的政治权力形式的抑制与颠覆，又来自于内在的文化蕴涵与文本结构的商讨与通感，是一种错综复杂的、兼容并包众多“文化力量”和“社会能量”的富有“张力”的塑造过程。伴随着文化张力的弹性扩张，包罗万象的非文学文本侵入渗透到文学文本的坚固堡垒之中，碰撞、杂居、同化，文学文本与非文学文本的天然“间距”冰消玉殒，最终握手言欢在文本联合体——文化文本这里。文化文本的深度阐释更是一次“人类文化行为的自我构塑”的复杂理论与实践旅程。在互文本性的人类文化整体结构中，“自我塑型”模式彰显了贯通文化筋脉的抑制性和流动性。在格林布莱特看来，人类的“自我完善、全面发展”是一个社会化构建和“文而化之，化而文之”的代际进程，是在政治意识形态和文化权力隐蔽规约下形成的“隐喻性”结构。这样的判语让人自然联想起了马克思那家喻户晓的论断“人的本质在其现实性上是一切社会关系的总和”。①

“西方文化视域中的中国造型”文学形象问题是个特异的文学现象，似乎唯有它成了能够共享着东西方文学阐释对象群公共资源的“这一个”。这一独特的“混血儿角色”实际是文化哲学视域下多元

① 中国社会科学院外国文学研究所编：《文艺学和新历史主义》，社会科学文献出版社1993年版，第61页。

文化筋脉耦合的概念综合体。“中国镜像”（Chinese cultural image）论题至少蕴含两大本体元素：其一，无论东西方哪种地域性文学样态，文学形态本源上是一种“文学的文化”书写系统，即是一种诗意的人生形式和文化存在，而作为其基元表征形式的文学意象则理应是一种情感世界的对象化和想象空间的审美化呈现。以上特质，作为一种在西方文化迁移中生成的意象集合体，“中国镜像”文学形象则兼美擅扬。再者，“中国镜像”命题更属于一个向异域文化自由敞开的、“不断构塑着的”文化间性对话和主体间性交流的“商谈、流通”领域，其间流通着涌流不息的“社会能量”和“潜在的力量”，点点滴滴“构塑”着东西方文学话语形态的“自我力量和自我造型”。某种意义上说，追溯“中国镜像”文学形象的塑造进化史，既交叉着东西方文学史和思想史的双向探究，又积聚着整体性文学批评体系的饱满颗粒。

观看、洞烛这一横跨“古今中外”的“中国镜像”造型艺术，不仅要探究在西方“现代性”语境下怎样透视、阐释“中国造型”的多维度审美特征，而且还要追索西方的“中国造型”作为一种阐释策略和权力话语，在西方主流文化形态与政治观念中如何被渐进式意识形态化、模式化、体制化的，最终沦为参与构筑“西方中心主义”的文化霸权的“马前卒”。推本溯源，“中国造型”文学意象的本体架构和意义系统的最终“定型”，源自西方文化内在构造和内在规律本身，来自西方思想原生态的“现代性”社会意识形态与集体无意识。而西方文化文本的阐释性正是在西方政治模式建构和话语形态塑造的历程中日益凸显出来，并得以渐进式强化、夯实。相应地，我们对于这一“奇特的中西文化交流的人造物”和独特的人文景观，力图给出众语喧哗的“多声部”复调解读。文化的丰赡阐释性从多侧面反映了文化样态的多样丰富性，以及文化形态的自足性（Self - sufficiency）和多元化（Multi - element）。

探析西方文化形态里的“中国镜像”话语架构，作为西方现代文化“自我力量和自我造型”的“托物言志”式投射和隐喻性表达，西方思想观念中的“中国观”只有置身在西方自身的社会文本结构和历史叙事语境中，并行不悖施以条分缕析式阐释策略，其文化性和社会性内蕴才能够得到系统深刻的爬梳剔抉和深度阐释。西方阐释主体曾在启蒙运动开放的“前现代性”叙事中褒奖、赞美过中国概念指称的虚拟社会共同体，又在殖民主义自足的“现代性”叙事中揶揄、批判“中国虚拟体”。在西方“现代性”视域中，鼓吹“我唯马首是瞻”的西方主流社会始终主导着奠基在一系列二元对立范畴上的文化地理版图和世界观念秩序，它们只知一味依据自身的“全知全能”认识论和“唯我独尊”价值观来裁量“周围的社会存在和社会关系”，来评判“异己的文化存在和文化力量”。这种社会与文化的综合观是“一种知识虚拟秩序（幻象），也是一种价值等级秩序、权力让渡秩序，代表着某种特定文化样态的每一个民族群落都被划拨对号入座”。[①] 身处西方后殖民主义历史分期的“后现代性”叙事语境中，为超越“二元对立”标准答案的思维定式和阐释语境，重新厘定“中国镜像”的文化“他者”和政治“异己”身份，进而解析和阐释该文化图像的发生学构造和审美实践新进向也就成了可能和必然。同时也赋予了“中国镜像”文化形象以多义与歧义迭现的多维度（Multi - dimension）审美特征和认识论观照意义。

① 周宁：《在西方现代性想象中研究中国形象》，《南京大学学报》2008 年第 3 期。

二 “自我塑型”论的历史观：文本的历史性和历史的文本性

格林布莱特的“自我塑型”论在解读文化现象时，首当其冲的逻辑前提就是倡导一种将其放回到当时特定的“时代与语境”中去的“语境化”的历史观，他一向主张要通过考察其历史语境下的社会行为来解读文学生产和文化权力“互有轩轾”的博弈痕迹。格林布莱特把他的文学诗学批评个案“首秀”毅然决然地投放在文艺复兴时期宏大的历史文化背景下，竭力还原这一特殊的历史时期的风土人情、民俗风情、起居习惯、情感风尚和价值取向等人文风貌，全息照相般透视特定文化历史语境下的人物事件和社会现实，从而构建了文学与历史、文化的交互映射机制。在文学的殿堂里，历史是永远的座上宾，历史已远远的挣脱了传统意义上的“交代历史背景”等配角束缚，它是真正的“在场主角”。“某一特定生活世界中”的文艺作品既是文化世界和社会存在的产物，也是历史的产物，但它又可以超越这一限定性存在，成为“历史性客体存在和自由性主体存在和谐共生”的完美的统一体。

格林布莱特谈道：“通过这种阐释，我们才会抵达有关文学与社会特征在文化中形成的那种理解。因为对于某个特定的‘我’来说这个我是种特殊的权力形式。”①“这个我”的自我力量和自我造型的核心表征形式即在于一种“特殊的权力形式”，它既可以无处不在，也可以无所不包。任何具象化的文本都是特定历史时代“权力关系”戮力而为的产物，同时也是内置于该历史形态的杂多“权力形式”的集

① 王进：《新历史主义文化诗学：格林布拉特批评理论研究》，暨南大学出版社 2012 年版，第 13 页。

中体现和具体表征。

文本的历史性既是诸多文本碎片内在融合的黏合剂，又是各种文本特异性与普适性握手言欢的有效载体。正如王岳川指出的，“自我塑型”论的学术创见主要在于“重唤历史性和意识形态性”。从格林布莱特批评思想的历史走向和批评视角的“历史转向”来看，主体性的历史再现和历史性的主体建构正是重构历史主义的理论追求和学术旨趣。“自我”主体性形象问题，实质上是人的“自我主体力量和自我客体造型”在现实中的历史性建构问题。在某个特定的历史语境下，西方主流社会将“心造的”镜像化“中国造型”捆绑在对立的、被否定的、低劣的“文化方位”和“历史定位”上，就为现代殖民主义的全方位扩张侵略提供了必要的意识形态法理。这种定型化或类型化的“中国镜像”，不仅说明权力结构在创造着文本的历史性，赓续不断地延伸了一段接一段“环环相扣”的复数历史（histories），而且文本构筑的文化造型也在创造着现实这一正在进行时的历史文本，维持并巩固着这种虚拟化的历史认知秩序和文化权力秩序。这是历史话语模式的权力层面。西方的“中国镜像”群组是表述西方集体无意识中“文化他者”的话语，业已超越了所谓观念诉求的客观认识与真伪之辨。

西方“中国观”的嬗变，并非该观照对象——中国事象或事态发生了些微的变化所导致的，更不存在同步的一一对应关系，甚而却时常出现“错位”认知现象，历史形态所固有的真实性竟退避三舍，来自历史深处的“触摸真实”的遥远回响近乎噤若寒蝉了。西方认知主体的“中国镜像”史观，所反映的恰是西方文化形态自身的变迁与异化，更是其通过社会意识形态和政治权力关系的双重介入来“重新评价历史”和“重构文学史”。诸多历史形态的文本性既是各种历史碎片有机胶合的要素颗粒，又是不同历史分期独特性与普适性有效整合的基石和平台。西方主流意识形态（mainstream ideology）观念中关于“中国镜像”变迁史的“历史观”，在某种程度上正是借助于一个又一个相对独立的历史性文本片段“枝枝相连、叶叶交通”般串联、沟通起来，才最终实现了文化释义、审美观照、价值评判等复合意义上质的跃升。正如林继中所言，“文化诗学的贡献在于揭示了文学问题是一种特殊的意识形态和话语形式，必须从多学科角度观照文学，全面评价文学研究的文化关涉与价值判断”。①

三 “自我塑型”论的价值观：历史的主体性和主体的历史性

格林布莱特在《重划疆界》中一再申明，“文学研究的疆界被确定为地理的、政治的、伦理的和宗教的。不同的阅读和写作的界限、正统和非正统、精英文化和通俗文化。这些界限可以被穿越、拆解，还可以被再更换”。② 在“自我塑型”论视域观照下，横跨东西方文化地理疆界的批评视角应运而生，它赋予我们会通中西的可然和必然，引领我们进入了理解与阐释的跨（东西方）文化境域，赋予我们一种“诗意的栖居”在这一境域中所应具有的共通语言和宽广视野。但文化蕴涵和生态构造的生成是一个作为历史认知和文化阐释主体的“精神远游者的返乡”③，返回到格林布莱特所倡导的那种“历史的主体性和主体的历史性”交相辉映的本真原初状态。

经典东方学理论的集大成者萨义德认为，东方学是一种话语形

① 曹卫东等：《认同话语与文艺学学科反思》，《文艺研究》2004 年第 5 期。

② 王宁：《重划疆界：英美文学研究的变革》导读，外语教学与研究出版社 2007 年版，第 8 页。

③ 许江：《中国当代视觉文化的境遇与责任》，《新美术》2009 年第 6 期。

式，其方法论工具是“宏大历史叙事的策略性定位”，这点与格林布莱特倡导的“小历史”叙事的“逸闻主义”方法论针锋相对。在萨义德看来，就知识话语（discourse）与批评范式（paradigm）而言，“东方主义（orientalism）”批评话语体现的西方“认知阐释”主体对于东方题材客体的一种特殊的权力形式，是一种历史叙事方式、一种文学批评文体，“东方学是一种支配、重构东方并对之行使权力的西方文体”。[①] 这种权力话语形式，首先是一种“历史的叙述”方式，叙事主体置身于某个历史分期的社会宏阔背景中，立足于某种特定政治立场和文化姿态，具体采用何种述说手段，来“述往事、思来者”式的“讲故事”。其次是一种批评文体，也可以视为一种公共文化镜像的喻称，即一种驾驭阐释对象的解读方式，因而分析“东方主义”这样一种权力话语必须深入到“文化镜像”经典文本的深层结构和“潜在的语法”，直抵文体风骨的内在肌理。

与格林布莱特力主打通社会、历史、文化以及政治各文本结构之间的经络相仿佛，萨义德称自己的工作是“文本细读”，是寻找“社会、历史与文本自身特征之间的关系”。他力主学术、文化与政治之间是一种相互生产、相互撑持的关系，但他又在格外器重政治意识形态的主导作用上迈出了更加坚定的步伐，“对东方的兴趣是政治性，这一文化景观与残酷的政治、经济与军事原因之间的相互结合才将东方共同塑造成一个复杂多变的地方。”[②] 这里的“东方”语词已突破了语义学窠臼，进入了政治学范畴，获取了政治性和历史性“比翼双飞”的文化图景。

---

① 张京媛主编：《新历史主义与文学批评》，北京大学出版社 1993 年版，第46、113 页。
② 同上。

四 “自我塑型”论的实践观：自我与他者、本土与异在的交互塑型

格林布莱特言之凿凿地一再断言，新历史主义文化诗学是“一种实践，而不是一种学说或教义”或“全然没有学说”。[①] 他总是以历史文化和主体阐释为理论基点，从历史性和主体性的对话视角整体介入，来重新考察种族、历史、文化等意识形态问题，在倡扬“现代性”话语的同时，寻找历史断裂之处（disruptive outlook of history）的权力踪迹，恢复被权力遮蔽的“他者”声音，借以倡导一种以主体建构的历史性视角重新探究西方历史碎片中的文化影像的新实践观。与此前的“东西方”之辨相仿佛，“现代性”语词同样既显示一段自然时间，又昭示一种明确对应着该历史时间的思想观念和价值评判。这种观念首现于文艺复兴期，到启蒙时代已基本形成，其初衷是以自由批判的理性为主导，追求知识与财富，通过教育与民主达成社会和谐，助推历史的进步。

经由爬梳“现代性”一语的来龙去脉，西方阐释主体如何对待东方话题的话语姿态和模式选择，以至于定格成“东方幻想”或“东方情结”，这一生成机制和塑造流程就昭然若揭了。恰如罗兰·巴特尔（Roland Barthes，1915—1980）所说：“一切形象都源于对自我与他者、本土与异域关系的自觉意识之中。形象是对一种文化现实的描述。”[②] 要想真正实现“通过对一种文化现实的描述”，来塑造文化镜

---

① 转引自王进《新历史主义文化诗学：格林布拉特批评理论研究》，暨南大学出版社2012年版，第11页。

② 王岳川：《后殖民主义与新历史主义文论》，北京大学出版社2002年版，第129—134页。

像并凸显其身处的文化结构、社会形态和意识形态空间，倘舍弃了——肇端于格尔兹文化人类学的“厚描”手法，后经格林布莱特推陈出新的——“厚度描述”刀笔之功，更其戛戛乎难哉。

落实到“厚度描述”某一具象化的人类文化行为，其关涉点集中体现在如何圈定西方阐释主体的观照视野和考察立场，由此出发，走向四面八方，走向天荒地老。立定在西方“现代性”语境这一坐标原点，西方主流意识形态观念中的“中国镜像”概貌在针锋相对的正反两极间回环往复，本源上是作为“文化他者”的中国镜像，在不同文化语境中自我调适，实现其维护与确认西方“文化本我”宏大叙事的造血功能和免疫系统。这种有意识的“刻意误读和逆反”，在某个历史分期、某种程度上起到了石破天惊的“睁眼看世界”的效果，亦即西方主流社会借助“中国镜像”在宗教观念、政治导向以及大众生活诸多领域的镜像映照和塑型比照中更好地认识和重塑了“自我力量和自我造型”。

笼罩在“现代性”语境下的“中国镜像”虚拟共同体仅仅是虚无的意象，飘渺的幻象，并非“物自体”本身，也非现场直播的实况，或者干脆说只是“认知阐释主体”自身的感知综合体。对应来说，以工笔纪实性描述某种文化镜像的轮廓和线条，只能是一种精湛的屠龙之术。延至对“现代性”的否定之否定阶段——“后现代性”语境下，唯有剔除文学批评话语范畴中积习已久的唯我独尊、妄自尊大的“自我本位主义”，设身处地来次“换位”思维，倡扬一种包容性、可持续性比翼齐飞的“生态型批评观”，方才有了一窥全斑和堂奥的或然性和可行性。

从西方文化视域出发，粗笔勾勒西方“认知阐释”主体塑造“中国镜像”文化形象的全息拍照流程，我们更加强烈地感受到：同样面临“如何看待文化史，又如何以史为鉴”的传统问题和经典命题，东西方解困和突围的阐释策略却迥异其趣。此处的“史”，既可能是本土的历史，也可能是异域的历史，但都必须定位在同一“本我”的“认知阐释”主体上。每一种文化样态都是平等的，在以其他文化样态作为相对于自身的多样性的同时，“自我”也作为其他文化的多样性，利用“他者”或“异在”文本作为一面镜子以观照、认识和提升自己，不同的文化和谐共存、取长补短，才能使“公共文化镜像”不断涵养更新并保持创新活力，从而使整体性文化话语形态以至整个人文精神世界叠彩纷呈。

但东西方对此的认知程度判若云泥。同样厕身于“后现代性”语境下，东方认知主体似乎仍未跳出“现代性语境”的漩涡与羁束，依旧顶礼膜拜在西方文化话语形态的威权之下，也无意于发出自己的声音。而西方“认知阐释”主体在重估和重构“中国镜像”的历史论题时，开始尝试承认“他者”或“异在”文化形态的存在合法性和蕴涵合理性，不仅为反思自身文化“主体性的历史再现”架构的意义与价值，亦为自身文化“历史性的主体”建构的发展和绵延提供了必要的可能性和充沛的逻辑依据。

一言以蔽之，“合目的性、合规律性”的跨（东西方）文化“交往行为”和“流通、商谈”应是双向互动、平等互信的，以跨文化的“文本”间的相互理解、交互构塑为基础，就是说，特定的历史语境下的“本土”文化话语形态和“异在”文化话语形态分别承担着自我身份角色和他者身份角色，在不断流动的、持续构塑着的跨文化交往、商讨中互相转换了原初的文化身份角色，也为自身的“单声道”（monological approaches）话语形态楔入了更多的重音符和高声部。它们各自随喜升华出兼收并蓄、别开生面的“公共文化镜像”新阐释，就会生成某种“交集”共识和“惊叹”共鸣，这是一种内蕴着差异、陌异甚至“异质”的共识和共鸣，是寓于差异、陌异性和“异质化”（heterogenization）之中的变动不居的诗性本体同源性。“本土”文化和“异在”文化在相互理解、交互构塑中就会超越自身，获得新知甚至新颖的理路，最终促成整体性文化话语形态的包容趋升及其批评范式的永续革新。

第五章 “意识形态批判”论

法国著名哲学家、结构主义马克思主义学派的奠基人路易斯·阿尔都塞（Louis Althusser，1918—1990）认为，“意识形态具有巨大的虚幻和欺骗空间，它是个人同他所存在于其中的现实环境的想象性关系的表现，意识形态是一种回避历史真理从而想象性地解决现实矛盾的途径”。[①] 所谓意识形态，原初的本义是指社会集团所认定的信仰、价值观以及对于整个社会的看法的总和，当此之时的“意识形态”概念与“世界观”的含义极其相似，都是对于实存状态的真实反映。而现在则起了根本性变化，意识形态转变为“一种回避历史真理从而想象性地解决现实矛盾的途径”，而置身其中的社会成员之所以一而再再而三地被造就成他们现在的模样，成了“（社会成员）个人同他所存在于其中的现实环境的想象性关系的表现”，这个过程恰恰与“意识形态”基本指向的嬗变流程密切关联。

美国文化批评家、美学家，新马克思主义的杰出代表人物弗雷德里克·詹姆逊（Frederic Jameson，1934—）则认为，“意识形态分析可以被描述成对某一特别叙事特征的重写，或者是具有社会、历史、

---

① Althusser, *Lenin and Philosophy and Other Essays*, London: New Left Books, 1977, p. 152.

政治语境的一种功能。”[1] 这样，不仅意味着把意识形态分析转化成对文学作品的审美乌托邦式解读和想象性书写，而且，这种想象性构建本身，就是对先前的意识形态或者历史潜文本的重写或重构。詹姆逊指出，“文学批评的过程不是去解释文化现象，而是把文本内容当作一种被遏制力量所扭曲的一种提示，从而揭示被压抑的隐在内涵。”[2] 这种对“被压抑的隐在内涵”的揭示，并对之做出价值评判，被詹姆逊称为“元批评”。这种提示“文本内容”的遏制力量或者遏制策略是无处不在的，它就是意识形态本身。

詹姆逊是在阿尔都塞的意义上把意识形态理解为个体对自身与所寄寓的社会现实的真实关系的想象性再现。所谓意识形态的遏制策略，则是指意识形态通过各种神秘化的手段对历史或个人与现实的真实关系压抑和改装，它表明，意识形态总是一种“局部意识”，一种非总体性的观点；尤其是，意识形态的遏制就是一种政治无意识，就是说，身处意识形态语境中的人（由意识形态建构的主体）常常意识不到这种遏制的强制性，反而会把意识形态的想象性关系当作理应如此的真实关系。因此，唯有认识到所有的一切“在最后的分析中”都是政治的，意识形态的，方能从必然性的强制中真正获得“解放”。在此，詹姆逊认为，“意识形态的‘遏制力量或遏制策略’早就深深嵌入了一切文本和我们对文本的阐释和思考之中，意识形态政治权力是以一种更为隐蔽的形式存在于各种文本的构成中”。[3] 在他看来，文本分析是内化“历史或个人与现实的

---

① Fredric Jameson, *The Ideologies of Theory*: *Essays* 1971 – 1986, V1, Routledge: The University of Minnesota, 1988, pp. 8, 53.

② Fredric Jameson, *Postmodernism, or*: *The Cultural Logic of Late Capitalism*, Ducke University Press, 1992, p. 334.

③ Fredric Jameson, *The Political Unconscious*: *Narrative as a Socially Symbolic Act*, Ducke University Press , 1988, pp. 20, 79.

真实关系”并使之真正通往现实的一条途径。通过语言这一“想象的共同体”，文本将现实“生活世界”当成它固有的“潜文本”来加以内化，而它描述“生活世界”的途径常常是通过象征活动来达到的。

采用詹姆逊的这个“意识形态文本分析”观点可以洞悉格林布莱特“历史叙事形式”的意识形态论奥妙。格林布莱特的“历史叙事”本身就是一种现实性“生活世界”的文本化和意识形态化过程，通过这种对“生活世界”情状的隐喻性摹写和对“生活世界”的想象性书写一并纳入文本创作与文本阐释之中，从而显示了意识形态力量在构塑自我时所产生出来的诸种现实状态。格林布莱特在文化的诗学阐释中也是力图凸显意识形态的压制力量和阻碍因素，发现和揭示被隐藏的主流意识形态和政治力量塑造的历史因素。这种文本阐释方式主要是通过对具体文本的细读，同时采用“历史的叙述”方式，将常态“生活世界”的历史颗粒融入文本的文化阐释和政治解读之中，以此体现了自己坚定的文化政治观，这种文化政治观与西方马克思主义血脉相连，源远流长。

除了接受历史的“文本性”、文本话语范式对“历史的叙述”的制约等认识假设以外，新历史主义的文学批评还有一个很重要的逻辑前提，甚至可以说正是这个认识前提决定了这一批评的兴趣所在，即它把文学看成是历史现实与社会意识形态两项作用力的交汇锋面，进而希冀从这里看到实然发生的历史事件如何被主流意识形态吸收理解，而既定的意识形态又如何能动地控制和把握这一认识过程。亦即，文化事件和社会存在如何经由一般意识形态形式，而转化为文学文本这样一个循环往复但又不断趋升的过程，即格林布莱特所说的，要考察“深入文学作品世界的社会存在和文学作品中反映出的社会存在”。①

在格林布莱特看来，在历史的再文本化过程中，除了彰显着意识形态化内蕴，肯定还隐含了语言叙述的诗性品质。历史写作是特定人的行为，包含了人的主观欲望，也含有文本的意识形态性质和潜在企图，因此文本阐释是复杂的。作为社会意识形式（form of social consciousness）的物化外壳的“书写”行为，有时候就是一种意识形态政治得以实现和发挥作用的有效形式，其中隐含了种种复杂的社会力量的较量。他在分析阐述殖民者对“他者”的残暴时说，经典马克思主义从历史必然性的高度，来揭示资本主义血腥发展的实质；但是，这样的抽象概括往往容易丧失文本对人类残酷事件叙述的诗学品质，从而无意中把人们感性的痛苦板结成抽象的政治理论，而消解掉原发性文本中震撼人心的诗学力量。

第一节 “文化解读”的“意义生成说”视域转换

人总是文化的人，人的世界在某种意义上就是文化的世界。文化人类学家蓝德曼（Blue Friedman）指出：“文化创造比我们迄今为止所相信的有更加广阔和更加深刻的内涵。人类生活的基础不是自然的安排，而是文化形成的形式和习惯。正如我们历史地所探究的，没有自然的人，甚至最早的人也是生存于文化之中。”② 在关于文化形态的

① 中国社会科学院外国文学研究所编：《文艺学和新历史主义》，社会科学文献出版社1993年版，第79—80页。

② 衣俊卿：《文化哲学十五讲》，北京大学出版社2004年版，第125页。

各种界定中，对于文化学体系的建构和完备具有本源意义和本体价值的文化概念是关于生存方式或生存模式的理解和倡扬。本尼迪克特就认为，文化人类学家往往偏重于具体文化特质的研究，但实际上，文化在本质上是趋于整合的，各种文化特质形成一种具有内在统一精神和价值取向的文化模式，这种文化模式把每一个体的行为包容于文化整体之中，赋予它们以意义。她这样写道，“文化行为同样也是趋于整合的。一种文化就如一个人，是一种或多或少一贯的思想和行动的模式”。①

作为倡导“大胆假设、小心求证”逻辑推理手段的共时性分析主要关注的是如何获得对客观对象的普遍有效的知识和真理，但极少对其施以历时性分析。对集静态与动态、客观与主观于一身的“文化”这一研究对象来说，这种思维方式显得有些“捉襟见肘”了，我们的应对之策那就是增加了这种思维方式从未涉足过的两个有效维度，即动态生成维度和主观理解维度。就具体操作层面而言，对这种思维方式进行“扬弃”的基本理路：既强调社会、又突出个体，既承认理智和情感在“共时性分析的认识”阶段有对立之处，又强调二者会随着主体性精神的不断生成而走向融合。这里，研究范畴业已超越了传统意义上的“文化学”领域，必须把现实社会个体的、包括主观感受在内的精神生活诸方面纳入“文化哲学”探求的领域，赋予它们“题中应有之义”和应得的地位及重要性，“文化哲学不是一个纯粹学理性的问题。从文化与哲学这两种不同概念之间的嫁接，就已经体现出文化哲学的独特学科定位”。②

文化哲学是一种将哲学的形而上思考奠基于现实文化之上的当代

---

① 衣俊卿：《文化哲学十五讲》，北京大学出版社2004年版，第59页。

② 李重、张再林：《当今文化哲学研究的问题与出路》，《光明日报》2007年7月。

哲学发展的新形态，是一种打通理性与经验、贯通“形而上”道本与“形而下”器物两种思维运思屏障的新的哲学态度和研究方法。作为文化形态与造型境界的卵生体，“文化镜像”不仅仅作为客观对象而存在，更是人以其文“化”物的过程及其结果，达至“形上”和“形下”会通的至高境界，成了同为文化学两大重要分支的文化哲学与文化诗学的共同研究对象。而我们在这里提出的、作为一种文化哲学与文化诗学双重探究视角而存在的“文化镜像意义生成说”，有可能成为我们进行这样的体察和探求的一种有价值的理论出路。这种超越恰是一种哲学与诗学两大理论形态的视域转换。

一 “文化镜像意义生成”说

意指（signification）作为符号学（semiotics）理论的核心论域，罗兰·巴特尔将意指系统分为两个层面，其一是表达层面即能指；其二是内容层面即所指。可以这样说，文学艺术这一意指系统的审美意识形态（aesthetic ideology）是内涵的所指形式，而艺术生产（artistic production）的修辞学是内涵的能指形式。一切平凡而普遍的常见事物以一种高级艺术的全部复杂性，强烈而巧妙地进行意指，都会显出其丰富多彩的审美意蕴，甚至“可以使无意义的事物产生意义”。[①] 换言之，它们意指着“空无”，它们存在于意指过程之中，而非存在于被意指的对象之中。在巴特尔看来，我们生活于其中的这个世界不是一种实存本身的“事实”，而是关于事实“造型”的象征性符号系统。我们从一个文化系统到另一个文化系统马不停蹄地给这些符号编

① 王岳川：《后殖民主义与新历史主义文论》，北京大学出版社2002年版，第129—134页。

码和解码、再编码和再解码，如此递归以至于无穷尽也，这样一来，全部人类活动都渗透着编码和解码行为。

巴特尔后期对“结构主义的活动”的独特阐释，被认为是后结构主义理论的核心内容。在巴特尔看来，“结构主义在本质上是一种活动，也就是说，它是一定数量的受到控制的思维活动过程。一切结构主义活动的目标都是要对一个客体进行重建，从而揭示该客体的运行规律。结构主义活动新就新在它的思维方式（或者说一种诗学），它不是要把它已经发现的意义完整地加到客体身上，而是要弄清意义是如何产生的，要付出什么样的代价，要借助什么手段”。[①] 巴特尔这种对文本意义的深层探讨，必然涉及文本的审美力量和权力形式，以及意识形态抑制多重内涵，这也是格林布莱特文化诗学主要探讨的重要内容。格林布莱特的文化诗学批评观正是建立在深厚的理论渊源和宏阔的叙述背景之上的一种话语策略和阐释实践。格林布莱特认为，“文化叙述是那种普遍的、控制着人们的、流动和抑制的、符号的关键性表征”。[②] 作家实际上掌握了这些符号，因为他们可能意识到，也可能没有意识到他们是文化“交易”的专家。

格林布莱特曾经阐述文化诗学批评理论的含义是：“研究文化活动的集体创造，并探讨这些活动之间的关系；这种研究关注的是集体信仰和经验怎样形成，怎样从一种状况转向另一种，怎样集中于可把握的美学形式，怎样进入消费领域，以及通常被视为艺术形式的文化活动和其他相关的表现形式之间的界限是怎样划分的。”[③] 在格林布莱特的诗学概念里，人类生存以文化的形式具备了诗学的特征，这意味

① 王岳川：《后殖民主义与新历史主义文论》，北京大学出版社2002年版，第134页。

② Stephen Greenblatt, *Shakespearean Negotiations*, Berkeley and Los Angeles: The University of California Press, 1988, pp. 2－19.

③ Ibid..

着对文化审美性的认可。在文化诗学的概念里，艺术表现形式和“可把握的美学形式”有时是以独特的方式展现出来的，它体现了如同海德格尔“诗意的栖居”的人类学和阐释学含义，探索了“艺术形式和其他相关的表现形式之间的界限是怎样划分的”这些文化活动规律，关注人类社会“文化活动的集体创造”，这样，文化与诗学的内涵共同构成了一种能动的文化诗学理念。

格林布莱特分析培根（Bacon）对“诗的历史”的理解时说，“在这个领域里，或通过词语的显亮的美，或通过事件明显的虚构性，或通过两者，文学的结构特性被置于突出的位置；而这种特性在历史或哲学中并不存在。诗由此而成为被文学这个术语所包含的一个更大的整体，文学的现代对应概念应当是作为书面话语之总和的文化诗学，我们通过这些话语理解世界，影响世界，尤其重要的是，我们通过这些话语把想象和现实区别开来。”① 格林布莱特上面所强调的“我们通过这些话语理解世界，影响世界，尤其重要的是，我们通过这些话语把想象和现实区别开来”显示了诗作为一种理论话语参与现实的可能性与重要性，从而将“作为书面话语之总和的文化诗学”与社会人生以及世界紧密相连。“按照这种观点，适当的文学史不仅必须是跨学科的——诗的创造与所有其他话语形式相关；而且必须是跨文化的，停留于自身民族界限之内将一无所获，因为适于一种特殊话语实践的文化，只有通过将它与其他文化相比较才能得到理解”。② 这一观点深刻地体现了格林布莱特跨文化、跨学科的自觉意识和深广的理论视域。更在艺术哲学的层面和高度上“精确制

① ［美］斯蒂芬格林布莱特：《什么是文学史》，孟登迎译，陈永国校，原载美国《批评探索》（*Critical Inquiry*）1997 年第 23 期，第 460—481 页。

② 同上。

导”着“公共文化镜像”的理论出路恰是一种哲学诠释学的视域转换。

二 “公共文化镜像”何以可能?

格林布莱特认为,“从16世纪到今天,资本主义先是确立了不同话语领域,然后又打碎这些话语系统,让它们相互合并渗透,它成功有效地实现了这种往复运动。资本主义所特有的力量就在于它始终处于这种往复运动之中。作为具体构成因素在其他社会经济体系中,其实也完全存在;但唯有资本主义能在两者之间产生一种让人眼花缭乱、似乎永无休止的周转。”① 也正是出于这样的认识,格林布莱特把“周转”“商谈”和“交流”这些政治经济学术语吸纳入自己的批评,不仅作为理解文化诗学批评的注脚,而且作为文化批评的工作术语。

这里不妨通过实例解析,来看一看文化诗学的批评是如何在历史事件、意识形态和文学文本中“立交桥式贯通”穿行,并将其所关注的“交易”“商谈”“交流”过程呈现出来的。于是话题逐步引入自身的深层次内在结构,“中国文化样态或文化情结”究竟如何造型以至定型的——中国文化形象的话语传统是如何流通延续的。它全面清理出西方文化视域中关于中国文化形象叙事的思维方式、意象传统、话语形式的内在一致性与延续性,揭示西方的中国文化形象在历史语境下不断趋向于套话或原型并形成了一种文化范式的交易流通过程。作为想象中的虚构性事件——“中国文化热”是契丹传奇以来五个世纪的美好的中国文化造型的高潮。中国文化热潮在启蒙运动中期抵达

① Stephen Greenblatt, *Shakespearean Negotiations*, Berkeley and Los Angeles: The University of California Press, 1988, pp. 2 – 19.

顶峰，退潮也随之开始，五个世纪的美好的中国文化“造型艺术”多幕剧戛然落幕。欧洲文化当年对中国文化的盛大热情和恋恋“情结”几乎荡然无存，如今除了贬抑与厌恶之外，更可怕的是刻意的集体遗忘。

梳理西方的中国文化形象史脉络，普遍关注这次“文化交流”突变，但真正值得思考的问题，还不是这次转变如何发生，而是要追问、解析这次转变何以发生。具体而言，从认识论角度阐释“公共文化镜像”的科学内涵及“意义”，即这是什么？从方法论角度追问“公共文化镜像何以可能？”这里我们关注的焦点问题是七个多世纪西方的中国文化造型生成嬗变的意义流程，以及揭示那种趋向于“情趣”定型或“情结”原型的文化范式。钩沉这种造型及其传统的意义，除了追踪蹑迹早期中西关系起落浮沉之外，还有西方积淀已久的多层文化心理构造。理论溯源西方美化中国文化造型的传统文本，“中国文化热”实际上是斯时西方人争相追逐异国情调的一种缩影展示。中国思想文化与政治制度，成为精英阶层钦慕的中国时尚。虽历经数百年，中国的真实状况依然如故，变动不居的只是西方人的生活态度、思想情志、审美情趣和价值取向等等。抱定“一切须唯我马首是瞻、为我利用”的强势逻辑，他们理直气壮地“变形虚拟”了中国的实情实况，心造了一组组“文化中国实录”的“全息”蒙太奇镜头。

文化诗学批评的文本解读，一向采用这样一种在史实与文学之间打通穿行的“穿越”方法，从一件与所评析的作品似乎相隔遥远，但实际上包含着深刻文化意义的“小物件碎片”入手，整个分析过程似乎波澜不惊，但它会出人意料地找到一个联结点和引爆点，让接受者恍然大悟般领悟到原来摆在面前的这部作品早在其成文“定型”之时，就与当时的社会意识形态有着怎样千丝万缕的复杂联系。通过对一个个历史人物和一件件历史事件的“抖包袱”式分析，它能够重现和重塑那些历史人物形象和那个时代的精神实录。

第二节 语境化的“思辨的理解”作用力场

语境（context）原为语言学术语，蕴含着“上下文关联域”的意旨。20世纪中叶以来，西方学术界经历了语言论等范式转向后，语境概念的内涵大为丰富，外延明显拓展，日益成为哲学人文社会科学领域的关键词，成为一种囊括综合了文化特质、审美心理、结构模式、社会历史环境等要素的意义生成的集大成论域。在当今全球化与多元化并行不悖的时代，更是充盈着复杂多元、交流互动的语境间性（in－between），对应到不同层面分别表现为文化间性、主体间性、文本间性和诗学间性等。语境化研究对任何一个概念、范畴、观点的考察，都必须将其置于具体语境之中，看它是如何被提出和使用的。其中尤为重要的是施以历史“语境化”，对文学理论问题放回到原有的“第一重”历史语境中去把握，作一种溯源式的具体化历史研究。进入历史语境分析文本，就是把文本看成是“历史的暂时的产物”（马克思：《哲学的贫困》），要将文本放在特定的历史语境中，以历史文化的视野去分析、解读和评论。

但“历史语境”不同于“历史背景”、时代背景等，历史语境除了要把握某个历史时期的一般的历史发展趋势和特点之外，还必须揭示作家或作品所产生的具体的文化语境和情景语境。换言之，历史背景着力点在一般性，历史语境着力点在特殊性。而“语境化”研究的关键之处在于：要把研究对象看成是在与具体语境的互动中的生成过程，而非居于语境中的已成之物。所谓语境化研究，正是要在复杂的关联中梳理、阐述这一生成过程，揭示其复杂性。语境的真正作用就是在这个生成过程中显现出来的。重建研究对象生成的语境是理解阐释的必要一环，作为研究者，我们要有自己的阐释立场，在研究过程中我们必须时时回到当下的“第二重”阐释语境之中。经由此“双重”语境来确立和判断研究对象的意义与价值，使我们得以不断反思和调适自己的研究路向。

格氏文化诗学批评观着重发现文学文本、社会文本和历史文本之间诗性品质和话语品格的生成，进而通过“文学的文化”诠释方法浮现出文本综合体中潜在的“意识形态”质素。格氏格外垂青一些边缘性的、趣闻轶事的花边下脚料，固执地认为只有它们才是原生态的，最少受他者外在力量的压迫和污染的。一般来说，它们是入不了官方体制内意识形态的“法眼”的，但格氏如获至宝，喜不自禁地把它们纳入“权力关系”中，以消解和重构的“反体制性”（Anti - institution）姿态来重新解读、叙述历史。“历史的叙述”并不等同于历史事件本身，任何一种对历史的文字描述都只是提供了一种历史的叙述、文本的撰史或元历史（metahistory）的解读的可能，每种可能或然性都平等地站立在真实性和必然性面前，无一例外，其科学性和客观性是大可值得怀疑的。因为在“叙说、撰史、解读”策略的背后，君临一切的是一种象征强势话语的文化霸权和政治权力的运行机制。

在格氏字典里，历史和文本的握手言欢构成了人的“生活世界”——此概念系胡塞尔首倡；后经哈贝马斯对之进行了社会学改造，成为其“交往行为”论的轴心概念——的一个隐喻（metaphor）。

格氏的“叙述”本身就是一种现实性“生活世界”的文本化过程，通过这种对“生活世界”的隐喻性描述，将“生活世界”纳入文本创作与文本阐释之中，从而显示了意识形态力量在构塑自我时所产生出来的诸种现实“生活世界”状态。这种文本阐释方式主要是通过对具体文本的细读，同时采用“历史的叙述”的方式，将常态“生活世界”的历史融入文本的阐释之中，以此体现了自己坚定的文化政治观，这种文化政治观与詹姆逊的文化政治诗学学派血脉相连、源远流长。

一　权力摄控机制

推本溯源，格氏一贯认为人类的文化内核是一种不断塑型的，也是不确定的、不连贯的社会性存在和“想象的共同体”，它有时因一些偶发的“逸闻主义”事件而变奏。而深嵌其中的“自我塑型”概念所映射的文化现象正是一个社会意识形态化构建的“美的历程”，集中体现为人类整体文化“历史图景”的一种隐喻性架构和表达。人类“自我完善、全面发展”的“世界图景”不只是一个社会化构建和“文而化之，化而文之”的代际进程的投影，而且更是在政治意识形态和文化权力等一系列非人格化（客我）力量隐蔽规约下形成的“隐喻性”文本结构。

这样，在文本历史化过程中，文化诗学批评成为一种意识形态化的政治批评话语，其所涉延伸到了艺术等人文学科领域。艺术作为一种充满意识形态的话语，关键在于其深层蕴含的权力文化内涵。对于艺术创作，格氏指出艺术作品本身是一系列“人为操纵”的话语产物，是掌握创作规则的创作主体同社会机制和实践之间“商讨”的产物。艺术的火凤凰振翼飞出了曲高和寡的象牙塔，飞入了芸芸众生和琐屑存在，不再余音绕梁的艺术话语的“丝竹之声”淹没在引车卖浆者的“商谈”吆喝声中。这明显异于传统艺术观，艺术与非艺术的界限不再重要，关键在于其背后渗透着的话语模式和权力结构的丰赡内涵。同为一种创构“异在的”文化空间的能动复杂的“自我塑型”，艺术的文本与历史的、政治的文本同宗同源，文本已经成为跨学科的、凌驾于学科之上的审美意识形态存在。

“自我塑型”论作为一种异军突起的非精英学术话语和研究方法，其主要特征就在于其反体制性、去经典化和批判性。格氏对“自我”社会关系内核的发掘和对意识形态话语的痴迷，正是西方马克思主义、福柯理论等社会批判精神的一贯延续。它试图恢复久违了的精神本源和价值关怀，张扬了一种强烈的人文关怀精神，彰显了文化诗学话语体系与当下人类生活世界的“执子之手，与子偕老”般的密切关系。惜乎，由于“自我塑型”论一味强调文化分析的“泛化”综合性，屡被冲淡的意识形态话语批判退避三舍，最终复位批评原点，退回到了曾经大张挞伐的形式主义语言分析，其文化批判的锋芒和立场随喜弱化。格林布莱特认为，“不参与的、不作判断的、不将过去与现在联系起来的写作是无任何价值的。新历史主义具有的政治性，并不是在现实中去颠覆现存的社会制度，而是在文化思想领域对社会制度所依存的政治思想原则加以质疑，并进而发现被主流意识形态所压抑的异在的不安定因素，揭示出这种复杂社会状况中文化产品的社会品质和政治意向的曲折表述方式和它们与权力话语的复杂关系”。①

自我（self）问题，历来是哲学上一个相当重要的命题，有学者将自我等同于柏拉图的灵魂（soul）概念，笛卡尔《方法论》（*Meth-*

---

① Stephen Greenblatt, *Learning to Curse*, New York: Routledge, 1990, pp. 166 – 167.

odology）的“我”本质上是一个思维实体，休谟《人性论》（*A Treatise of Human Nature*）的“我”是一种“心灵知觉”。在格林布莱特那里，“自我”问题实质上就是“人的主体性”问题，人的主体性是在生命活动中力图自我塑造而趋向善、实现真正的善。格林布莱特要做的是在文艺复兴研究中烙上他自己所体验和意识到的“人性”印迹，而进入过去和现在的“双向”交流对话之中。格林布莱特认为，“正是在这复杂的‘文学与社会’关系网络中，个人性格的自我塑造才真正体现为一种‘权力’运作方式。”① 自我塑造，正是一套权力摄控机制，即由特定意义的文化系统（the cultural system of meaning）所支配。

二 人性重塑的心灵史

作为中坚力量的文学在整个社会文化话语系统中发挥着独特功能，使格林布莱特告别了传统的旧批评模式，而运用福柯的“权力话语”分析方法，构塑了一种他自称为“更为文化的或人类学的批评”（anthropological criticism）。其具体方法是批评者必须牢固树立自身作为阐释者的身份意识，预先设定性地将文学理解为构成某一特定文化的符号系统的组成部分，进而打通文学与社会、文学与历史之间封闭的话语系统，挖掘和展示作品客体、作家主体与读者受体之间的内在关联，同时也并不回避作为人类特殊精神活动的艺术表现问题的无限复杂性。诚如 T. W. 阿多诺在《艺术与社会》（*Art and Society*）一书中所言，“人们必须从两方面考虑它的社会本质：一方面是作为自为存在的艺术，另一方面则是它与社会的联系。艺术的这种双重本质显

① Stephen Greenblatt, *Learning to Curse*, New York: Routledge, 1990, pp. 166 – 167.

现于一切艺术现象中；这些现象本身则是变化和矛盾的”。[①] 这正是文化诗学的本质所在，既强调各种文化关系对文学的影响，也强调文学的自律性。

“文学永远是人性重塑的心灵史”这句话形象化地高度概括了文学与历史的同宗同源性。历史是文学参与其间，并使文学与政治权力、社会权威等他者形态交互激荡的“作用力场”，是传统势力和新生思想最先交锋的场所。在这种历史与文学整合的“作用力场”中，让那些伸展的自由个性、成形的自我意识、升华的人格精神在被压制的历史事件中发出新时代的声音，并在社会控制和反控制的斗争中诉说他们自己的活动史和心灵史。文学艺术向来是对于各种斗争“合力”与文化和谐的极为敏感的记录，文学意义的审美阐释则是一种“人性”的共鸣。对此，格林布莱特强调说：“我已经试图修正意义不定和缺乏完整之病，其方法是不断返回个人经验和特殊环境中去，回到当时的男女每天都要面对的物质必需和社会压力上去，并落实到一小部分禀有共鸣性的文本上。这类文本的每一篇都将被看作是 16 世纪文化力量交汇线索的透视焦点。它们对于我们的意义并不是说，我们能够透过它们见到深藏其下或作为其前提的历史原则，而是说，我们依赖这些作者生涯与较大社会场景的透视点，便可阐释它们之间象征结构的交互作用，并把它们看成是构成了一个完整而又复杂的自我塑型过程。通过这种阐释，我们才会抵达有关文学与社会特征在文化中形成的那种理解。”[②]

这一段话是理解格氏新历史主义理论的锁钥，也是整个新历史主

---

① 周宪：《当代西方艺术文化学》，北京大学出版社 1988 年版，第 288 页。

② Stephen Greenblatt, *Renaissance Self－fashioning: From More to Shakespeare*, Chicago: The University of Chicago Press, 1980, p. 6.

义文化诗学批评观的序言与总纲。因为，它申说了以下几项理论主张：首先，任何理解阐释不仅不能跨越历史的鸿沟而寻求臆想的“原意”，而相反必须“依赖这些作者生涯与较大社会场景的透视点”，我们“才会抵达有关文学与社会特征在文化中形成的那种理解”。任何文本的阐释都是各种“文化力量交汇线索的透视焦点”，是两颗心灵的对话和文本意义的重释。在这里，我们不难看到伽达默尔诠释学的“视域融合”和解构主义批评“意义误读”观点的影影绰绰。其次，任何对个别特殊的“一小部分禀有共鸣性的文学文本”的进入，都要“不断返回个人经验和特殊环境中去，回到当时的男女每天都要面对的物质必需和社会压力上去”。唯有如此，一切历史才能是当代史，一切文学对话才能是心灵的对话。再次，任何文学文本的解读在放回到历史语境中的同时，实际上也就放回到了“权力话语”结构之中，毕竟“我”这种特殊的权力形式“既集中在某些专业机构之中；同时也分散于意义的意识形态结构和特有表达方式与反循环的叙事模式之中”，无孔不入而又无处不在。

在这个意义上，就不难理解格林布莱特的文艺复兴文学研究“一刀切”地把“这类文本的每一篇都将被看作是16世纪文化力量交汇线索的透视焦点”，而展开一种阐释式的文化人类学研究。因为他发现人类不能不靠文学形态，当然不仅仅靠它，虽不唯一但至少它是不可或缺的，为已逝的历史留下活生生的心灵化石，也不能不借助于文学文本密码来解码和重现那一度逝去的自我塑型曾经遭到敞开或压抑的历史形象塑造史，更不能不依赖文学意指系统来“复活和再现”那些业已逝去的人们所经历过的风风雨雨、人情冷暖、情感纠葛和喜怒哀乐等那么多“人与事”，并使当代人产生心灵的“共鸣”。毋庸置疑，文学形态是历史镜像空间中最易被激活的思想元素和社会颗粒，它不仅全身心投入和参与了历史事件与历史记忆的“形象史”塑造全程，而且直接助推和框范了对现实境况和文化状况的全方位塑造。

第三节 意识形态化的“凝视的理解”话语机制

20 世纪中后期，整个理论学界涌现的“文化转向”成了表征着“理论视野的泛化”的标志性文化事件。按照格林布莱特的表达，在各种社会能量的碰撞和交流中，文化样态的“自我造型”运动得以不断展开和深层掘进。推本溯源来讲，因为人和人必然是相互影响的，既然“人的存在形式本身就是一种特殊的文本结构和文化形式”，那么人类的一切活动都可视为各式各样的文本，它们之间都具有互文性，文化样态也就成了一个具有互文结构的浑然一体的整体构造。这样一来，“自我塑造”运动在这种人类文化结构中就是一种互文性文本的涌流不已的持续流动。

解构主义哲学学派的领军人物雅克·德里达（Jacques Derrida，1930—2004）在《论文字学》（*Grammatology*）中的著名言论“文本之外一无所有”曾引起广泛争论，有评论家认为应该由否定式表述方式转换成语气稍微和缓一些的肯定式表述方式，不妨换个说法，“一切都包含于文本之中”，或称之为一切都包含在文本的流动之中，同时其实这两种花样并无二致。以此类推，文学世界的作者、世界、作品、读者（包括批评家）四要素之间的关系也是一种互文性的流动着的动态关系。

海德格尔说“语言是存在的家”，一切存在都在文本之中。更为根本的是，语言是对世界现实的再现，这种再现同样表现为一种文本的“生产”“流通”和“再生产”。诚如美国文化人类学家、经典名著《菊与刀》的作者鲁思·本尼迪克特（Ruth Benedict）在《文化模式》（*Patterns of Culture*）中所言，“语言再生产（re－product）着现实。这需要从最直接的意义上去理解：通过语言，现实被重新生产出来”。[①] 语言再生产现实，就像精神、意识复现现实的世界一样。文学也正是通过语言，才能再生产现实。格林布莱特的思想和理论也是在种种文本的相互“知识商讨”和“知识流通”之下形成的。

布鲁克·托马斯教授在《新历史主义和其他过时话题》（*The New Historicism and Other Old－fashioned Topics*）一书中明确指出，“新历史主义采用了后结构主义论”。[②] 其实文化诗学的这种后现代思想和解构主义倾向，格林布莱特在《通向一种文化诗学》一文中就表述得很明确了，他对德里达和福柯的推崇态度和理论继承溢于言表。一方面文化诗学里许多术语的使用，诸如“流通”等就直接套用了德里达著作的原话；另一方面，在“反本质主义”的历史观立场上也与福柯遥相呼应。福柯说，“对于所有仍在谈论人和人的统治或解放，探寻人的本质并试图从人出发达到真理的，力求认识人的真实的‘左’倾或幼稚的思想家，我们只有报以哲学的嘲笑，一种部分保持沉默的嘲笑。”[③] 解构主义其目的是要使人们的类似于结构主义的科学野心成为不可能的梦想，打破以系统性方案为目的的理论运动，从而摧毁人们

① 衣俊卿：《文化哲学十五讲》，北京大学出版社2004年版，第59页。

② Brook Thomas, *The New Historicism and Other Old－fashioned Topics*, New Jersey: Princeton University Press, 1991.

③ ［法］福柯：《语言、反对记忆实践》，《文选与访谈》（康奈尔大学出版社1977年英文版），摘自江怡编《走向新世纪的西方哲学》，中国社会科学出版社1998年版。

对“理性的信念”。正像美国学者卡勒（Culler）在《论解构：结构主义之后的理论与批评》（On Deconstruction：Theory and Criticism after Structuralism，1983）中所概括那样，“德里达的解构主义使任何文学科学或话语科学成为不可能”。[①]

一 “凝视的理解”认知方式和思维行为

从宏观的意义上来分析，格林布莱特的“自我塑造”运动主要是指人类的一种整体化综合性的文化行为和社会行为，它包含了作者主体的创作、文本客体的呈现与实现以及读者受体的阅读与阐释。这种种“无形中植根于公众意义系统”的文化行为和社会行为紧密关联、多次反复，形成了一种多重意义复杂互动的阐释过程。格林布莱特谈道：“社会行为往往无形中植根于公众意义系统，也通常直接为该系统的制造者们在阐释过程中所掌握。而我们在此书中讨论的那些构成文学作品的字词，恰恰以它们的本质清楚地肯定了一种同根性。”[②] 任何人类行为都不是天马行空的行为，而是渗透了异在力量的影响或对他者因素施以影响。所以，任何的“划定边界”设想都只是一种形而上的愿望和表达，是一种理论规范和认识实现的需要。所以，伴随着理论视野的“泛化”总体趋势，绝大多数的人文学科都在尝试着跨越边界，跨越人类智识的藩篱。从整体的意义上讲，这种“凝视的理解”认知方式和思维行为也是一种人类自身的各擅其长的“自我造型”运动。

---

① ［美］卡勒：《论解构：结构主义之后的理论与批评》，陆扬译，中国社会科学出版社1998年版，第164页。

② 转引自傅洁琳《“自我造型”的人类文化行为——格林布莱特文化诗学核心理论分析》，《华南师范大学学报》（社会科学版）2010年第6期。

表面上看，中国人的“自我造型”行为酷爱以智取胜，尊崇以悟性见长的智者；西方人则更多背负原罪感，崇尚张扬神性的救赎之路。东西方走着各自不同的“自我造型”思想路线，尽管普照沐浴在同一轮日月之下。于是乎，经典的阐释便升腾至云端，形而上为：中国精神讲务实，经世致用；西方精神讲求真，理性神性。各擅其长，且根深蒂固。细究一番，对中国精神的见解多半符合实际，而对西方精神的定论未免失之偏颇。源于雅典的理性真理和源于耶路撒冷的启示真理，在西方思想史上实在可谓“对立的统一”。法国思想家马尔罗曾经断言，“俄罗斯从来没有过文艺复兴，也没有过雅典”。这话当然不适用于俄罗斯，但却适用于中国，而且我们还得追问一句，中国从来没有过文艺复兴，不仅没有过雅典，也没有过耶路撒冷。历史上我们没有形成“为求真理而求知”的求真传统，“技术理性”是中国传统文化品格的基本特色，这使得古之先贤们在思维层面上不曾注重探求普遍性、必然性的真理，更不屑于去虚无缥缈的信仰、博爱，而是把累累硕果挂在“运用”的智慧树上，“经世致用”的功利价值观在中国思想史中始终居于主导地位。那么，横亘欧亚板块之俄罗斯的命运又将如何呢?

俄罗斯曾有过文艺复兴，虽不曾有过雅典，却有过耶路撒冷。俄罗斯是幸运的，俄罗斯思想曾震撼世界，原因之一即是以陀思妥耶夫斯基、舍斯托夫为代表的经典大师们为耶路撒冷精神所作的护佑和雄辩，以及对雅典精神提出的指控和鞭挞。他们为人类挽回了自信、良知和尊严。这让我想起别尔嘉耶夫的《俄罗斯思想》开篇援引的一句话：“用理性不能了解俄罗斯，用一般的标准无法衡量它，在它那里存在的是特殊的东西。在俄罗斯，只有信仰是可能的。为了了解俄罗斯，需要运用神学的信仰和爱的美德。”① 不幸的是，俄罗斯历经千辛万苦，仍未能追随日耳曼式的普罗米修斯（Prometheus），盗来西方精神的真传衣钵。倘若要探寻民族国家的集体无意识的精髓所在，单一的感性思维的认知方式显得力不从心，但它是属于“信仰、价值观等意识形态上层建筑诸多形式”里的必修科目，能搞掂“这一个”，这似乎已经足够了。

二 思辨的理解和凝视的理解

在格尔兹的人类文化学那里，强调了“文化”和“理解”两个基本问题，认为人类文化的基本特点是符号性的和解释性的，尤其强调解读意义而不追求可说明原因的法则。正像杰诺韦塞所说，“新历史主义并不那么看重历史，而是把自己置于反历史的激进地位上”了。② 文化诗学批评观为了“对过去事物革除记忆”，而随心所欲的剪裁与虚构历史。怀特进一步解释说，“我们体验历史作为阐释的‘虚构’力量，我们同样也体验到伟大小说是如何阐释我们与作家共同生活的世界，在这两种体验里，我们看到意识构成和征服世界所采取的（共同）模式”。③ 文化诗学的重要范畴“文化语境”也将变成一种“虚构”，这就使得文化诗学陷入了非理性的“前理解”思维状态。在《共鸣与惊叹》一文中，格林布莱特一语道破天机，“对艺术的理解不可能是自动的，也不能够缩略为构塑它的制度和经济的力量。理解是一种带有奇妙的狂热崇拜的注视，因此，艺术作品蕴含了

---

① ［俄］别尔嘉耶夫：《俄罗斯思想》，雷永生、邱守娟译，生活·读书·新知三联书店2004年版，第142页。

② ［美］杰诺韦塞：《文学批评和新历史主义政治》，摘自张京媛主编《新历史主义与文学批评》，北京大学出版社1993年版，第86页。

③ 同上书，第137页。

和产生了观众的惊奇、愉悦、仰慕的情感，以及天才的暗示。”①

西方文化诗学在俄罗斯大地上找到了他的同道者——舍斯托夫(Shestov)。按照宗教的艺术观，文学艺术的独特魅力就在于“争取把不可能变为可能，乃是一场疯狂的斗争——以眼泪、呻吟和诅咒为代价的斗争”。这种争取可能的疯狂斗争就是信仰。在信仰和理解的关系问题上，舍斯托夫似乎走得更远，将“理解”的颗粒融化到信仰的沃土里，消化了原有的形态，信仰的青草更行更远还生。依此法则，将“理解”理解为一个变量模型，从前理解状态和后理解状态两个层面上加以考察。前者屈从于形而上学的理性法则，沉溺于理性的虚构，陷于理性犯罪的不幸之中，浑然不觉；后者与必然性进行着哪怕注定是徒劳无功的抗争，就像西西里佛神话里的石头只是在永不停歇地滚动着，什么也不为，漫不经心却又坚定不移。笼罩在信仰的天幕下，一切细节生生如初。遵从爱的法则，直指本心，在记忆中重新唤起对福音书的理解，这种对福音书的理解直接关涉人的生存和毁灭，原罪和救赎以至天使和魔鬼。活生生的真理尽入囊中，鲜活了福音书中的每个音符。在天使翅膀的羽翼下，约伯的福音书才是迄今尚未被科学和形而上学割裂和篡改的福音书。

转换一下透视历史和个体苦难的话语形式，于是便将“理解”这块宝地划分为两大区域，思辨的理解（speculative understanding）和凝视的理解（contemplative understanding）。“思辨的理解”可浓缩为笛卡尔胡塞尔之思，“我思故我在”，胡塞尔则告诫，“为确保认识的可靠，首先应该悬置存在的判断，把思引回到先验的纯粹自我。”② 袭承古希腊哲学一脉，从亚里士多德历经斯宾诺莎、笛卡尔、康德、黑

① Stephen Greenblatt, *Learning to Curse*, New York: Routledge, 1990, pp. 166 – 167.

② 刘小枫:《当代中国文学的景观转换》,《这一代人的怕和爱》, 华夏出版社2007年版。

格尔以至胡塞尔的哲学传统，习惯于从意识（先验的纯粹自我）的直接材料中去寻求真理的细枝末节，从明证的理性中去探求、追索，概念、判断、推理联合演习，立体了多维的思维空间，咏叹着理性思辨追寻、求证普遍性、必然性真理的多声部复调。形而上学的思辨哲学传统在西方思想史上始终占据着主流位置，抖擞着唯一超霸的猎猎雄风。

遥相呼应的另一极，孤灯青影下，泪浸青衣的“凝视的理解”这一言说形式显得形单影只，但舍斯托夫绝非孤家寡人。远自德尔图良、帕斯卡尔，近至克尔郭凯尔、陀思妥耶夫斯基，这些天涯客都是舍斯托夫的同路人。舍斯托夫竭力宣扬，约伯的呼喊与细语比柏拉图或黑格尔的教义更令人信服，更贴近人本身。人只能虚拟镜中之我，但永远无法求证自身，这是一个悖论，也是一种分裂。当绝望的肉身愤愤向形而上学大师们提出由苦难和泪水浸泡出的诘问——我是成为我的，吾将何去何从？思辨的理解又将如何作答呢？

人类无法永远回避这个问题，更无法忽略。真诚的人们只好再度分裂了自我，全身心地陷于痛苦的深渊中。只有陷于绝望的人才能“凝视”（gaze）、“沉思”（contemplation）被钉死在十字架上的真理，因为他摆脱了人的理性知识的支撑和羁绊，无所凭依，也毫无特操，不再归顺任何自然历史法则。人终将返回故里，回到他自身。追随他沉思的足迹，唯“凝视”才理解，“凝视”可视为理解的前提，或者说背景。以此为参照系，重新审视个人命运和世界苦难的景观，以整个生命存在去体悟神性（divinity），进而“重估一切价值”才成为可能。将“凝视的理解”提升到信仰层次的预设性条件之一便是前述的绝望状态。有意识的生命的本质之一即是他洞悉什么叫苦难（tribulation），这是个关乎全局的重要命题。不断上升着的痛苦（affliction）

弥漫在苦难的深渊中，将身陷其中的个体浸泡在绝望之域中，不能自拔。承平日久、风平浪静的思维空间大面积遭受了飓风般毁灭性的打击，支点断裂了，信仰在悲剧中诞生。即便此论断设定在“假如”的框架内，也有其本源性的价值。舍斯托夫的思想转换历程写照了这一真实。生活在这个世界上，就像是异乡人在自己的家里一样。整个人仿佛抽掉了生存的根基，失掉了人赖以安身立命的精神依据。他寂然一身，万念俱灰。置之绝望而后生，信仰的双翼护佑他悲壮的还乡，浴火重生。这一切都源于一个活生生的明证，在上帝眼里，人类的苦难和泪水比什么都要沉重。

三　体悟“神性”真理和阐释“情结”原型

在西方文化精神中，最终的至高真理，或者说真理的来源有两个，一个是以康德哲学为主要表征的，形而上学的理性的至高真理；一个是以圣经神学为主要表征的，以整个生命存在去体悟、受洗神性的真理。纵观西方思想史，这两种真理精神经常奇妙地融合在一起，对抗中共生、共存。抗拒形而上学的理性主义的霸权话语，抗争把形而上学的智慧果嫁接到圣经的生命之树上去，不过是神学与哲学的原始对抗的复活以至发展。在启示与理性的短兵相接中，粗笔勾勒出两条生生不息、荣辱与共的思想路线。此起彼落，或凸或凹，蜿蜒走笔在浩如烟海的历史典籍中。启示——理性，恍若两座丰碑式的灯塔遥相辉映在人们的同一脑袋中。

理性（理解）与启示（信仰）的关系问题，一直是西方思想史上的一大难题，甚或说是悖论。形而上学的思辨哲学传统，似乎多了些王者之师的杀伐之气。裹挟思辨求证之强势，理性之师扫荡了思维视域的大小据点。理性至上的论调甚嚣尘上，约伯的膜拜者也夹道欢呼人类认识和改造世界的又一创举。处于守势的基督宗教在理论形态上的确立和拓展，没有希腊理性主义的开疆破土几乎是难以设想的。“信仰先行”论应运而生，阿奎那式的调和圣经启示与希腊理性真理的做法无异于订立城下之盟。空城计也好，缓兵之计也罢，理性和启示孰轻孰重之争轻描淡写间消解为孰先孰后的诡辩。争端悬置，握手言欢，对立双方暂时相安无事。曲曲折折，以基督文化为背景的仁爱信仰汇聚为同样深远的精神传统。

不安分的舍斯托夫似乎是个例外，也是独特的这一个。从言辞的激烈程度、彻底性上来看，他的立场显得有些偏激，似乎跟他命运多舛的经历不谋而合。在这里，统一的成分、趋势似乎荡然无存，对立面在舍斯托夫这儿兵戎相见，一场“统独”之争已箭在弦上。技术理性、功利文明把人引离故土，其内在的神性失落了，点点滴滴渗入了地下，聚集。这是一种新的历史的普遍分裂，即人自身的神性与自己的创造物的分裂，人的生存价值和技术文明的分裂。他执着一念，希冀在与虚无的必然性的斗争中与上帝相遇；他贡献了自己的赤诚、激情、泰然，思想的颗粒各安其位，得其所哉。因了他，这世界还值得呼吸和信赖。他是特定时代的产物，他扩张了那个时代的血脉，使他生存的年代进入了历史，赋予了历史别样的写法，也丰盈了历史的基本要素，正是他饱满了俄罗斯思想。

冥冥之中，舍斯托夫将其最重要的压卷之作命名为《雅典与耶路撒冷》。或许得力于它的启示，甚或“据为己有”，历史的如椽手笔将虚构出独立成章而又浑然一体的“双城记”（A Tale of Two Cities）。雅典—耶路撒冷，不只是两个地名，更是独立的仍在成长着的生命个体，即便象形为方块字，简捷的笔画中仍奔突着蓬勃昂扬的生命张力，顶天立地的血肉之躯坐标般深植于广袤辽阔、血性深远的历史记忆中。综上所述，远自德尔图良、阿奎那，近至帕斯卡尔、克尔郭凯尔、陀思妥耶夫斯基，延至舍斯托夫，他们执拗地追索以整个“超越性”生命存在去体悟“神性”真理和阐释“情结”原型，这一卓越行为和标志性事件业已形成了西方思想史上一抹独特和亮丽的复调景观。

第四节　权力结构的“隐喻性”表征形式

西方传统的思想方法是注重范畴和对范畴的分解，因而在文论中大都是以严格的理念来说明、建立与文化现象的文本阐释和权力结构之间的联系，所使用的概念是纯粹概念。这种纯粹概念是脱离事物感性的抽象概念，且概念的界定是自明和确证的，界说是分明的，具有较强的疆界性和明晰性。钱穆先生说，“西方人重科学，贵创造，有始无终，不能守成”，[①] 可谓从中国传统去看西方传统一个很中肯的批评。海德格尔也说，西方传统以“无限”为尚。殊不知有限实为无限之本，无限之观念实从“有时限性”中产生出来的。科学技术尚无限之创造，而人作为历史性存在而言，实为“限定性与无限性相统一的存在”的守护者。经由“西学东渐”和“东学西渐”两条路径的并行不悖发展，这一思想发展成为当下文化诠释学所谓人是“无限性”文化意义空间与“限定性”文本权力结构的见证者和保持者。

格林布莱特认为人类的文化是流动的、不断构建着的，因而置身在文化语境下的人的本质是一种不断塑型、生成着的“自我力量与自我造

---

① 余英时：《钱穆与中国文化》，上海远东出版社 1994 年版，第 263 页。

型"。文化筋脉几经冲刷、积淀，最终冲积成一种系统的"隐喻性"权力结构。既然人类的品性、作家人格和写作特点的形成都是在历史的洪流中具体形成的，那么，作为莎士比亚研究专家，格林布莱特研究了莎士比亚是怎样成为戏剧家的。他的《俗世威尔》一书表明：莎士比亚的成就是建立在他生存的时代和地域所具有的诸种文化现象的基础之上的，当时文化的种种契机和因素是莎士比亚的内在灵魂。

格林布莱特的文化诗学具体运用了文化人类学的"厚描"概念来试图建立与文化（文学）现象之间的历史性联系，主要是为了扩大人类话语的意义空间，追踪社会话语和权力结构的隐喻性取向，赋予它一个可以检验的权力形式和文本结构。当然，除了关注主导意识形态的历史外，格林布莱特本人特别关注被人们忽视的小历史，比如格氏用"逸闻轶事"来表现"过去"，把它作为直接呈现历史话语的场所，从而体现出文化内在的多样性，在逸闻轶事中我们能挖掘出很多能为我们所用的东西。他在《学会诅咒》（Learning to Curse：Essays in Modern Culture）的导言中写道："历史轶事的功能不在于解释性的说明……它要求的是解释、语境化与互动。"① 逸闻主义写作风格体现了格氏一种独特的叙述方式，它要叙述的就是"别的东西、一些不同的东西"，所以格氏一直秉承的态度是发现它们、解释它们和实践它们。

一 对现实的隐喻性把握

俗谚说："解铃还须系铃人。"解"结"的方法和途径还须回归到原初的"故纸堆"里去梳理。首站仍定格在格林布莱特文化诗学的理论原点上，那就是由吉尔伯特·赖尔首先提出的，后由格尔兹、格

① Stephen Greenblatt, *Learning to Curse*, New York: Routledge, 1990, pp. 166–167.

林布莱特发扬光大之的，富有启发性人类学意义的“厚度描述”概念。顾名思义，“厚描”概念的原意是指对包含着多重丰富阐释意味活动的浓墨重彩式描述，而“浅描”（thin description）则是指对细小事件比如眨眼这样的含义单一行为的清晰确定的简单描述。格尔兹将之深化为所谓的“厚描”式文化人类学阐释方法，演化成了对现实事件的一种深透本质的“想象性”把握，它从事物的种种世相中破茧而出，用一种独特的文学手法与艺术形式将其对象化的本质力量呈现出来。这种“大处着眼、小处入手”的典型化手法一般以极其扩展的方式来切入，进而摸透极端细小的事情，以小见大、以小喻大，由一斑而窥全豹，最后达到一种更为广泛的阐释和更为抽象的分析。格林布莱特深受启发，一反常态，一直保持着对细小的事件，对偶然性的高度关注。他执着一念地认为，唯其如此才能曲径通幽式抵达对权力、信仰、名望等宏大叙事的“隐喻性把握”。

格林布莱特从不掩饰自己对档案资料、轶闻野史、警察记录、航海日志等非正史资料的宠爱有加，并饶有兴趣地加以条分缕析与深度阐释。这种对历史语境下文化事件的“厚度描述”手法，类似于一种对人类文化事件和历史记忆的隐喻性把握，几经磨砺、锤炼，后来发展成为新历史主义文化诗学的主要批评方法。对此，格林布莱特曾经谈道：“那些特殊的文化及其研究者都不可避免地走向一种对于现实的隐喻性把握。人类学阐释工作应该较多地关心某一社会成员在经验中所应用的阐释性构造，而不是去研究习俗与机构的制动关系。”① 格林布莱特从人类学借用的“对现实的隐喻性把握”，其精髓要义是把人类学所要考察的一切人类现象都看作某种文本，从中找出人类文化

① Stephen Greenblatt, *Learning to Curse*, New York: Routledge, 1990, pp. 166 – 167.

生活或文本中隐含的诗学内涵和诗性禀赋，这是格林布莱特所倡导的文化诗学的理论阐释方法。

早在《历史哲学绪论》（或称历史中的理性，*Introdction*：*Reason in History*）中，黑格尔就阐述了世界历史的诗性品质，“并将整个已知的历史世界作为一以贯之的主题，通过隐喻象征手法，将世界历史构塑成具有一致性的诗性整体，这一诗性整体是与已知的理想形式相适应的”。[①] 黑格尔关于“世界历史与历史世界”的创意划分和创造性阐述表达了一种“历史诗学”思想观念，这种历史诗学跨越了历史传统与现实生活之间横亘的间距和藩篱，将历史传统看成是变动不居的人类生活的密不可分的一部分。而我们个体只是历史长河流域中的一粒微尘，无所不包的庞大社会力量有时候成为裹挟我们渐行渐远的一种潜在力量和不懈动力。黑格尔对于“世界历史与历史世界”的精辟阐述就是对人类历史“世界图景”的一种隐喻性的表达。同样，在格林布莱特看来，哪怕历史事件中的某个小人物、小插曲、小环节和小现象都概莫能外的隐喻地表达着记忆深处隐藏着的诗性历史意义。文化诗学批评观就是置身在人类社会文化的整体范畴里的一种诗性阐释和隐喻性发现，它意味着将文学与社会、文化、历史以及人类一切有意义的人文事件联系起来的一种理论动因和现实努力。

二 “一群伟大文化组成的戏剧造型艺术”

任何“文化形象”间载体的“自我塑造”行为实际是两种以上的文化样态之间对话中的相互影响运作，诚如丹麦学者斯文德·埃里克·

---

① ［德］黑格尔：《历史哲学》，王造时译，生活·读书·新知三联书店1956年版，第238页。

拉森在《文化对话：形象间的互相影响》（摘自《文化传递与文学形象》，*Transmission of Culture andLiterary Images*）中所言："一种形象决不仅仅具有一种直接可读的内容。洞悉一种形象的内涵总是暗含着形象本身的视角与使用或产生形象的视角之间的摆动"①。具体到西方文化视域中的"中国形象"文化造型的塑造而言，这里边同样也暗含着来自两个维度的视角，其一是"中国形象"文化造型本身的"本土"视角；其二是使用或产生"中国形象"文化造型的"异在"视角。

至于中国形象这一"角色造型"究竟是怎样塑造或演绎而来的，或者说所谓"中国形象观"是如何生成的？单从话语叙事形式上来看，就必须剖析和叙述作为一种"文化他者"的话语装置和权力结构，西方文化中的"中国形象"文化造型是如何商谈与构造、生产与流通以及交易与分配的。要想粗线条梳理一下"中国形象史"的历时性沿革，实际上也是爬梳一下西方文化中的"中国形象"的文化塑造和话语建构的过程，这就必须得刻度一个"中国形象"文化造型初现雏形的历史起点，以便在揭示和凸显"中国形象"文化造型所隐含的具体社会政治制度与多维文化历史意义时都可以追溯到那个叙事原点。从深层文化结构讲，格林布莱特对"自我塑造"的思考表现于个性，实际上来源于对人类行为的整体思考，也来自格林布莱特对于文化人类学的把握和理解。格林布莱特在《文艺复兴时期的自我塑型》"前言"中谈道："对我们的研究更有意义的是，塑造工作可以指示某种不显而易见的形状的获得：比如有特色的个性，对世界的个人表达方式，以及一种理解与行为的始终一贯性款式风格。"②

---

① ［丹麦］斯文德·埃里克·拉森：《文化对话：形象间的互相影响》，乐黛云、张辉主编《文化传递与文学形象》，北京大学出版社1999年版，第209页。

② Stephen Greenblatt, *Renaissance Self-fashioning: From More to Shakespeare*, Chicago: The University of Chicago Press, 1980, p. 6.

在某种意义上，一部人类“自我塑造”运动的历史就是各种文化相互交织、相互渗透或各种文化生生灭灭的历史，用斯宾格勒的话说，是“一群伟大文化组成的戏剧造型艺术”。[①] 离开活生生的文化，无论人类还是历史都会成为空洞的字眼。文化文本是一面凝聚着丰赡的在场智慧和思想方法的“自明性”巨镜，从中我们既可以目击“中国形象”的杂多文化造型，又可以直面西方文化精神的意蕴和象征。二者的关系是一种潜意识的“隐喻”关系。本属于个体的传奇故事等偶然的、枝节的文化因素，也会对“整体形象”有不同的影响和塑造。在一个过渡和转型时代的整体中形成的“中国形象”文化造型不是单一的或单向度的，也不会完全是纯文学的或唯美的群体。因此，“中国形象”文化造型的隐喻性权力结构和文化内涵，被纳入一个强烈而包容着巨大社会内容和意识形态形式的多元文化生态系统之中。其中，文化抑或文明的文本碎片的丰富性和复杂性正是这个生态系统中最为典型而生动的存在状态。

三 乌托邦化的“社会他者”和“文化异在”

格林布莱特所倡扬的“沉降到自我力量和自我造型的某些共鸣性文本中去”阐释手法，其关键点在所谓的“共鸣性”，即那种文学文本中人物自身、作品内部、作家与社会、作家与作家、人与人相对立的复杂力量之间持续冲突的内在张力，在新的广阔的文化场域里的想象性重构或隐喻性“再现”。格林布莱特曾经谈道：说到“再现”，我们便回到文学上来。或者说，通过再现问题，即能理解，自我造型正是从这样一个事实中获得裨益，即它在进行功能运作时并不严格区

① 衣俊卿：《文化哲学十五讲》，北京大学出版社2004年版，第163页。

分文学和社会生活。它开始跨越界限，混淆文学人物的创造，个人自我性格的塑造，那种被外力加以无可奈何的改造的经验，以及企图塑造他人性格的动机。

与之并行不悖，曼海姆对人类知识进行的社会学分析发现，“一切知识，不管是自然科学还是社会科学，或多或少，都不可能是纯粹客观的，其‘再现’或想象性的内在逻辑起点，或者是乌托邦的，或者是意识形态的，其差别只在于知识与现实秩序之间的关系”。[①] 从“知识论”层面上细究一下，“乌托邦”思想与“意识形态”观念，无论是在历史过程中、还是在逻辑结构中，都是一对相互对立而又相互依存转化的知识概念与思想范畴，其中乌托邦思想的指向是质疑与否定现实的社会知识秩序的，而意识形态观念的实际功效是肯定与维护现实的社会知识秩序的。倘单纯从时间维度上来看，乌托邦思想指向未来状态，而意识形态观念巩固过去状况与历史传统。

倘若说曼海姆依旧在“知识论”意义上来分析乌托邦思想与意识形态观念，而保罗·利科则另辟蹊径，立足于“认识论”阐释立场，直接将对乌托邦思想与意识形态观念的社会学分析“转向”、嫁接到“社会想象”或“文本再现”的文本诠释学分析中。因为知识结构本身就内在地表述着人们与现实存在的想象或再现关系，直接用社会想象或文本再现两个概念又可以避免传统认识论的“二元化”多寡之分和真假之辨，这样一来就与阿尔都塞用“想象”一词来定义意识形态相仿佛。利科进一步阐述说，“社会想象实践在历史中的多样性呈现，最终可以归结在乌托邦与意识形态两极之间。

① 衣俊卿：《文化哲学十五讲》，北京大学出版社2004年版，第163页。

乌托邦是超越的、颠覆性的社会想象，而意识形态则是整合的、巩固性的社会想象。”① 在历史运动形式的“多样性呈现”中，社会想象的实践模式就建立在“离心”指向的超越颠覆与“向心”指向的整合巩固两大“相左”功能之间针锋相对的强大张力上。

曼海姆和利科有关社会知识（或文本呈现）和社会想象（或文本再现）的两种类型理论，为我们描述西方的“中国形象”文化造型提供了双重理解维度与双层阐释架构。某个历史分期中一度被美化的中国形象，是一个被充分乌托邦化的“社会他者”和“文化异在”，寄托着西方文化不同层面的多元理想，各色人群都在移花接木地借用“中国形象”排解和展现各自对西方社会现状的愤懑与期盼。及至启蒙运动后期，西方文化视域中的中国形象从“美妙无比的东方情调”的乌托邦思想转化为杂糅了“新与旧、优与劣、文明与愚昧”等一系列“二元对立”价值评判因素的意识形态观念。与之相对应的是，西方的社会想象或文本再现也不再是运用中国形象这把褪色的古老标尺来衡量并批判西方社会现实，而是逆转为以西方现实需要为唯一尺度，挥舞着“一己之私的利益至上原则”的屠刀来权衡利弊并贬斥“中国形象”的任何文化造型。

延至西方现代主义大行于世的历史分期，美好的“中国形象”文化造型在现代主义审美期望中复活了。这是另一种启示意义上的“审美乌托邦”思想形式，正如关于异国情调的奇思幻想一样，它是表达失望与逃避现实的有效方式，又是表达希冀与想象中替代性实现的权力形式，本性上是超验神秘的或非理性的。正是在这种失望与希冀并存、逃避与实现共生的双重意义上，我们有足够的信心和理由认

① ［法］保罗·利科：《解释学与人文科学》，陶远华等译，河北人民出版社 1987 年版，第 147 页。

定：关涉中国形象的离奇神秘、异国情调的那种幻想形式，也是一种乌托邦观念。它舍弃了启蒙运动中跃跃欲试以期跻身现实权力中心的那种政治欲望，在社会想象、审美幻想与既定现实之间形成对一定阻隔间距的“疏离感”。在那个遥远的幻想空间里，社会想象的主权君临一切，一定程度上瓦解了现实的“自由的距离”及其意识形态基础。

四 重塑文本与意义之间的互动图景

梳理西方文化视域中的“中国形象”的文化塑造史脉络，更多地属于文化观念史或知识社会学、文本诠释学领域的事。它试图从历史情境中变动不居的、时断时续的观念与想象中，寻找某种文本策略与文化逻辑。文化文本是按图索骥的唯一依据，而作为文本的语境现身的文化现实，在此是构成文本书写行为的社会语境与话语策略。西方的中国文化造型（Chinese cultural modeling），真正的意义指向不是认识或再现中国的现实，而是构筑一种西方文化必要的、事关中国的文化造型参照系。启蒙运动中中国文化造型渐变，造成这种观念转向的，不是中国的现实，而是西方的文化精神与中西贸易及政治军事关系方面的变故。在爬梳西方文化语境下“中国形象”（Chinese cultural image）的多维度审美底蕴的“理解”进程中，重塑文化文本与“情结”意义之间的互动图景。

格林布莱特在使用“文化”的概念时，是把文化看成是一种潜在的人类生活整体系统。生活现实并不像它们看上去那样缺少艺术性，生活本身就是一个具有艺术性的文本形式。如果把文学批评活动看成是特定文化符号系统的一部分，不可避免地走向一种现实的“隐喻性把握”，那么，文学文本和社会生活文本不存在界限，这就意味着文学批评与文化符号系统的诸多联系，这种联系肯定不是单向的，而是多重能动的相互关照和阐释，这也突出说明了文学理论批评作为阐释者的文化身份。“异在”情结作为一种文化隐喻或象征，是对某种缺席的或根本不存在的事物的想象性实现及把握和隐喻性表现及描述。萨义德在对东方学概念进行限定性说明时，强调“异在”想象与现实权力之间的关系，认为正是特定时代东西方之间存在的那种“权力关系、支配关系、霸权关系”，决定着西方“论说东方的话语模式”。[①] 在此意义上，西方视域中的“中国形象”文化造型的生成与转换、断裂与赓续，也不仅是纯粹的观念与文化的问题，而与西方现代扩张过程中中西之间力量关系的结构变化紧密关联。

西方视域中的“中国形象”文化造型，是西方文化投射在自身其上的一种关于“文化他者”自明性的幻象，它并非要再现中国的现实，但却是西方“本我”文化系统自我观照、自我调谐、自我想象与自我书写的方式，明示出西方社会自身所处的文化想象与意识形态空间。博岱在《人间乐园》中如是补白：“考察近现代欧洲与非欧洲人的关系，应该注意到两个层次与两个层次之间的关系：第一个层次是物质的、现实的、政治经济层次的关系；第二个层次是观念的、文化的或神话的层次的关系，这两个关系层次各自独立又相互关联”。[②] 西方现代文明同步兼容着自我肯定与对外否定性的扩张质地和自我否定与对外肯定的反拨信念，它的具象化表现就是所谓的东方神话。两希传统（古希腊与希伯来）中的基因都有深厚的东方

① Edward Said, “*Figures*, *Configurations*, *Transfigurations*”, in Cox Jeffrey N., Reynolds, New Historical Literary Study: Princeton University Press, 1993, p. 316.

② 周宁：《龙的幻象》，学苑出版社2004年版，第21页。

情结，而东方神话恰是理解西方历史上“中国文化热”不可或缺的心理文化背景。他们相信，对广阔世界的解读能够使他们更好地认识与改造自身的文化。在启蒙理性的背景上蓊郁着深厚的乌托邦信念与浪漫主义精神。两种抵牾相左的倾向又相辅相成，这就辐射成一种历史张力。

启蒙哲学家在理性启蒙框架内构筑的世界秩序观念，是立定在“欧洲中心论”信仰板块之上的。首先是“历史”的宏大叙事仞立了西方文明的前沿哨所位置与未来指向，其他异域文明都停滞在过去时态。然后是“自由”的宏大叙事壁立了西方社会与政治秩序的合法性与优越性，西方之外的群落都沉沦在专制暴政与野蛮奴役中。最后是“理性”的宏大叙事，启蒙精神使西方外在的世界与内在的心灵通体光明，而东方或者整个非西方依旧埋在愚昧与迷信的非理性主义黑暗中。在强悍的“西方中心主义”文化价值秩序中，“中国形象”文化造型逐渐黯淡了，马可·波罗时代以来数百年间西方灿美如花的中国形象的黄金时代宣告消亡。无论是光辉灿烂，还是暗无天日，“中国形象”文化造型的刻板形象始终如一，从未更改过，它永远只是个陪衬的“配角”和“零余者”。

对待中国文化形象，西方是一个典型的“变色龙”。自文艺复兴以来，广为传播的那种“个人至上”的观念不能再安抚西方人的灵魂时，他们猎奇地把目光再次聚焦于中国形象。作为“他者”的中国形象始终成为西方反思自己文化的参照系。当代法国汉学家于连有一段话说得很精彩，“从严格意义上讲，唯一拥有不同于欧洲文明的‘异域’，只有中国”。[①] 中国文化的特点在于它无法按照欧洲的逻辑进行

① 转引自张西平《“他者”眼里的中国》，《光明日报》2007年7月。

归类，正如帕斯卡尔说的“这个不可归类的理论丰富性”。[①] 正是中国文化的这种“异”，既使欧洲黑暗，又有光明可寻。于连说，通过中国文本将我们陷入的黑暗，有一种别样的光亮，一种成为可能的理论光辉，并且必须寻找它。中国文化形象屈尊在西方文化视域的屋檐下，低眉顺眼，仿佛它的存在仅仅是撑持着西方文化的大纛在猎猎雄风中“迎风飘扬”。

马克斯·韦伯在他的《社会学的基本概念》中说了这么一句意味深长的话：“从事相同的行动，并不是理解的必要先决条件：要了解恺撒，不一定要变成恺撒。”[②] 即便是对具体社会行动的理解和阐释，理解行为也还是可以超越社会现实的规定性和限制性的。在文本阐释活动中，各种社会力量不断商谈、交易、流通，催生了多种新颖的思想观念和新型的自我力量。它们是一种多重往复的“自我塑造”和“塑造他者”，使读者和批评者都不断得到新的影响和塑造。如何把握西方思想界对“中国形象”文化造型的这种认识呢？这实际上提供给了我们一个重新认识自己的视角。对中国形象本身来说，将中国文化置于全球文化的语境之中，“研究它与其他文化的关系，使其成为正在进行的全球文化多元建构的一个组成部分。这是我们过去从来未有的遭遇也全无经验的一个崭新的领域”。[③] 在与西方文化的互动和相互关系中观照和爬梳中国文化造型的价值和意义，在“世界图像”（world images）的文化视域中考察和发酵“中国形象”文化造型的当代意义，这是一个全新的研究论域。

---

① 转引自张西平《“他者”眼里的中国》，《光明日报》2007 年 7 月。

② 同上。

③ ［德］马克斯·韦伯：《社会学的基本概念》，顾忠华译，广西师范大学出版社 2005 年版，第 5 页。

第五节　从“文本间性”理论到“主体间性”实践的“旨趣”转换

无论是不同历史分期的思想流派，还是同期的纷纭社会思潮，它们看取“传统存在形态”或“历史（过去）事件”这一综合理解事件的视角各有侧重，由此演绎出的理解内涵与诠释外延也就迥然有别。似乎再次应验了那句耳熟能详的经典注解，“有一千个读者，就有一千个哈姆雷特”。反映在诠释学的认识论维度上，对待“传统存在形态或历史（过去）事件”的不同理解态度与评判立场直接分歧了两大批评流派，它们分别呈现为一类是以伽达默尔为领军人物，以解释性理解（interpretive understanding）与文化认同（agreement）的“历史性与语言性统一”为核心表征形式的“本体论”哲学诠释学思潮；另一类是由哈贝马斯创立的以传统反思（reflective）、意识形态批判（ideology critique）为鲜明个性的“实践论”批评诠释学思潮。某种程度上说，正是后者竭忠尽智地纠偏了由来已久的旧“历史（传统）主义”认识路线，从而开创了一条别开生面的引向新历史主义（或称后传统主义）思维范式的广阔道路。

一　“为权威与传统正名”

伽达默尔（Gadamer）在其扛鼎之作《真理与方法》（*Truth and Method*）中专章论述了“为权威与传统正名”问题。针对长久以来困扰着学界的“如何看待和认定传统或历史（也即过去）”诠释学难题，他给出了自己的回答。伽氏认为，“传统存在形态”并非固封的文物一般掩埋在过去（foretime）或历史（history）深处，相反它是活在当下的，“传统”就鲜活在“生活世界”之中。[①] 映射在哲学诠释学层面，它反而是诠释何以可能的逻辑前提之一。本文中使用的“传统（tradition）”意指系统一词，其蕴含广泛而复杂，至少囊括了伽氏念念在兹为之申辩的“权威”（authority）、“语言”（linguistics）与“成见”（prejudice）三个核心范畴。

伽达默尔认为，真正的权威和成见都是历史性地获得自身合法性与合理性的。简言之，实际上进入“传统”意指系统，业已成为理解所有可能的不可或缺的逻辑前提与必要条件。[②] “传统”并非过去认为的，它与代表着“自由、理性、进步”等现代观念的“现代性”（modernity）思潮针锋对立，它也不是僵化的、丧失了生命力的历史陈迹和守旧的陈规陋习，更不是如笛卡尔所深恶痛绝的“人们在使用理性时造成的一切错误的根源”。[③] 实际上，“传统”也好，“权威”也罢，既然它们历经岁月冲刷、淘洗与积淀，最终能成其为公认的“传统和权威”，自有其高明与可贵之处与存在的合理性与必然性。

在伽达默尔看来，任何一个社会形态都有它的历史文化传统（历史性文本的集合体）。身处其中的人类个体总是不可避免地携带着特定的社会历史基因和传统文化因子进行理解与诠释的，“受历史影响的意识是理解行为自身的一个因素，我们发现自身就处于我们试图理解的传统当中”。[④] 也就是说，一方面，作为众多“元理解或前理解”

① ［德］伽达默尔：《真理与方法》（诠释学Ⅰ），洪汉鼎译，商务印书馆2007年版，第377—379页。

② ［德］伽达默尔：《伽达默尔集》，邓安庆译，上海远东出版社1997年版，第391页。

③ 洪汉鼎：《理解的真理：解读伽达默尔〈真理与方法〉》，山东人民出版社2003年版，第162页。

④ ［德］伽达默尔：《真理与方法》（诠释学Ⅰ），洪汉鼎译，商务印书馆2007年版，第380—385页。

的集合体的“历史文化传统”是理解与诠释之徐徐展开所必然要经由的；另一方面，这种经由的最初成果便是“元理解群”得以最终定型。完成了对“我们要摒弃成见或偏见”这些司空见惯的传统观念的反拨，伽氏水到渠成地推出了他的新见——“传统”其实是一种过滤器、压舱石，经由它的大浪淘沙，理解才成为可能，诠释也才成为可能。故理解活动就不可能任由诠释主体兴之所至、随性而为，它还是自始至终负重着“传统全部构成”的催压和羁约，“理解不能被认为是一种主体性的行为，而是一种参与到传统中的行为”①。

经历了大张旗鼓地大做“为传统恢复名誉”的翻案文章这场风波之后，“传统”不再以阻碍正确认知的“成见或偏见”的可憎面目出现，或者被视为应当清除的因素而被拒斥在理解的深深庭院之外。事实上，真实的情形反而是，任何一个理解者在展开个性化理解活动时，不可能不依凭于自己“基因”下来的成见、权威与传统，而且还不得不将之视为原动力。伽达默尔的开创性贡献也即在于，他一方面恢复了理解活动与真理构造之间的融贯性关联，另一方面重新强调对话模式在意义的塑造过程中所起到的助推作用。伽氏的慷慨陈词意在为“历史（传统）主义”正名，此举对于清算知识论意义上的绝对“客观主义”（Objectivism）残梦、重建精神人文科学的逻辑可谓煞费苦心，但又意义深远。

二 “文本间性”理论旨趣：伽达默尔的“理解—解释”范型

呼应着“复数历史（语自萨义德《世界、文本、批评者》）、复数文化（语自本尼迪克特《文化模式》）”等诸多极富“人本”色彩

① 转引自张西平《“他者”眼里的中国》，《光明日报》2007年7月。

的人文语汇，同样拥有着复数形式的“旨趣”（Human Interests）一词用得极妙，它蕴含了多重含义。它关乎人类整体的核心利益与兴趣福祉所在，一来，它是一种指向与范式；二来，它又是一种境界与追求。同时，又与把对过去所谓的单数大写的历史（history）的关注，转向注重众多复数小写的历史（histories）的“新历史主义”的思维路线相辉映，这里伽达默尔倍加推崇的恰好就在于复数小写的旨趣（interests）。正如萨义德（Said）所指出的：“我们是作为世俗和人为的建构物言说，依赖于我们可知的复数历史。”① 这一崭新的视角别开生面，赋予了“复数旨趣”综合概念更加开阔多维的理解空间和更多指向的诠释可能性。

不单单伽达默尔对“旨趣”一语情有独钟，哈贝马斯（Habermas）对之也青睐有加，“不仅大胆拿来，而且推陈出新”，赋予了更多新意在其中。哈氏在《知识与旨趣》（*Knowledge and Human Interests*）中指出，“旨趣，作为一种关注行动的理性旨趣，与对象的存在和行动的存在之表象相关联，既包括了认识的品格，又包括了实践的品格，是认识与行动的基础。”② 在这里，首先将旨趣与理性（rationality）之间划了第一个等式连接符，“接着说”，又在旨趣与知识之间划了第二个等号，“大致有三种旨趣，相应地产生了三种知识：第一，技术的旨趣导致经验—分析的知识；第二，实践的旨趣导致历史—解释性知识；第三，解放的旨趣导致批判性解放知识”。③ 于是这三者之间架构起了平等对话的互文间性关系和三维张力结构。

---

① Edward Said, “Figures, Configurations, Transfigurations”, in Cox Jeffrey N., Reynolds, *New Historical Literary Study*, Princeton University Press, 1993, p. 316.

② Habermas, *Knowledge and Human Interests*, Trans. Jeremy Shapiro, Boston: Beacon Press, 1971, pp. 36 – 56.

③ Ibid..

而“互文间性”（intertextuality）这一时髦字眼，算是学界的“新贵”。它凸显了一种“‘文本论’历史（传统）主义”的保守倾向。伽达默尔首先果断地提出了“前理解结构”（pre - understanding）概念，认可了“传统成见或偏见”的认知合法性与合理性，又明确了“对话传统”在理解活动中应起的积极作用。伽氏不加掩饰地直陈人文科学中“客观主义”遗留的斑斑劣迹——绝对客观主义对文本的理解是一种纯粹理性的单纯解读，这种解读天然地要求剔除可能影响客观解读的先入为主的成见。因而，客观主义立场没有意识到文本解读“对意义的理解依赖于语境，而语境要求我们永远从由传统支持的前理解出发”。① 这里涉及的“话语周边环境”及其“语境化”手法为理解者进行文本（作品）的文化诠释和意义理解准备了充足的现实素材和充沛的历史源流。

依凭伽达默尔的界说，“文本的意义只能是在理解事件中发生的，而文本意义的理解总是特定语境中的理解；视域就是视的范围，它包括了从某一特殊的有利观点能够看到的一切”。② 任何理解都必然是通过理解的主体与被理解的文本客体之间的良性互动与精诚合作才能达成，理解主体与被理解文本客体的存在境况（语境）是构成理解的必要条件。概言之，诠释学过程的真正实现不仅包含了被诠释的对象，而且包含了诠释者再度自我理解。伽氏让我们确信，“卓越传统的应用性理解，带来权威性的主张，提供了诠释学理解的范型”。③ 反观诠释学的发展历程，用“‘文本论’历史（传统）主义”对抗“‘语言

① ［德］伽达默尔：《真理与方法》（诠释学Ⅰ），洪汉鼎译，商务印书馆 2007 年版，第 377—387 页。

② ［德］伽达默尔：《真理与方法》（诠释学Ⅰ），洪汉鼎译，商务印书馆 2007 年版，第 377—387 页。

③ 同上。

本体论’客观主义”，在当时倒不失为明智之举。

事实上，在诠释者与文本的映射关系当中，伽达默尔更为强调的是诠释者，而不是经典诠释学所谋求的所谓“绝对客观”的文本客体。基于这一素朴的认知，伽达默尔对如何“辩证地理解”人类的“理解行为”事件进行了重新检视。大胆借鉴詹姆逊“元评论”（meta－commentary）和“元制度”（Meta institution）的独特提法，他将理解视为意义自身的要素构成，理解事件是文学艺术和其他传统（历史性文本的集合体）等文本综合体的意义形成和诠释实现的逻辑前提和认知基础，也就成了一种“元理解”或称之为“前理解”，“理解必须被视为意义事件的一部分，在理解中，一切陈述的意义才得以实现”①。因此之故，保罗·利科（Paul Ricoeur）在他的《诠释学与意识形态批判》中将伽氏诠释理论直接称之为元诠释学（Meta Hermeneutics）。

伽达默尔认为，诠释者事先对于文本的阅读经验与了解积累是理解成为可能和诠释行为得以实现的必要条件，否则诠释活动便不可能展开。但这种对于文本的“预阅读或前理解”是这一轮“理解事件”的开端，还是上一轮“理解事件”的完结？显而易见，这当中预先设定了一种关于理解的“循环悖论”。伽达默尔开出了一剂良方，面对这样的诠释循环，我们所能够做的只能是预先设计“可能”的诠释和“或然”的理解。这种预先设计虽只是“可能”的设计，但它为理解与诠释提供了原初的可行性，从而也圈定了理解的“历史性”视域。

伽达默尔认为恰是历史形态的“诠释循环”内构成了理解者的“成见或偏见”这一特殊视域。鉴于理解者与理解对象都是历史性的存

① 洪汉鼎：《理解的真理：解读伽达默尔〈真理与方法〉》，山东人民出版社2003年版，第162页。

在，它们都具有各自的“视域本体”和特定的“传统”意指系统，两种视域在理解过程中交融在一起而达到“视域融合（fusion of horizon）、能量熵增”。同时，文本的已然意义与阐释者的或然观念分别对应着“所指”（signified）和“能指”（signifier）两个概念，它们共同蕴含的“价值效应与意义链条”始终处于不断的观念涌现和意义生成过程之中，这一双重进程构成了所谓“效果历史”（effective - history），最终塑造了伽氏的“传统理解—解释”范型。

三 “主体间性”实践旨趣：哈贝马斯的“反思—解放”范型

与前面论及的理论旨趣有着些微的区别，在哈贝马斯这里更多体现的是一种实践旨趣。哈氏主张“旨趣”并没有沾沾自喜于理论层面的“理性（reason）指导”作用，而是将之视为实实在在地支配着人类认知活动的方法论工具，“知识必然以某种旨趣为指导，人类的理解深受诸种旨趣即那种理性证成了的人类基本生活形式的影响，不同的旨趣支配着不同的认知活动，促成理解者获得不同的知识”。[①] 哈氏并未另起炉灶，只不过奋力打碎了有着浓厚的保守主义色彩的“历史（传统）主义”的认知桎梏，释放了自身本就内蕴不彰的反思——解放功能。与“自我塑造”说有着异曲同工之妙的解放性“自我反思”（self - reflection）不是遮蔽或抹掉，而是一种脱胎换骨的激活、复活。将“反思——解放”批评精神引入诠释学的认知范畴，并将之融贯整个理解活动全程，是完成将“本体论”层面的哲学诠释学转变为“实践论或方法论”层面的批评诠释学这一历史性飞

---

① Habermas, *Knowledge and Human Interests*, Trans. Jeremy Shapiro, Boston: Beacon Press, 1971, pp. 36 - 56.

跃的关键性工序。在这一理解进程中，弗洛伊德（Freud）首倡的精神（心理）分析学说对哈贝马斯亲手创立与具体实践自己的新理解（诠释）观产生了至关重要的决定性影响。

哈贝马斯接手后，稍加装饰，直接将心理分析和交往理论双重维度引入批评诠释学之中，从而将语言分析的经典诠释学改造成社会意识形态批判的深层诠释学，以意识形态分析与权力关系批判的力量“去蔽”和清除那些社会“异化”现象和系统扭曲性交往（systematically distorted communication），借以重建他精心打造的理性化（rationalization）“生活世界”。实际上，遑论实践问题，即便是理论问题无论走多远，也都与人类“诗意的栖居”的“生活世界”密不可分。“生活世界”（life world）的说法其来有之，而将之引进哲学的大雅之堂却是现当代的事，一般认为，升级为哲学术语概念系胡塞尔（Husserl）的首倡。后经哈贝马斯对之进行了文化哲学包装和社会学改造，使之晋级成了其“交往行为”理论的轴心概念，“生活世界是日常交往实践的核心，它是扎根在日常交往实践中的文化再生产，社会整合以及社会化相互作用的产物”。①

完成了上述的层层铺垫和“厚度描述”（thick description），哈贝马斯倡导一种“主客体融贯的效果统一体”，誓言将“反思历史传统与解放生活世界”的效果历史文化等“后传统”观念贯彻到底，而不仅仅停留在“历史意识”或“历史关系”的理论旨趣层面。在哈氏看来，仅将目光锁定在传统的“历史性”单向度层面上，尚不足以达成真正的完整理解与真实诠释。这只是一种静态化的理解模式，而实际上，不仅要“入得其中”，更要“出乎其外”，跳出“传统存在形

① ［德］于尔根·哈贝马斯：《后形而上学思想》，曹卫东译，译林出版社2001年版，第246页。

态”的窠臼，来反思文化历史。他更为看重的是对“历史传统‘之后’的文化现实”有何影响，尤其是力图“真实地描述”出“社会能量”（social energy）正向流动的“解放”功效。新历史（传统）主义的批评理想，就是“将文化对象放置到与社会和历史过程的某种有趣的关系之中”，恢复“文学阅读中一整套文化实践”，因此它的批评实践必须“依靠于某种令人着魔的能力，能够入得文化对象其内，也能出得其外，能够寻找到差异，也能发现与世界的联系”。①

具体而言，在“体现着主客体的交互关系和融贯效果”的言语情境（speech situation）中，内在地包含着“主体——客体”和“主体——主体”等多重关系网络。经由语言、文字等符号化中介的交易与商谈（negotiation），最终体现为以主体间的对话交流与共在关系为核心样态，凸显着主客体多维间性的杂多交往关系和互文交往实践。相较于文学文本与其他非文学文本群之间聚合而成的“文本间性”关系，艾布拉姆斯提及的另外三要素之间更多呈现为一种复合型的“主体间性”（intersubjectivity）关系。一切进入理解活动中寻求理解者和被理解者之间建立起交往、沟通（communication）的“主体间性”关系，具体表现为作者们内部之间、读者们之间、作者与读者之间，甚至于它们与文化历史主体之间也架构起一种开放式的主体间性关系。

在这种“消解了一元主体，由主体性转向了主体间性”的“间性”思维模式的烛照下，理解文本（作品）势必要从多重历史语境出发，即或从作者经历的过去语境，或从文本内蕴的传统语境，又或从读者所处的当下（the present）语境出发，也可以进行语境转换和主客置换，以“过去或称传统”为中轴线进行解读与反思，于是两个连

① 中国社会科学院外国文学研究所编：《文艺学和新历史主义》，社会科学文献出版社1993年版，第138页。

续的历史事件可理解为从“过去（作者、作品）——现在（读者）”到“过去（作者、作品）——未来（读者）”，跨越时空双重维度的“历史文化主体”间性关系。只有这样，“由反思传达的认知行动，不会改变事实，传统仍然是前判断有效性的唯一基础”。①

四 “本体论”哲学诠释学向“实践论”批评诠释学的范式转换

纵观诠释学学科的发展历程，诠释学从对具体诠释方式的方法论意义上的关注，过渡、转换为对作为诠释对象的文本客体本身的本体论意义上的把捉，在此基础上又进而实现了由“被理解的文本诠释客体转向了理解的文本诠释主体”的认识论意义上的历史性转向，即进入了“本体论”新诠释学阶段。这个变化过程始于海德格尔（Heidegger）而成于伽达默尔。海德格尔从胡塞尔的纯粹理智领域转向了鲜活的生活世界，从思考人自身的“主体性和历史性”存在出发，进而指认和揭示出人的文本诠释行为的历史性和多义性。

根据海德格尔的“理解”历史观，人对存在的全部理解具有历史阶段性，大致可以分割为“成见理解或称元理解”的“必然王国”状态和“意义理解”的“自由王国”状态。这里的“成见理解或称元理解”并非是多余的或是有害的，它是不可或缺的，也是不可替代的。理解主体必然受制于他的“合法成见”和“元理解传统”，这种成见与传统和“理解循环”一样，都是如影随形、无法摆脱的，反而是理解“本体论”存在和认知外部世界的逻辑前提及基本条件之一。但海德格尔只看到了两种独立存在的静态化的“主体的诠释性与诠释的主体性”理解诠释状态，而没有把二者有机内在关联起来，进而忽

① Habermas, *On the Logic of the Social Sciences*, p. 170.

视了真正有意义的理解诠释活动应是随着人类“具体诠释实践”的进展而徐徐展开这一事实。

延至伽达默尔那里，经由对启蒙思想中“理性与传统之间的对立关系”的扬弃性改造，一方面，还是肯定了启蒙思想能够初步体认到“信仰与理性之间是一对相互对立的矛盾体”这一基本判断的开创性与合理性；另一方面，并未一味地为尊者讳，也指出了它未能认知到同步存在“信仰与理性之间还是一对相互统一的矛盾体”的另一基本判断。诚如伽氏所分析的，“启蒙运动所提出的权威信仰和使用自己理性之间的对立，本身是合理的。如果权威的权威取代了我们自身的判断，那么权威事实上也是一种偏见的源泉。但是，这并不排除权威也是一种真理源泉的可能性。当启蒙运动坚决诋毁一切权威时，它是无视了这一点”。①

伽氏拨乱而反正之，转而倡导一种“视域融合”的效果历史意识，这样一来，理解（诠释）活动由此积累的就是一种具有历史性的诠释学经验。通过历史理解所形成的诠释学经验，理解者得以不断扩大和丰富意义的范围。这是人类体认世界、改造世界的基本模式之一。哲学诠释学对“传统、权威和成见”之认识论价值的深刻揭示，从一个侧面显示出，其本体意义就在于此。这种由历史意识或历史关系揭示出“真理”来的意义观或称真理观，凸显出“理解与意义是人之存在的基本维度”这一本体性判断。虽然它还只是一种“静态”维度，但毕竟第一次石破天惊地实现了对诠释学的“本体论”转向。

唯有到了哈贝马斯这里，才真正实现了由“本体论”哲学诠释学（Philosophical Hermeneutics）到“实践论”批评诠释学（Critical Her-

① ［德］伽达默尔：《真理与方法》（诠释学Ⅰ），洪汉鼎译，商务印书馆2007年版，第387页。

meneutics）的根本性转变。哈贝马斯所描述的解放性反思是一种兼容了心理分析、文化批评和社会批判等多重要素的综合性文化历史行为。在它的发力过程中，“就有了精神分析对于诠释学批评和在社会交往内部的批判所具有的典范意义，解放性反思在此起到它的治疗作用。这种反思通过使未看清的东西变成可看清的，从而摆脱了那种强行支配个人的东西”。[①] 这里，秉承了哈氏自喻为“现代性的病理学理论”（a theory of the pathology of modernity）的诊疗宗旨，他书写、开具出了相当详尽的诊断报告，再度确认了“能够将个体从束缚与压抑状态中挣脱、解放出来”的解放性反思所起的卓越“治疗作用”。正是在这种批评视域转换的意义上，我们可以发现在对待“传统存在形态或历史形态的态度与立场”上积累了两种截然不同的诠释学经验：保守的和激进的。“态度或气质（ethos）和立场”等价值观与价值秩序的差异促使“哈贝马斯断然地与将语言与传统本体论化的哲学诠释学决裂”，为哈氏创立“交往行动”理论提供了批评诠释的方法论依据，从而建构起诸多主体形式纵横交通、立交桥式的“主体间性”思维格局。

五 必然走向“意识形态批判”的新历史（传统）主义

从“精神（心理）分析方法”到“意识形态分析方法”，不单单是两种分析方式和叙事手法的二元置换，某种意义上说更是两种思维模式的范式转换。哈贝马斯娴熟地运用了这一“辩证的分析理论”，将诠释学从一种彰显“知识何以可能、理解何以可能和诠释何以可

① 洪汉鼎：《理解的真理：解读伽达默尔〈真理与方法〉》，山东人民出版社 2003 年版，第 297 页。

能”等多重诠释学经验和历史文化意识的理解模式（understanding model），转换为一种糅历史理解、文化批评、社会重建、哲学思辨和意识形态批判等五位一体的反思模式（reflective model）。有鉴于此，诚如门德尔松（Mendelson）所指出的那样，“哈贝马斯在他自己的学说中不仅建构了带有诠释学特征的历史理解理论，而且建构了社会理论与历史哲学层面上的主体间性概念”。[①] 如此一来，在哈氏那里，批评理论就不会将自己的历史性任务仅仅拘囿在架构一种正确分析与准确理解的操作程序与理论体系上。真正意义上的批评理论不仅海纳百川，而且朝气蓬勃，又锐意进取，必将诠释学蕴含的“理解性”哲学范式、“文本性”历史意识与“历史性”文化模式等多重性架构整合和塑造为一种传统反思与社会解放并行不悖的“主体性”文化（政治）理论，“同时，这样一种理论应当成为意识形态批判：通过将传统把握为客观情境的一种因素，它能够透视其意识形态功能”。[②]

新历史主义（或称后传统主义）的深层诠释学在批评反思和诗性重塑气质上普遍领受了伽达默尔哲学诠释学的深度影响，但其兴趣点、兴奋点主要集中在对文学事件和文化（政治）事态的“文化释义与政治解读”的批评实践上。新历史（传统）主义批评思想在“解放性反思”上虽与哈贝马斯注重联系经济、政治条件对“传统”意指系统和意识形态展开社会批判的“批评诠释学”同气相求，但却并不执着于单声道的“社会意识形态批判”，而是逐渐走向了多声部复调的“话语分析”和多义性与歧义性交互的“意义理解”。尤其是它对“传统反思—解放”等新型批评范式的重视和探究，最终将它引向了对不同社会形态之间、不同历史阶段之间的“文化价值观差异与意识

① Mendelson, *The Habermas - Gadamer Debate*, pp. 57, 64 - 65.

② Ibid..

形态对抗”等历史性问题的整体性综合研究，以期抵达如福柯在《何谓启蒙》中所桴鼓相应的“对于我们的历史年代之恒久批评”（a permanent critique of our historical era）的哲学气质。

总而言之，新历史（传统）主义的深层诠释学将诠释学“从‘理解—解释’文本间性到‘反思—解放’主体间性的范式转换”的方法论观念向社会历史文化的各个领域整体性开放，从而将文本（作品）解读的主体性与历史性双重属性内在统筹起来。“理论旨趣”与“实践旨趣”两条批评线索殊途同归，归根结底还是要将方法论维度的理解性与主体性进一步“历史化和意识形态化”到具体文本（作品）的文化诠释与意义理解上。也唯有如此，才能创生我们在“新历史（传统）主义之后”（After the New Historicism）的批评新愿景，从而开创一条更加宏阔与诗意的文学批评道路。

第六章　批评实践的范式转换

认识论意义上的一般范式与话语形态的实质即在于它是一种在特定的思维方式框范下，对于整个世界带有根本性认知价值的基本问题的“提问与解答”双重实践活动。具体到文学世界门类，每一种新颖的文学范式（literary paradigm）和文学批评话语，都是一种崭新的向“文学世界的基本问题”发问与作答的表达方式和实践形式。一般而言，“专断论”思维方式规约下的基本判断形式，或典型提问方式的一般格式为“我们认为……”，这是一种表征真理内涵和代表公众发声的标志性语言表达格式，也是被授权“化身”全知全能的上帝来宣布“人类发现规律和揭示规律的进展情况”的习惯性具体表现形式。这种判断形式或提问方式逻辑推理出了“我们认为它就是这样”的基本结论，就意味着或者说预设了可以推断它就是这样，并直接断言“这就是真理，这就是规律”。

而在当下全球化语境和后现代性视域中，“多元论”思维方式规约下的基本判断形式，或典型提问方式的一般格式为“在我（或任何一个人）看来……”，这种判断形式或提问方式无法逻辑推理出“我认为它就是这样”的基本结论，更不能就此断定：哪怕是对于某个具体世界，可以被这个领域的所有人认定就是这样。“在我看来”表达方式已变成一种对自己所采取的何种范式、何种话语的某种解释性说明和补充性交代，它成了一种对理论前提施以何种判断形式或提问方式的商榷性设定。每一项合理的假如性设定或每一种假设性判断形式，都带给文学世界一种“提问与解答”的创新实践模式和“理解与阐释”的开放新空间，都生成了文学研究的一种新的部类和途径，倍增了文学理论、文学批评实践的多向性和丰富性，以及对文学理解的深广度，从而形成了范式多元共生、话语多样并存的生动局面。这样一来，不同范式观和话语观对文学问题是如何设定与回答的，成了文学诠释学高度关注和依赖的首要性认识。

格林布莱特文化诗学批评观的理论旨归就在于它的文本阐释实践性，即经由对于文本自身的审美价值和文本背后的文化逻辑的揭示，使文本研究的“文化生产与历史认知”两大任务融入当下生活世界的“自我认同与意义建构”中，也就从根本上保证了“自我塑型”实践论的文化品格与历史涵养。从此理论原点出发，其批评实践主要聚焦在两个“时间维度”和“文本间距”均跨度较大的批评论域：文艺复兴期的戏剧创作论和当代文化批评研究，观照和爬梳文化文本的“历时性”塑型流程和“共时性”跨文化意义生成机制。这种批评方法将看似毫不相干的若干领域共同纳入自己的批评视野之中，即考察作品与社会的互动过程，意在恢复各种文化文本之间的逻辑关联。这种跨文化、跨学科、跨文本的阐释实践方式，将会带来文本批评范式的整体转换和根本变革。

这种以文学文本为中心的阐释实践，保证了格林布莱特文化诗学批评观的“实践论”理论品格，以及经由个案路径来例析其多元化的批评范式。其中，批评范式的实质即在于它是一种根本性的提问活动，每一种新的文学范式，都是一种新的向世界提问的方式；每一合理的假设（提问），都带给文学一种理解的开放性，都生成了文学研究的一种新的途径。再有，在提问的首要性中，问题的本土化、现实化、中国化更具有首要性，诚如伽达默尔在《真理与方法——哲学解释学的基本特征》（*Truth and Method*）中所言："人们所需要的东西并不只是锲而不舍地追究终极的问题，而且还要知道：此时此地什么是行得通的、什么是可能的以及什么是正确的。"①

无论是认识论意义上的一般范式与话语形态，还是方法论意义上的具体范式与话语部类，都对各学科门类的多元阐释语境的生成发育和丰富实践活动的生动开展贡献了认知旨归和操作规程。现代学术制度一向自诩开创了"科学主义的分科研究"，即把整个现象学世界分割为大大小小的不同学科进行分门别类的探究。不同学科都拥有各自的问题意识和对于问题的具体提问、解答方式及其判断形式，也就是该学科的整套研究范式和话语策略。正如北京师范大学李春青教授在《诗与意识形态》一文中指出的，"这种科学主义的分科研究正如科学主义在其他领域的作用一样大大提高了研究的效率，在某种意义上的确推动了中国现代学术的快速发展。但是现在看来，其局限性十分明显的：它割裂了研究对象自身的整体性存在方式，人为地划出了许多疆域，导致研究的彼疆此界、支离破碎。"②

格林布莱特文化诗学的"实践论"批评观恰可以为反拨与校正这种分科式研究方法资以借鉴。文化诗学虽以文学文本为中心，但是在历史语境和文化架构中研究文学意指系统，在文学文本和非文学文本的互文性关系中进行阐释实践。这里的互文性实践形式实际上就是

① 洪汉鼎：《理解的真理：解读伽达默尔〈真理与方法〉》，山东人民出版社2003年版，第79页。

② 李春青：《诗与意识形态》，北京大学出版社2005年版，第227页。

“无缝对接”不同学科之间的边界裂缝，进行综合性的跨文本研究。由此看来，文化诗学就是要把被现代性学术话语分裂、孤立出来的文学现象重新纳入整体性的文化版图中进行再审视、再理解和再解读。这种互文性“实践论”批评范式无疑是对“科学主义的分科式”研究范式的一种正本清源式纠偏和釜底抽薪式重塑。

第一节 以文学文本阐释为主轴的多元化批评范式

正如伊格尔顿所言，“历史是文学的最终能指，正如它是最终的所指”。[①] 格氏认为阅读诠释文学作品的最好方法是回到社会历史语境中去，而文学作品诠释也是解读历史事件的最佳途径。面对厚积的文学经验和鲜活的美感体验等“历史象征物”，回归体现丰赡感受和丰富情志的自我认知方式，我们理解文学形态的方式以及实践文学批评的方法的进路和前景才会别开生面。难怪格氏不厌其烦地申明，“新历史主义不是一种学说或教义，而是一种实践”。[②] 格氏一再申明，“自我塑型”是在“自我”力量与社会文化等他者“客我”力量互动竞技的“历史合力”中完成的，它是一个自我与客我外力复杂互动的过程，互有轩轾，难分伯仲。“自我”是文化塑型的产物、历史叙事的产物，同时“自我”也参与了文化与历史的双向建构。“自我”的塑型力量是一种多重复杂的、充满种种潜在社会力量的富有张力的

① Terry Eagleton, *Criticism and Ideology*, London: Verso, 1978, P. 24.

② Stephen Greenblatt, “Towards a Poetics of Culture”, in H. Aram Veeser (ed.), *The New Historicism*, London: Routledge, 1989, p. 10.

“关系网络”，其中的权力关系节点更是渗透到了社会结构的各个层面。

格林布莱特深受福柯“话语与权力”论的影响，直接将文化事象视为权力话语网络的一部分，通过风俗习惯、传统思维等基本装置对当事个体发号施令，个体“应诏”行事。而作为文化事象与语言形式中的一朵奇葩的文学样态，能动地反映了个体与约束自己的权力话语之间的互动关系。在“自我塑型”实践论视域的观照下，文学是在由政治、历史、文化、经济等构成的宏大的社会舞台中形成的特殊的复杂精神活动。文学与文化、文学与历史都是一种相互塑型的架构关系，“历史”不再是一种精确存在的背景，相反所有的历史都是前景。历史从幕后登临了前台现场，成了整部人类戏剧的又一个霓裳惊鸿的“在场主角”。

格林布莱特曾在《什么是文学史》一文中明晰地揭示了作为一种“特殊的文化的人造物”的文学参与现实生命活动的杂多性和塑型性。缘起于“创意写作”（creative writing）的文学形态首先是一种生命存在呈现的方式，里面浸透着关于政治、历史、文化、经济等多重质素，难怪说过“一切历史都是思想史”这句名言的柯林伍德啧啧赞叹说，“一本书就是一个人的命运”。这句话形象直观地展现出文学与生命自我塑型活动的血脉关联。通过文学，作者个体与他身处的时代之间完成了一种相互塑型。这样，文学裹挟着社会权力话语、个体情志特征等多种文化信息的“通货”，经由读者受众的把玩指认，再次“流回”社会生活世界，它不断地流通，持续着涌流不息的塑型作用。文化诗学洞悉了文学与社会文化生活的动态辩证关系，即文学和历史都处于布鲁姆所激赏的“焦虑的六重修正比式解读”进程中，它们始终在相濡以沫和交互塑型中生成着，可以说是真正坚持了一种流动的、实践的文学观和历史观。

北京大学张静斐博士在她的《论格林布莱特的批评实践》一文中用几个关键的批评概念，集中概括了格氏文化诗学批评形态的核心观点及其批评实践，“格林布莱特的批评实践，体现了对福柯‘权力关系’理论的运用，对阐释人类学‘厚描’方法的借鉴，以及对‘社会能量’流通方式的关注。‘社会能量’概念的提出，是力求避免新历史主义的批评实践陷入‘权力的宏大叙事’。格氏善于从各种非文学文本记录入手，寻找其与文学文本相互‘厚描’的结合点，从而生发出关于剧本所处权力关系的独到见解。他依据福柯的理论提出的‘即兴创造’概念，勾勒出权力关系从颠覆到巩固的过程”。[①]

一　历史的文本化与文本的历史化

传记（biography）可以说是当前学术界的热点，但传记理论（biographical theory）也遇到一个难题：那就是如何处理传记中的真实与虚构的问题。我们发现新历史主义关于历史与文本的关系的论述，即历史的文本化（historical textization）与文本的历史化（text historicalization）为我们处理传记中的真实与虚构的关系（relations between reality and fabrication）提供了有益的启示。格林布莱特研究莎士比亚的实践具体地阐述了如何处理传记中的真实与虚构的关系，给我们当前的传记理论发展提供了有益的启示。

2004年，格林布莱特推出了其莎学研究的新作：《俗世威尔——莎士比亚新传》（*Will in the World：How Shakespeare Became Shakespeare*）。幸运的是国内很快便有了权威的中译本——格林布莱特：

① 张静斐：《论格林布莱特的批评实践》，《武陵学刊》2011年第1期。

《俗世威尔：莎士比亚新传》（辜正坤、邵雪萍、刘昊译，北京大学出版社2007年首版）。《俗世威尔》是一篇学术著作，也是近年来最有影响的莎士比亚传记。一般而言，传记主要讲述传主的人生历程，将传主从生到死的各种事件缓缓道来，使读者跟从自己，完成对其人生的扫描。《俗世威尔》却并非如此，格林布莱特要做的，不是简单记述莎士比亚的生平，而是要探讨莎士比亚之所以成为莎士比亚的原因。因此，他着力于论述莎士比亚自我塑造的形成过程，探究人物心灵的历史，认为莎士比亚经由权威与他者的互动、自我与社会文化力量的互动，完成了自我塑造，并自我塑造为伟大的剧作家。

在格林布莱特文化诗学批评观烛照下的莎剧批评独辟蹊径，具体作品的理解形式和解读方法别开生面，为剧作本身增色不少。那么，其独到之处或者说批评特色何在？文学批评界普遍认同阿拉姆·威瑟（H. AramVeeser）的观点，认为文化诗学批评的主打特色是用“文学和非文学‘文本’相互参照、循环阐释”的方法来解读文学作品。显而易见，这只是格林布莱特莎剧批评的外观色调和外在表征，它的内涵特色则是始终将批评重心集中在对莎剧人物的“自我力量与自我塑造”的历史文化语境和权力话语形式的分析发掘上。南京大学肖锦龙教授在《格林布莱特与新历史主义莎剧批评》一文中，恰是将批评重心集中在了对莎剧人物的文化叙事形式的分析上，“格林布莱特的莎剧批评是西方莎剧研究领域的划时代成果，以开创新历史主义著称。它一方面承袭传统的人本主义批评和社会历史批评的研究倾向，以分析和探究作品人物及其所指意义为基本出发点，另一方面对之进行后结构主义改造，不再把人物看成是某种社会规律的载体，而看成是某种文化现实的建构者，不再以分析人物的自然本性或社会属性为重心，而以分析人物的文化叙事方式或者说话语形式为重心。格氏的这种批评理路集中体现在他的《权力的即兴创造》《看不见的子弹》《安乐之乡的强制法则》等三篇莎剧批评杰作中”。①

二　整体的象征体制

格林布莱特以专论文艺复兴历史分期文化众相和莎士比亚戏剧评论起家并卓成大家，他的莎剧批评并未显示出与同期的俄国形式主义学派、英美“新批评”学说和法国结构主义批评流派的“同声相应、同气相求”。众所周知，“新批评”和结构主义等形式主义批评思潮将批评的着眼点投放在探究文本及作为文本联合体的作品的形式化因素上，以文本及作品的语言形式、意象、结构模式、文字符号法则等核心元素为分析基石和批评重心。而格氏莎剧批评观则把注意力主要放在了缕析文本及作为文本联合体的作品的内容性因素上，以分析作品塑造的历史语境、社会环境、人文形象及其所指意义为重头戏。缘此，部分学者惊诧不已：格林布莱特又转回了传统的社会历史批评的老路上来啦。耶鲁大学的解构主义大师米勒就曾提出，格林布莱特等人的新历史主义是“对文学进行‘再历史化’批评。文学作品以这样或那样的方式被看成是特定时间和空间中的社会的、历史的、意识形态的力量的反映物或范例”。② 布鲁克·托马斯更是毫不留情，直言道：“格林布莱特的批评将历史还原为文学或将文学还原为历史，无视文学和审美价值，与以前的非审美的人本主义批评和社会历史批评等一脉相承。”③

---

① 肖锦龙：《格林布莱特与新历史主义莎剧批评》，《文艺研究》2011 年第 7 期。

② J. Hillis Miller, *Hawthorne and History*: *Defacing It*, Oxford: Blackwell, 1991, pp. 152 – 153.

③ ［美］布鲁克·托马斯：《新历史主义与其他过时话题》，载张京媛主编《新历史主义与文学批评》，北京大学出版社 1993 年版，第 69 页。

其实大谬不然。从表面看，格氏的文化诗学批评观在人文事件与历史人物身上所关注和开掘的东西似乎与传统的社会历史批评等如出一辙，但在内质上迥异。后者普遍从自然主义的角度理解人与事，认为文学是普遍人性或某时期的社会关系和社会属性等的反映。于是文学批评便将注意力主要集中在分析人文事件与历史人物的自然本性或社会属性上。而格林布莱特是从文化整体论角度来理解人文事件与历史人物的塑造流程的，并将之视为是人类历史叙事和文化解读的必然结果。他认为，“物质世界无法自我呈现出来，它们只能借助人的大脑意识展示出来。而人的大脑意识是纷繁芜杂的、零乱的、无形的，正是各种各样的语言符号形式赋予了人的无限纷繁的经验意识以具体形态，使之变得明晰可见，人们眼前的世界景象是由各种各样的语言符号编组成的，是在它们的形态中呈现出来的”。[①] 也就是说，人们眼前的世界景象是在由人类各种各样的文化符号和语言形式编组而成的具体形态中一一呈现出来的，同样还是借助于这些由无数的符号组成的“一种整体的象征体制”，历史记忆和文化景观也才得以明晰可见。所以，要想从根本上把握人类的存在状态，除了理解和运用人类的历史文化符号和叙事方式外，别无他途。

格林布莱特宣称：“在任何文化中，有一种整体的象征体制，它是由无数的符号组成的。一种文化是一个特殊的商谈网络，用于物质产品、思想观念和社会大众之间，通过像压制、推举或结合之类的机制进行交换。”[②] 这即是说，作为“整体的象征体制”的组成部分的每一种符号都有自己的运作规则和存在方式，同时每一种文化符号及

① Stephen Greenblatt, “Culture”, *in Critical Terms for literary Study*, Chicago: The University of Chicago Press, 1990, pp. 225 – 232.

② Ibid. .

其规则必然与其他的符号与规则进行反复地商谈、交换与沟通，最终达成整个“商谈网络”中某些方面的共识与一致，暂时取得一种理解的微妙平衡，其结果便形成一种人们普遍认同的具有强大制约力的整体性规则或者说文化叙事方式，格林布莱特将之称作一种特殊的权力形式。而每一具体的文化现实就是由这些各种各样的符号合力打造而成的。权力形式作为一种具有强大制约力的整体性叙事规则与文化性表征形式，需要经由它的“由人类文化主体及其文化叙事方式或者说文化话语形式而构成的”一整套具体执行机制与批评理路来发挥作用，即威瑟所说的“将文学人物和非文学人物放到同一个层面上、相互参照的互文式批评方式。他的独特批评表现在它的以作品中人物的话语形式为关注点和开掘对象的批评理路上”。[①]

三 互文性解读法

简而言之，文化诗学批评虽仍以作品人物为切入点，但它是从后结构主义文化塑造论角度看待作品人物，将之理解成是某种文化系统的塑造者，并以探究作品人物的文化叙事方式或者说话语形式为主导方面。文化诗学批评借的是传统的人本主义批评和社会历史批评的“壳”，还的是后结构主义批评理念的“魂”，其中的莎剧批评实践活动就是精华所在，比如说《权力的即兴创造》（*The Improvisation of Power*）、《看不见的子弹》（*Invisible Bullets*）、《安乐之乡的强制法则》（*Ease of Rural Compulsory Law*）等是格氏莎剧批评的最具代表性论作。格氏的莎剧批评自始至终关注和探究的是莎剧中的人物和他们的文化

① ［美］阿兰穆·威瑟主编：《新历史主义》论文集，英译本见 H. Aram Veeser (ed.), *The New Historicism*, New York and London: Routledge, 1989.

叙事方式或者说话语形式，采用历史人物和文学形象、历史事件和文化现象、历史背景和社会形态等多个层面相互参照、相互阐发的互文性解读法，走进作品人物塑造的描述方式和话语形式，深究它的历史结构与文化蕴涵，这些都构成了他的文化诗学莎评的特色，即不仅是独具一格的，而且也是入木三分的，无疑具有不可估量的历史文化认识价值。

青岛科技大学许勤超博士曾以《传记写作的互文性解释策略：以格林布莱特的〈俗世威尔：莎士比亚新传〉为例》为题，专门探讨过“莎士比亚是如何成为莎士比亚的”这一重要理论与实践问题，“莎士比亚作品充满魅力，而记述莎士比亚生平事实的资料非常有限。莎士比亚是如何成为莎士比亚的问题一直吸引着传记家和学者去探索。格氏的《俗世威尔》以莎士比亚所处的历史文化和政治环境为背景，通过作品与作品，作品与历史事件、传主个人事实和逸闻，作品与历史背景、人们的精神风貌和风俗习惯等的互文解释，记述和解释了莎士比亚的生平和性格。这一互文性的解释策略达到了解释的目的，是对传记文学写作方法的探索和补充”。①

综上所述，格林布莱特在其传记实践中，为了“写出那一点点属于人的东西”，他运用“自我塑造”理论，致力于强调一种解读倾向（tendency）或者批评潮流（trend），那就是在错综复杂的历史情境中，经由个体与各种社会力量的激荡和互动，充分挖掘作品人物的自我意识，着力探究传主表达自我意识的叙事策略，进而形成了一种别具一格的人物分析方法，实现了对传记方法论的突破，这一倾向或潮流鲜明体现出文化诗学批评观的“实践论”品格。这种独特的批评范

① 许勤超：《传记写作的互文性解释策略：以格林布莱特的〈俗世威尔：莎士比亚新传〉为例》，《连云港师范高等专科学校学报》2010 年第 4 期。

式和批评实践深刻揭示和凸显了莎士比亚之所以成为莎士比亚的文学文化史（history of literary culture）层面的重要原因，那就是，一方面莎士比亚的“自我形象”是多重内外力量共同塑造的结果，同时另一方面莎士比亚自身又能够自由调遣各种各样的文本资源，从而呈现出“自我力量和自我形象”的互文性和丰富性这一核心质素与基元状态。

第二节　“情结”批评范式的“知识论转向”

以人之生存模式为底蕴的文化诗学理论形态，对文化现象和文本典籍的探究和评判着眼于人的生存方式的变迁和人的发展，落实为人类的整体化综合性文化行为和“自我型塑”历程。蹑迹“文化诗学”的历时脉络和共时板块，无论是话语架构，还是诗性本体蕴含，其价值取向和研究指向聚焦在“知识论视域和自我塑型”上，这一发展趋势是不折不扣的，亦是始终不渝的。具体落实到“文化批评”这一操作层面亦是一以贯之的。

梳理“文化批评”的发展脉络，因主客对应关系殊异，无外乎可以规划出两条批评路线：其一是主先客后的“我注六经”式；其二是客先主后的“六经注我”式。[①] 由此出发，形成了两种不同的批评方式——这就是“情结”文化批评和“情境”文化批评。两种方式的区别在于，在“情结”文化批评中，批评主体不是蛰居冬眠在文化现象和文本典籍中，从文本的批评视角来理解和诠释文化文本，

① 王岳川：《新历史主义的理论盲区》，《广东社会科学》1999 年第 4 期。

而是站在“主我（ego）、自我（being a self）”的角度来理解和诠释文化文本，阐释文本意义生成机制，这往往会造成对文本的“有意识”的误读，造成意义的歧义性和随机性，但却是“有意味”的解读。

在文化诗学视域下，“情结”文化批评凸显出“知识论转向”的症候和轨迹。而在“情境”文化批评中，批评主体则步入文化现象和文本典籍中，从文本“原始痕迹”和创作主体的“客我”批评视角来还原和注解文化文本，表现为批评主体对创作主体和文本的本源认同和原创剔抉。这是两条立足点和出发点相向而行的文化批评观，由此经由的运行轨迹，以及所产生的批评效应也是截然相反的。黑龙江大学张奎志教授2004年在《学习与探索》第5期上撰文——《文学批评中的情结批评与情境批评》，专门就此问题阐述道，“情结批评和情境批评是两种对立的批评方式，它们所表现出的也是两种完全不同的批评观念：情结批评是主观的、封闭的。在情结批评中，批评者是把自己封闭于自我的世界中，其批评只是从自我的主观意愿出发来解读作品，这通常会导致对作品的误读；而情境批评则是客观的、开放的。在情境批评中，批评者从自我的世界中走出来，走向作品所展示的情境中去，他通过对作品的阅读来评说作品，并力图还原出作家的创作意图和作品的原意”。①

一 “情结”文化批评的发生学景观

“情结”一词的英文是Complex，它的意思是指“存在于个人无意识中的情感、思想、知觉和记忆的一个有组织的群体或群集。情结

① 张奎志：《文学批评中的情结批评与情境批评》，《学习与探索》2004年第5期。

的核像一种磁铁，把各种经验都吸引到它那里。情结可以变得很有力量，甚至可以像一个单独的人格那样行动”。① 情结是人在阅读活动、文化理解、审美阐释和信仰膜拜等“主我、自我”意识活动中呈现外化出来的一种下意识的倾向性和强烈的稳固性，落实在日常生活中“情结”综合体的具体表现形式也是因人与事而宜，也是多种多样的。具象化的“情结”表现形态就是对人类自身整体文化“历史图景”的一种“隐喻性”的固定表达和习惯用法，积淀在厚重文化层面的“情结”蕴含牢固地植根于人类自身历史精骛八极的复调景观中。

在格林布莱特的文化诗学批评形态里，作为其核心概念的自我型塑，就集中体现为人类整体文化“历史图景”的一种“隐喻性”结构和表达。人类的“自我完善、全面发展”不惟是一个社会化构建和“文而化之，化而文之”的代际进程，而且更是在政治意识形态和文化权力等一系列非人格化（客我）力量暗度陈仓般隐蔽规约下形成的“隐喻性”结构。② 在格林布莱特看来，文化文本阐释中的“主我、自我”是在文化历史的合力和映射中形成的，彰显出主流意识形态历史话语的“代际流传”继承性和非人格化（客我）力量主体结构的文本裂隙。“主我、自我”的塑型力量既来自种种外在的政治意识形态的约束与整肃，又来自内在的心理与知识结构的激发与感应，是一种多重复杂的、充满种种潜在社会力量的富有“张力”的过程。

从宏观的意义上来分析，文化“自我塑型”运动主要是指一种整体化综合性的人类文化行为，它包含了创作主体以及批评主体等多元主体的“商谈”与“流通”、文本的呈现与达成、语言客体的意蕴指

① ［瑞士］荣格：《心理学与文学》，冯川、苏克译，生活·读书·新知三联书店1987年版，第52页。

② ［美］格林布莱特：《什么是文学史》，孟登迎译，《批评探索》1997年第23期。

涉以及阅读语境与阐释方式。凡此种种文化行为都是内在“自我”元素和外在“他者”语境相互联系、回环往复、交互迭现，是一种特定文化系统中多重意义复杂互动的过程和进路。倡扬“主我、自我”的立场和方法论，更多关注“主我、自我”的内在构造和矛盾冲突，同时借助于“隐喻性”的对象化结构模式，从而达成对文化文本内蕴的复调景观的彰显和描摹。特别是在“扩张自我”“激荡自我”尤为激烈的文学艺术领域，充满“内在张力”的文艺作品，能使创作者在人物形象和故事情节中寄寓的思想得到深化和彰显，并使文本的审美信息量和由文本激发的受众审美感受量都达到最大化。

文艺创作如此，作为文化“自我塑型”运动的另一个重要表现形态的“文化批评”也同样体现了这一质的规定性。考其源流，“文化”拆开来分解。文者，融合万物、彰显其丰富内涵也。而化者，因势利导，教化引导其行善也。“文化”固定下来，便有了“以其文‘化’物者也”的经典释义。此处所指的“物”已是“人化”的自然了，只不过更进一步“文而化之”罢了。这也是穷其流变、究其本源演绎出来的含义。后世之“文化”又有了新的内涵，注入了新鲜血液。文化首先是个名词，它是知识的集合体，也是世代传承的“流传物”。哈贝马斯如是说，“在我看来，文化是储存起来的知识，交往参与者通过相互就某事达成理解，而用这些知识来支持自己的解释。文化知识表现为符号形式，表现为使用对象和技术，语词和理论，书籍和文献，当然还有行为。”① 这个名词是个动静结合体，既拥有其相对固定的基本蕴涵，又有着与时俱进的品格，各个时期的实践活动都又为文化之城池注入了活水和营养。其次，又是个动词。文化是个“文

① ［德］于尔根·哈贝马斯：《后形而上学思想》，曹卫东、付德根译，译林出版社2001年版，第96页。

而化之”的动态平衡，它又是个沟通与传播的交流过程和价值评判的批评行为。“拿什么来化谁，怎么化”这一连串的质询和评判都得一一给出回答。但不必给出什么答案，更没什么唯一的答案。只要应答了，这便是答案。文化批评的自我抒见和率真品格可见一斑。

“主我、自我”意识作为文化文本的诗意存在和人化自然的“情结”景观，张扬自我、确证自我的“文化世界”就是这种文化存在和“情结”蕴涵的最生动呈现。借用马克思的话说，文化世界是“一本打开了的关于人的本质力量的书，是感性地摆在我们面前的人的心理学”。[①] 这里的“文化”是与历史、生活、情感和心理具有同样意义的轴心概念。文本阐释的进程也被形象化为“打开”的过程，“怎样”打开，打开后“又怎样”，我们又将“怎样”来评判，赋予其应有的意义与价值，这些问题如装帧精美的散页一般都一一呈现在了我们面前。至此，“情结”批评模式作为打开人的丰富存在性的锁钥，也作为揭示人的认知力量的心理学索引，似乎就要冲出机械的客体化叙事原则的牢笼和桎梏，喷薄欲出了。

二　“情结”文化批评的理论预设和逻辑背景

“文化批评是什么?”这种分析阐释方式起源于日常语言中的“这是什么?”的提问方式和质询模式。然而，这一提问方式已经内孕着一个思维假设，即被询问的对象已然“先验”的存在在那里。当我们以同样方式去询问“‘情结’批评是什么”时，无形中也就引入了一个理论假设，即“情结”批评也是一个已然“先验”存在、有待于

① 蒋孔阳主编：《二十世纪西方美学名著选》上卷，复旦大学出版社 1988 年版，第 10 页。

询问的认知对象，它与询问者之间的意义关联和逻辑关系就被遮蔽起来了。而实际上，“情结”批评这一意指系统不能脱离我们的生存状况，以现成的、认知对象的方式被询问。

“‘情结’批评是什么”可以归结为一种以机械的客体化叙事原则为旨归的“本质主义”的提问方式和思维模式。这种思维方式业已遭到了以德里达为代表的解构主义的彻底解构。实质上，至少文本阐释这一文化行为是一个不断生成的意义过程和不断修正的认知进程。由此，“‘情结’批评是什么”这一问题的合法性本身也就成为问题。我们对文化现象或文学作品的理解也不必归结到对“‘情结’批评是什么”这一问题的解答上来。“显然，文学理论如果不根植于具体文学作品，这样的文学研究是不可能的”①（韦勒克、沃伦《文学理论》）。作品作为文本集合体，从整体性上内在耦合了文化力量和艺术魅力，也给解读者预留了广袤无垠的想象空间。

也正缘于丰富的文艺创作和批评实践，我们的文艺批评理论才会日进日新，五彩斑斓。文艺批评理论的诉求不在于为“‘情结’批评是什么”等问题提供一个标准答案，而在于为思考和理解文学形态提供多元新鲜的视角、方法、思路和选择。似乎无所不包而又无所不能的“本质”术语只是设定起来的概念，“本质主义”是人类之思的病候和迷误，它带给人类些微洞见的同时，也为人类留下了更多的盲视和执拗。“本质主义”思维模式让我们忽略了关于文学的更多的东西，鲜活的文学经验才是文艺理论创新的土壤。文艺批评理论应该倾身向下，更多地关注丰富生动的文学活动和文学经验本身。

---

① ［美］韦勒克、沃伦：《文学理论》，刘象愚、邢培明、陈圣生、李哲明译，生活·读书·新知三联书店1984年版，第32页。

正如福柯所说，“知识形态（文化文本综合体）就是一种权力关系。”[①] 知识（文化文本）有时候是用异乎寻常的“威权”方式塑造了“自我”和人生。如果说格林布莱特的“自我塑型”理论总是寻找与“主我、自我”对立的非人格化（客我）力量来促成“主我、自我”的锻造与塑型，那么，这种力量对人类的“主我、自我”造成了彻底的颠覆和致命的催压（primal repression），以至于最终彻底消解了生命的价值与意义。面对厚积的文学经验和鲜活的情感“体验”，回归体现丰赡感受和丰富情志的自我认知方式，我们理解文学的方式以及研究文学的进路和前景才会别开生面。

绕来绕去，我们还是没有翻出“选择何种思维方式来展开文本阐释以至文化批评”的五指山，仍然要回到、归宿到思维原点，即我们究竟以何种方式来提问和分析阐释呢？就人类与“情结”批评之间的意义关系和逻辑关联而言，我们可借鉴将间接引语转换为直接引语的方式来提问和分析阐释：“为什么人类需要‘情结’批评?”正是这一分析阐释方式把思辨关注力和逻辑衔接性引导、转换到另一个方向，即探究“情结”批评对人类的认知意义和价值趋赴。为了用这种新的分析阐释方式来引导人们对“什么是‘情结’批评?”问题的解答，我们把两个问题用连字符号贯通起来进行分析阐释：“‘情结’批评是什么？——为什么人类需要‘情结’批评?”从而保证人们能够沿着“知识论视域”的思路来追问“情结”批评之真谛。何谓“知识论视域”逻辑前提和话语策略，简言之即一种具象化的知识论言说语境，也就是预先假定认知主体、认知对象（主体表征为文化情结）和认知的媒介物（如语言文字等符号系统）“三位一体”的存在。我

① 蒋孔阳主编：《二十世纪西方美学名著选》上卷，复旦大学出版社 1988 年版，第 54 页。

们只能在知识论的语境中去认知人化的自然和已然的既存，去评判文化的世界和或然的可行性，去探索宇宙的丰富性和未然的可能性。

三 “情结”文化批评的“知识论”话语架构

“文化批评”理论形态的核心范畴是以知识论为主要表征形式的认识论。本源上，认识论、知识论在西方哲学中是同一概念。现代西方哲学家开始发问：究竟什么是“知识”（文化集成体）？当一个人不知“我是谁，我从哪里来；谁是我，我到哪里去”，而只知“实然性自然存在”是什么时，那么人又怎样安身立命以至于终结“自我救赎、自我实现、全面发展”的命运三部曲？人是一种兼具双重性的诗意性存在，宛如双面人的两面，相辅相成，如影相随，一面是作为自在之物的“实然性自然存在”，另一面是作为自由主体的“超越性文化存在”。雅斯贝尔斯将之描述为，“我们透过世界才能认识到自己是有躯体、活生生的存在。然而我们如果把自身只当做从物质与生命演化而来的自然存在物，那么我们就丧失了对自我的意识。因为当我们把自我视为与自己的躯体等同之时，实际上我们便仍未成为一个完整的自我”。[1] 人的“超越自我”性文化存在决定着人类存在的知识论前提和本体论意义。

维特根斯坦就曾指出：“我们觉得即使一切可能的科学问题都得到解答，我们的生命问题还是仍然没有触及。”[2] 现代西方对“何为知识”的拷问，表明了它对传统文化取向的深刻批判意识，人有着比

① ［德］雅斯贝尔斯：《历史的起源与目标》，魏楚雄、俞新天译，华夏出版社1989年版，第85页。

② 蒋孔阳主编：《二十世纪西方美学名著选》上卷，复旦大学出版社1988年版，第54页。

纯粹理性基点更深刻、更强烈的内在需求和自我观照。正像诺瓦利斯所说的，“人的全部生存如果只建立在纯粹理性的基点上，那几乎是不可思议的，人的心灵——内在世界有着比理性及其要求更高的东西，这就是想象力、自我感受、兴奋的感受，情感本身才是人的全部存在赖以建立的基础。”① 这些积聚存在于个人无意识中的情感、感受、想象和记忆等诸多有组织的群体或群集，即表征为“情结”联合体。

知识论作为西方文化“自我塑型和评判”的一套话语策略，为科学的发展、技术的进步和人文精神科学的发展繁荣聚结了一个广阔的空间。借用维柯（G. Vico）《历史哲学》中的说法，我们知识“完美”的真正目标不是对自然的客观知识，而是对人类自身的“自我塑型”知识。② 人类的存在须臾离不开科学意义上的知识的“顶层”掌控，其登峰造极的表现形式便是一切唯“科学”马首是瞻的“科学主义”。这种掌控可能是福祉，也可能是暴虐，这种窘境缘起于人类对知识论问题“主我、自我”情结联合体的漠视，以及对客观知识作用的极度张扬、对客观化叙事原则的盲目崇拜和科学主义方法论的无限膨胀。

在共时性思维向度的烛照下，所谓知识论问题就是认知主体对涵盖主客观知识等多维知识的“可能与不可能”的合法存在性和“可以与不可以”的合理性的不懈追问和终极应答，进而实现对认知对象的对象性思维把握和思辨性理性评判。而在历时性思维向度的观照下，考察知识形态的文化历史角色，用知识的“精细化描述”理性与文化批判精神去探究知识论指向“完美塑型”的奥妙。

---

① ［德］诺瓦利斯：《诗歌散文选》，无出版社 1975 年德文版，第 479 页。

② ［意大利］维柯：《新科学》，朱光潜译，安徽教育出版社 2006 年版，第 148 页。

推本溯源，在我们的文化传统语境中，“知识”“智慧”语词组合等尚称不上学科意义上的严谨概念，它们都不是在对象性思维中对认知对象的客观化把握，而是返躬诸己、返身观照的以“向内转”为基元标识的心性涵养和生命意识。虽不至于武断地下此判语——在我们的“本土话语”中，一直就没有形成对认知对象进行客观性把握的、具有客体性形式规定的科学意义上的“知识论”传统，因为也不排除在某个碎片或吉光片羽上闪烁着非人格化（客我）知识点，但至少可以这么说：所谓知识论的话语圈问题，只能是在西方的文化背景和话语体系中寻找到依据和答案，这也是我们进行“文学批评”的言说背景和历史语境。

在既定的历史语境中，“知识”形态的存有形式可以作为美德（柏拉图）、力量（培根）、权力（福柯）的附丽，还可以作为统治（控制）的点缀。在既存的知识界域中，“知识”成了全知全能、主宰一切的上帝的化身和代名词，它高高在上，普度众生，似乎又远离我们人类而去，成为纯粹的至高无上的“物自体”，几至与人类绝缘。我们不得不对“知识”形态的语用学传统和语义学经典释义产生怀疑和重估，“知识”形态以一种从未有过的被质询的姿态进入了我们的问题域。也正因为天赋“知识”以“重估一切价值”的权力，“知识”形态本身成了被知识自身质询和检视的认知对象。

无论是从“文本性的历史”视角，还是从“历史性的文本”视域出发，将“知识”一词圈定在对象性思维的意义层面上来考察，以知识形态固有的“是什么”的叙述方式和“什么是”的说明方式对知识的历史性文本和客观性存在条分缕析。这种追问是我们从既有的知识条件，即文本性的历史视域出发对“知识”本体的追问——对知识的存在状态和存在的可能追问。“知识”一词在我们已设定的语境中有两方面的认知价值和诠释意义，首当其冲是认知层面的，可以概说为“我讲你听；我让你知道什么、多少，由我来裁决”——知道“是什么”，也知道“不是什么”；再次是诠释层面的，可概说为“你讲我听；你告诉了什么、多少，由我来评说”——告诉“什么”，还有告诉“多少”。“知道”是真理问题，“告诉”是理解问题和价值判断问题，而价值判断又涉及道德价值判断和审美价值判断等诸多层面。不管经由哪条考察管道，最终都要归结为由“我”来或裁决或评说，“知识”形态依然是“自我”的对应物和“主我”的自在之物。由是，我们对知识的追问也就是要找到对“何以知道、何以可能”与“如何理解，怎样判断”问题的解答方式。那么，这一切是如何发生的呢？其发生机制又将如何呢？于是，“何以知道、何以可能”的问题便水到渠成转换为“如何理解，怎样判断”的问题。

在西方“知识论”视域中，“是”本身是“知识”形态或“知道”样态的本体存在形式，而“是什么”和“什么是”则是知识或知道的表达形式和言说方式。我们以知识固有的“是什么”的叙述方式和“什么是”的说明方式对知识的存在进行发问和解析，什么是“真”，如何确定“真”就成为知识论的出发点和落脚点。人们殚精竭虑地想方设法去寻找这个“真”，这其中隐含着一种思维预设是：这个“真”应该是一个我们总可以找到并且能够把握得住的东西。“知识论”的问题就从什么是“真”的知识，转换到作为“真”的知识“何以可能、如何发生”的问题上来。这种“什么是、是什么”和“何以可能、如何发生”的反诘句式所表达出的对“真”的问题的刨根究底式的发问和追问，实际上就是要为某种“知识”形态的存在找到合法性的基石和合理性的根据。知识论的理解判断问题也就自然过渡到了理解“是什么”和“何以可能”的意义可能性和价值有效性多寡的问题，这两种探询方式突显了两种迥然不同的合目的性“意义生成”设计图式。

从知识论嬗变的整个认知流程来看，这是个分水岭，实现了华丽的转身和质的飞跃，即完成了由机械的“本质主义”叙事阶段向探询歧义性和丰富性交互作用的“意义生成”诠释阶段的转向。简言之，充任了知识论流变的时代先锋和“传声筒”的“文化批评”形态终结了一个根本性转换，由“真”的概念累积转向了“道德”和“审美”价值判断的“理解”论域。

四 “情结”文化批评的“诗性价值判断”新进向

梳理知识论视域下“文化批评”呈现的西方诗学“情结”和诗性价值取向，西方文化核心理念则从一开始就注重宇宙的本原、本体“理解”问题，即以感性现象界作为万物始基的“本体性”存在本身。作为西方文化范畴中轴心概念的“知识”，它是一种纯粹客观的实存知识，是对外在感性现象界的一种客观化把握和对象性思维活动，这点跟我们文化传统中以德性之知为内在心性之知迥然有别。粗笔勾勒一下，持果索因、溯因，西方文明源于对世界本原问题的探寻和理解。与中国的天道和人道内在贯通的思维路径针锋相对，早期古希腊哲人对世界的概念和观念作了截然二分的处理，作为观念集合体和认知复合体的“知识”形态也被理解和划分为两种样态，一种是感性对于现象界的诗性认知，一种是理性对于存在本身的哲性认知。

在西方文化语境下无论是方法论还是知识论问题，“文化批评”理论形态的逻辑依据和认知模式都是以“天人相分”为预设前提和内核要素的，体现着“天人二分”的文化精神和本体意义。在希腊文化观念和形态中，作为现象界的集大成者的“大自然或称自然界”是一种被施加影响和拷问的研究对象。亚里士多德开创的“摹仿说”即体现了希腊人将“大自然”置于优先认知的地位，他们强调客体存在的客观合理性。诗是技艺，是指“必须掌握这些基本技艺才能进行创作，诗学因此与其他相关的学科一样被赋予了深刻的知识论的本质”。[①] 延至当下，文化诗学作为当代文化批评的新形态和诗性价值判断的新尺度，其核心是文艺作品与普遍世界的映射关系，是形而上学的理论集大成者。这里关涉的就是批评主体和世界的关系问题，它确立了批评主体对世界本质的依附和从属性，是形而上的知识论在诗学层面上的遥相呼应。这在方法论上则表现为从形而下的“田野调查原始资料”向形而上的“整合内聚理论”研究攀升的趋向。

依凭康德“三大批判”的方法论圭臬和认识论精髓，对于西方文化传统而言，“知识”形态和“文化批评”思维模式的价值取向所偏重的是“真”，这种“真”主要指唯一确定不变的真理维度的“本质”和信仰维度的“自在之物”，它与感性经验相对立，对应在诗学层面上则体现为“我们能知道什么”的纯粹理性批判和“我们可以抱有什么希冀”的审美判断力批判。对于中国文化传统而言，“知识”形态和“文化批评”思维模式的价值取向所偏重的是“善”，这种善主要指贯注于日常经验“我们应该怎样做”的实践理性批判中。中西文化样态各美其美，并行不悖，在此基础上便形成了民族特有的哲学观念和宗教精神，它们对诗学观念的形成和诗性本体的塑型产生了举足轻重的根源影响。与之相应的民族传统文化精神、诗性价值取向和审美意识特征等也都对诗学理论的产生和发展有着积

① ［古希腊］亚里士多德：《形而上学》，吴寿彭译，商务印书馆1959年版，第3页。

极的助推作用。

正是这两种截然不同的文化传统和价值判断形式塑型了东西方在艺术理性表现形式上的互不交叉的诗学取向和文化批评向度。换言之，这即是西方诗学批评重在摹仿求真的诗学取向，而中国诗学批评则重在兴于诗，立于理，成于乐，和以诗言志为主的诗学批评取向在本体论上起决定作用的缘由。中国文化的要义和精髓在于倚重生命的本质，进而产生中国诗学批评重道德本体体悟和诗性本体妙悟的诗学取向，西方话语模式则正是关注外在对象才会产生以方法论、知识论为中心的本体论，进而在诗学批评上体现出以方法论、知识论为主导的“诗学情结”传统。

五　结语

恩斯特·卡西尔曾对文化形态作了自觉系统的思考，认为人是文化的动物，正是通过人的劳作的文化活动，才规定和划定了人性的圆周，“作为一个整体的人类文化，可以被称之为人不断自我解放的历程”。[①] 真正的文化批评应当以文化与诗学的互融互动为基础，表现为以人之生存模式和自我解放为底蕴的文化诗学理论形态。文化诗学对文化现象和文本典籍的探究和评判着眼于人的生存方式的变迁和人的发展，落实为人类的整体化综合性文化行为和“自我型塑”历程，包含着强烈的现实关怀和终极关切的理性思考。只有在“生活世界”根基上生成的文化精神和诗性品性才会成为有根的文化形态赖以存在和永续绵延的充要条件，才会使人的全面发展和群体社会的可持续和谐发展落地生根和枝繁叶茂。

---

① ［德］恩斯特·卡西尔：《人论》，甘阳译，上海译文出版社 2003 年版，第 43 页。

蹑迹“文化批评”的历时脉络和共时板块，其基本价值取向和研究指向聚焦在“知识论视域和诗学形态”的自我塑型历程上，“文化诗学”理论形态的应运而生也就绝非横空出世了，相反倒是大势所趋，水到渠成。即便从本源意义上来条分缕析，无论是方法论视角，还是知识论蕴含，虽曲曲折折，一波三折，但这一发展趋赴是一脉相承的，最终固化、定型下来，遂达成相对稳定的平衡状态。一种“批评情结”于是诞生了。维持一段平静期后，世易时移，时过境迁，文化板块的断裂、断层日益增多，对立面之间交互碰撞、激荡，渐趋平静，一种新“批评情结”渐成气候，登堂入室。

新时期以降，人们开始在有效整合文化传统、政治话语等多元资源的基础上，逐渐萌生出理性、契约、竞争、平等、创新等自觉的主体意识和价值观念，这一文化精神导向和价值取向的出现十分重要，它为现代社会所要求的理性、民主、法治、契约等文化精神和价值尺度的生成奠定了坚实的基础。诚如哈贝马斯所言，“文化传统的内涵永远都是个人潜在的知识；个人用他的解释活动为文化作出了贡献。……对于具有言语和行为能力的主体来说，每一种文化传统同时也都是一个教化过程；在这个过程中，主体在树立自己的同时，也确保了文化充满活力”。[①] 同样，每一种文化批评形式，尤其是“情结”批评范式同时也都是一个融化、同化和教化的过程；在这个过程中，批评主体在树立“自我塑型”的同时，也确保了文化批评充满活力。

---

① 刘志丹：《交往如何可能：哈贝马斯普遍语用学新探》，《中南大学学报》（社会科学版）2012 年第 1 期。

第三节 形象诗学语境下的“共鸣”阐释

长期从事“形象诗学和叙事学”理论研究的学者赵炎秋认为，“从作品的角度出发，文学只有两个基本要素，一是形象，一是语言，两者一直是文学理论的核心问题”。① 由此形成两种不同的文学理论传统：形象论文论和语言论文论。他在分析二者之间的复杂关系时，将形象问题作为一种文学本体观予以阐发，进而旗帜鲜明地提出“形象诗学”的理论建构。他就此阐发说，“文学语言的特性就是它的构塑镜像性，它的目的就是塑造构成形象”，② 从而打通了语言论与形象论的分立和壁垒，文学的形象研究随即升腾为一种“诗学”。

与其相映成趣的是，具体到具象化的“中国形象”比较诗学，在王一川看来，“中国形象比较诗学是有关文学中的中国形象的一种审美与文化阐释”，由于这百年间“历史中国”及“历史世界”的特殊性，其立意在于强调“对‘中国形象’文化造型的反复寻找、呈现或重构，竟演变成了一个贯穿整个20世纪中国文学的‘世纪性’传统”。③ 王一川所构塑的“中国形象”比较诗学力图凸显“中国形象”审美阐释和文化造型的双重特质，“作为一种文化的总体象征，‘中国’本身就是在审美魅力中凝聚着丰富文化想象的形象，或者说，是洋溢着审美魅力的文化形象。‘中国’同时蕴涵着审美意味和文化象

① 赵炎秋：《形象诗学》，中国社会科学出版社2004年版，第2页。
② 同上书，第3页。
③ 王一川：《中国形象诗学》，上海三联书店1998年版，第22页。

征意味，即具有审美与文化双重意味”.[①] 由是表明，他是在一种跨文化、跨学科、跨文本的间性智慧的烛照下，秉持以审美想象为中心的“社会想象”与以审美文化为中心的“文本再现”的双重视野来把握中国形象这一文本联合体和想象共同体的构塑流程的。

无独有偶，对于同样作为历史文化构塑与审美意义阐释的塑型对象的文学文本及文学形象，格林布莱特本人再三申明文化诗学“明显对共鸣具有特别的喜好。它对文学文本的关注是为了恢复它们原初生产和消费的各种历史场景，分析这些情境与我们语境之间的关系”。此处借用格氏本人的话来说，“在共鸣者内心不停的重新恢复惊诧情感是新历史主义的功能，它们的协调是通过那些建构自我、无数对象以及各种描述和分析标识的共鸣语境”。[②] 总而言之，文化诗学的共鸣阐释观念以当下阐释者为阐释导向，或许并没有从根本上解决历史阐释活动的生成机制与生态问题，反而在“如何在比较形象诗学视域中构塑共鸣性文本”的问题意识当中将它不断通向文化再现结构的各种言说边界和诗意空间。

一　“中国形象”的文化塑造

比较形象诗学强调，文学意指系统中的“一国形象”文化造型，是由他国读者受体在阅读理解、社会想象、文本再现和价值评判中塑造成形的，“基本不考虑本国对自身的形象塑造问题”。[③] 可见，比较文学形象学的立意是“研究一国文学中异国形象的生成、流变，即异

---

① 王一川：《中国形象诗学》，上海三联书店 1998 年版，第 17 页。

② Stephen Greenblatt, *Marvelous Possessions: The Wonder of the New World*, Oxford: Clarendon, 1991, p. 19.

③ 孟华主编：《比较文学形象学》，北京大学出版社 2001 年版，第 2 页。

国形象是如何被想象、被塑造出来，又是如何传播的，继而分析异国形象产生的深层社会文化背景，发现折射在他者身上的自我形象”。[①] 更通俗一点来说，就是换位观察，看一看别人眼里的自己究竟又会是个什么样子。事实上，西方对古代中国和现代中国的这种“他者形象”的构塑由来已久，其间经历了从热情赞美和高山仰止，到全面否定和蔑视，再到如今的摇摆不定、毁誉参半。对中国形象的这种“域外的他者化”构塑一波三折，极尽起落往复、腾挪跌宕之能事，足以写成一部内容丰厚又动人心魄的“他者视域中的中国形象史”。

“中国形象”文化造型视域中的比较形象诗学既要关注“形象才艺展示”，又要注重“形象自我塑造”。其中，“形象才艺展示”包括中国文艺造型自身在发展演变的进程中向世人展示了怎样的中国形象，以及域外“他者文化”视域中的中国形象历经何种变迁，还有“文化世界”版图中的中国形象如何呈现等。而“形象自我塑造”则是立足于当代文艺创作与批评实践，以主动、积极、建构的昂扬姿态和开放性、现代化的广阔视野，确立中国形象的叙事言说方式和视觉传达形式的双重逻辑，构塑起海纳百川而又叠彩纷呈的“中国形象”造型体系。比较形象诗学要探索当代文学艺术如何运作面向“文化世界”和面向“社会未来”的中国形象塑造，以及如何以自觉的主体意识来进行历史厚描和现实书写，还有如何力避和消解“本土境域中的”中国形象呈现的他者化、异质化问题。正如学者周宁所指出的：“西方的中国形象支配现代中国的自我形象或自我想象，塑造中国的现代性自我。西方现代性想象正是通过中国现代思想转换成现代中国反思历史、改造现实、憧憬未来的思想视

① 张志彪：《比较文学形象学理论与实践：以中国文学中的日本形象为例》，民族出版社 2007 年版，第 1 页。

域与问题框架”。[①]

首倡“东方主义”话语理论形态的萨义德认为，东方学是一种话语形式，其方法论工具是“宏大历史叙事的策略性定位”，这点与格林布莱特倡导的“小历史”叙事的“逸闻主义”方法论针锋相对。在萨义德看来，就一种知识话语与批评范式而言，“东方主义”批评话语体现的西方“认知阐释”主体对于东方题材客体的一种特殊的权力形式，是一种历史叙事方式、一种文学批评文体，“东方学是一种支配、重构东方并对之行使权力的西方文体”。[②] 这种权力话语形式，首先是一种“历史的叙述”方式，叙事主体置身于某个历史分期的社会宏阔背景中，立足于某种特定政治立场和文化姿态，具体采用何种述说手段，来“述往事、思来者”式的“讲故事”。其次是一种批评文体，也可以视为一种公共文化镜像的喻称，即一种驾驭阐释对象的解读方式，因而分析“东方主义”这样一种权力话语必须深入到“文化镜像”经典文本的深层结构和“潜在的语法”，直抵文体风骨的内在肌理。

从根本上说，文艺世界中的“中国形象”塑造必须确立一种能够超越“东方主义”或者“西方中心主义”批评话语形态的主体意识，而这种批评话语往往存有采取迂回战术施以他者化、妖魔化以至于全盘贬抑、否定“异己力量或异在因素”，转而间接地提升和肯定“自我力量或自我形象”的思想局限。这种主体意识竭力倡导在文化多元共生的全球化视野中建构自己国家的文化形象，即一种融通民族性与世界性、政治性与意识形态化的“国家形象”文化造型。王岳川对此

---

① 周宁主编：《世界之中国：域外中国形象研究》，南京大学出版社 2007 年版，第 162 页。

② Edward Said, “Figures, Configurations, Transfigurations”, in Cox Jeffrey N., Reynolds, *New Historical Literary Study*, Princeton University Press, 1993, p. 316.

提出了“后东方主义”（Post Orientalism）的命题，“‘后东方主义’意味着走出东方主义与西方主义的二元对立，将多元文化精神置于文化身份书写中，减少对抗性而增加对话性，共同促进世界文化的交往和发展”。①

这对于比较形象诗学探求和培育“中国形象”文化构塑应当确立的主体意识具有醍醐灌顶和宏阔辽远的启迪和圭臬作用。后现代语境为走出非此即彼的“东方主义与西方主义的二元对立”准备了舆论氛围和思想解放。批评主体力图“将多元文化精神置于文化身份书写中”，彻底打破“二元对立”的单向度思维定式，倡导寻求不同文化传统之间的平等对话和包容交流，才能真正实现文化自信、文化自觉和文化自主。同时希冀以文学艺术所呈现的开放性“中国形象”去寻求跨文化的交流互动，这正是比较形象诗学在中国形象构塑方面“上下求索”的理论努力方向。

二　建构具有主体“共鸣性”和本体“杂多性”的文化精神

作为自然地理学里的“东方和西方”这对方位相左的概念，原本界说和显示的是“空间地域”的“空间维度”观念，只是后来又赋予了它人文地理学的新意，时空换位，转换成了一个显示传统与现代的“时间刻度”的“时间维度”观念。在这种社会观念的迁徙嬗变中，陆续包涵了旧与新、保守与变革、落后与先进、闭塞与开放、蒙昧与文明等一系列价值形态方向的判断内容。地域、时间、价值的深层观念纠葛混杂在一起，并领受着全球化境域中经济和技术强势的“威压”影响，形成了一种单向度的线性理解结构。在这个主流社会

① 王岳川：《发现东方》，北京大学出版社2011年版，第42页。

意识形态化的理解结构中，东方文化集团往往“与传统、与旧、与保守”的观念群，而西方文化集团往往“与现代、与新、与变革”的观念群一一对应地粘连在一起。很明显，东方文化集团的命运将乞灵于西方文化集团的点化和解放。由于在特定历史语境下西方文化谱系身陷时而肯定时而否定的判断纠葛，东方文化集团在“听将令”备受艰难抉择的煎熬的同时，也染上了同样的文化症候：文化变革的主要驱动力来自自我颠覆和自我否定的消极力量。这也是中国文化群落陡现一个历史文化断裂和思想社会断层的真实境域。

立定在这个历史断裂之处，西方文化集团的东方“想象共同体”曾经点燃了东方艺术家的信心和怀想，使他们看到自身“共鸣性”文化资源和“认同性”身份认知的感受预期和充沛活力。无论是对东方文化的自我批判和颠覆，还是以纯粹的传统文化形态所进行的抗争，都可以看作是东方文学艺术形态对这种东方“想象共同体”的“投桃报李”式回应。李鹏程进一步将其描述为，“在当代，我们对中国文化问题的思考，必须从对鸦片战争以来中国的文化历史和中西文化间的历史进行深入的哲学反思开始”。[①] 在这种反思的基础上，要求我们建构中国文化的当代基本哲学理念。而这种建构不只需要世界主义的文化哲学视角，更需要我们对中国传统文化及其蕴含的哲学理念进行重新学习和研究。由此，建立起中国人自己的具有民族“主体性”和文化“共鸣性”的新哲学，即建立起中国文化哲学自身的学术“主体性”。

跨文化视角赋予我们会通中西的可能，把我们带入了一种比较形象学的批评视域，以及深入这个比较境域所具有的宽广视野，躬逢其

① 李重、张再林：《当今文化哲学研究的问题与出路》，《光明日报》2007年7月。

盛的批评者，倾其所能意在“恢复它们原初生产和消费的各种历史场景，分析这些情境与我们语境之间的关系”。直至今日，我们还常常去寻找昨日的世界场景和家园的历史踪迹，去触摸那几成废墟的往昔被唤醒和珍存的欣慰，并一次又一次从那里获取撑持和拯救的信心。这是一个“精神远游者的返乡”。[①] 其实我们所做的，是希望在跨文化的远游中，寻找某种可资重建和再造自我塑造和表达机制的根源性的东西。诚如格林布莱特所言，阐释者应该“不断返回个别人的经验与特殊环境中去，到当时的男女每天都要面对的物质必需与社会压力上去，以及沉降到一小部分具有共鸣性的文本上。我们是能够获得有关人类表达结果的具体理解的”。[②] 在“中西之辩”的苦索中，逐步摆脱“东方想象”的阴影，重新建构中国文化的主体意识，树立中国主体意识的文化史观，在当代生机勃勃、活灵活现的现实家园中建构具有主体“共鸣性”和本体“杂多性”的中国文化精神。

因此，在今日日益浓厚的跨文化的形象学境域中，要重新确立对中国当代文化现实的独立的自我阐释的力量，必须找到那种再造自我表述机制的根源性的东西。何萍将其精辟地概要为，“中国文化哲学产生于鸦片战争以来中国近代化—现代化进程中的中西古今文化的碰撞、交流、融会和重构。这一背景决定了中国文化哲学以中国现代化为主题，要走进现实生活，并通过对中国传统哲学的改造，创造出以生命的文化创造为内核的本体论，并把对文化的现实和形上的思考结合为一体”。[③] 这种将“历史场景、现实情境和阐释语境”结合为一体的本体论架构恰是中国文化哲学与格氏文化诗学在方法论意义上的

① 许江：《中国当代视觉文化的境遇与责任》，《新美术》2009 年第 6 期。

② Stephen Greenblatt, *Renaissance Self-fashioning: From More to Shakespeare*, Chicago: The University of Chicago Press, 1980, p. 6.

③ 李重、张再林：《当今文化哲学研究的问题与出路》，《光明日报》2007 年 7 月。

契合点。可见，培育高扬中国主体意识的文化史观不仅是中国文化哲学自身发展的规律使然，而且已是势之所趋，同时它还勾连起当下的社会现实关系，构塑着“自我力量和自我形象内构而成的”主体本身。这个主体应该是一种活的脉络，既包涵着生生不息地生成着的文化现实，又把活动个体与生活世界囊括在其中，把追溯与展望蕴涵在其中，把个体的生存与社会的生存涵盖在其中。这不但要求我们重新返回到“生活世界”的“共鸣性”现实体验，而且要在全球多元境域与“本土”多重资源互动共生的格局中勾连起今古人文的诸种杂多关系。

三　现代性“情境主义”视域

作为自然历史学里的“现代性和后现代性”这对表征着先后时序的概念，原本显示的是“一段特定的历史分期”的“时间刻度”概念，只是后来又赋予了它人文历史学的“时间观念”新意，转换成了一种明确对应着该历史分期和历史语境的主导社会形态观念和主流意识形态观念。具体而言，“现代性”概念体现的这种综合观念分别由现代性情境与现代主义思潮两个层面构成，各层级之间相互对立又相互包容。其中，现代性“情境主义”首现于文艺复兴历史分期，到启蒙时代已基本形成。它的核心价值观是以自由批判的理性主义为主导观念，永不停歇地追逐知识的无限累积与财富的无度增殖，坚信可以凭依审美批判超越断裂的社会现实，借助于适当的教育方式与民主形式达成社会融通与进步，直抵历史的终极性目标。

西方“现代性”语境下的“中国观”，是西方文化集团关于“他者异在”文化集团的社会想象性描摹和文本再现性表述，其意义链与功能圈凸现在西方“文化自我”向“文化他者”投射的关系网络集成上。恰如巴特尔所说："一切形象都源于对自我与他者、本土与异域关系的自觉意识之中……事实上，形象是对一种文化现实的描述，通过这一描述，塑造（或赞同、宣扬）该形象的个人或群体揭示出并表明了自身所处的文化、社会、意识形态空间"。[①] 西方现代性"情境主义"视域中的"中国形象"文化造型在或否定或肯定阴阳两极间回环往复，本源上是作为"文化他者"的中国形象早已失却了自身的独立姿态，为适应西方文化集团的利益需要而在不同文化语境中变换、调适自身的身份角色，协助其实现颠覆与批判、维护与确认西方"文化本我"的功能。西方的中国文化形象，无论是可以起到超越、颠覆的功效，还是发挥整合、巩固的功能，其精髓和指向都在西方文化本身。我们倍加关注和珍视的枢纽问题和深层领域，是如何明察到中国形象的断裂与赓续，洞悉其话语意义系统生成机制和流变及整合规律的"潜在的语法"。

中国的形象模样从 17 世纪到 18 世纪没有很显著的变化，而这 100 多年里欧洲人对自己所见之中国形象的态度却因人而异、因时而别，即中国对欧洲的意味在不断变化。因为欧洲自己在不断变化，它的文化观和价值观在不断变化，由此而造成"中国观"前后有别。欧洲人永远以自己的价值观和实际需求来塑造他们的"中国观"。自欧洲初识中国以来，中国就一直被欧洲放在它的对立面，以便时不时地鉴照自己或反思自己。中国的本来面目并非大多数欧洲人所关心的内容，透过表面的赞美或贬抑，其实他们看待中国的眼光都具有功利主义色彩，是欧洲人在特定情境下的文化意识、思想意识和民族意识的折射。18 世纪欧洲的"中国热"并不能说明这个时代是中欧文化交

① 王岳川：《后殖民主义与新历史主义文论》，北京大学出版社 2002 年版，第 129—134 页。

流史上的阳光季节，却是欧洲“文化本位主义”一种隐蔽但生动的体现。

这种有意识的“误读”在当时起到了振聋发聩、冲决罗网的效果，即欧洲人虽然至今尚未正确认识中国，但却曾借助中国形象这一“社会想象和社会意识形态共同体”在宗教观念、政治导向以及大众生活诸多领域的比照中更好地认识和重塑了自己。利用“他者”或“异在”文本（文化样态）作为一面镜子以观照和认识自己，这是不同文化形态接触和碰撞时常见的理解方式；另一种文化接触方式是通过掩耳盗铃式的漠视或贬抑“他者”或“异在”文本而维持盲目乐观心态。启蒙时代的欧洲人属于后者，尽管他们“刻意误读”了中国文化形象，这种稚嫩的努力却仍有垂范意义。每一种文化都是平等的，并以其他文化作为相对于自身的多样性，自己同时也作为其他文化的多样性，只有不同的文化和谐共存、取长补短，坚持不懈地储蓄和增殖“共鸣性”的潜在力量，才能使文化不断更新并保持活力，从而使整个精神世界叠彩纷呈。承认“他者”或“异在”文化的合理性，不仅为反思自身文化的价值，亦为自身文化的发展和绵延提供了必要的可能性和充沛的逻辑依据。

四　“天然”的文化他者

中国文化形象是西方文化话语的产物。西方文化集团正是根据西方精神或文化传统潜意识中的原型来规划世界秩序，进而过滤、拼接与耦合，聚合成可理解的“共鸣性”形象。“中国形象”文化造型——这个冲浪在幻象与现实之间的“他者”形象或“异在”文本，唯有在为西方文化的存在提供某种参照标本及“共鸣性文本”意义时，才能为西方文化集团所认可和接纳。在西方文化语境中，“中国形象”文化造型的所指，并不是一个自然地理学上标识的那种确定的、现实的实体国度，而是社会想象和文本再现中某一个具有特定文化社会内涵和“审美乌托邦”意义的高度意识形态化的想象性空间，这是西方文化集团在二元对立原则规约下想象“他者”文化存在(the other)的常规方式。

列维-斯特劳斯的作品自始至终指向“他者”和“别处”，他“把自己奉献给倾听他者的声音”，并因此与许多西方哲人在“种族中心论”主宰下的自言自语或内心独白形成鲜明对照。然而，在德里达眼里，斯特劳斯本人并没有远离西方形而上学传统，他依然是柏拉图主义的嫡传。德里达确实看出了斯特劳斯思想中的种种困境，这其实表明，要西方人完全放弃以“自我力量和自我本位”为中心是非常困难的。他在《哲学的边缘》(*Margins of Philosophy*)中表示：“哲学始终就是由这一点构成的：思考它的他者。”① 这足以表明哲学始终与作为他者的文化维度和意义指向密切相关。

在西方文化集团的社会集体想象中，存有两个“半中国形象”，一半是乐园般光明的天使，另一半是地狱般黑暗的魔鬼。这两种“中国形象”文化造型的首轮转换，发生在启蒙运动的高潮时代。我们试图对其二元对立的两极转换方式例行深度透析，揭橥西方文化集团塑造的“中国形象”的“跨文化”意义原则和“共鸣性”文本结构。其中因反复出现两种极端类型形象而形成了一种独特的历史现象和文化奇观，它们体现出的二元对立原则以及两种相左的“中国形象”对于我们重新认知西方文化的本源性质素和整体性概貌而贡献了方法论参照系和认识论依据，这些才是我们探幽析微的

① [法] 德里达：《哲学的边缘》；摘自陈本益《论德里达的“延异”思想》，《浙江学刊》2001年第5期。

理论前提与旨趣。

我们在意义生成机制、历史叙事形式和权力话语方式三个层面上探究、追索了西方的“中国形象”文化塑造体系。首先在意义生成机制层面上，探索发掘西方文化集团所构塑的“中国形象”的形成演变的意义生成进程。其次在历史叙事形式层面上，解析西方文化集团所构塑的中国形象“宏大叙事”的共同历史传统和话语体系以及该体系在空间上的延展性与时间上的延续性，从而表现出某种“共鸣性”特征。最后在权力话语方式层面上，透视西方文化集团所构塑的“中国形象”中暗含的权力结构，以及如何异质同构成后现代性“情境主义”意识形态的必要元素，并跻身参与构筑“文化世界”现代化进程中西方文化集团的“物质形态”殖民主义与“文化形态”霸权主义的。

被西方文化集团精心打造的中国“文化形象”原型不仅折射了西方社会想象与文化塑造的意义空间，而且雕琢了一个能够随时承担起“替代性自我”身份和使命的“异己”神性世界。它襄助西方文化导航定位自身存在的布点、意义，锁定他们自身历史拓殖与文化渗透的意识形态向度的起讫点。或许西方文化根本就对中国的现存实况置若罔闻，它们情有独钟的仅限于执拗地把中国文化幻化为一种造型模态和形象虚拟，这一他者存在的基础“是在我们自身的各种兴趣和愉悦”。在全球化和现代化的双重语境挤压下，就像近代殖民主义风潮时那样，中国文化样态作为标准化的“天然”文化他者，依旧是被排斥、被否定、被贬抑的“原生态”对象性实存。诚如格林布莱特所言，“我的主要兴趣在于这些早期的交换活动，在于理解这些能量形式如何最初得到采集，然后加工运用，再回到它们的起源文化，但是我们没有办法直接去接触这些交换活动，没有能量开始传递和过程开始的纯粹时刻，我们至少能够重新塑造戏剧获得显著力量的各方面条件，但是它的基础是在我们自身的各种兴趣和愉悦，以及在无法被简单忽略的历史发展动因”。[①]

西方文化心理“我心依然”从未曾改变过，中国文化形象“涛声依旧”也从未被改写过。全球化意识形态话语体系所倾销的西方“文化极权形象”倾向，可能比有稽可考的任何历史分期都更彻底、更决绝，它们唯我独尊，排斥和扭曲异己，视“异在”力量为畏途。被美誉为可遇不可求的“旷世鬼才”的精神分析理论家斯拉沃热·齐泽克(Slavoj Zizek)，在他的《意识形态的崇高客体》(*The Sublime Object of Ideology*)序言中如是摊牌：“我对中国实际上了解多少？把中国置于难以捉摸的神秘他者之境，这种貌似谦逊的姿态难道不是一种登峰造极的神秘化吗？因而唯一要做的诚实之事，就是以此‘前言’致力于应答如下问题：如何与这个他者建立起真正的关联?”[②] 恰如某些强势文化艺术样式往往只听自己自由言说（理性的独白），听不进外面的、异己的声音，既失掉了自我造血的功能和天然的免疫力，又抱残守缺，不肯输入新鲜的血液和营养的质素，落得个守拙而终。西方文化视域中“中国文化形象”的遭际于此大抵相仿佛。相形之下，在“本土文化”语境下重构具有主体性和杂多性的中国“本位”文化形态显得更加任重道远，但又责无旁贷，“而今又要从头迈”，众志成城。

---

① Stephen Greenblatt, *Shakespearean Negotiations*, Berkeley and Los Angeles: The University of California Press, 1988, pp. 2 – 19.

② ［斯洛文尼亚］斯拉沃热·齐泽克：《意识形态的崇高客体》，季广茂译，中央编译出版社2002年版，第117页。

第四节 文学意义的“泛文化”阐释实践

中国文论与西方诗学的文献典籍浩如烟海，流派叠彩纷呈，其支撑理论形态名目繁杂、花样迭现。本节试图收拢一下研究视野，聚焦某个具体问题，圈定有限目标，甚至落脚在某一研究指向或某个理论原点，紧紧围绕该焦点条分缕析，以点带面，层层扩展，在厘清轴心概念的理论蕴涵或核心判断的逻辑依据的基本前提下，拉出共时性理论框架来，支好硬邦邦的逻辑体系骨架，继而梳理出历时性整体脉络，形成纵横交错、阡陌交通而又井然有序的理解网络。当代文学批评流派的勃兴促发了人类思想方法和思维方式的根本变革，为不同领域和范畴的思维活动架构了逻辑起点和认知背景，具体投射到精神科学的某个学科门类上，更是为其预设了方法论意义上的话语规则和叙述策略。在厘清格氏的学术思想和理论架构时，一般要涉及两个概念：新历史主义和文化诗学。在当下文艺学界，这两个概念都是颇具争议性的。“谈到新历史主义，批评家往往联想到对文本价值确定性的消解，而文化诗学则常常被理解为对文学意义的泛文化解读。”① 可以说，新历史主义和文化诗学分别对应着描述格林布莱特整体学术思想时并驾齐驱的两个维度——史学的维度和诗学的维度。

本节力图从宏观上盘点和爬梳一下以文本阐释与自我塑型概念为中心的多种文学诗学批评理论经典著述，从格林布莱特创立的新历史

① 王进：《新历史主义文化诗学：格林布莱特批评理论研究》序，暨南大学出版社2012年版，第1页。

主义介入，在充分展示新历史主义文化诗学对西方诗学与中国文论的意义本体论转换的基础上，探究作为当代中西文学批评核心理念的“文本阐释与意义生成”问题的缘起、流变、特质和本体论意义，阐发了文化诗学批评理论与文学阐释学（literary hermeneutics）批评范式的本真蕴涵及其根本观念，意在展示出当代阐释学与文学批评、文化批评以及当下生活的密切关系，达到对人文和精神科学的全新理解和把握，并给我们当下的生存和生活提供另外一个不同的视角。

这里，首当其冲我们要厘清文学形态与文化诸形态的内在关联性问题——理解“文学意义”成为“文化批评”的基元表征样态何以可能？美国文学批评家乔纳森·卡勒（Jonathan Culler）在《文学理论：一个非常简短的导论》（*Literary Theory*：*An Very Short Introduction*）一书中辟专章讨论“文学是什么”的问题。然而似乎反讽的是，他又认为“文学是什么”这个许多人视为文学理论的中心问题的问题事实上并没有太大的关系，“文学文本与非文学文本之间的区别并不显得十分重要的原因是，许多理论著作已经在非文学现象中找到了‘文学性’”。“文学就是认为可以算作文学作品的任何文本。我们应该把文学所有的错综性和多样性看成是一种由来已久的机制和社会实践。文学既是文化的声音，又是文化的信息。它既是一种强大的促进力量，又是一种文化资本。它是一种既要求读者理解，又可以把读者引入关于意义的问题中去的作品。”①

相映成趣的是，在格林布莱特看来，“文学形态”只是一个文化诗学研究与理论实践的切入点和着力点，他的批评视野囊括了“整个人类的种种文化现象，它们重重交织，产生了某种诗性的意义结构”，

① ［美］乔纳森·卡勒：《当代学术入门——文学理论：一个非常简短的导论》，李平译，辽宁教育出版社1998年版，第67页。

彰显了格氏的整体性文学批评视角。总体而言，格氏的批评理论与实践创造性地消弭了文学文本与非文学文本的人为划界，由此连缀而成的文本及其联合体（作品）以其独特的审美魅力和诗性升华渗透和融入众多人文精神科学领域，它既是人类对外在世界的审美观照，也是人类“集体无意识”（collective unconsciousness）以及“期待视野”（horizon of expectations）、“历史记忆”等内在质素的隐喻性外化。格林布莱特分析培根对“诗的历史”的理解时说，“在这个领域里，或通过词语的显亮的美，或通过事件明显的虚构性，或通过两者，文学的结构特性被置于突出的位置；而这种特性在历史或哲学中并不存在。诗由此而成为被文学这个术语所包含的一个更大的整体，文学的现代对应概念应当是作为书面话语之总和的文化诗学，我们通过这些话语理解世界，影响世界，尤其重要的是，我们通过这些话语把想象和现实区别开来”。[1]

维柯在《新科学》中谈到，“要发现人类创造者的诗性智慧或创造性的智慧，这种诗性智慧就是一种对事物的隐喻性把握。在一切人类文化模式里，都存在着生活的诗性因素，这是一切问题的关键”。[2]维柯对“诗性智慧”的阐述和理解，为文化诗学批评理论的生成和构塑带来了方法论的启迪和延展。在格林布莱特看来，现实生活中的一切现象无不是隐喻地表达着隐藏的诗性意义。文化诗学批评观就是在人类文化的整体范畴里的一种诗性阐释和隐喻性发现，它意味着可以采用“视野的融合”（fusion of horizons）的阐释策略将文学现象与文化事象以及人类一切有意义的事件联系起来。这点与维柯的“诗性智

① ［美］斯蒂芬·格林布莱特：《什么是文学史》，孟登迎译，陈永国校，原载美国《批评探索》（*Critical Inquiry*）1997 年第 23 期，第 460—481 页。

② ［德］伽达默尔：《哲学解释学》，夏镇平等译，上海译文出版社 1994 年版，第 76 页。

慧”核心理念如出一辙，神交已久。难怪格林布莱特在谈及维柯对他的文学批评思想的影响时赞不绝口，维柯倡导的文化整体观和诗性智慧说对新历史主义批评学派来说，不啻为两根顶梁台柱，支撑和护佑着整个理论大厦的巍然屹立，“一是整体性文化视角的形成；一是‘隐喻性’的文化人类学阐释方式的启发”。

一　文学意义的理论蕴涵与阐释语境

当下文学阐释学指称的视域、文本、意义、话语、维度都呈现出前所未有的发散和多元的特征，且这些多元的甚至相去甚远的阐释学话题取得了平和宽容、融合共生的文化氛围。其相关论域集聚了哲学阐释学、文本符号学、文学人类学和文艺美学诸理论形态。文学诠释学研究的在场共时背景是审美性和大众化互融的文学现实，在当今全球化与我国现代化交织互动的时代背景下，社会生活和文学形态都是充分多元化的，其轴心问题为人自身的现代性设计，即人由农耕文明和自然经济条件下的自在自发的被动的主体向工业文明和市场经济条件下的自由自觉的创造性的主体的文化转型及显现。文学意指系统建构的理论资源和话语资源问题，即以什么样的理论资源和话语资源来建构当代文学批评形态，其主体取向表征为阐释学视域。

阐释视界的融合是一切理解过程追求的目标，在这种意义上，文学阐释学的发展趋势，换言之即要重点突破的问题有二：一是明确其核心命题——作为文化转型期的价值理性和审美阐释，关注的是自我生成之主体间性人文精神的建立，是人的现代性和全面发展。主体间性的审美阐释主张人与世界的主体间性关系只有在审美中才能真正实现，它不是把存在看作实体而是关系和意义，在对主体性美学的彻底反叛基础上，它讲究自我主体与世界主体之间的平等交往和对话沟通，关注作为主体间的人的生存的和谐、自由、超越，以渴望能够建立一个审美的主体间的生活世界，达到本真的存在境界。

二是转换其基本范式——转换文学阐释学研究的范式，向现实的生活世界背景层面回归，把阐释学与文学的本源关系、本体意义展示出来，用形而上的理性思考和实证的文学评判的内在结合形成关于人与世界的新的阐释学理解。对文学阐释学范式的基本定位是厘清文学阐释学的问题域限，进而推进和深化当代文学阐释学研究的重要前提。本书认为，文学阐释学并不是文学和哲学的外在结合，其中蕴含着哲学理论范式的重要转换和跃迁：文学阐释学不仅蕴含着新的文学范式，而且蕴含着新的哲学范式。

在文学阐释学领域（对象域），理解主体似乎总是宿命般地焦灼于西方纷繁杂多的话语系统资源之中。在跨文化理解殊相下，主我、客我两角色之间存在着一种对称关系，发生冲突的不仅有不同的观念，而且还有不同的理性标准。文学阅读（理解）过程实质上正是阅读主体对文学意指系统（文本客体）的一个价值评判过程，也就是文学潜在价值“语法规则”转换为现实价值“言语文本”的价值实现过程即文学意义的生成过程。文学文本作为创作主体审美价值创造的物化形态，虽内蕴着审美价值，但这只是一种潜在的文学价值，唯有在阅读（理解）过程中，经过阅读主体的选择认同，移情（empathy）成主体的审美体验，内化为主体的精神本体性和人格力量，文学的价值与意义才得以实现。经过生产而创造出来的文学价值只有经过文学接受活动和读者的阅读（理解）评判才能转化为现实的存在样态，才会产生文学意义。

（一）

这里具体而微观之，拟从格林布莱特新历史主义文化诗学这一他者语境（其主体元素凝结为视域融合）下，阅读、理解（其操作系统表征为描述缕析）本土文学的多义性与歧义性交互的“本体论”意义生成形态。接受美学领军人物罗兰·巴特尔曾把文艺作品分为“可读的本文”和“可写的本文”，并对后者青睐有加，因为他认为，“文艺的价值与意义不在于如何表现或解释世界，而在于它能对人们理解这个世界的思维方式提出挑战，当读者发觉他无法读懂某些作品时，便开始对他们惯有的思维方式以及许多传统观念进行反省和探讨，并努力探求新的密码，从而使阅读事件成为积极的‘意义生成’活动”。[①] 在文艺批评中，只有文艺文本才是最重要的，也是最值得批评者关注的，在这个意义上看，文艺批评就正如塔迪埃所说的，“它只是一座灯塔，其目的是要照亮文本，也要照亮读者，通过自己富有启示性的批评给读者以开启，而不是要和它所批评的对象——文艺作品去媲美。有些批评家经过研究，变得酷肖他们的研究对象；而另外一些批评家最初即选择与自己相似的作家作为研究课题”。持此论调的学者不乏其人，日内瓦学派代表人物马塞尔·雷蒙就曾说：“在研究对象和分析者之间，发现某种已经存在的和谐现象是不会错的。”

当代文艺批评观念尤其是意义观的定位问题，这是建构当代文艺批评形态的轴心，学界提出“意义的本体论”“文本意义观”和“文学本体论”等，显示了这样一种努力的趋向。接受美学就已揭示出，同一个文本对不同的对象就可以是一个完全不同的读本，“对一文本

① 巩晓敏：《零度写作与人的自由——罗兰·巴特尔美学思想研究》，复旦大学出版社 2003 年版，第 179 页。

或一艺术作品的真实意义的发现是永无止境的，它实际上是一个无限的过程”。依凭伽达默尔的界说，能够被理解的存在是语言。生活世界的文本只能源于具体的言说语境，即文本的意义只能是在阅读（理解）事件中发生的，而文本意义的理解总是特定境遇中的理解。任何理解都必然是通过理解的主体与被理解的客体之间的良性互动与精诚合作才能达成，理解主体与被理解客体的存在境况是构成阅读理解“怎样在、如何在”的必要条件。正如现象学代表人物英伽登所说，由于文艺作品在自身中留有着无数的空白和未定之域，它是一种轮廓空架势的创作，其中存有众多的潜在的可能性等待读者来填充。这就是一部作品的“具体化”，“作品的具体化不仅是观赏者进行的重建活动，也是作品本身的完成及潜在要素的实现”。①

曾几何时，我们一味迷恋于光怪陆离的“作品文本外”世界，侈谈本该“悬置”的纯粹意义、唯一本体这些空幻缥缈的概念术语。“回到作品，作品，还是作品”的信条仅残留在了教科书索引的括号内，几乎可以忽略不计了。正像黑格尔对他的时代所批评的那样：“世界精神太忙碌于现实，太驰骛于外界，而不遑回到内心，转回自身，以徜徉自怡于自己原有的家园中。”其实，粗线条勾勒一下，回归作品恰是现代文学艺术在高扬本体性和哲学化维度上的基本价值取向。真正的文艺批评是对文本的内涵实质的批评，即文艺的内在批评，“文艺研究合情合理的出发点是解释和分析作品本身”②。因而，内在批评就是指对文本的内核质素的整体性把握，它不是指对文本的某个单一方面的批评。只有进入到对文本本身的分析、解说这个层

① 裴文：《索绪尔：本真状态及其张力》，商务印书馆2003年版，第138页。

② 方汉文：《后现代主义文化心理：拉康研究》，上海三联书店2000年版，第228—229页。

面，真正的文艺批评才算开始。

实际上，不唯卡夫卡、卡尔维诺这样伟大的作家在其作品中表现出哲学化倾向，整个现代西方文学艺术也都表现出哲学化的努力，试图从审美角度解答认识论和本体论问题也成了现代西方文学艺术的共同趋向。本土文学诠释学的旨归并非对具体的文学样本殊相的简单解析和描述，而是通过对享有解释视界特质的文本共相及其历时性转型与演化的把握捕捉，从深层次、从底蕴上显明人的生存方式和实存意义，即界说人的本体存在和人的个性发展。由是观之，对于文学评论、文化评论与阐释学交叉渗透、问题意识培育以及整体性融会贯通做出全息的把握与剔抉，不仅为文学意义的阐释问题提供了新的理解维度，而且为理解精神科学问题提供了某种全新的理论视野和表达方式。

概言之，文学阐释学视域中意义的追寻和探求，无外乎包括三个层面：一是文学阐释学的理论蕴涵和发生语境；二是文学阐释学的认识论和方法论阐释语境，彰显文学意义的本体存在之维；三是文学审美意义观的追索与建构，进而勾勒出由文本“方法论”转向意义“本体论”的历程。文学阐释学过程的真正实现既涵盖了被解释评论的文本对象，又包孕了解释评论者再度自我理解。其有效性视域为理解“是什么”和“何以可能”的问题，这两种探询方式突显了两种不同的合理性设计图式。文学意义的本体论是在本体论哲学理论形态的基础上产生的，并且始终受到后者的决定性影响，因此梳理本体论哲学的发生语境、发展脉络对于文学意义的本体论研究具有本源性的意义。

（二）

围绕文学（文化）研究阐释学视域中的认识论问题来展开，在差别的相互作用中求得发展有各种复杂的理路，其中首倡“他者原则”

和“互动原则”。其要旨是强调对主体和客体的深入认识必须依靠从“他者”视角的观察和反思；也就是说由于观察者所处的地位和立场不同，他的主观世界和他所认识的客观世界也就发生了变化。因此，要真正认识世界（包括认识主体），就要有这种他者的“外在观点”，要参照他人和他种文化从不同角度对事物的看法。这种由外在的观点所构成的“远景思维空间”，为认知的拓展开辟了广阔的可能性。从自我的观点来阐释他者，再从他者的观点来阐释自我，这就是“双向阐释”。对事物的认知变动不居，它必然根据主体和客体的不同演化而呈现出不同的样态，因此，理解的过程也就是互动的、双向的重新建构的过程。在这里，理解的循环不是“方法论”意义上的循环，而是描述了理解中的“本体论”意义上的结构要素。

认识论其核心是知识论。“知识”一词在已设定的语境中有双重意义，“知道”是真理问题；“告诉”是理解问题。如何探求并确认“真”就成为知识论的基本取向。在这种“寻找”中隐含的一种思维预设是：此“真”是一个我们总可以找到并且能够把握得住的东西。在这里，“文学是什么”便源于日常语言中的“这是什么”的反诘与提问方式，无形中植入了一个理论假设，即文学是一个现成的、待询的对象，它与询问者之间的意义关系就被遮蔽起来了。而实际上，文学这一意指系统无法脱离我们的生存状况，以现成的、知识对象的方式被询问。“为什么人类需要文学？何以可能？”这一新诘问方式把阐释视角转换到探究文学对人类的意义。人类只能在具象化的方法论语境中去探知、理解意义的无限。谓之“他者视域”——具象化的认识论语境，即预先假定认识主体、认识对象（主体表征为异质文本）和认识的媒介物（如语言）的存在。理论预设成为预设性事实评判的基本前提之一。他者将认识对象（替代性自我）置于认知实践的情境中，重新建构其必然性、普遍性，以理性的力量建立逻辑秩序和认知边界，应答“是”“必然”“现实”以及“解释”的问题。

我们只能在认识论的语境中去探知、理解无限。依凭伽达默尔的界说，文化世界是指一种最内在地理解的、最深层地共有的、由我们所有人分享的信念、价值、习俗，是构成我们生活体系的一切概念细节之总和。人与历史（时间状态中的文化）之间的关系有两个层次：一是历史向人敞开，使人生活在一个历史拘禁的时空中，构成现实的历史这一知识的地图，在价值取向上体现为事实评判；二是人向历史敞开，使历史变成开放的，动态的，形成想象的历史文化这一想象的文化地图，在价值取向上体现为情境评判。阅读（理解）事件这种对话的逻辑构成阐释者与文本之间有趣的交流，将事实评判与情境评判统一起来，在事实上终结了二元分裂向一元论的自觉缝合的过渡进程。构思想象的文化地图（其至高境界即文学），以启示的力量创造人间信念，回响“应该”“自由”“可能”以及“理解”的问题。追索文本怀想的足迹，更多的关注审美意蕴这一看不见的城堡形象（文学符号），彰显一种人的解放状态和情感评判姿态。

二　文学意义阐释的本体存在之维

其实早在海德格尔那里就宣称了阐释学从方法论到本体论的内在转变、根本转向，也宣告了与传统阐释学迥异其趣的当代阐释学的诞生。延至伽达默尔，则把传统阐释学所作的对诠释技术和方法的探究，转移到对于“理解如何可能”的本体论问题的研究。文学意指系统作为对物化实存的审美把捉，是在对文学文本连绵不断的审美阐释中，映现出对人生的终极发问和对精神自由的无限渴求。文学作品的永恒魅力就内蕴于这种意义世界的无穷生成中，对意义的追索与建构必然聚焦为整个文学批评形态所关注的内核与旨趣。文学意义的本体论作为对文学意义终极本质的深沉思考与直指本心式探究，是全部意义问题的基石和核心。拷问文学意义若何，其指向就是阅读（理解）主体对文学文本的审美内涵及其与主体审美需要之间所形成的价值关联的一种阐释与评判。

考辨文学意义履历，它是阅读（理解）进程中阅读主体（读者）与阅读客体（文学文本）之间达成解释关系间性的产物，其本体存在方式是阅读（理解）事件。文学意义唯有自觉置于阐释学语境下，在阅读（理解）事件中才得以彰显与呈现，文学意义的真正本体存在方式即阐释语境中的阅读经验与理解事件而非其他。正如格林布莱特所言，"我一直以来的浓厚兴趣，就是在于文学和历史之间的关系，在于探讨某一特定生活世界中的文学艺术的经典著作如何超越它的时代和语境。我通常惊诧于这样的一些奇异的阅读经验——某些作者早已入土成灰，而他们的作品却好像又密切针对我个人的阅读视域。"[①] 文学意义本体论所探求和阐明的是文学批评理论与实践活动中所蕴含的具有普适性和普遍意义的本体论问题，即阐释学视域中文学与存在的关系间性问题。因此，文学意义的本体论形态是内在勾连了本体论哲学阐释学和一般文学批评的一种逻辑中介和理论架构，其阐释学精髓与黑格尔所说的艺术哲学要义相仿佛。

本节主旨便是试图在文学批评、文化批评与阐释学之间架构一种沟通的逻辑中介——文化诗学批评理论，以理解事件与文本意义为核心概念，建构他者之维，暂时放弃自我中心位置，来个华丽转身、反向投射，将自身置于他者位置。这其中孕育着两个转换：首先是将反

① Stephen Greenblatt, *Introduction: The Forms of Power*, Genre, 1982, pp. 5 – 6.

射对象转换为虚拟的自我；再次将自我转换为虚拟的对象，立定在虚拟的自我位置，观照虚拟的对象。转换阐释的视域、视角以及解释者立场、落脚点的位移，互为映射，在文化诗学批评理论与文学阐释学批评范式理解文学质的多元性阅读事件中，有效地整合重塑文学文本“方法论”与文学意义“本体论”之间的互动图景。

（一）

众所周知，文学艺术作为对世界的审美掌握，是在对艺术文本所作的不断的审美阐释中体现出对人生的终极发问和对精神自由的无限追求。由于这种发问和追求是一个永无终结的过程，因而人们对文学文本的审美阐释也就必然是绵绵不绝、永无休止的。所以不妨说，艺术作品的永恒魅力就在于这种意义世界的无穷生成中。那么，既然意义的生成与艺术的本体有着如此紧密的关联，我们也就完全可以断言，对意义的研究必然会成为整个文学研究所关注的焦点。但是，仅仅意识到这一点还是远远不够的，事实证明：倘若是漫无目的、毫无主次地去讨论文学意义，同样是徒劳无益的，不仅不利于问题的解决，反而会使原本明朗的东西趋于模糊化。所以，问题的关键不在于是否大而无当地提出意义命题并去探讨它，而在于能否有效地寻找到一个能够涵摄整个意义系统的理论支点。我们以为，从文学意义的本体问题入手来确定这样一个理论支点当是明智之举。这是因为，文学意义本体论作为对文学意义终极本质的一种思考与探究，是全部意义问题的基石和核心。

从自觉的阐释学及其文学等相关领域所指涉的文学样态阐释研究论题入手，第一阶段在学理层面上，描述文学阐释学为审美具象和意义理解问题提供的真知灼见。在文学评论研究中坚守文学艺术的审美超越本性，即在审美阐释中高扬审美的超越性，在审美主体与审美对象的交往对话中实现审美的自由，获得存在的意义，这实际上是从哲学和美学的角度对人的超越性的一种确认。人作为一种超越性的存在，其超越性最集中地体现在其所创造的文学艺术等文化产品上，审美性是文学艺术的最本质属性。

第二阶段在现实层面上，拓展文学意指系统的文化诗学与阐释学视野，首先关注的是本土文学中自我生成之主体性人文精神的确证，从而使理性的、契约的、创造性的主体意识在生活世界的根基上生成。只有在"生活世界"根基上生成的文化精神才会成为有根的文化，才会使人和社会的可持续发展落到实处。我们翘首期待的文学意味之阐释图景似可模拟、审美为——真正的文学阐释学应当以文学样态与阐释学的互融互动为根基，显现为超越"方法论"事实评判，创设以人之多声部生存境遇为底蕴的"本体论"文学阐释学。

（二）

当下的文学意义本体论研究必须契合当代思想发展的基本趋向，即对形而上学的批判和超越。首先，是把本体论的研究对象从本体重新转向存在；其次，对存在与生存关系进行辨析。追本溯源，人的生存问题之所以成为本体论研究的显学内容，是因为唯有在人的生存实践活动中存在的意义才能得到本源性的显现和领悟。而人的问题成了现代本体论探究的焦点乃是不争之论，但本体论最终所要解决的是存在的意义问题，而不仅仅是人类自身的存在问题，人及其生存活动归根到底只是存在的意义得以显现的一条"通道"，以生存来取代存在，就会使存在论萎缩为生存论，而纯粹的生存论则只是一种人生哲学。

从哲学阐释学的视角来考察，人是一种双重性存在，即作为自在之物的自然存在和作为自由主体的超越性存在。人的超越性存在决定着人类存在的本体论意义。创作主体在创作活动中与世界形成了一种平等的相互作用和交流关系，通过这种关系，创作主体本源性地把握和领悟存在的意义。也就是说，主体需要把自己分解，同时作为认知的主体和认知的对象，同时作为体悟的主体和体悟的对象。这是主体独立性最初觉醒的一个标志，也是哲学思辨和诗性思维走向成熟的一个重要标志。相对于人类的蒙昧时期和文明初期物我之间和人我之间浑然一体、互渗互融的思维特性，这是一个巨大的变化，从互渗走到既自然地互渗又自觉地相分。正是在这一本体性层面上，本体论文艺观与认识论文艺观判若云泥。

就文学语言而言，之所以能够言说存在的意义，是源于文学语言与工具性的日常语言和科学语言有着本质意义的分别。在这种言说活动中，人并不是语言的主体，相反，是存在本身在言说，或者说原初的语言活动就是存在的意义显现和生成的过程，而作家和诗人有别于常人的地方便在于他们能够聆听体悟到存在本身这无声的内在言说，并且把自己聆听体悟到的意义传输给读者。这样的文学语言便具有了象征性的特质，它能够超越一般符码的外在性表征，直接渗透到存在之中去。读者在阅读活动中能够与文本作品架构一种平等的理解和交流关系，从而能够本源性地把握到文本作品之中所蕴涵的意义，于是乎人们能通过感悟品茗文学作品来把捉存在意义。正如萨特所言："文学客体是一个只存在于运动中的特殊尖峰，要使它显现出来，就需要一个叫作阅读的具体行为，而这个行为能够持续多久，它也才能持续多久。超过这些，存在的只是白纸上的黑色符号而已。"①

① 章启群：《意义的本体论》，上海译文出版社2002年版，第162页。

三 文化诗学境域下中国文学批评观的主体性意识

倘若说传统比较文学多偏重于用西方理论模式单向度地裁决中国文学具象，那么在互动认知和双向阐释被广泛认同的情势下，以跨文化、跨学科文学研究为己任的比较文学学科倡扬文学意指系统的阐释学视域，有效整合各种文化资源和有利条件以期形成整体合力，必将为中国文学镜像的熔铸开辟愿景和道路。文学研究领域原本互不相干的三个学术范畴：文论研究、学理研究、比较文学研究正迅即聚拢，在方法论语境下实现互补、互识、互证。

这种方法论的转变是一方面继续向微观的方面拓展，文学文体学、文学语言学、文学心理学、文学技巧学、文学修辞学、小说叙事学等等，仍有广阔的学术空间；另一方面，又可以向宏观的方面展开，文学与哲学、文学与政治学、文学与历史学、文学与社会学交叉研究等，也都是可以继续开拓的领域。格林布莱特就此阐述说，“文学与历史之间不是反映和被反映的谁决定谁的关系，甚至也不是内部和外部的关系，而是各种社会能量在‘互文性’基础上的流通、对话和交流的关系，是各种社会文化力量之间相互塑造的关系。”①

（一）

逻辑认知方式，认同主客体的分裂疏离，每一个概念都可以被简约为一个没有身体、没有实质、没有时间的纯粹的理想形式，一

① Stephen Greenblatt, *Shakespearean Negotiations*, Berkeley and Los Angeles: The University of California Press, 1988, pp. 2 – 19.

切叙述都可以简化为一个封闭的空间。在这个固定的空间里，一切过程都体现着一种根本的结构形式，所有内容都可以最后概括为这一形式。互动认知则反之，认为主客体并非截然两分，客体并无与主体认识完全无关的、自身的确定性。主客体都是在相互认知的过程中，发生变化，重构自身，会通进入新的认知阶段。其针对的阅读空间是一个不断因主体的激情、欲望、意志的潮汐而变动不居的开放的意义空间。

双向阐释就是首先了解对方，然后从对方的角度和视野来观察和进一步了解自己，使双方对自己和对方都有了新的认知。以“互为语境”“互相参照”“互相照亮”为核心范式，重视从“他者”返观自身的理论逐渐为广大理论界所接受，并为多元文化的拓展奠定了重要基础。在这种情况下，中国作为一个最适合的“他者”，日益为广大理论家所关注。正如法国汉学家弗朗索瓦·于连所说：“中国的语言外在于庞大的印欧语言体系，这种语言开拓的是书写的另一种可能性；中国是从外部正视我们的思想的理想形象。我不认为能够把书页一分为二：一边是中国，另一边是希腊……因为意义的谋略只有从内部在与个体逻辑相结合的过程中才能被理解。”① 或言之，中国或西方文化都是变动不居的，它必然根据“个体”（主体）的不同理解而呈现出不同的样态，因此，理解的过程也就是重新建构的过程。“人们发现的差别越多，能够承认的差别越多，就能生活得更好，就能更好地相聚在一种相互理解的范围之中。”② 他如是说，这就从根本上撼动了文化的“西方中心论”的基石。

---

① ［德］卡尔·曼海姆：《意识形态与乌托邦》，黎鸣、李书崇译，商务印书馆 1999 年版，第 218—219 页。

② 李建盛：《理解事件与文本意义》，上海译文出版社 2002 年版，第 158 页。

（二）

恰如传统比较文学往往只听自己自由言说（理性的独白），听不到外面的、异己的声音。跨文化赋予我们会通中西的可能，把我们带入了跨文化的境域，以及深入这个境域所具有的宽广视野。其实我们所做的，是希望在跨文化的远游中，逐步摆脱“东方想象”的阴影，重新建构中国文论的主体性意识，树立中国主体意识的文论观念，在当代现实家园中建构具有本体性和杂多性的中国文化精神。因此，在今日日益浓厚的跨文化的境域中，以期重新确立对中国当代文化现实的独立的自我阐释的力量。历史应该是一种活的脉络，它把我们也包孕在其中，把人与世界囊括在其中，把追溯与展望蕴涵在其中，把本土文化与异在文化搜括在其中，把个体的生存体验与社会整体的生存境遇涵盖在其中。因此，格林布莱特直接剖白，“文学批评实践对审美生产和其他形式的社会生产的区分提出了挑战。事实上，这种区分并不是内在于文本之中的，而是被艺术家、观众、读者构建和不断抽取出来的东西。一方面，这种集体社会阐释把审美可能性的范畴限定在给定的再现模式之中；另一方面，这种审美可能性模式又和社会制度、实践活动、由信仰所构建的整体文化等复杂网络联系起来”。①

合理的跨文化交往应是双向、平等的，以跨文化的“文本”间的相互理解为基础，就是说，“本土文化”和“异在文化”作为“自我”和“他者”，在跨文化交往中相互意识到对方是陌异的“他者”，并且超越“自我”、进入“他者”，在陌异性中反观自身的文化，在“自我”和“他者”的对照中互为映现自身，在“本土文化”和“异

① Stephen Greenblatt，*Introduction*：*The Forms of Power*，Genre，1982，pp. 5 – 6.

在文化”的相互理解中，它们各自也会升华出新的“自我”诠释。在这种辩证的跨文化理解中，就会生成某种“交集”共识，那是一种内涵差异的共识，是异中之同，是寓于差异性的动态的同一性。“本土文化”和“异在文化”在相互理解中都会超越自身，获得新知甚至新颖的理路，相互促成文化的涵养创新与文明的共同进步。

在一定意义上，无论中西方文化，还是现代文化与传统文化之间有怎样的复杂关系，展开一种文化的对话沟通“交往模式”将是人类文化健康发展的有效途径。要实现这种对话，就需要当代文学批评观从一种“独白”的文化哲学范式走向一种“对话”的文化哲学范式。现在，我们并不是要强制它凝神谛听来自外面的声音，而是要让“会听的耳朵”听出自己内部也有“杂音”和“异调”，从而产生某种新的“多声部”音响效果。形而上学体系内部总有那么一些尚未驯服、别无依傍的要素颗粒，而这乃是文学批评观本体论意义上的价值取向。

结　语

文化化人之精神，社会育人之思想，历史启人之心智，文学益人之心灵，艺术通人之灵犀，今日文学艺术创造与评判如何在多元语境和多维境遇中化合多重资源，以“批判的武器与武器的批判交替运用”的策略性思考和明辨的警觉，催生和谐共生的文学艺术力量，高扬文学艺术的精神性和超越性主张，正是中国当代文学艺术创造与文学批评的主导功效和角色使命。我们身处的文化内外语境也有很大的变化，这些必然对文学艺术的蕴含存在、表现形式、传播途径和存储方式产生发酵连锁效应，然而以彰显文化审美性为己任的文学艺术并不会因此销声匿迹。

“文学是语言艺术，而人类是语言的创造者，语言表达的无限性是文学以外很多门类的媒体没法比的。”文艺评论家雷达如是说，“问题不在于文学会不会消亡，而在于文学在今天如何能够吸引人。”[①] 无论选定哪种阅读方式，优秀作品都在共同“描述”我们的心路历程和思想脉络，共同“架构”人类坚毅前行的奋斗史和心灵史。“文学要有自身的品质，并以自身的品质来吸引读者。语言文字是传承一种民

① 国务院新闻办公室在京举行“著名作家与中外记者见面会”：《中国文学如何应对时代文化发展的新趋势》，《人民日报》2011 年 11 月 9 日。

族文化的直接载体，各民族的文艺作品在文化上的不断丰富和崛起，记载着不同民族在这样一个巨大变迁的时代所经历的心理路程，也为中华民族的文化、为世界文化的丰富多彩增添了斑斓的色彩。保护和传播母语文学创作，正是对本民族珍贵历史记忆的一种永恒记录。”①（雷达语）文学艺术应当是表达想象力和理想的，它像指南针一样永远指引着我们追逐梦想和探求未知领域的精神航向。文艺源于“生活世界”的圆润颗粒，它凝结着实存社会的鲜活元素，积淀着人类摸爬滚打、踽踽独行的形象标本和文明碎片。它本身就是一座丰碑、一尊雕像、一部史诗，应引起整个社会甚至全世界“阅读公众”（reading public）的关注和惊讶，从而引发大家深刻的思考和悠长的回味。

第一节　当下文论生态面临的整体形势和共同任务

20世纪西方文论大多是从哲学流派或某一思潮中衍生出来的，比如现象学美学、精神分析学派的文艺观就分别是这两种情况的典型例证。一些有文学主张的西方学者，他们也往往首先是哲学家或某一思潮的代表人物。斯蒂芬·格林布莱特作为20世纪下半叶出现的文化诗学批评学派或新历史主义批评思潮的代表人物，这一点在他身上表现得尤为突出。格氏的文艺批评思想很多就是从哲学或政治学、历史学、文化学等思想领域向着文学批评扩散传播而形成的。

鉴于此，必须首先弄清楚他们的哲学或思想的框架，才能在此框

① 国务院新闻办公室在京举行“著名作家与中外记者见面会”：《中国文学如何应对时代文化发展的新趋势》，《人民日报》2011年11月9日。

架下来谈论他们的文学主张，否则难以有准确深入的把握。这样一来，先将西方重要的哲学流派与一些思潮的理论讲清楚，是研究西方文论的首要条件。希冀相当程度地深入西方哲学与思潮之中，了解与熟悉它们，并形成自己的理解与判断，在相关哲学问题上提出自己的见解，虽然困难，却是我们应该努力达到的高度。甚至可以说，对西方文论的研究，所展开的更是一幅西方思想史的图景。

因此，本论著以重要的、有代表性的西方文艺批评家立章，选取格林布莱特为研究对象，以新历史主义视域中格氏的文化诗学批评观为研究个案，其选题具有重要的理论价值和现实价值，并对中国文学理论批评的建设具有很好的借鉴和启示意义。具体而言，即从格氏创立的新历史主义"新史学"观介入，在充分展示"文化转向"复调景观和深度耦合格氏具象化批评实践活动的背景下，逐步演绎出其批评思想的来龙去脉和精髓要旨，从而厘清与把握文化诗学批评观的学理思路和实践走向，揭示其"文化的主体性"与"主体性的文化""历史文本化"与"文本历史化""权力话语化"与"话语权力化"等多重互文的文化品格、历史语境和政治内涵。

以上种种努力意在凸显格氏批评思想与人类生活世界的密切关系，达成对人文精神科学的全新理解和把握，并给我们观照与评判当下人文境遇提供另外一个"异在"视角与"他者"立场。与此同时，重估和重构新历史主义与文化诗学批评流派的发展脉络与理论框架，并开诚布公、实事求是地阐明其理论价值与历史局限，对中国文化诗学批评理论的当代阐释和主体重建无疑具有重要的认识论启示价值和历史观映鉴意义。

我们的时代正在发生着沧桑巨变，作为审美意识形态的一种体现形式，文艺创作和文学批评本应以其特有的认知敏锐性、阐释审美性和社会批判性的多维诗性特征对所处时代做出理解与判断，发出自己独特的声音，以凸显自身存在的价值。在纷繁复杂、众声喧哗的剧烈变革的时代，文艺特别是精英文艺创作及其文学批评在很多领域是集体失语的。当创作者和批评者无形地将自己囚禁在物欲、流俗的樊笼之中，外在限制必然被有意放大，可能存在的“精骛八极游刃有余”的创作自由和“铁肩担道义”的责任担当也就消泯了。换言之，在当前这个众声喧哗、杂语丛生的喧嚣时代，对于风生水起的社会变革和思想嬗变，我国的精英文艺创作已经很难再与现实社会进行平等对话和有效交流，操持“割让话语权求和”的绥靖策略的精英文艺失去了对中国社会诸意识形态的发声和发言能力。

一　两种文学艺术形态的分野与指向

20世纪后半叶，消费主义（consumerism）语境下的西方大众消费社会形成，文学研究方向转向了过去被精英文艺所鄙薄和排斥的边缘领域，文学艺术不再只是高雅的、严肃的、经典的精神和思想或者艺术产品，也包括了日常平庸的消费心理、消费行为和消费产品，这就有了大众文艺形态的说法。正如伊格尔顿所言，“忽视现象学或符号学或接受理论是有可能的，而人类的绝大多数确实已经成功地做到了这一点，但忽视消费主义、大众传媒、审美化的政治性差异则是不可能的。”① 从深层来说对电子传媒和消费主义语境的关注事实上就是对当代人的处境、精神状态和生命价值意义的关注。

当代文学艺术生态中，精英文艺（elite/high culture）和大众文艺（mass/ popular culture）是两种不同价值取向但又相互影响相互关联

① Terry Eagleton, *Saints and Scholars*, London: Verso, 1987, p. 10.

的文学艺术类型。这两种类型文学艺术的区别是：精英文艺又可称为严肃文艺、高雅文艺；而大众文艺则与诙谐通俗、世俗市侩解下不解之缘。从文学艺术生态的动态发展来看，雅俗之争、精英趣味与大众趣味之争，是一个文学艺术发展的有机形式和必由之路。解决两种文学艺术类型的矛盾，要有文化本位的立场，也就是立足于传统而着眼于未来。完美理想的彼岸都是不能最终达到的，但真正理想的“此岸”文学艺术生态就是精英文艺与大众文艺在相互影响、相互制约又相互促进的活动中共存共荣共生。大众文艺与精英文艺价值目标的差异和悖反，只是人类文学艺术活动的动态表现形式的差异和背离，而在核心价值层面，两者是统一于现代人文精神和人道关怀的。正因为这样，两种文化艺术活动才是既相互冲突掣肘，又相互纠结促进的。

大众文艺的“俗”，是“通俗”（popular），一种新鲜活泼的生活性。精英文艺应当成为一种固守崇高理想、坚实人文精神价值、张扬人道关怀、抵抗文化低俗化的扛鼎力量。精英文艺关注、批评和抵制大众文化艺术的低俗化倾向，对大众文艺的可持续健康发展是有拨乱反正的纠偏和百废待兴的重建意义的。而在西方发达国家，构成了较为成熟的相对平衡的大众文艺和精英文艺互动的文化生态，本身就体现了大众文艺生产的多层性。所谓“雅俗共赏”是二者水乳交融般的互文互溶会通。这需要我们秉承一种融入血脉的文化理念：文艺要更多关注当代人的生存语境和生存状态，探求人生的意义与价值，以理想与自由来建构超越现实世俗的可能性。或者弘扬英雄“史诗”精神的文化理想，或者激扬“诗性”文字的文化“情结”，更需要我们贯穿到每一次书写、每一部作品中。

二　文学艺术生态群落的整体张力

从历时性的文学艺术创作实践比照来考察，中国与欧美的现代化进程相仿，经济力量占据着重要的地位。但中国的精英文艺创作要想重获应有的社会地位和强烈反响，就必须找回失落已久的人文精神和重塑坍塌剥落的内在世界，像19世纪欧美的批判现实主义作家那样，直面斑斓而严峻的人生，激发出创作的内在自由，才能赢回曾经有过的至高无上的荣誉和经久不息的掌声。从共时性的文学艺术底蕴和批评模式对比来观照，梅洛-庞蒂在谈及东西方文化艺术差异时表示："人类精神的统一并不是由'非哲学'向真正哲学的简单归顺和臣服构成的，这种统一已经在每一种文化与其他文化的侧面关系，在它们彼此唤起的反响中存在"。[①] 在他看来，"东方哲学"并不仅仅是某种生存智慧，乃是探讨人与存在的关系的某种独特方式。"中国哲学一直寻求的不是主宰生存，而是寻求成为我们与存在的关系的回响与共鸣。西方哲学或许能够由它们学会重新发现与存在的关系、它由以诞生的原初选择，学会估量我们在变成为'西方'时所关闭了的诸种可能性，或许还能学会重新开启这些可能性。"[②] 庞蒂独具慧眼地洞察到中国哲学的"本体论"内涵，认为中国哲学的精髓就在于"寻求成为我们与存在的关系的回响与共鸣"，同时还指出了它对于西方哲学的启示价值，那就是能够帮助西方哲学"重新发现与存在的关系"，以及对于西方哲学的借鉴意义，那就是能够襄助西方哲学"学会重新开启这些在西方社会变成为'西方'时所关闭了的诸种可能性"。

---

① [法] 梅洛-庞蒂：《哲学赞词》，姜志辉译，商务印书馆2000年版，第115页。
② 同上。

在学科分类日趋精细化的当代社会思想形态中，如何将致密复杂的专业知识与细碎超薄的社会体验加以审美化、形象化原本就是一个技巧性难题。另外，从文学艺术创作与批评的演变规律来看，总是要拉开一定的历史间距，历经积淀的文学艺术体验才有可能实现向“文学性”理论形态的根本性转换，这使得艺术化地表现中国“当代经验和当代气象”似乎更艰难。在这方面，一些被强制性划归为“非文学文本”的纪实报道已经走在了文学艺术创作的前面，显示出了颇有硬度和质地的“文学审美性”，虽然暂时性的遮蔽了文学艺术创作与新闻实录之间存在的实质差异。在文学艺术生态的整体当中，大众文学艺术和精英文学艺术唇齿相依，既互存互促，又互异互斥，而且我们理应将它们的矛盾与冲突看作健康活跃的生态文艺的客观形式和自然表现。从整体上讲，大众文学艺术与精英文学艺术，是保持文学艺术生态群落的整体张力的两极。

倘若文艺创作和文学批评离现实生活和大众生态越来越远，势必丧失“本位”话语能力，很多创作者与批评者并未“充要”意识到文艺创作与批评的生命和自由存在于创作者与批评者的内心深处，是与社会责任、现实使命璧合并存的。归根结底，影响文艺创作与批评的因素很多，但主要还是创作主体与批评主体和社会环境、文化形态、主流意识形态之间的相互关系。当下在文艺创作与批评的诸多领域，尚未涌现一批经得住历史“大浪淘沙”且能代表当代文艺标杆的伟大作品和宏大批评声音。“不作为”与“不能够”都将规约文艺创作和文学批评，其中如何充分开掘当下禁锢已久的创作自由空间和情结批评潜质，如何让戴着脚镣的舞者卸掉重负，永葆对生存境况和俗世经验的大胆反诘和强力拷问，进而与错综复杂的社会现实谐振和鸣，可能都是造就伟大文艺作品和宏大批评声音的基本前提和关键动因。

第二节　格林布莱特文化诗学的学术贡献与理论影响

20世纪80年代以来，各种各样的文化文本急剧扩张，四处膨胀渗透，所表征的光怪陆离的文化现象层出不穷，中西文学理论界也逐渐普遍关注起文学的“文化扩张”（cultural expansion）和文化阐释，文化综合研究的热潮由此产生。西方文论界与批评界关于文化研究的形形色色的理论学派如潮涌入中国大陆，英国伯明翰学派的“文化研究”与美国“文化诗学”批评理论也随喜渐被中国学人所熟知，一时言必称某某诗学，产生了不容小觑的广泛影响。格林布莱特文化诗学批评学派自从传入中国“本土”文论界伊始便倍受青睐，因为它与中国传统文论暗合着众多共通之处，加之又与中国当代文论的关注点和兴奋点有着惊人的契合，一拍即合、相见恨晚，历经顺风顺水、一马平川的平稳发展期，已经逐渐形成自己的批评指向和研究特色，成为一种面向中国“本土”文化传统与文学现实的理论视野与研究路向。

一　文学作为文化形态的一种存在形式

在西方文论界，“文化诗学”与“新历史主义”往往指称同样的群体与研究路向。对于何为“文化诗学”，格林布莱特给出了相对清晰的解释：“与此类工作有着亲缘关系的文学批评，因而也必须意识到自己作为阐释者的身份，同时有目的地把文学理解为构成某一特定文化的符号系统的一部分；这种批评的正规目标，无论多么难以实现，应当称之为一种文化诗学”。[1] 显然，他将文学形态视为“某一特定文化的符号系统的一部分”，与之“有着亲缘关系的”文学批评更是将殷殷的关切目光投向了“艺术作品、作家与读者生活之间的话语联系”。他竭力反对像“新批评”学说那样仅仅专注于文本的语言、结构等形式层面，而忽视文本本身的文化语境和社会存在，不仅如此，还要将“文本世界中的社会存在之于文学的影响”纳入视野。

大约是出于“出师有名，方能名正言顺”的考量，格林布莱特将自己的这一学说正名为文化诗学，但文化诗学批评观将注意力更多放在了具象化的文学批评实践而非正统意义上的庞大理论体系的建构上。西方学者虽鲜明地提出新历史主义文化诗学批评的理论构想，但诚如格林布莱特所坦言的，“文学研究中‘新历史主义’的特点之一，恰恰是它（也是我自己）与文学理论的关系上的无法定论，从某种意义上说，它是说不清道不明的”。[2] 加之西方新历史主义学者们经常从其他理论体系随手拈来、大量借用理论观点与研究方法，更是难以布成“统一的理论体系”的阵了。

对于格林布莱特的文化诗学批评观来说，所运用的批评手法灵活多样而又个性鲜明，很突出的一点就是，文学批评必须从文学文本分析出发，揭示文本置身其中的某个特定时代的历史语境和文化形态。这种由形式主义批评学派的“向内转”批评指向彻底转向了“向外转”批评观的研究路向，也是中国“本土”文化诗学所矢志不渝地坚守着的。中国文化诗学批评学派的主要倡导者之一的童庆炳先生认为：“‘文化诗学’的基本根据是文学作为文化的一种，它本身不但不

---

① ［美］斯蒂芬·格林布莱特：《文艺复兴的自我塑造导论》，摘自中国社会科学院外文所编《文艺学和新历史主义》，社会科学文献出版社 1993 年版，第 79—80 页。

② Stephen Greenblatt, *Towards a Poetics of Culture*, in H. Aram Veeser (ed.), The New Historicism, London: Routledge, 1989, p. 10.

会消失，而且其相对的独立性也不会消失。”[①] 在他看来，文化诗学批评观绝不是要取消文学的“相对的独立性”，它只是揭示了文学批评的一条基本行为准则，那就是要坚持“把文学作为文化形态的一种存在形式”的基本立场和重要根据。因此，他对那种纯粹向内转的研究方法予以批评：“一段时间以来，我们的文学批评囿于语言的向度和审美的向度，被看成是内部的批评，对于文化的向度则往往视而不见，这样的批评显然局限于文学自身，而对文本的丰富文化蕴含置之不理，不能回应现实文化的变化。”[②]

既然文化诗学批评观将文学当成跨文化综合体的一部分，要揭示文学文本及作品背后的跨文化语境，这就意味着文化诗学必然要具备跨文本、跨学科和跨领域的宏观视野与批评方法。这一点，也成为美国文化诗学与中国文化诗学的共同之处。美国文化诗学提倡抛开现有的“机械的科学主义”学科划分体系，彻底打破文学与人类学、历史学、艺术学、社会学等其他人文科学分支的学科划界，用跨文本、跨文化的宏观视野去观照文学形态。格林布莱特如是坦承：“新历史主义与20世纪初实证论历史研究的区别，正在于它对过去几年的理论热持一种开放的态度。它企图实践一种更为文化的或人类学的批评。”[③] 海登·怀特更是“现学活用”，将历史叙事形式等同于文学叙事形式的“通感”叙述手法，把本分属于两大门类的文学形态与历史形态内在勾连贯通。他认为：“绝大多数历史事件都可以有多种不同的编码方式，结果就有关于历史事件的不同解释，赋予它们以不同意

① 童庆炳、邹赞：《从“文化诗学”到“文化研究”——北京师范大学童庆炳教授访谈》，《社会科学家》2012年第9期。

② 同上。

③ Stephen Greenblatt, *Renaissance Self - fashioning: From More to Shakespeare*, Chicago: The University of Chicago Press, 1980, P. 5.

义。”因此，历史学家与小说家一样，都是“运用人物刻画、主题再现、语气和视角的变化、不同的描写策略等手段将事件编成故事”。①

二 一种倡导互文间性批评原则的方法论

文化诗学理论形态的思想特质研究，勾勒出格林布莱特文化诗学的理论品格和理论诉求，正如马克思在《〈政治经济学批判〉导言》中所说：“一旦它们的特殊性被确定了，它们也就被解释明白了”。本论著意在凸显文化研究与诗学研究方法融会贯通的方法论主轴，即互文性的综合观，“文化诗学对于文学研究的意义主要在于方法，而不在于文化学的‘学科’性质。如同符号学的方法论，使卡西尔在哲学、美学、艺术学和语言学诸多领域都卓有建树一样”②。文化诗学批评观既是一种批评阐释实践的“世界观与方法论”，又是一种与批评对象契合互文的具体批评操作方法。

作为一种倡导互文间性批评原则的方法论，格林布莱特文化诗学不仅要坚持文学自身的内部研究与文学环境的外部研究的双向贯通，而且要在文本的互文性关系中展开研究。这里的“内部研究与外部研究的贯通”，实质上就是把文本放在历史语境和文化语境中展开研究，通过对于文学文本语言的“细读”，揭示出它的文化意义。文化诗学理论形态的关键词可具体概括为文化视野（culture view）、学科间性（inter－subjectivity）和知识批判性（knowledge criticism）。文化研究学者陶水平在《文化视野·学科间性·知识批判：当代美国文化诗学简论》（*Briefly Analyzing Contemporary American Poetics of Culture*）一文

① ［美］海登·怀特：《作为文学虚构的历史文本》，摘自张京媛主编《新历史主义与文学批评》，北京大学出版社1993年版，第137页。

② 赵宪章：《文化学的疆界与文化批评的方法》，《文学前沿》1999年第12期。

中写道，“文化诗学是形成于20世纪80年代美国的一种新的文学批评思潮和批评流派，已然成为当今西方批评界的一种显学。作为正宗的（authentic）当代美国文学批评和文化批评模式，文化诗学具有一定的学术原创性。当代美国文化诗学以其学术开拓性（exploitation）、创新性（innovation）和前沿性（advance）显示出自身特有的学术魅力，越来越受到我国当代文论和批评界的关注。”①

文化诗学在批判兴趣和学术旨趣上体现了对主流话语及其知识形态的解构策略，以文化的个性化解释来表达对传统历史的宏大叙事的反抗，以对非经典文本的尊重来创构异端的文化空间，以对边缘文本的发掘来实施对经典文本的祛魅（apperceive the literary charm）。正如格林布莱特所说，文化诗学的任务是：“在文化思想领域对社会制度所依存的政治思想原则加以置疑，并进而发现被主流意识形态所压抑的异在的不安定因素，揭示出这种复杂社会状况中文化产品的社会品质和政治意向的曲折表达方式和他们与权力话语的复杂关系”。② 新历史主义社会批判的实质乃在于揭示隐藏在资本主义社会和经济事实背后的人的真实生存状况。格林布莱特对“自我”的发现和对意识形态的深刻反思，这乃是西方马克思主义、福柯理论等批判精神的一贯延续。它试图恢复在后现代所丧失的精神本源和价值关怀，对主体精神扭曲和精神虚无的价值削平予以抵制，这正是一种强烈的人文关怀精神的体现。然而，由于新历史主义文化诗学从马克思主义美学撤回到福柯的话语与权力理论，从意识形态批判退为话语分析，以知识颠覆代替价值批判，其文化批判的锋芒和立场随之弱化。

---

① 陶水平：《文化视野·学科间性·知识批判：当代美国文化诗学简论》，《社会科学》2006年第10期。

② Gallagher & Greenblatt, *Practicing New Historicism*, Chicago: The University of Chicago Press, 2000.

格林布莱特的文化诗学批评理论，不仅打开了文学研究的广阔的文化视域，而且将宗教、哲学、心理学、人类学、政治经济等众多力量都融汇到文本阐释之中，让读者在多重知识与话语规范中，以及多重的文本交流中体验到自我重塑的发生。诚如王宁在《重划疆界：英美文学研究的变革》的导读中所言，“文化研究已不再满足于英语世界的局限，逐步发展为‘跨（东西方）文化’的研究。它虽然对传统意义上的比较文学产生过某种挑战和冲击，但又与后者形成某种互动和互补。传统的‘欧洲中心主义’意义上的比较文学虽然在西方被认为已经死亡，但它的跨学科、跨文化以及跨疆界等特征使其在全球化的时代又获得了新生。”① 尤其重要的是格氏在广阔的文化视域中分析文本中蕴含的权力运作过程，把文本阐释变成了一切社会现象和社会力量交锋的试验场。格氏的阐释方式和写作风格以一种奇异的理论冲击力，打破和重构着读者的阅读视界。在文本阐释的复杂过程中，同样形成了一种独特的“内化为思维的权力”（the improvisation of power）的运作方式。

格林布莱特的文化诗学理论的确带来了理论研究的突破性进展，但同时也存在着种种理论偏激。对轶闻、历史档案等种种资料的“触摸真实”和“反历史”（counterhistory）式研究，打破了文学与历史二元对立的理论局限性，将文学文本与历史文本并置研究，考察其中存在的种种意识形态关联，颇具理论价值。意识形态权力结构等形成新的理论压制力量，从格林布莱特的文化诗学的文本阐释中流泻出来。乔纳森·卡勒这样描述道：“（新）理论给传统的文学经典以新的活力，开拓了更多的阅读英美‘伟大作品’的途径。从来没有过如此

① 王宁：《重划疆界：英美文学研究的变革》导读，外语教学与研究出版社 2007 年版，第 8 页。

之多的有关莎士比亚的书写；他被人从每个可以想象得到的角度去研究，用心理分析的、历史主义的和结构主义的词汇去解读。”① 但在理论阐述中也内置了种种悖论的逻辑，存在着理论的偏激和某些层面的缺失。

对于文化诗学的跨学科性，童庆炳先生一语道破天机，“文化诗学追求在方法论上的革新和开放。它不囿于文学的自律，而从语言、神话、宗教、艺术、科学、历史、政治、伦理、哲学等跨学科的文化大视野来考察一切古今中外的文学、艺术问题。不必拘于学科性的限制，而从‘视域融合’中来诠释文本和问题”。② 诚如山东大学博士后傅洁琳所言，“格林布莱特文化诗学的跨学科特点，不仅是对已经确定的学科的跨越，也是对文本与社会生活的跨越，这是一种新的理论研究理念，所有的学科之间、学科与生活之间都是相通的。格林布莱特的贡献在于将文本阐释与社会政治等一切现实活动结合起来，着力透过文学文本发见现实的物质流动，并在社会文本的剖析过程中发现文学艺术与审美的踪迹。格林布莱特从宏阔的角度探索人类文化活动的意义，所有的人类文化现象，都是其关注的中心，所以是跨学科的，是一种网络化的文化阐释方式。格氏以独特的研究方法和理论思维方式改变了文学理论批评的研究范畴，对文学研究发生了革命性的影响，并广泛渗透到小说等多种文艺样式之中，体现于创作实践和理论批评等各个文艺活动层面，具有重要的理论价值和现实意义。”③

---

① Jonathan Culler, *Literary Theory*: *A Very ShortIntroduction*, p. 47，英汉对照本，译林出版社 2008 年版。

② 童庆炳、邹赞：《从“文化诗学”到“文化研究”——北京师范大学童庆炳教授访谈》，《社会科学家》2012 年第 9 期。

③ 傅洁琳：《格林布拉特新历史主义与文化诗学研究》，博士学位论文，山东大学 2008 年。

第三节 “本土化”语境下文化诗学批评思潮的中国形态

作为20世纪文艺理论发展史上的一个里程碑式纪念事件和标志性思潮，新历史主义文化诗学批评学派能够以自己特有的方式和独特的景观表征出人们曾如何蹒跚地走过了自己的心路历程，他们为后世留下了什么教训与经验，这其实也就是从一个十分重要的方面来理解人类精神发展的历史。而任何一段精神的历史，即便还很微弱、渺小，但对于未来都将具有不可磨灭的价值。躬逢其盛，中国传统“诗论”思想博采众长、自我扬弃，同“无论是新历史主义阐释语境，还是文化诗学批评视域”都生成了一系列的蕴涵交集与视域融通，从而为文化诗学整体形态平添了更多中国元素与中国气派。

似乎再度呼应了“以全球为架构思考，以本土为关怀行动”（Think globally，act locally）的流行语，当今世界的文化全球化的发展趋势和多元文化竞相迸发的繁荣格局，为不同区域的兼容了“全球化”（Globalization）与“本土化”（Localization）双重维度的“国别体”文化诗学批评学派同步粉墨登场准备了时代契机和资源优势。落实在“通过比较而思”（Thinking through Comparisons）的方法论层面上，要实现这些异域及异质文化——包括作为文化范畴中的一种特殊构成的文学形态在内——之间的批评交流与商谈沟通，就更需要我们去寻求它们之间的共通之处和共性所在，寻找它们之间平等对话和有效沟通的载体与平台。

一 “本土化”何以可能?

中国社会意识形态的种种呈现形式中一向以“号称‘立德、立功、立言’三立的集大成者——文学样态”见长，早在孔子兴办私学时即将“德行、言语、政事、文学”并列为“四科”，高蹈着“诗性精神”的文学形态随喜成为典型的本土话语和固有学科。中国文学乃至中国文明曾几何时“引无数英雄竞折腰”，为其他文化形态折服膜拜、争相效尤，“中国是从外部正视我们的思想——由此使之脱离传统成见——的理想形象”。① 作为一种特殊的“呈现文学场域的运作肌理”的文论样式，中国“诗论”传统自备一格，而又源远流长，它立足于中国“文学事实”本位，以原道、载道、明道为人文诉求和价值追求，渐次积淀而成中国固有的文学批评形式。

延至中国文化诗学（China's Cultural Poetics）一脉，只是增添了些“实证”色彩，它注重感性把握与理性认知结合，既有宏观把握，又有微观叙述，这一自觉的立场与视角成了最终融入世界文论潮流的不可或缺的路径选择。体现在“比较视域本体”的方法论层面上，中国文化诗学批评形态本身就具备这种以整体性文化系统为参照系，既学贯中西又融通古今式地包容各种具体文化形态的理论质素和学术品格，为实现异域及异质文化之间的交互构塑铺垫了厚实的基石。

毋庸置疑，当下的中国文化诗学确乎受到了西方文化视域下高扬着“诗学理性”品格的新历史主义文化诗学批评思潮，尤其是美国的文化诗学批评学派的触发和激励。与前述的典型的本土话语“诗性精

① ［法］于连·弗朗索瓦:《迂回与进入》前言，杜小真译，生活·读书·新知三联书店1998年版，第3页。

神”相较，这里的“诗学理性”确乎是个“表征着异己力量和他者身份”的舶来品。探索“他者”理论形态的意义，从“他者”立场与视角出发，反观自身，“构成一种外在的观点”，求得对自身更全面、更深入的体认，“我们选择出发，也就是选择离开，以创造远景思维的空间”①。与众多现代性学科的发展史相仿，这里也有个如何消除水土不服症状的“本土化”问题。只有经历了与中国固有的批评方法与研究路向相结合的“本土化”洗礼的文化诗学批评范式，才可以成为我们研究中国文学事件及文学事态的有效方法。

我们认为，“西风东渐”的新历史主义文化诗学批评思潮具有“本土化”的必然性与可能性。当然，这一切只是“可能”。“可能”意味着未发生。正如一位哲人所说，没有发生的事情是不可预料的，因为没有发生本身就意味着无限可能。这一核心判断是基于美国正宗的文化诗学与中国传统的文学阐释学以及当代的文化诗学批评学派之间存在的若干重要“相通性”而做出的。但需要指出的是，这里的所谓相通性也只是说在两种研究路向之间具有某种相契合的可能性，并非说二者是具有同样性质的研究方法。中国文化诗学批评理论更非是对格林布莱特文化诗学批评学派的生吞活剥与机械照搬，其诞生及发展是与中国当代社会语境下文化事象及文学事态万象更新、日新月异的时代背景密切相关的，因而是一种立足中国“本土”文化传统与文学现状的研究路向与理论视野，其发生机制、批评视角、批评范式、文本资源、批评对象以及历史趋赴都有别于格氏文化诗学的总体构造。

① ［法］于连·弗朗索瓦：《迂回与进入》前言，杜小真译，生活·读书·新知三联书店1998年版，第3页。

二　两种文化诗学形态的分殊与互构

“中国文化诗学”作为我国当代文论的一种理论创新形态（an innovative form），是对我国新时期以来的审美诗学（aesthetic poetics）与文化研究的双重整合（double integration），显示出学术开拓性、前沿性和综合性。文化诗学批评思想在中国文论界的学术倡扬与批评实践经历了一段相当长时间的萌芽和兴起期，并且其最初的历史登场还有着较长时间的酝酿，可直接追溯到20世纪90年代初。一般而言，“文学史是当时文学的复原”，是当时文学形态整体性的复原，或言之，它既是当时“文学创作事实”的复原，也是“文学理论事实”的复原。“中国化”的文化诗学批评观之所以在特定的文化历史语境中出场，并很快融入了中国当代文论的潮流之中，正是当时文学创作及文学批评的现实之需，也是当时社会心理及审美意识现实化的必然结果。这里所谓的“社会心理”是社会知识、社会情感和社会意志的总和；而“审美意识”作为认识、反映和超越社会现实的一种特殊方式，则属于现代心理（思维）科学的构成要素。

（一）

有必要厘清一下前面涉及的两个隶属于“意识”范畴的概念术语，即诗性精神与诗学理性。在梳理两种截然不同的“伦理观”时，黑格尔曾断言：“在考察伦理时永远只有两种观点可能：或者从实体性出发，或者原子式地进行探讨，即以单个的人为基础而逐渐提高。后一种观点是没有精神的，因为它只能做到集合并列，但是精神不是单一的东西，而是单一物和普遍物的统一。”① 其中，“单一物和普遍物的统一”是“精神”意识范畴，“集合并列”的伦理观和思维方式所隐喻和预警的是深植于西方哲学传统并在现代性中得到极端发展的“理性”意识层面。是“原子式地进行探讨”的叙事思维方式还是“从实体出发”的叙事思维方式，是“集合并列”的思想观念还是“单一物和普遍物的统一”的思想观念，是“理性”与“精神”两种思想观念（意识形态）和思维方式（意识形式）的根本区别。

由此，“精神”不仅与“理性”相区分，而且与“伦理”相通。难怪英国哲学家罗素如是昭告天下：“人类种族的绵亘已经开始取决于人类能够学到的为伦理思考所支配的程度。”② 由此学会“伦理思考”便从方法论认知工具跃升到了认识论“人类学意义”层面，直接关涉到“人类种族的赓续不绝”。在中国“伦理”文化传统中，“精神”是一个典型的本土话语，王阳明即曾以“精神”一语来诠释良知：“夫良知一也，以其妙用而言，谓之神；以其流行而言，谓之气；以其凝聚而言，谓之精。”③ 而“理性”则是一个舶来品。“精神”与“理性”两种伦理观与思维方式，不仅代表不同的文化历史传统与社会意识形态，而且内在于个体生命进化史与人类文明绵延史，构成“伦理”思想观念的两种逻辑与历史可能。映射在文学创作形式及文学批评形态的认识论意识形态层面，它们分别对应着中式诗性精神与西式诗学理性两种“诗论”观念。

① ［德］黑格尔：《法哲学原理》，范扬、张企泰译，商务印书馆1996年版，第170页。

② ［英］伯特兰·罗素：《伦理学和政治学中的人类社会》，肖巍译，中国社会科学出版社1992年版，第159页。

③ 王守仁：《传习录（中）·答陆原静书》第八章，叶圣陶注释，商务印书馆1988年版。

（二）

具体而言，在发生机制、批评对象和批评视域层面上，与新历史主义文化诗学批评学派不同的是，中国文化诗学批评观更加强调立足当代社会现实和当下生活世界，尤其要对如火如荼的文学事象和风生水起的文学事态予以文化叙事和审美阐释，力求对当代中国文化建设和文学繁荣有所助益。新历史主义文化诗学虽然力图与旧历史主义整体切割、恩断义绝，但它们毕竟都对“历史语境”表现出高度的关注。比方说，该批评学派更喜欢将批评对象圈定在某个历史分期的纷繁芜杂的文学事件上，而将其前后的历史流变割裂。比如，格林布莱特对文艺复兴时期“逸闻轶事”类传记文学的厚度描述、海登·怀特对历史叙事与“元历史”的研究等。中国文化诗学是在当代中国社会的“生态土壤”上和独具特色的文化语境下诞生的理论视野与研究路向，其“立足于文学艺术的现实，又超越现实、反思现实”的现实性品格近乎与生俱来。“文化诗学”的研究就是为了回归到对人的关注，即进行社会参与和表达一种现实关怀。正如童庆炳先生所说：“文化诗学是对于文学艺术的现实的反思。它紧紧地扣住了中国文化市场化、产业化、全球化折射在文学艺术中出现的问题，并加以深刻揭示。立足于文学艺术的现实，又超越现实、反思现实。”①

在历史趋赴、文本资源和批评范式的层面上，与新历史主义文化诗学日渐式微不同，中国文化诗学正处于不断生成、持续发展的成熟阶段。新历史主义文化诗学批评学派的顶层设计缺陷与批评实践弊端早已被中国文论界所洞悉，不少中国文艺批评家已经意识到和反思这

① 童庆炳、邹赞：《从“文化诗学”到“文化研究”——北京师范大学童庆炳教授访谈》，《社会科学家》2012 年第 9 期。

一问题，并开始着手在理论架构和研究方法上予以纠偏与完善。单从批评方法来看，格林布莱特在具体文本的阐释实践中提出一种“不断返回个别人的经验与特殊环境中去”的新方法：“办法是不断返回个别人的经验与特殊环境中去，回到当时的男女每天都要面对的物质必需与社会压力上去，以及沉降到一小部分具有共鸣性的文本上”。① 文学文本的共鸣性与自主性源于“自我身份与自我力量”的发现和个人主体性的确立，从而引发个体“知识逻辑、情感判断、意志指向”的再理解与重新塑造。这点与弗朗索瓦·于连（Francois Jullien）“因为意义的谋略只有从内部在与个体逻辑相结合的过程中才能被理解”的论断不谋而合。②

中国文艺批评家对其进行解放性反思与意识形态化细部完善，并称其为文化诗学批评实践的切入点和支撑点。而“意识形态是社会心理现实化的结果”，加之“社会心理”又是“知、情、意”耦合的三维结构体，因此又可将之概括为“重建文化反思语境与社会心理语境”。此外，北京师范大学李春青教授在《走向一种主体论的文化诗学》等文章中还提出：“文化诗学的基本原则是尊重不同文类间的互文本关系；文化诗学的基本阐释策略是在文本、体验与文化语境之间穿行。”③ 这些理论构想都助推了中国文化诗学最终形成完备的批评形态与独特的批评范式，仅此一点，西方的文化诗学批评形态便不得望其项背了。

---

① ［美］斯蒂芬·格林布莱特：《文艺复兴的自我塑造导论》，摘自中国社会科学院外文所编《文艺学和新历史主义》，社会科学文献出版社 1993 年版，第 79—80 页。

② ［法］于连·弗朗索瓦：《道德奠基：孟子与启蒙哲人的对话》，宋刚译，北京大学出版社 2002 年版。

③ 李春青：《走向一种主体论的文化诗学》，《东南学术》1999 年第 5 期。

（三）

就中国大陆的文学批评思潮的发展脉络而言，中国文化诗学批评学派从文学与社会的互动关系入手，凸显了文学存在的社会维度，“人文化成观念”，进而向整体性的社会、历史、文化领域全面敞开。它对于文化综合研究和文论的“批评化”趋势的精髓都有所汲取：一方面，文化诗学汲取了文化研究的文化情怀和现实关怀精神，密切关注不断发展着的社会现象和文化事象，并及时予以理论回应。另一方面，它汲取了文论“批评化”思潮的放弃构建理论体系的诉求，转而走向批评实践。有所得必又要有所舍弃、有所区别：文化诗学和文化研究的文本无限扩张不同，它主张以文学文本为核心，在各类文本的互文间性关系中展开批评实践；也与文化诗学理论的“批评化”思潮不同，它不再止步于将自己简单等同于文学批评，它是综合性的跨文本、跨学科和跨领域的理论建构。诚如童庆炳先生所言，“文化诗学是吸收了文化研究特性的具有当代性的文学理论，其旨趣是：文化诗学是对于文学艺术的现实的反思。文化诗学追求文学艺术的意义和价值。文化诗学追求在方法论上的革新和开放。它不囿于文学的自律，而从语言、神话、宗教等跨学科的文化大视野来考察一切古今中外的文学艺术问题”。①

总体而言，格林布莱特文化诗学主张在历史语境和文化架构中研究文学文本，在文学文本和非文学文本的互文间性关系中理解、阐释文本，解读文学意指系统的文化意义和政治内涵。童庆炳指出，“新历史主义的文化诗学是对历史主义和形式主义批评的双重扬弃，强调

① 童庆炳、邹赞：《从“文化诗学”到“文化研究”——北京师范大学童庆炳教授访谈》，《社会科学家》2012年第9期。

对文学本文实施政治、经济、社会的综合研究。它意在打破传统的‘历史——文学’二元对立，将文学看作历史的一个组成部分，一种在历史语境中塑造人性最精妙部分的文化力量和符号系统，而历史与文学共同构成一个‘作用力场’，使那些伸展的自由个性和升华的人格精神在被压制的历史现象中发出新时代的声音。文化诗学的基本特征，即跨学科研究性质、文化的政治学属性和历史意识形态性。文化诗学事实上是延伸发展了一种‘历史诗学’的概念，表明文学批评中的历史意识和批评方法重新受到重视”。①

这样一来，新历史主义文化诗学批评流派就作为一种最新的西方文学批评思潮进入了中国的文论话语体系中。连带着格尔兹的“文化人类学”、怀特的“历史诗学”、詹姆逊的“政治诗学”等批评理论也随喜得到了中国文论界的认可和追捧。他们所联袂恪守的把文本及其作品放回到历史语境和文化架构中进行社会批判和审美阐释的基本批评准则给处于困境及困惑之中的中国文论及其批评观念研究带来很多启示。正如北京大学乐黛云教授所言，“无论是‘文化霸权主义’还是‘文化割据主义’都是旧思维方式的极端发展。沿着旧的思路，两者的平等对话几乎不可能，但必须改变这种局面！关键在于各民族文化在其自觉的基础上，换一种新的方式来思考。西方正在不断寻求更新自己的思维方式；对中国来说，在世界多元文化的语境下，充分发扬悠久传统文化的优势，对其进行现代诠释，参与到世界多元文化的新的建构之中，更是当务之急。”②

---

① 童庆炳、邹赞：《从“文化诗学”到“文化研究”——北京师范大学童庆炳教授访谈》，《社会科学家》2012 年第 9 期。

② 乐黛云：《既反对“文化部落主义”，同时也要反对“文化霸权主义”》，《中华读书报》2000 年 11 月 29 日。

三　构塑中国“本土”文化诗学的理论空间和话语形式

鉴于我们对于“文化世界和世界文化”的理解方式和把握方式仍处在变动不居之中，从这个角度来看，中国文化诗学作为文学批评学科面对当代世界和文化所作出的理论回响与实践应答，也必然是处于不断生成和持续对话之中的。作为一种生成中的理论形态，中国文化诗学必须主动出击、敞开心扉，去拥抱叠彩纷呈的文化世界和历久弥新的生活世界。它既要反思文学批评研究的历史经验与文学传统，更要积极面对此时此刻的文化社会现实。

首先是与当下的文化理论形态和文学意指系统展开及时、双向的平等对话，这是文学理论和文学批评话语保持鲜活生命和现实品格的根本所在。正如布鲁克·托马斯指出的，与提倡从“研究历史”去“介入当下”的文化唯物主义批评有所不同，新历史主义的文化诗学“更明显的是关注新文学史书写如何能够用来适应当下时代，书写新文学史如何帮助提供新的未来。但是，它的实施办法，却没有提供历史分析的各种新模式；后者更加倾向于呈现出这样一种新的分析模式，但是似乎却不太关注如何主动的介入新历史的写作工作”。①

其次是立足、扎根于中国文化群落的丰厚土壤，在与中国古代文化事件以及文论“传统”的深入对话中汲取充足的营养，通过文化诗学的研究方法还原历史语境，挖掘中国的文化“传统”，从现当代的角度进行新的阐释和探索理解的新意义，进而与当下的文化进行对照，完成重构历史的新阐释使命。传统之谓“传统”，必须具备三个要素：历史

① ［美］布鲁克·托马斯：《新历史主义与其他过时话题》，载张京媛主编《新历史主义与文学批评》，北京大学出版社 1993 年版。

上发生的、一以贯之的、今天仍然存活并发挥作用的。如果只是历史上发生而当下并不具有现实性，那只是文化遗存。前面提及的“伦理”概念是多元价值中的“元价值”，“传统”是多元文化中的“元文化”，它们分别成为具有多元凝聚力和历史绵延力的两大文化元素，构成了“文化解读与价值评判”坐标系中纵横两个坐标轴，具有累积价值共识和塑造文化历史的意识形态意义。正如盛宁先生所强调的，“所谓重构历史，当然不是无视历史事实的向壁虚构，而是在全面掌握史实的基础上，从现当代的角度对现存历史文本中史实的等级次序、史实间的因果关系等进行新的阐释，这种阐释无意改变历史事实本身，而是要引出迄今人们尚不曾这样理解的新的意义。”①

最后是文化诗学批评观的多学科或跨学科性的综合研究视野，决定了文化诗学必须要与其他学科、理论展开多重对话与交流，汲取它们的优秀成果，不断累积“理解解读经验与价值评判共识”，从而形成一种行之有效的研究套路，更好地对中国文学事象与文化事件展开“一种既能够揭示中国文学艺术经验的特殊性，又能够与世界对话的文化诗学范式”阐释活动。“价值共识”与社会意识形态之间的深刻关联，在“意识形态”概念的首倡者安东尼·德拉图·特拉西创立的“观念学”中就已经是题中应有之义。顾名思义，意识形态实谓“意识”与“形态”的语义合成，因具象化的阐释语境不同，语义重心或在“社会意识”或在“具体形态”，但其真谛如一，即在对“社会意识”的个别性与多样性承认的前提下，进行“形态化”的努力。其中，具体形态有两个维度：一是自我意识的自觉文化类型，如政治、法律、伦理、道德、艺术等；二是个体意识的社会同一性或社会凝聚。

① 盛宁：《人文困惑与反思》，生活·读书·新知三联书店 1997 年版，第 183 页。

殊途同归，“意识形态”的最终指向是社会意识的同一性。“多”中求“一”，“变”中求“不变”，本身就是意识形态的蕴涵所在和发展规律。由此，必须将意识形态思维的重心由对“多”的承认转向对正在发生，甚至已经发生的“一”，即价值共识的追寻。诚如童庆炳先生所言：“立足中国的社会文学艺术现实，也参照西方的文化研究成果，在中国与西方之间进行一种互动式、对话式的研究，以努力发展出一种既能够揭示中国文学艺术经验的特殊性，又能够与世界对话的‘文化诗学’范式。”① 唯有如此，中国“本土”的文化诗学批评形态才能拥有更加诗意的栖居和走向更加广阔的道路，获得“自我力量展示和自我形象塑造”的理论空间和话语形式。

一言以蔽之，无论中西方文艺，抑或现代、传统文艺，还是精英文艺与大众文艺之间有怎样纷繁纠结的杂多关系，展开一种延展在审美视野维度上的文艺对话与交流将是人类文学艺术绵延拓展、永续趋升的有效途径和原生通道。要实现这种平等的对话和有效的互动，以期达至文化“情结”的审美自信、审美自觉，最终抵达“向真向善向美而生”的至高境界，就需要当代文化艺术哲学从一种“独白”的艺术哲学范式走向一种“对话”的艺术哲学范式。现在，我们并不是要强制它凝神谛听来自外面的声音，而是要让“会听的耳朵”听出自己内部也有“接着说的粘连音”和“换着说的杂音异调”，从而产生某种新的“多声部”音响效果。形而上学体系内部总有那么一些尚未驯服、别无依傍的要素颗粒，它们内敛聚合，高蹈扬厉；它们吸纳崇高，吐故纳新，而这恰是中国“本土”文化诗学批评理论始终保持锋芒和活力的充沛源泉。

---

① 童庆炳、邹赞：《从“文化诗学”到“文化研究”——北京师范大学童庆炳教授访谈》，《社会科学家》2012 年第 9 期。

参考文献

一　斯蒂芬·格林布莱特的主要著作

（一）英文部分

[1] Stephen Greenblatt, *Sir Walter Raleigh: The Renaissance Man and His Roles*, N. H.: Yale University Press, 1972.

[2] Stephen Greenblatt, *Renaissance Self – fashioning: From More to Shakespeare*, Chicago: The University of Chicago Press, 1980.

[3] Stephen Greenblatt, *The Power of Forms in the English Renaissance*, Norman: Pilgrim Books, 1982.

[4] Stephen Greenblatt, *Shakespeare and the Exorcists*, *in Shakespeare and the Question of Theory*, Patricia Parker and Geoffrey Hartman, London: Routledge, 1985.

[5] Stephen Greenblatt, *Shakespearean Negotiations: the Circulation of Social Energy in Renaissance England*, Berkeley and Los Angeles: The University of California Press, 1988.

[6] Stephen Greenblatt, *Towards a Poetics of Culture*, in H. Aram Veeser (ed.), The New Historicism, London: Routledge, 1989.

[7] Stephen Greenblatt, *Learning to Curse: Essays in Modern Culture*,

New York: Routledge, 1990.

[8] Stephen Greenblatt, "*Culture*", *in Critical Terms for Literary Study*, Chicago: The University of Chicago Press, 1990.

[9] Stephen Greenblatt, *Marvelous Possessions: the Wonder of the New World*, Oxford: Clarendon, 1991.

[10] Stephen Greenblatt, *Redrawing the Boundaries: The Transformation of English and American Literary Studies*, New York: MLA, 1992.

[11] Stephen Greenblatt, *New World Encounters*, Berkeley and Los Angeles: The University of California Press, 1993.

[12] Stephen Greenblatt, *A New History of Early English Drama*, Oxford: Clarendon, 1997.

[13] Stephen Greenblatt&Gallagher, *Practicing New Historicism*, Chicago: The University of Chicago Press, 2000.

[14] Stephen Greenblatt, *Hamlet in Purgatory*, New Jersey: Princeton University Press, 2001.

[15] Stephen Greenblatt, *Will in the World: How Shakespeare Became Shakespeare*, N. Y.: Norton, 2004.

[16] Stephen Greenblatt, *The Greenblatt Reader*, Michael Payne (ed.), MA: Blackwell, 2005.

[17] Stephen Greenblatt, "The Improvisation of Power", in *The Greenblatt Reader*, Edited by Michael Payne, Blackwell Publishing Ltd, 2005.

[18] Stephen Greenblatt, "Invisible Bullets", in *The Greenblatt Reader*, Edited by Michael Payne, Blackwell Publishing Ltd, 2005.

[19] Stephen Greenblatt, *Shakespeare's Freedom*, London: Routledge, 2010.

（二）中译本

［1］［美］斯蒂芬·格林布莱特：《通向一种文化诗学》，张京媛主编《新历史主义与文学批评》，北京大学出版社 1993 年版。

［2］［美］斯蒂芬·格林布莱特：《什么是文学史》，孟登迎译，《批评探索》，1997 年第 23 期。

［3］［美］斯蒂芬·格林布莱特等：《重划疆界：英美文学研究的变革》，外语教学与研究出版社 2007 年版。

［4］［美］斯蒂芬·格林布莱特：《俗世威尔：莎士比亚新传》，辜正坤、邵雪萍、刘昊译，北京大学出版社 2007 年版。

二 其他参考文献

（一）英文部分

［1］Kiernan Ryan，*New Historicism and Cultural Materialism*：A Reader，New York：Arnold，1996.

［2］CliffordGeertz，*The Interpretation of Culture*，New York：Basic Books，1973.

［3］Kenneth Rice，*Geertz and Culture*，Ann Arbor：The University of Michigan Press，1980.

［4］Clifford Geertz，*After the Fact*：*Two Countries*，*Four Decades*，*One Anthropologist*，Cambridge：Harvard University Press，1995.

［5］Gallagher & Greenblatt，*Practicing New Historicism*，Chicago：The University of Chicago Press，2000.

［6］James Clifford，*The Predicament of Culture*，Cambridge：Harvard University Press，1988.

［7］Claire Colebrook，*New Literary Histories*：Manchester University

Press, 1997.

[8] Edward Said, "Figures, Configurations, Transfigurations", in Cox Jeffrey N., Reynolds, *New Historical Literary Study*, Princeton University Press, 1993.

[9] L. A. Montrose, "Shaping Fantasies": Figurations of Gender And Power in Elizabethan Culture, Representation, 1983.

[10] Walter Cohen, *Political Criticism of Shakespeare Reproduced*, Jean Howard and Marion O' Conner (eds.), London: Routledge, 1987.

[11] Fredric Jameson, *The Ideologies of Theory*: Essays 1971 – 1986, V1, Routledge: The University of Minnesota, 1988.

[12] Fredric Jameson, *The Political Unconscious*: *Narrative as a Socially Symbolic Act*, Ducke University Press, 1988.

[13] Terry Eagleton, *Criticism and Ideology*, London: Verso, 1978.

[14] Althusser, *Lenin and Philosophy and Other Essays*, London: New Left Books, 1977.

[15] Fredric Jameson, *Postmodernism*, *or*: *The Cultural Logic of Late Capitalism*, Ducke University Press, 1992.

[16] Pieters, *Critical Self – fashioning*: *Stephen Greenblatt and New Historicism*, Franfurt am Main: Peter Lang, 1999.

[17] The Harvard University Gazette, *Greenblatt Named University Professor of the Humanities*, 2006 – 10 – 02.

[18] Terry Eagleton, *Saints and Scholars*, London: Verso, 1987.

[19] Raman Selden, *A Reader's Guide to Contemporary Literary Theory*, Hemel: Harvester Wheat – sheaf, 1997.

[20] Pieters, *Moments of Negotiation*, Amsterdam: Amsterdam Universi-

ty Press, 2001.

[21] Catherine Belsey, *Towards Cultural History: In Theory and Practice*, Textual Practice, 1989.

[22] L. A. Montrose, "The Poetics and Politics of Culture", see *The New Historicism.*

[23] Murray Krieger, *The Aims of Representation*, New York: Columbia University Press, 1987.

[24] Brook Thomas, *The New Historicism and Other Old -fashioned Topics*, New Jersey: Princeton University Press, 1991.

[25] J. Hillis Miller, *Hawthorne and History*: Defacing It, Oxford: Blackwell, 1991.

[26] Roland Barthes, *A Barthes Reader*, Susan Sontag (ed.), London: Cape, 1982.

[27] Terry Eagleton, *The Ideology of Aesthetics*, Oxford: Basil Blackwell, 1990.

[28] Michel Foucault, *The Foucault Reader*, Paul Rabinow (eds.), London: Penguin, 1984.

[29] Catherine Belsey, *Culture and Real: Theorizing Cultural Criticism*, London: Routledge, 2005.

[30] Jonathan Culler, *Literary Theory: A Very ShortIntroduction*, 英汉对照本，译林出版社2008年版。

[31] John Brannigan, *The New Historicism and Cultural Materialism*, London: Macmillan, 1998.

[32] H. AramVeeser (ed.), *The New Historicism*, New York and London: Routledge, 1989.

（二）中文部分

1. 著作类

[1]［美］哈罗德·阿兰维瑟尔编：《新历史主义》，陈华生译，罗特里奇公司 1989 年版。

[2]［美］韦勒克、沃伦：《文学理论》，刘象愚、邢培明、陈圣生等译，生活·读书·新知三联书店 1984 年版。

[3]［美］M. H. 艾布拉姆斯：《镜与灯——浪漫主义文论及批评传统》，郦稚牛、张照进、童庆生译，王宁校，北京大学出版社 1989 年版。

[4]［法］米歇尔·福柯：《语言、反对记忆实践》，《文选与访谈》（康奈尔大学出版社 1977 年英文版），摘自江怡编《走向新世纪的西方哲学》，中国社会科学出版社 1998 年版。

[5]［美］布鲁克·托马斯：《新历史主义与其他过时话题》，张京媛主编《新历史主义与文学批评》，北京大学出版社 1993 年版。

[6]［英］卡尔·波普尔：《历史主义的贫困》，何林、赵平译，社会科学文献出版社 1987 年版。

[7]［美］弗兰克·林特利查：《福柯的遗产：一种新历史主义?》，张京媛主编《新历史主义与文学批评》，北京大学出版社 1993 年版。

[8]［英］雷蒙德·威廉斯：《关键词：文化和社会的词汇》，刘建基译，生活·读书·新知三联书店 2005 年版。

[9]［德］伽达默尔：《伽达默尔集》，邓安庆译，上海远东出版社 1997 年版。

[10] 洪汉鼎：《理解的真理：解读伽达默尔〈真理与方法〉》，山东人民出版社 2003 年版。

[11] [法] 保罗·利科：《解释学与人文科学》，陶远华等译，河北人民出版社 1987 年版。

[12] 张奎志：《文化的审美视野》，社会科学文献出版社 2005 年版。

[13] [德] 恩斯特·卡西尔：《人文科学的逻辑》，沉晖等译，中国人民大学出版社 2004 年版。

[14] [美] 哈罗德·布鲁姆：《西方正典：伟大作家和不朽作品》，江宁康译，译林出版社 2005 年版。

[15] 朱立元：《当代西方文艺理论》，华东师范大学出版社 2005 年版。

[16] 徐贲：《走向后现代与后殖民》，中国社会科学出版社 1996 年版。

[17] [法] 让·贝西埃等主编：《诗学史》（上、下卷），史忠义译，百花文艺出版社 2002 年版。

[18] [古希腊] 亚里士多德：《诗学》，罗念生译，人民文学出版社 1982 年版。

[19] [俄] 日尔蒙斯基等：《俄国形式主义文论选》，方珊等译，生活·读书·新知三联书店 1989 年版。

[20] 王先霈、王又平主编：《文学批评术语词典》"诗学"条，上海文艺出版社 1999 年版。

[21] [瑞士] 埃米尔·施塔格尔：《诗学的基本概念》，胡其鼎译，中国社会科学出版社 1992 年版。

[22] 周振甫、冀勤：《钱钟书〈谈艺录〉读本》，上海教育出版社 1992 年版。

[23] [德] 海德格尔：《演讲与论文集》，孙周兴译，生活·读书·新知三联书店 2011 年版。

[24] [德] 马克思:《马克思恩格斯全集》第3卷，人民出版社2002年版。

[25] 王进:《新历史主义文化诗学：格林布拉特批评理论研究》，暨南大学出版社2012年版。

[26] 王岳川:《后殖民主义与新历史主义文论》，北京大学出版社2002年版。

[27] [英] 艾勒克·博埃默:《殖民与后殖民文学》，盛宁、韩敏中译，辽宁教育出版社1998年版。

[28] 余英时:《钱穆与中国文化》，上海远东出版社1994年版。

[29] 赵敦华:《现代西方哲学新编》，北京大学出版社2000年版。

[30] [英] 维特根斯坦:《逻辑哲学论》，皮尔斯和麦奎尼斯英译，英国罗特雷吉出版公司1961年版；郭英中译，商务印书馆1985年版。

[31] [美] 杰诺韦塞:《文学批评和新历史主义政治》，张京媛主编《新历史主义与文学批评》，北京大学出版社1993年版。

[32] [美] 海登·怀特:《作为文学虚构的历史文本》，张京媛主编《新历史主义与文学批评》，北京大学出版社1993年版。

[33] 陈新:《西方历史叙述学》，社会科学文献出版社2005年版。

[34] [美] 海登·怀特:《形式的内容：叙事话语与历史再现》，董立河译，北京出版社2005年版。

[35] 耿占春:《叙事美学——探索一种百科全书式的小说》，郑州大学出版社2002年版。

[36] [美] 海登·怀特:《后现代历史叙事学》，陈永国、张万娟译，中国社会科学出版社2003年版。

[37] [美] 弗雷德里克·詹姆逊:《后现代主义，或晚期资本主义的

文化逻辑》，生活·读书·新知三联书店，牛津大学出版社 1997 年版。

[38] [德] 马克思、恩格斯：《德意志意识形态》(节选)，《马克思恩格斯选集》第 1 卷，人民出版社 1995 年版。

[39] 吴琼：《20 世纪美国马克思主义文艺理论研究》，北京大学出版社 2012 年版。

[40] 中国社会科学院外国文学研究所编：《文艺学和新历史主义》，社会科学文献出版社 1993 年版。

[41] [荷兰] 佛克马著：《文学研究与文化参与》，俞国强译，北京大学出版社 1996 年版。

[42] [德] 于尔根·哈贝马斯：《后形而上学思想》，曹卫东、付德根译，译林出版社 2001 年版。

[43] [法] 托多罗夫：《巴赫金、对话理论及其他》，蒋子华、张萍译，百花文艺出版社 2001 年版。

[44] 衣俊卿：《文化哲学十五讲》，北京大学出版社 2004 年版。

[45] 程正民：《巴赫金的文化诗学》，北京师范大学出版社 2001 年版。

[46] [德] 海德格尔：《人，诗意地栖居》，郜元宝译，上海远东出版社 2004 年版。

[47] [美] 厄尔·迈纳：《比较诗学：文学理论的跨文化研究札记》，王宇根等译，中央编译出版社 1998 年版。

[48] [英] 卡尔·波普尔：《开放的社会及其敌人》(第二卷)，郑一明等译，中国社会科学出版社 1998 年版。

[49] 盛宁：《二十世纪美国文论》，北京大学出版社 1993 年版。

[50] [德] 瓦尔特·本雅明：《作为生产者的艺术家》，转引自安吉拉·默克罗比《后现代主义与大众文化》，田晓菲译，中央编

译出版社 2001 年版。

[51] 王先霈：《圆形批评论》，华中师范大学出版社 1994 年版。

[52] [英] 戴维·钱尼：《文化转向：当代文化史概览》，戴从容译，江苏人民出版社 2004 年版。

[53] [美] 苏珊·朗格：《艺术问题》，滕守尧译，南京出版社 2006 年版。

[54] 王岳川、周国平：《尼采文集——悲剧的诞生》，青海人民出版社 1995 年版。

[55] 李泽厚：《中国古代思想史论》，人民出版社 1986 年版。

[56] [英] 伯特兰·罗素：《西方哲学史（下卷）》，马元德译，商务印书馆 1976 年版。

[57] [波兰] 罗曼·英伽登：《文学的艺术作品》，转引自金元浦《大美无言》，海天出版社 1999 年版。

[58] [美] 理查·罗蒂：《哲学和自然之镜》，李幼蒸译，生活·读书·新知三联书店 1987 年版。

[59] 费宗惠、张荣华编：《费孝通论文化自觉》，内蒙古人民出版社 2009 年版。

[60] 冯友兰：《中国哲学史（绪论）》，华东师范大学出版社 2000 年版。

[61] 金岳霖：《金岳霖回忆录》，北京大学出版社 2011 年版。

[62] [古希腊] 亚里士多德：《形而上学》，吴寿彭译，商务印书馆 1959 年版。

[63] 邹广文：《社会发展的文化诉求》，河北大学出版社 2004 年版。

[64] 梁漱溟：《东西方文化及其哲学》，上海世纪出版集团 2006 年版。

[65] [俄] 别尔嘉耶夫:《俄罗斯思想》,雷永生、邱守娟译,生活·读书·新知三联书店 2004 年版。

[66] 刘小枫:《当代中国文学的景观转换》,《这一代人的怕和爱》,华夏出版社 2007 年版。

[67] [丹麦] 斯文德·埃里克·拉森:《文化对话:形象间的互相影响》,乐黛云、张辉主编《文化传递与文学形象》,北京大学出版社 1999 年版。

[68] 周宁:《龙的幻象》,学苑出版社 2004 年版。

[69] [德] 马克斯·韦伯:《社会学的基本概念》,顾忠华译,广西师范大学出版社 2005 年版。

[70] 周宪:《当代西方艺术文化学》,北京大学出版社 1988 年版。

[71] [美] 乔纳森·卡勒:《论解构:结构主义之后的理论与批评》,陆扬译,中国社会科学出版社 1998 年版。

[72] 赵炎秋:《形象诗学》,中国社会科学出版社 2004 年版。

[73] 王一川:《中国形象诗学》,上海三联书店 1998 年版。

[74] 孟华主编:《比较文学形象学》,北京大学出版社 2001 年版。

[75] 张志彪:《比较文学形象学理论与实践:以中国文学中的日本形象为例》,民族出版社 2007 年版。

[76] 王岳川:《发现东方》,北京大学出版社 2011 年版。

[77] 周宁主编:《世界之中国:域外中国形象研究》,南京大学出版社 2007 年版。

[78] [斯洛文尼亚] 斯拉沃热·齐泽克:《意识形态的崇高客体》,季广茂译,中央编译出版社 2002 年版。

[79] [法] 梅洛-庞蒂:《哲学赞词》,姜志辉译,商务印书馆 2000 年版。

[80] 盛宁：《人文困惑与反思（西方后现代主义思潮批判）》，生活·读书·新知三联书店1997年版。

2. 报刊类

[1] 盛宁：《历史·文本·意识形态——新历史主义的文化批评和文学批评刍议》，《北京大学学报》（哲学社会科学版）1993年第10期。

[2] 刘志丹：《交往如何可能：哈贝马斯普遍语用学新探》，《中南大学学报》（社会科学版）2012年第1期。

[3] 童庆炳：《文化诗学：宏观视野与微观视野的结合》，《甘肃社会科学》2008年第11期。

[4] 傅洁琳：《试析格林布莱特文化诗学理论的语境和方法》，《齐鲁学刊》2010年第4期。

[5] 王岳川：《新历史主义的文化诗学》，《北京大学学报》（哲学社会科学版）1997年第3期。

[6] 陶水平：《文化视野·学科间性·知识批判——当代美国文化诗学简论》，《社会科学》2006年第10期。

[7] 王岳川：《新历史主义的理论盲区》，《广东社会科学》1999年第4期。

[8] 王进：《美国文化诗学的历史轨迹：格林布莱特批评理论评述》，《淮南师范学院学报》2009年第1期。

[9] 盛宁：《新历史主义还有冲劲吗?》，《外国文学评论》2001年第4期。

[10] 赵宪章：《文化学的疆界与文化批评的方法》，《文学前沿》1999年第12期。

[11] 刘耘华：《比较诗学的本土生成》，《东方丛刊》2009年第1期。

[12] 李春青:《走向一种主体论的文化诗学》,《东南学术》1999 年第 5 期。

[13] 蒋述卓:《走文化诗学之路——关于第三种批评的构想》,《当代人》1995 年第 4 期。

[14] 王进:《从文化阐释到历史厚描:文化人类学视域中的文化诗学批评》,《云南社会科学》2010 年第 3 期。

[15] 林继中:《文化诗学刍议》,《文史哲》2001 年第 3 期。

[16] 杨义:《中国诗学的文化特质和基本形态》,《东南学术》2003 年第 1 期。

[17] 许江:《中国当代视觉文化的境遇与责任》,《新美术》2009 年第 6 期。

[18] 吴海清:《文化诗学的批判性和实践性——当代中西文化诗学反思》,《文艺争鸣》2012 年第 4 期。

[19] 李春青:《对文学理论学科性的反思》,《文艺争鸣》2001 年第 3 期。

[20] 张进:《在"文化诗学"与"历史诗学"之间——新历史主义的命名危机与方法论困惑》,《甘肃社会科学》2001 年第 5 期。

[21] 李茂民:《文化诗学:文学理论的根本变革》,《东岳论丛》2011 年第 10 期。

[22] 傅洁琳:《西方马克思主义视域中的文化诗学》,《南京大学学报》(哲学社会科学版)2008 年第 5 期。

[23] 杜学霞:《艺术是真理在作品中的自行置入——论海德格尔关于艺术本质的思想》,《广西大学学报》(哲学社会科学版)2009 年第 1 期。

[24] 王岳川:《历史与文本的张力结构》,《人文杂志》1999 年第 4 期。

[25] [俄] 巴赫金:《答〈新世界〉编辑部问》,《新世界》1970 年第 11 期。
[26] 童庆炳:《我所理解的“文化研究”:问题意识与文化诗学》,“文艺学与文化研究”研讨会上的发言,2000 年 5 月。
[27] 俞吾金:《哲学的困惑和魅力——俞吾金教授在华中科技大学的讲演(节选)》,《文汇报》2005 年 1 月。
[28] 乐黛云:《诠释学与比较文学的发展》,《求索》2003 年第 1 期。
[29] 李重、张再林:《当今文化哲学研究的问题与出路》,《光明日报》2007 年 7 月。
[30] 张奎志:《文学批评中的情结批评与情境批评》,《学习与探索》,2004 年 5 月。
[31] 孙静:《新书:〈庞德与中国文化:兼论外国文学在中国文化现代化中的作用〉》,《中华读书报》2006 年 9 月。
[32] 张西平:《“他者”眼里的中国》,《光明日报》2007 年 7 月。
[33] 傅洁琳:《“自我造型”的人类文化行为——格林布莱特文化诗学核心理论分析》,《华南师范大学学报》(社会科学版)2010 年第 6 期。
[34] 张静斐:《论格林布莱特的批评实践》,《武陵学刊》2011 年第 1 期。
[35] 肖锦龙:《格林布莱特与新历史主义莎剧批评》,《文艺研究》2011 年第 7 期。
[36] 陈本益:《论德里达的“延异”思想》,《浙江学刊》2001 年第 5 期。
[37] 童庆炳、邹赞:《从“文化诗学”到“文化研究”——北京师范大学童庆炳教授访谈》,《社会科学家》2012 年第 9 期。

[38] 傅洁琳:《格林布莱特新历史主义与文化诗学研究》，博士学位论文，山东大学，2008 年。

[39] 乐黛云:《既反对“文化部落主义”，同时也要反对“文化霸权主义”》，《中华读书报》2000 年 11 月 29 日。

后　记

致谢篇

还是先从撰写博士后出站报告的酸甜苦辣开聊吧！作为20世纪下半叶出现的新历史主义或文化诗学的代表人物，斯蒂芬·格林布莱特的诗学思想与研究方法对西方和中国当代文学理论与批评有着重要的影响。本书以其为研究对象，选题具有较为重要的理论价值，对中国文学理论批评的建设也具有借鉴和启示意义。诚然，表面上看分析评论某个具体作家的创作论或者某个批评家的批评观，这种断代史式的专论与通史式的通论相较的话，相对而言似乎要“删繁就简”许多，眉目也会更简洁些，驾驭起来也就驾轻就熟，省却了不少麻烦与精力，堪称是走了一条终南捷径，其实也未必尽然。

“不幸”我就真“摊上事儿啦”，遥想当时选题时，最终敲定要做格林布莱特的思想研究专论，还以为自己捡了个大便宜，春风得意，踌躇满志，不曾想越写笔锋越发涩、凝滞，以至于一个时期拐进了个死胡同，混沌不堪而又不可自拔。思来想去，其中一个客观的症结就在于，格林布莱特文化诗学的好多观点、批评手法甚至所使用的概念术语都是现成的，还是借来的，属于典型的那种“现炒现卖挣个‘拼接’加工费，卖个鲜呗”的小市场、小本生意。

还有更其“尴尬”令人发懵的事，虽美其名曰称其为新历史主义学派或者文化诗学批评观，但实际上具有同一标签的新历史主义学派虽非乌合之众，但其内部多为游兵散勇，鱼龙混杂，随时即作鸟兽散却是不争的事实。不同批评家的主打观点也千差万别、参差不齐，而新历史主义也通常被认为是“一个没有确切指涉的措词”。虑及这等“个体异于整体而又优于整体”的独特的理论特征，要想对新历史主义文化诗学思想观念的深度开掘有些突破和创见的话，就有必要摆脱传统的“学派兵团作战”式的整体推进的研究套路，还要力避批评范式中积习已久的“本质主义与普适主义”思维定式倾向。

从以上情况来看，这里便出现了一个面临艰难抉择的“布里丹之驴”问题，眼前两堆料草，究竟是要“深刻的片面”，还是要“片面的深刻”呢？倘若二者不可得兼的话，我们宁可择前者而从之。选择格林布莱特批评理论中若干吉光片羽的“片面”作为当代西方文论个案研究的横断面，以点带面，以小喻大，以期达到“深刻的片面”，对新历史主义文化诗学的批评话语体系展开深入探讨，仍然具有相当大的理论空间及现实意义。以上续貂碎语但愿还不是赘言，权作“且读且叹，遂泚笔为后记”吧。

好在这种“不幸与尴尬”并未持续太久，我是幸运的，更是幸福的。承蒙合作导师、恩师刘方政老师的悉心呵护和精心指导，我确立并夯实了端正的求学态度和严谨的治学精神。首先我养成了独立思考的习惯和学术自由的姿态。这也是最可珍视的，我深信它终将如炬般照彻我的漫漫求知路。再有，我更坚定了勤能补拙，以至生巧的奋斗信念。我挺激赏拿破仑的一句质朴但又具穿透力的话：“首先要投入战斗，然后便见分晓！”承由刘老师的蒙启和培育，尤其是在我撰写出站报告的每个阶段和环节，他更是从酝酿写作提纲到草拟初稿均给予了细致入微的策划与指导，我深受教育和启迪。这是我的第二次思想启蒙，也是一次智慧的绽放与灵魂的提升。

怀揣梦想和激情，心存感恩和景仰，情对学业、学术，虽痴似傻仍执着。我固执一念，抱定“不能白来一遭儿”的痴心妄想，抗争复挣扎又奋搏，一路走来，虽跌跌撞撞，摸爬滚打，但却始终挪移在布满沟沟坎坎的茫茫求索路上，矢志不渝，绝不旁骛。心仪已久，我躬逢其盛，忝列其中，厕身如许生动活泼和厚德载物的群落和氛围——那么多学贯中西的前辈们曾经耳提面命地指点迷津，点点滴滴如甘霖、如醍醐；那么多名字如烛炬、如灯塔、如灵犀：引导我走上文学创作之路的刘烨园老师，攻读山东大学外国哲学专业在职硕士研究生时的刘杰、傅有德、傅永军老师，攻读山东师范大学文艺学专业全日制博士研究生时的杨存昌、谭好哲、周均平、杨守森、王化学老师等，还有更多更多……

此时此刻我的主体角色是学生，我为能成为刘老师众多私淑弟子中的一员而自豪；同时我也是一名高校教师，我为拥有这么多刘老师一样博学宽容的尊敬师长而骄傲，同样我更会秉承自己导师的谆谆教诲，一如既往、奋发有为，为这一崇高神圣的事业添砖加瓦。

我祈盼着，我也坚信：我的学生将来也会，为拥有我这样的老师而骄傲无比——某个时刻，灯影青衣，他在奋笔疾书，豪迈昂扬地记录下同样遒劲有力而又生命顽强的诸多“致谢”文字。

我更要感激我身处的这个精英团队和温馨家园，外围是我当下效力的单位和朝夕相伴的同事、同好，他们忍辱负重地包容着我的偏执和狭隘，还设身处地为我排忧解难，努力替我挡风遮雨，营造和构筑了祥和宽容的良性生态循环。内围呢，倘若允许我在这本小册子的扉页上刻下一句话，我会毫不犹豫地记下如下文字：“带我来这个世界的人给了我生命和一切，我无以为报，谨以下述的血性文字献给我至高无上的严慈”。

最后，恳请允许我以我深为激赏的乔布斯那句充满苏格拉底智慧的话语结束我的蓝色告白——让我们永远“Stay hungry！Stay foolish！”（存一分爱渴！保一分愚痴！）这正是乔布斯追求自我、永不言弃、不断创新的哲学人生的真实写照。此一终极追求，我辈当心所系之，躬自蹈之。

题跋篇

我的写作生涯进入了这一年的黄昏时分。暮色四合，整个情绪也接踵而至，落脚在了浮尘四季的半山腰处。窗外寂如隆冬，我寓居的这间小屋在灯下凝神谛听，人影光影密合无间，渐渐和漫无际涯的黑暗融为一体，灯、人、书立体了多维空间，我敛迹固守，仿佛有所待，恍若有声音在遥远的地方逸若游丝。

薄薄一册书幻化菩提一叶般的静谧伴随我熬过了艰辛苦涩的黛绿年华，给了我终生受益的坚忍和卓绝。我关注了自身的运行轨迹，同时也关注了生命本身。自“文化诗学批评理论的学术渊源”始，经由“史学维度的文化诗学理论形态”“诗学维度的‘文本阐释’观”“‘自我塑型’论批评观”和“‘意识形态’论批评观”，至“批评实践的范式转换”终结，小型三部曲走过了四年的日日夜夜、反反复复，一个日子一个脚印，音节粘连般串联了一生的沧海桑田。它在回忆我，仿佛我只是它的童趣写真，小小的片断。沉甸甸的三年浓缩了我的整部人生，余下的岁月我只是伸个懒腰，舒展一下四肢，更其扎根在了自己的园地里，笔耕不辍，我种植了文字，终将收获我的奇思幻想、孤独的沉思。这么多坎坷曲折层迭在了一起，它们因了同一人走到了同一地点，欢聚一堂，而我仍在千里之外，坚忍跋涉，一步一顿，咬紧牙关，将如板的生活咬出脚印来，一坑一故事，坑里注满了对生的希冀和死的敬畏，也许我只是它的小插曲。

它是我生命的转折点，不止一册书。生命在这里稍息片刻，洗尘又发。目标跨栏般探手可触，人为因素膨胀了生存的延展，拉长了寿命，透明了生命的凝重，味冲淡了许多。我守望在记忆的边缘，瞻前顾后，不知身在何处。归向何方？生活惶惑了我的脚踏实地，来了个釜底抽薪，人简单成了“人”字骨架。文字流星般划过它的夜幕，我在瞬间窥见了它的一鳞半爪，它博大无边，我渺如一粟。我将感恩它的精心设计，给了我注视自身的机遇。我审视自己，如同光明对黑暗的刺探和触摸，同样我深入腹地般潜入历史深处思考了自己。这应该是个思想的季节。我迟钝不少，仍执迷于生命感悟的末尾，陶然其中，这也是我的“幼稚病”。我不愿人为强制自己来几个飞跃，我渴盼瓜熟蒂落的成熟和丰盈。思想不会从天而降，也不硕果累累，它深埋在记忆底处，遥远的回响激荡在天边外，真挚而深邃。它变幻着形体，散结着不同的形式，我试图读出其本体的意味，不辜负了这份相伺相守的缘分，也热闹了冰冷如礁的沉默。

这是个分水岭，我生命里的又一里程碑。我背负了它的叮咛，那么多字眼缤纷如落叶，拂满了一身、一路，跺跺脚，束紧了一身的行囊和寒凉，壁立在川流不息的熙熙攘攘中。这册小书也许早已存在，只是像遗落在某个破旧房间的挂钟，从来无人注意，它仍按部就班嘀嗒着，永远踩着自己的旋律，低回往复，它有自己的事情、自己的打算。好像刺向某个特定目标，它的注视一往无前，如子弹般穿过空气，在空中打着转儿，变小，什么也没有发现就消失了。“名称，地点，词语，思想，有什么关系？我只想谈谈永恒的美，谈谈人的注视，谈谈在阳光中很高很高的一座山。”（《大地之未知者》）它生活在自己的内心里，从容不迫而又义无反顾。注定了要这样，也只有这样才能解救我，我找到了走向我的风雨不归路，回忆、怀想洒在路上，边走边看边思，走了一生。文字是自己的，写给自己，还有更多似我的人，几个似人的我。对自己有个完整的交代，在这致密如膜的喧嚣里见缝插针，喊出自己的声音。我做到了，一如既往努力着。

这本小书产生了我。我“生产”了它，奉命而作，这是它的既定方针。为连根抠掉我的烦躁迷乱，还有浮尘杂念，它献出了自己的躯体和青春。它凸显了我的孤注一掷，我执着一念，应该有能力照看好它，为它寻个好归宿，也为将来把自己更多的要素托付给它铺平了道路。我们一块儿长大，相依为命。它义不容辞接受了这一悄无声息的挑战，它的义举坚定了我的初衷，我继续保持着写作的姿态，盘踞在这唯一的私人空间。它见证着我思想的历程，也印证了我的与众不同。归宿在了这里，我完成了自己，也创造了自己。